아기가 생겼어요

아기가 생겼어요 2

초판 1쇄 찍은 날 § 2018년 08월 03일
초판 3쇄 펴낸 날 § 2022년 01월 05일

지은이 § 이정
펴낸이 § 예경원

기획 · 편집 § (주) 알에스 미디어

펴낸곳 § 예원북스
등록번호 § 제396-2012-000132호
등록일 § 2012.07.25

주소 § 서울특별시 구로구 디지털로31길 38-9, 8층 802호 (우)08376
전화 § 070-7721-7939 팩스 § 02-866-4627
E-mail § Yewonbooks@naver.com

ISBN 979-11-89348-32-8 04810
     979-11-89348-30-4 (세트)

아기가
생겼어요

이정 장편소설

vol. 2

CONTENTS

1. 마음을 들여다보는 일

예상치 못한 해인의 등장에 당황한 두준은 희원이 오피스텔 안에 있을 거라곤 생각도 못 했다.

갑자기 뛰쳐나가는 그녀를 발견하고 놀란 마음을 미처 추스르지도 못한 채, 두준은 본능적으로 몸을 돌렸다. 하지만 해인이 그의 재킷을 틀어잡고 매달리는 바람에 바로 쫓아 나올 수가 없었다.

잡고 늘어지는 해인과 실랑이하다가 결국 재킷을 벗어버리고 뛰쳐나왔을 때는 이미 엘리베이터 문이 닫힌 뒤였다.

엘리베이터를 따라잡지 못할 걸 알면서도 다급했던 두준은 비상계단을 뛰어 내려가며 희원에게 전화를 걸었다. 한참을 받지 않던 휴대폰 너머에서 들려온 목소리는 해인의 것이었다.

그제야 희원이 휴대폰조차 가지고 있지 않다는 걸 안 두준의 속이 까맣게 타들어갔다.

그 뒤로 두준은 정말 제정신이 아니었다. 전화 한 통이면 얼마든지 사람을 동원해 희원을 찾을 수 있었지만, 그것조차 생각해 내지 못할 정도로 마음이 급했다.

무언가를 잃을까 봐 겁이 나보긴 처음이었다. 가슴이 두근거리는지 따끔거리는지 알 수가 없을 정도로 통증이 느껴졌다.

희원을 잃고는 살 수가 없다는 걸 극명하게 깨닫는 순간이었다. 이건 내 여자라는 소유욕과는 또 다른 감정이었다.

스스로 완벽하다고 느꼈던 그는 결코 완벽하지 않았다.

그는 제 몸에서 떨어져 나간 커다란 조각을 잃어버린 듯이 허둥대며 희원을 찾아다녔다.

희원이 그의 품 안으로 들어온 지금 이 순간, 완벽하게 조각이 맞추어졌다고 느꼈다. 두준은 이제 희원 없이는 살 수 없는 사람이 되어버렸다.

"희원아, 집에 가자."

"안 가요. 거긴 싫어."

희원이 울먹이는 소리로 말하며 그의 품에서 얼굴을 비벼댔다.

해인은 이미 오피스텔에 없었다. 전화로 당장 끌어내고 집 안을 말끔히 치워놓으라는 지시를 내렸었다.

그의 지시가 제대로 이행됐다면 오피스텔은 희원이 들어가기 전 상태로 돌아와 있을 터였다.

"냄새 때문에 토할 것 같아요. 거긴 가기 싫어."

하지만 희원이 '거기'라고 지칭하며 거부 반응을 보이는 집이라면 그도 싫었다. 이제 그에겐 희원과 함께 있을 수 있는 곳이 집이었다.

"그래? 그럼 근처 호텔로 가지, 뭐. 좀 걸어야 할 것 같은데, 괜찮겠어? 업어줄까?"

희원이 고개를 저으며 그의 품에서 벗어났다. 그를 올려다보는 그녀의 얼굴이 흠뻑 젖어 있었다.

부드러운 손길로 눈물을 닦아내는 두준의 표정은 복잡하기 그지없었다. 미안하고 안쓰럽고 화나고, 여러 가지 감정이 반복적으로 나타났다가 사라졌다.

"두준 씨, 땀이⋯⋯."

그녀의 눈물에 정신이 팔린 두준은 관자놀이를 타고 흐르는 자신의 땀에는 전혀 관심조차 없다가 희원의 말에야 손으로 거칠게 쓸어냈다.

"신경 쓰지 마. 별것 아니야."

이깟 땀 따위 희원을 찾은 지금은 별게 아니었다. 아니, 그 무엇도 희원보다 중요한 건 없었다.

"갈까?"

그녀의 손을 잡고 산책하듯 걸음을 옮겼다.

앞쪽에서 경찰차 한 대가 다가오더니 차창을 내리고 두준과 희원을 힐끔 쳐다봤다.

혹시라도 두준이 잡혀갈까 걱정됐는지 그에게 잡힌 손을 빼낸 희원이 의식적으로 몸을 밀착시키며 팔짱을 꼈다. 두준의 입가에 미소가 번졌다.

"잡혀갈까 봐 겁나?"

"아니, 뭐, 그냥⋯⋯ 귀찮은 일 생길까 봐 그러죠."

입을 삐죽거리며 말하는 희원은 울어서 퉁퉁 불은 얼굴을 하고도 정말 예뻤다.

그녀에게서 팔을 빼낸 두준이 어깨를 감싸 단단히 끌어안았다. 의심을 사기엔 너무 다정해 보이는 부부였다.

"미안해. 이제 괜찮아졌다는 말만 믿고 신경 안 쓴 내 잘못이야."

사과는 그렇다고 쳐도 뒤따라 붙은 두준의 말을 이해할 수가 없었다.

"무슨 말이에요?"

"김해인. 프랑스 가기 전 나한테 과한 집착을 보였어."

회사로 찾아오는 건 기본이었고, 집까지 찾아와 귀찮게 하는 통에 접근금지가처분신청까지 하고 이사도 두 번이나 했었다.

하지만 해인의 집착은 멈출 줄을 몰랐고, 몰래 사진을 찍어 보내거나 휴대폰 번호는 어떻게 알아냈는지 만나주지 않으면 죽여 버리겠다는 협박성 문자를 보내오기도 했다.

"그저 집착으로 치부하기엔 정도가 지나쳐 회사 법무팀에서 고소까지 했었는데, 알고 보니 해인이 아버님이 고등학교 은사님이더라고."

강력한 처벌을 원했던 두준에게 머리가 희끗해진 고등학교 은사님은 무릎까지 꿇으며 선처를 부탁했다. 결국 외국으로 내보내는 조건하에 고소를 취하할 수밖에 없었다.

"그게 벌써 5년 전이었어. 식장에서 해인일 보고 은사님께 연락을 드렸더니, 프랑스 있는 동안 꾸준히 병원 치료도 받고 많이 좋아졌다며 걱정하지 말라고 하시더군. 은사님 말을 그대로 믿었던 내 잘못이야. 미안해. 많이 놀랐지?"

조용히 두준의 얘기를 듣고 있던 희원이 그를 물끄러미 올려다봤다.

"앞으로 이런 일 없도록 확실하게 처리할게. 놀라고 화난 건 알지만, 믿어줬으면 해."

"많이 힘들었어요?"

고르고 골라 조심스럽게 꺼낸 말이 이 한마디였다.

해인에 대한 얘기를 꺼내놓는 내내 두준의 얼굴은 착잡해 보였고 눈빛은 더할 수 없이 진중했다.

희원은 전에 두준을 두고 거짓말도 믿게 만들 수 있는 능력을 가진 사람이라는 평가를 내린 적이 있었지만, 그의 태도나 표정으로 봐서 거짓을 말하고 있는 것 같지는 않았다.

여태껏 본 적 없는 흐트러진 모습으로 땀까지 흘리며 달려와, 못 찾을까 봐 겁나서 죽을 뻔했다고 말하는 사람을 어떻게 믿지 않을 수 있을까.

두준은 그녀의 믿음을 얻는 일에 신경 쓰고 있었지만, 희원은 스토킹을 당했던 그의 고초에 더 신경이 쓰였다.

겪어본 적이 없어 완전히 이해하긴 힘들었지만, 얼마나 고통스러웠으면 법적 조치까지 생각했을까 싶었다.

"뭐, 좀, 스트레스였지."

담담한 말투였지만, 목소리에 묻어나는 무게감은 결코 가볍지 않았다.

"마음의 문제만큼 사람을 고통스럽게 하는 건 없는 것 같아요."

좀 더 그럴듯한 위로의 말을 건네고 싶었지만, 적당한 말을 찾지 못한 희원이 차분한 목소리로 중얼거린 뒤 두준의 허리를 감싸 안았다. 땀에 젖은 셔츠가 찬바람에 식어서 차디찼다.

"춥지 않아요?"

"글쎄, 마음이 따뜻해서 그런가, 추운 줄 모르겠네."

기분 좋은 미소를 머금은 두준이 희원의 머리에 입을 맞췄다.

희원이 듣기 좋으라고 한 빈말이 아니었다. 정말 추위를 느끼지 못할 정도로 마음이 푸근하게 차올랐다.

해인과 그의 사이를 오해하지나 않으면 다행이라고 생각했는데, 희원은 그의 말을 오롯이 믿어주는 것에서 그치지 않고 위로까지 보태고 있었다.

그때는 힘들고 짜증스러웠지만, 지금은 스트레스였다고 말할 수 있을 정도로 많이 무뎌진 상처를 이제 와 치유받는 느낌이었다.

"옷이 이렇게 젖었는데 안 추울 리가요. 대체 겉옷은 어쩐 거예요?"

"배고프지 않아? 우리 먼저 뭐 좀 먹자."

묻는 말에 답도 없이 두준은 주변을 두리번거렸다.

희원이 미심쩍은 눈으로 쳐다봤지만, 겉옷에 대해 설명하자면 해인의 이름을 다시 거론해야 하기에 되도록 피하고 싶었다.

"먹고 싶은 거 없어?"

"글쎄요. 나 좀 피곤한데."

"그래? 그럼 호텔로 가서 룸서비스 시키자."

가로등 불빛이 하나둘 켜지기 시작한 거리를 나란히 손을 잡고 걸었다. 둘 다 꼴이 말이 아니었다.

희원은 너무 울어서 눈가가 붉게 짓물러 있었고, 셔츠 차림인 두준은 머리에 까치집을 짓고 있었다.

제 모습은 볼 길이 없고, 두준을 힐끔힐끔 쳐다보다가 희원은 그만 피식 웃고 말았다.

지나가는 사람 아무나 붙잡고 이 사람이 대한그룹 부회장이라고 하면 미친년 취급받기 십상이었다.

"뭐가 그렇게 재밌어?"

"아무것도 아니에요. 그보다 당신 말이에요, 미적감각에 문제가 있는 건 아닐까요?"

"뭐?"

희원이 가끔 뜬금없어진다는 건 익히 아는 사실이었지만, 생뚱맞게도 현재 상황과는 전혀 어울리지 않는 그의 미적감각을 들먹이는 것에 두준은 반문하지 않을 수 없었다.

"그렇잖아요. 정해미도 별로라고 하더니, 김해인 씨 여자인 내가 봐도 예쁘던데. 게다가 어리기까지 하고. 물론 외모가 전부는 아니지만, 그런 여자가 좋다고 쫓아다니는데 싫다는 건 좀 이해가 안 가잖아요. 여자 싫어하는 건 분명 아닌 것 같고, 미적감각이 잘못되지 않고서야 그럴 순 없죠."

"미적감각이 월등하게 높아서 그런가 보지."

두준이 어깨를 으쓱하며 대수롭지 않다는 듯 하는 말에 희원의 눈이 믿지 못하겠다는 듯 가늘어졌다.

"미적감각 월등하게 높은 두준 씨한테 과연 예뻐 보인 여자가 있긴 했을까요?"

"있지."

"그래요? 누군데요? 내가 아는 사람이에요?"

올려다보는 희원의 눈이 샐쭉하니 일그러졌다. 만인의 연인인 정해미도 별로고, 청순가련형의 미인인 김해인도 싫다고 했던 두준이 예뻐 보인 여자가 누군지 정말 궁금한 눈치였다.

습기를 머금은 초롱초롱한 희원의 눈이 답을 기다리며 그를 주시하고 있었다. 사랑받고 있다는 착각이 들게끔 하는 바로 그 눈이었다. 내려다보는 두준의 입꼬리가 저절로 올라갔다.

"왜 웃기만 해요? 대체 누군데요?"

"있어. 섹시한 데다 눈도 높고, 소심한 것 같으면서도 재치 있고, 약간 허당기가 있긴 하지만 일부러 꾸며내지 않아도 애교가 철철 넘치는 그런 여자. 검은 옷이 정말 잘 어울렸는데……."

공교롭게도 희원은 지금 하얀 데님바지에 흰 블라우스와 베이비블루 색상의 재킷을 입고 있었다.

자신의 차림새를 한 번 쭉 훑어본 뒤 고개를 들자, 두준은 뭐가 즐거운지 눈가까지 웃음이 번져 있었다.

"예뻐 보이는 여자가 저승사자 스타일인 줄은 몰랐네요."

"뭐? 저승사자?"

팩 쏘아붙인 희원이 미간을 찡그리며 어이없어하는 두준을 그대로 둔 채 앞서 걸어가기 시작했다. 금세 쫓아온 두준이 그녀의 손을 잡으려 했지만, 슬쩍 피해 버렸다.

두준이 예뻐 보인 여자가 있다고 자신 있게 말했을 때, 희원은 혹시나 하고 은근히 기대를 했었다. 그녀라고 말하는 걸 듣고 싶은 마음에 모르는 척 앙큼하게 내가 아는 사람이냐고 묻기까지 했건만…….

'뭐? 섹시하고 허당기가 있는 데다가 애교가 철철 넘쳐? 흥.'

희원은 스물일곱 평생 섹시의 시옷 자도 들어본 적이 없었다. 심지어 중요 부위만 가린 올 누드 인증샷인 돌사진조차도 섹시미보단 건강미가 돋보였던 희원이었다.

늘 완벽을 추구하는 그녀로선 허당기는 생각도 못 할 일이었다. 거기다 애교? 그녀가 죽었다 깨어나도 못 할 게 바로 그놈의 애교였다.

두준의 진심이 섞인 사과로 살랑 풀어졌던 마음에 다시 심통이 일었다. 저승사자에 꽂힌 눈치도 없는 이 양반, 희원의 손에 슬쩍 손가락을 걸치고 있었다.

"왜 이러세요? 저 손잡는 거 별로 안 좋아하거든요. 그냥 가시죠."

한발 앞서 가는 그녀의 뒤에서 쿡쿡거리는 웃음소리가 들려왔다. 심술이 난 희원의 입이 절로 삐죽거렸다.

"어어, 그쪽 아니고 이쪽."

두준이 두 갈래 길에서 왼쪽으로 트는 희원의 팔을 덥석 잡았다.

우뚝 멈춰 선 희원이 그의 팔을 툭 쳐냈다. 기분 나쁘라고 일부러 한 행동이었는데, 두준은 여전히 웃는 낯이었다.

"뭐가 좋다고 계속 웃어요?"

"그러게, 기분이 좋네."

희원이 그의 곁에 있는 한 안 좋을 게 없었다. 눈까지 번진 미소가 걷힐 줄을 몰랐다.

"두준 씬 좋은지 몰라도 나는 별로니까 그만 좀 웃죠."

"우리 두줄이 모친께선 왜 기분이 별로일까?"

희원이 쳐낸 두준의 손이 슬쩍 올라와 엄지로 볼을 쓸고 떨어졌다. 그녀의 콧잔등이 찡끗 일그러졌다가 제자리로 돌아갔다.

"그럼 좋겠어요? 4년 전에 두 달 연애한 게 여자관계의 전부인 줄 알았던 남편이, 허락도 없이 집까지 쳐들어오는 스토커를 가진 데다가, 저승사자 스타일이 예뻐 보이는 월등한 미적감각을 소유했다는 걸 이제야 알았는데 기분이 좋겠느냐고요."

"속은 것 같겠네?"

"말이라고요."

"그래도 이젠 못 물러."

피하기 전에 희원의 손을 낚아챈 두준은 손가락 사이사이 깍지를 꼈다. 가느다란 손가락과 뼈대 굵은 강한 손가락이 긴밀하게 엉켜들었다.

"내가 장희원 없이는 못 살겠거든."

농담인지 진담인지 파악하기도 전에 가슴이 먼저 쿵 내려앉았다. 걸음을 옮기며 그녀의 손을 잡아끄는 두준의 뒤통수에선 아무것도 읽어낼 수가 없었다.

"어, 그건, 그러니까 그 말은…… 그렇겠죠. 두줄이 때문에 내가 꼭 있기는 해야겠죠. 나도 뭐, 무를 맘은 없어요."

"그러게. 두줄이가 있는 걸 또 깜빡했군."

"네? 뭘 깜빡해요? 겉옷 어디 뒀는지 이제 생각난 거예요? 혹시 당신, 지갑도 없어요?"

작게 웅얼거린 두준의 말을 듣지 못한 희원이 가벼운 셔츠 차림인 그를 이리저리 살폈다.

"그러게. 거기까지 신경 쓸 여력이 없었어. 휴대폰이나마 챙겨 나온 게 다행이지."

바지주머니에 넣어뒀기에 망정이지, 재킷주머니에 넣어뒀으면 휴대폰도 못 챙겨 나올 뻔했다.

"그럼 우리 호텔 못 가는 거예요?"

희원은 금세 시무룩해져서 묻는 목소리에도 힘이 없었다.

"무슨 여자가 이렇게 노골적이지? 아무리 아줌마가 됐어도 그렇지, 아직 해도 덜 졌는데, 호텔 가자고 졸라대는 건 좀 너무하단 생각 안 들어?"

두준이 장난기 가득한 얼굴로 쳐다보며 놀리는 말에 희원은 또 야무지게 눈을 흘겼다.

아직 물기가 남아 반드레한 눈동자는 잘 익은 머루 알처럼 검게 빛났다. 흘겨도 예쁘고 울어도 예쁘고 그냥 바라만 봐도 예쁜 눈을 가진 여자였다.

"걱정 마. 이 실장한테 처리해 달라고 하면 돼. 그보다 가방까지 그대로 두고 그렇게 뛰쳐나가 버리는 법이 어디 있어? 길눈도 어두운 사람이 휴대폰도 두고 나가서 얼마나 걱정했는지 알아?"

놀랐던 마음은 쉬이 진정될 줄 모르다가 이제야 겨우 정상으로 돌아온 것 같았다.

씨줄 날줄처럼 얽혀진 두 손이 그에게 마음의 여유를 되찾아주고 있었다. 찾아다닐 땐 미처 생각지도 못했던 화를 내볼 만한 여유가 생겼다.

"미안해요. 속이 안 좋아서 이것저것 생각할 여유가 없었어요."

혼나는 학생마냥 고개 숙인 희원이 중얼거린 말에 두준이 걸음을 멈췄다.

"속이 안 좋아?"

"네."

"지금도?"

희원은 고개를 저었다.

"입덧하나?"

"글쎄요. 암튼 그 파스타 냄새 정말 역겨웠어요."

고소하면서도 느글거렸던 오피스텔 안에 밴 냄새를 기억해 낸 두준도 왠지 속이 울렁거리는 것 같았다.

두준은 음식 냄새보다 사람이 더 역겹다는 생각을 했고, 그런 역겨움을 희원에게 겪게 했다는 사실이 못내 미안했다.

"미안해. 좀 더 신경 썼어야 했는데…….."

두준이 또다시 꺼내놓은 사과의 말에 그녀는 상황이 잠시 역전됐었다는 걸 깨달았다.

아무 대책 없이 집을 뛰쳐나온 건 너무 바보 같은 짓이었지만, 지금은 두준이 말하지 않은 그의 여자관계에 대해 좀 더 따져 볼 필요가 있는 상황이었다.

천사의 탈을 쓴 스토커를 보유했고, 섹시하고 애교 넘치는 저승사자를 예쁘다고 생각하는 두줄이 아빠의 여자관계.

하지만 섹시하고 애교 넘치는 저승사자는 그렇다고 쳐도 천사의 탈을 쓴 스토커는 그의 의지와는 상관없는 일이라 따지기가 영 애매했다.

"김해인 씨 어떻게 할 생각이에요?"

"은사님 딸만 아니었으면 5년 전에 끝냈어야 할 문제였어. 이번엔 봐주지 않을 작정이야."

그 혼자만의 일이라면 이번에도 그저 출국시키는 걸로 무마하고 말았을지 몰랐다.

하지만 희원의 안전이 걸린 문제였다. 은사님이 아니라 은사님 할아버지가 와서 무릎을 꿇어도 안 될 일이었다.

"만약 당신이 해인 씨를 좋아해 주었더라면 그렇게 삐뚤어진 집착은 가지지 않았을까요?"

"가정이라도 과히 기분 좋진 않군. 난 잡식성이 아니라, 예뻐 보이는 여자는 한 사람뿐이거든."

희원의 이마에 빗금이 팍 그어졌다. 해인이 생각에 잠시 잊고 있었던 저승사자가 다시금 확 떠올랐다.

"참 안되셨네요. 싫어하는 여자는 좋다고 죽어라 쫓아다니고, 유일하게 예뻐 보였던 여자하고는 이루어지지도 않았고. 아무래도 전생에 덕을 많이 못 쌓았나 보네요."

또 손을 빼내고 앞서 가려는 그녀를 두준이 옭아매듯 어깨를 감싸 안았다.

"안 이루어졌다고 누가 그래?"

올려다보는 희원의 눈이 동그랬다.

"뭐야, 그럼 전에 거짓말했던 거예요? 4년 전에 정해미랑 두 달 만난 게 다라며? 무덤까지 가져갈 과거 남겨뒀던 거였어요? 그 저승사자는 대체 언제 만난 건데요?"

희원이 사납게 물으며 어깨에 걸쳐진 그의 팔을 걷어내려 해봤지만 꿈쩍도 하지 않았다.

이래저래 화가 나서 그의 손등을 찰싹 때렸다. 두준의 입에서 '윽' 하는 신음이 새어 나왔다.

"이거 놓고 빨리 말 못 해요? 나더러는 충실하라더니, 자기는 여태 다른 여자를 마음에 품고 있었다는 거 아니야."

화가 단단히 났는지 눈꼬리가 사납게 치켜 올라간 희원을 보면서도 두준의 미소는 여전했다.

"지금 질투하는 거지?"

"어머나. 무슨 그런 쓸데없는 추측을 다 하실까? 아니거든요. 난 단지 우리 두줄이한테 거짓말쟁이에다 여자관계 복잡한 아빠를 만들어 준 게 화날 뿐이라고요."

"난 우리 두줄이한테 섹시하고 눈 높고 재치 있고 애교 철철 넘치는 검은 옷이 잘 어울리는 엄마를 만들어줬다는 사실이 뿌듯하기만 한데 말이야."

"그야 그렇겠죠. 나 같은 탁월한 엄마…….."

동그래진 눈으로 여전히 싱글거리고 있는 두준을 올려다보던 희원의 볼이 붉어졌다.

"장난치지 말아요."

"타임에서 생각 안 나? 당신 그때 검은 드레스 입고 있었잖아. 거기 모인 놈들 거의 대부분이 당신을 힐끔거리고 있었지. 여기부터 여기까지의 라인이 아주 끝내줬거든."

두준의 손이 허리라인 윗부분에서 시작해 엉덩이를 지나 허벅지가 시작되는 곳까지 쭉 미끄러졌다.

"눈 높다는 건 당신이 한 말이었고, 밤새 대화를 나누고 싶을 만큼 재치도 있었지."

어둠이 내려앉은 골목길, 그녀를 바라보는 두준의 눈이 영롱하게 빛나고 있었다.

"그 저승사자가 정말 나였다고요?"

왜 이렇게 유치한 마음이 되는 건지 알 길이 없었다. 앙큼하게도 그녀는 확인사살까지 하고 있었다.

"세상 제일 예쁜 내 여자를 자꾸 저승사자로 만들면 안 되지."

그의 얼굴이 점점 거리를 좁히며 다가오고 있었다.

아침에 학교 앞에 내려주기 전에도 키스를 퍼부어 다시 립글로스를 바르게 만들었던 남자는 또다시 그녀의 입술을 탐내고 있었다.

"어험. 세상 말세야, 말세. 길 한복판에서 뭐 하는 짓들인지, 원."

헛기침 소리와 함께 들려온 어르신의 말에 화들짝 놀란 희원이 두준을 밀어냈다. 밀리는 척도 않는 그는 저만치 멀어지는 어르신을 향해 소리를 높였다.

"죄송합니다, 어르신. 마누라가 워낙 예뻐서 여기가 길 한복판인 것도 잠깐 잊었습니다."

"아이 참, 두준 씨."

제 갈 길 가던 어르신이 걸음을 멈추고 힐끔 돌아봤다. 한심한 팔불출을 바라보는 눈길이었다. 야무지게 혀를 찬 어르신은 '좋을 때다'라는 말을 남기고 멀어져 갔다.

창피한 마음에 희원은 두 볼을 감싼 채 재빨리 걸음을 옮겼다. 금세 그녀를 따라잡은 두준은 또다시 희원의 어깨를 얽아맸다.

"해 지고 나니까 제법 쌀쌀하네."

아무렇지 않게 날씨 타령하는 두준의 옆에서 희원의 가슴은 세차게 두방망이질치고 있었다.

✤

슬쩍 닫아놓았던 문을 발길질로 툭 차서 열어젖힌 태우가 머리를 수건으로 털며 방으로 들어서고 있었다.

"꺄악! 뭐야, 오빠. 옷 입어, 옷!"

허리춤에 수건 한 장 달랑 감고 있는 태우를 보며 급하게 눈을 가린 세현이 소리를 질러댔다.

"야 씨, 여기 내 방이거든!"

사납게 튀어나온 말과는 어울리지 않게 세현을 등진 태우는 허둥지둥 속옷을 입고 트레이닝바지 가랑이에 발을 집어넣었다.

물기가 덜 가신 발이 바지 중간쯤에 걸려 잘 들어가지 않는 바람에 한 발로 버티고 섰던 태우가 비틀거리며 벽에 틱 부딪쳤다. 세현에게서 킥킥거리는 웃음소리가 새어 나왔다.

"강세현 너, 눈 똑바로 못 가려? 어디 계집애가 겁도 없이 남자 방에 막 쳐들어와서는…….."

겨우 바지를 제대로 입은 태우가 반팔 티셔츠를 집어 들었다.

"아줌마가 올라가 보라고 했거든. 그리고 남자 방은 무슨. 볼 것도 없으면서. 치."

티셔츠를 입으려다 만 태우가 미간을 구기며 세현의 앞으로 성큼 다가섰다. 여기저기 물기가 남아 있는 상체가 꿈틀거리고 있었다.

태우가 초등학교를 졸업한 이후로 그의 벗은 몸을 보는 건 오늘이 처음이었다.

마른 편이었던 태우의 상체는 알찬 근육들이 올올이 박혀 현란한 맵시를 자랑하고 있었다.

'장태우가 저렇게 어깨 깡패였어? 와아, 복근 봐라. 저런 걸 초콜릿 복근이라고 하는 거지?'

세현의 눈이 태우의 어깨부터 트레이닝바지가 가리고 있는 그 부분까지 쭉 훑고 내려갔다가 심하게 들썩이고 있는 가슴 부위로 되돌아왔다.

'이크, 장태우 화났다.'

오르락내리락하는 가슴의 기세가 장난 아니었다.

"그거 제대로 보고 하는 소리야?"

"뭐?"

태우가 다시 한 발 다가서자, 들썩이는 가슴은 이제 세현의 코앞까지 다가온 상태였다.

"볼 것도 없는지 제대로 본 거 맞느냐고?"

태우의 가슴에 못 박혀 있던 세현의 눈이 미세하게 일그러졌다.

몰래 훔쳐본 일에 대한 거라면 모를까, 볼 것 없다고 말한 것에 왜 화를 내는지 이해할 수 없었다.

태우와 진지한 대화를 나누어보고자 한 그녀의 의도는, 하필이면 때를 잘못 만나 심하게 어긋나 버릴 조짐이었다.

그녀의 평가가 그에게 무슨 의미를 가지기에 화를 불러일으켰는지 모르겠지만, 일단은 비위부터 맞추고 봐야 할 것 같았다.

"하하, 기분 나빴구나. 농담이야, 농담. 오빠야 볼 거 아주 많지."

코앞까지 다가온 태우를 피해 뒤로 물러난 세현이 지나치게 밝은 목소리로 말했다.

"볼 거, 뭐? 뭘 봤는데?"

세현이 벌려놓은 간격을 태우가 다시 좁혔다. 아무래도 대충 넘어갈 생각이 없는 것 같아 보였다.

뭐라고 말해야 태우의 심술을 잠재울 수 있을지 고심하느라 단단한 그의 가슴에 고정된 세현의 동공이 지진을 일으키고 있었다.

"어, 그러니까, 그게…… 오빠, 일부러 운동한 거지? 근육 장난 아니네. 와아, 탄력 봐. 세상에, 이렇게 볼 거 많은 사람 첨 봤네."

세현은 뭐라도 해봐야겠단 생각에, 눈앞에 보이는 태우의 가슴을 검지로 콕 찔렀다.

"복근은 또 어떻고. 와아, 완전 초콜릿이야. 게다가 엉덩이까지 딱 올라…… 합."

나가도 너무 나갔다. 초콜릿에서 끝냈어야 했다. 왜 하필이면 얼기설기 가린 손가락 사이로 콕 들어와 박힌 애플 힙의 정석 같았던 엉덩이가 생각나서 다 된 밥에 코를 빠뜨리는 건지…….

손으로 입을 틀어막은 세현이 양손을 허리에 척 얹은 태우를 천천히 올려다봤다.

한 가족이나 다름없이 살면서 같이 밥 먹은 날이 숱한데, 이 인간은 뭘 더 주워 먹고 이렇게 커버린 건지, 가까운 거리에서 올려다보자니 목이 아플 지경이었다.

세현은 꽤 못마땅한 표정으로 인상을 구긴 태우를 좀 더 편히 마주볼 요량으로 뒤로 주춤주춤 물러났다.

세 발짝쯤 물러나던 세현이 침대에 부딪쳐 넘어갈 듯 허우적대다가 단단하게 버티고 서 있는 태우의 팔을 턱 거머쥐었다.

"어어, 강세……."

"아악!"

단단하게 버티고 있다고 느낀 건 그녀의 착각이었나 보다. 보여주기에만 최적화된 근육이었던 건지 태우는 침대로 넘어가는 그녀와 함께 고목나무 쓰러지듯 털썩 쓰러지고 말았다.

단단한 가슴과 말캉한 가슴이 적나라하게 맞닿았다.

뒤로 넘어가며 눈을 질끈 감았던 세현이 인상을 쓰며 눈을 뜨자, 바로 코앞에 라니가 칭찬해 마지않던 육감적인 입술이 거친 숨을 뿜어내고 있었다.

좀 더 시선을 올리자 짙은 눈썹 아래 자리 잡은 날렵한 눈이 커다랗게 확장된 채 중심을 잃고 일렁이고 있었다.

무언가 공기가 달라진 것 같은 느낌에 숨을 내뱉기가 쉽지 않았다. 빠르게 눈을 깜빡거린 세현이 꼴깍 소리를 내며 침을 삼켰다. 태우는 넋이 나간 것처럼 움직일 생각을 하지 않았다.

"오, 오빠, 나 무거워."

"어? 어."

얼뜨기마냥 대답한 태우가 옆으로 굴러 천장을 보고 똑바로 누웠다. 태우도 세현도 소리를 죽여 거친 숨을 내뱉으며 나란히 누운 상태로 멈춰 있었다.

먼저 움직인 건 태우였다. 크게 한숨을 뱉어낸 그는 마른세수를 한 뒤 상체를 벌떡 일으켰다. 잠자코 누워 있던 세현은 흠칫 놀라 어깨를 움츠렸다.

젖은 상태로 이리저리 뻗은 머리를 태우가 신경질적으로 헤집었다. 그의 손동작에 따라 널찍한 등이 리드미컬하게 움직이는 걸 세현은 물끄러미 쳐다보고 있었다.

늘 얄밉다고만 생각했던 앞모습과는 달리 그의 뒷모습은 참 낯설게 다가왔다. 태우와 함께했던 수많은 시간 동안 아무것도 하지 않고 그를 바라보고 있기는 처음이었다.

그녀가 알던 얄미운 장태우의 뒤태가 아니었다. 온전한 남자의 건장

한 등이었고, 어쩐지 고뇌가 느껴지는 등이었다.

"무슨 일로 온 거야?"

묵직하게 울리는 목소리였다. 태우는 질문을 하면서도 그녀를 쳐다보지 않고 있었다. 왠지 모를 서글픔에 입술을 베어 문 세현은 그의 체취가 밴 침대에서 몸을 일으켰다.

"수학, 모르는 문제가 있었는데……."

얼른 튀어나온 핑계가 수학 문제였다.

"내일. 내일 하자. 피곤해. 그만 가."

놀란 것 같은 세현의 시선이 느껴졌다. 왜 아니겠는가. 세현을 그의 방에서 쫓아낸 건 이번이 처음이었다.

무어라 하고픈 말이 있는 듯 머뭇거리던 세현은 결국 아무 말 없이 그의 방을 나갔다.

반바지 아래로 드러난 매끈한 종아리가 닫히는 문 사이로 사라질 때까지 태우는 세현을 쳐다보지 않았다.

귀엽게만 생각했던 조그만 계집애가 언제 저만치 커버린 것일까? 도저히 마주 보고 얘기를 나눌 수가 없었다.

맨가슴에 말캉하게 닿았던 감촉이 그대로 남아 심장이 계속해서 펌프질을 해대고 있었다. 상기된 얼굴을 감추기 급급해 세현의 기분을 살필 여력이 없었다.

태우는 열이 오른 얼굴을 다시 한 번 두 손으로 쓸며 무너지듯 침대에 주저앉았다.

세현의 '무거워'라는 말이 계속 귓속을 맴돌았다. 그는 심장이 터질 것만 같았는데 겨우 한다는 말이 무겁다는 소리라니. 한숨이 절로 새 나왔다.

❖

두준과 희원은 오피스텔로 다시 돌아가지 않았다. 토요일 오전까지 호텔에서 머물다가, 원래 일정보다 하루 앞당겨 신혼집으로 들어갔다.

오피스텔에 있던 짐은 이미 모두 옮겨놓은 상태였다. 짐정리는 그녀의 옷가지만 정리하면 될 정도로 완벽하게 끝나 있었지만, 보안시스템을 손보기 위해 방문한 보안업체 직원들로 집이 좀 어수선했다.

원래도 보안시스템엔 큰 문제가 없었지만, 해인의 오피스텔 침입으로 걱정이 많아진 두준이 다시 손보라고 지시를 내린 것이었다.

그 덕에 한준이 저녁 식사 초대를 해왔을 때 두준은 싫은 내색을 하면서도 응하고 말았다. 보안업체 직원들이 어지러이 오가는 집 안에 희원을 두는 게 영 마음에 걸린 탓이었다.

만나자마자 벌어진 두 형제간의 은밀한 신경전으로 불편할 것만 같았던 저녁 시간은, 희원보다 한 살 어린 손윗동서 은정의 담백한 활약으로 제법 즐거운 시간이 되었다.

은정은 그 나이 또래에 맞는 솔직함과 아기 엄마의 진중함을 동시에 가지고 있는 쾌활한 성격의 소유자였으며, 기분에 따라 즉흥적으로 변하는 한준을 통제하는 데 탁월한 능력을 가지고 있었다.

어린 나이임에도 윗사람 역할을 제대로 해내는 은정 덕에 어색했던 희원은 불편함 없이 저녁 식사를 마쳤다.

저녁 식사 내내 불편한 듯 뚱해 있었던 건 오히려 세현이었다. 그게 영 마음에 걸렸던 희원은 두준을 먼저 집에 들여보내고 세현과 함께 케이크가 맛있다고 했던 커피숍으로 자리를 옮긴 참이었다.

"그래서 아무 말 않고 그냥 나왔다고?"

"그럼 어떡해요. 가라고 하는데. 장태우가 저한테 먼저 가라고 한 건 처음이었어요."

세현의 얼굴이 울 것처럼 일그러졌다. 케이크를 포크로 찍던 희원의 미간도 일그러졌다.

"오늘은?"

"네?"

"오늘 만나기로 했던 거 아니었어?"

희원의 물음에 세현은 한숨부터 내쉬었다.

"11시쯤 갔더니 집에 없더라고요. 약속 있어서 나갔다고……. 다혜 언니 만나러 나간 거겠죠?"

"그거야 모르지. 전화 해보지 그랬어."

"그게 좀, 이상해요. 장태우가 예전에 알던 그 장태우가 아닌 것 같아요. 어딘지 낯선 것 같기도 하고, 좀 불편하기도 하고……."

아무래도 희원의 귀여운 제자이자 조카는 막 사랑에 눈을 뜬 것 같았다. 태우와는 직접 대화를 나눠보지 않았으니 단정 지을 순 없었지만, 그녀가 짐작하기에 태우의 마음도 별반 다르지 않을 것 같았다.

다른 사람의 감정은 이렇듯 명확하게 눈에 들어오는데, 왜 그게 본인의 일이 되었을 때는 쉽지가 않은지 모르겠다.

분명 어제는 '예쁜 내 여자'란 소리에 가슴이 두근거리는 기쁨을 맛봤지만, 오늘은 다시 두준과 그녀 사이에 두줄이가 존재했다.

그녀는 아직 두준에게 묻지 못했다. 두줄이를 빼고도 그들 사이에 남는 게 있는지, 그녀를 예쁘다고 생각하는 게 육체적인 끌림에만 한정된 것은 아닌지…….

그리고 그보다 더 중요한 건 그런 것들을 확인하고 싶어 하는 그녀의 마음이었다.

그들은 이미 결혼이라는 형식에 귀결했고, 둘 다 밝혔듯이 무를 생각도 없었다.

그럼에도 불구하고 이런 감정적인 문제들에 확답을 받고 싶어 하는 그녀의 심리 상태를 그녀조차 제대로 이해하지 못하고 있었다.

"세현아, 네 마음을 들여다보는 건 해봤어?"

"제 마음이요?"

"그래, 태우에 대한 너의 감정. 그것부터 알아야 할 것 같은데."

하여튼 장희원, 말은 잘한다. 제 감정도 제대로 모르는 주제에 선생이랍시고 제자한테는 자신의 감정을 먼저 들여다보라는 말을 하곤 자조적인 미소를 지을 수밖에 없었다.

사실은 희원도 세현과 마찬가지로 겁내고 있었다. 두줄이가 아니었으면 절대로 다시 얽힐 일 없었던 두준에 대한 자신의 감정을 파악하는 일은 마치 넘보지 말아야 될 부분을 욕심내는 것 같은 느낌이라 자꾸 머뭇거리게 됐다.

"만약에, 만약에 말이에요. 장태우를 좋아하고 있다는 걸 알았는데 장태우는 아니라면, 다혜 언니를 좋아하고 있다면 그땐 어떡하죠?"

'그러게 말이다. 강두준을 사랑하고 있다는 걸 알았는데, 강두준은 아니라면 그땐 어떡할까?'

제자는 답을 줄 수 없는 걸 묻고 있었다.

"세상 모든 관계가 다 순조롭게 이루어지는 건 아니야. 아프니까 청춘이라잖니."

희원은 그저 진리가 되어버린 상투적인 문구 하나를 덧붙이는 걸로 답을 대신할 수밖에 없었다. 마음 착한 제자는 투덜대는 법 없이 그냥 피식 웃고 말았다.

"제대로 된 답을 못 주는 대신, 이건 쌤이 사는 거다. 여기 케이크 진짜 맛있다."

"그렇죠?"

둘이 거의 동시에 케이크를 입안에 넣고 달콤함을 음미하며 미소를 지었다.

"근데 쌤, 왜 하루 일찍 이사하셨어요? 아빠는 내일 이사한다고 했었는데?"

"아아, 그럴 일이 있었어. 어, 전화 온다. 잠깐만. 여보세요?"

[커피숍이 어디야?]

전화 받자마자 앞뒤 다 생략하고 용건부터 꺼내는 이 남자, 패스트 푸드 강두준 되시겠다.

"왜요?"

[어두워지잖아. 너무 늦는 것 같아서.]

"데리러 오게요?"

[간판에 커다랗게 쉼표 그려져 있는 그 집인가?]

"네. 근처예요?"

마침 창가 자리에 앉아 있던 희원이 밖으로 시선을 돌리자, 잘 빠진 남자가 휴대폰을 귀에 댄 채 걸어오고 있었다.

그녀를 발견한 두준이 통화를 종료한 뒤 발걸음을 빨리해 다가오자, 희원의 입가에 미소가 절로 맺혔다.

"우리 삼촌이 참 멋있긴 해요. 그죠, 쌤?"

"어?"

앙큼한 제자가 음흉한 웃음을 흘리고 있었다. 희원은 파악 못 했다고 생각했지만, 다른 사람 눈에는 다 보일 정도로 그녀의 감정은 이미 넘쳐흐르고 있는 것이 아닌가 싶었다.

❖

"신 선생님, 이거 좀 잘못된 거 아닌가요?"

동호에게서 체육대회 일정표를 받아 확인하던 희원이 원래 하기로 했던 줄다리기에서뿐만 아니라, 모든 경기의 심판에서 제외된 걸 보고 의아한 마음에 물었다.

"아, 교감선생님 특별지십니다. 아무래도 힘들 테니……."

말끝을 얼버무리는 동호를 보며 희원은 미간을 구겼다. 줄다리기는 하라고 했어도 그녀가 양해를 구하고 빠졌겠지만, 심판 정도야 아무 상관 없을 것 같은데 거기에서까지 제외된다는 건 다른 선생님들 눈치가 보이는 일이었다.

"줄다리기는 몰라도 심판 정도는 괜찮을 것 같은데요."

동호가 곤란한 듯 머리를 긁적였다. 교문 앞에서 그녀를 데리러 온 두준을 본 동호에게 이사장이 아니라고 속인 일로 희원은 정중하게 사과를 했었다. 동호는 괜찮다고, 이해한다고 말했지만, 그에게서 예전 같은 친절함은 찾아볼 수 없었다.

"교감선생님 지시가 떨어진 일이라 저도 어쩔 수 없습니다."

"장 선생님 좋으시겠요. 덕분에 저희는 뙤약볕에서 더 힘들게 생겼지만, 뭐 어쩔 수 없죠. 그게 싫으면 저도 남편 잘 만나야 될 텐데 말이에요."

저만치 앉아 있던 정희가 일부러 다가오며 비아냥거렸다.

"최 선생, 무슨 말을 그렇게 해?"

잠자코 있던 최정희의 천적 김 선생이 날을 세웠다.

"제가 뭘요? 틀린 소리 한 것도 아닌데."

"윤리 가르치는 선생 맞아? 배려 아니야, 배려. 임산부를 배려하는 건 당연한 일이야. 거기에 왜 남편 얘기가 끼어들어?"

"누가 그걸 몰라요. 근데 심판 보는 것까지 제외하는 건 아무래도 이사장님 와이프니까 그런 거 아니겠어요? 제 말 틀려요?"

"이사장님 와이프라 덕 좀 보는 게 그렇게 배 아파? 꼭 그렇게 저급하게 말로 풀어놔야겠어? 최 선생, 어디 가서 윤리선생이라고 말도 꺼내지 마라. 같은 윤리선생으로서 창피해 죽겠다."

"김 선생님, 전 괜찮으니까 그만하세요."

김 선생과 정희 사이에 낀 희원이 난처한 표정으로 말려봤지만, 김 선생의 화는 가라앉을 줄 몰랐다.

"괜찮긴 뭐가 괜찮아. 작년 체육대회 때 생각 안 나? 최 선생이 교감선생님이랑 남자 선생님들한테 아양 떨어서 빠진 심판을 자기가 거의 다 봤잖아. 그러고도 아무 소리 않고 넘어가니까 저 잘못한 건 모르고 이런 소리나 듣고 있는 거 아니야."

"그땐 최 선생이 어지럽다고 해서 그런 거 아니에요."

"어지러운 거 좋아하네. 교감선생님 옆에 딱 붙어 앉아서 희희낙락 아주 살판났던 거 내가 똑똑히 기억하고 있거든. 최 선생, 하나 물어보자. 작년에 최 선생은 임신을 했던 거야? 남편을 잘 뒀던 거야? 뭘 믿고 아무것도 않고 놀았는데?"

김 선생의 물음에 당황한 정희가 동호와 희원을 번갈아 바라보더니, 이내 울상이 되어버렸다.

"김 선생님, 왜 매번 저만 못 잡아먹어서 난리세요?"

"뭐, 난리? 얌전히 제 할 일 하는 장 선생 건드린 건 최 선생이 먼저야. 내가 난리가 아니라 최 선생이 난리 친 거라고."

"아우, 좀. 김 선생님, 그만하세요. 저랑 잠깐 나가서 바람 좀 쐐요. 네?"

정희는 남자라면 누구나 껌뻑 넘어가고도 남을 애처로운 표정을 짓고 있었다.

방관하고 있던 동호가 정희를 달래기 위해 다가서고 있었다. 저만치 떨어진 자리에서 낮잠에 빠져 코를 골고 있던 교감이 몸을 뒤채고 있었다.

희원이라고 정희가 예쁠 리 없었지만, 일이 더 커지기 전에 수습해야겠단 생각에 동호에게 눈짓을 해 보이고 김 선생을 강제로 끌어당겼다. 정희는 보란 듯이 눈물을 찍어냈다.

정희는 그날 종일 연약한 피해자 코스프레에 열을 올렸다. 거의 대부분의 남자 선생님들이 정희가 웃음기 없이 처연하게 앉은 모습에 관심을 보였고, 정희는 김 선생과 희원에게 시선을 던지는 것으로 답을 대신하며 그 상황을 즐기는 것 같았다.

그중 김 선생과 나이가 비슷해 허물없이 지냈던 영어선생님이 무슨 일로 또 최 선생을 잡은 거냐고 농담조로 말을 건넸다가 파르르 독기 오른 김 선생에게 된서리를 맞았다.

희원은 내내 마음이 불편했다. 결국 퇴근하는 교감을 붙잡고 심판 보는 것만이라도 그냥 하겠다고 부탁을 해야만 했다.

교감은 두준의 존재를 의식해서인지 전처럼 희원의 말을 삭둑 잘라내는 일은 없었다. 오히려 힘들지 않겠냐고 살뜰히 챙기는 통에 어색하고 민망해 죽을 뻔했다.

요즘처럼 학교생활이 힘든 적은 없었다. 정희의 말을 엿들은 뒤로는 거의 모든 선생님의 시선이 신경 쓰였다.

잊을 만하면 튀어나오는 입덧 때문에 체력적으로도 힘든 데다 신경도 예민해진 상태라 학교를 그만둬야 하는 건 아닌가 하는 극단적인 생각이 자꾸 고개를 쳐들곤 했다.

하지만 제비뽑기로 따낸 자리도 아니고, 선생님이 되기 위해, 명문인 대한고에 들어오기 위해 기울였던 노력을 생각하면 쉽게 포기할 수가 없었다.

희원이 중2가 되던 해 선정은 처음으로 지방대 시간강사 자리를 따냈다.

덜덜거리는 중고차로 왕복 네 시간이나 걸리는 거리를 운전해 첫 강의를 하고 저녁 시간이 훨씬 넘어 돌아온 날, 선정은 난생처음 환한 얼굴로 희원에게 저녁을 먹었는지 물었다.

희원은 그맘때 이미 식사는 물론 빨래며 청소까지 모든 걸 혼자 완벽하게 해내던 시기였고, 연락 없는 엄마가 자연스러웠던 때라 6시쯤 라면으로 저녁을 해결한 뒤였다.

선정의 질문은 너무 뜻밖이었지만, 이미 저녁을 먹었다는 말로 분위기를 깨고 싶지 않을 만큼 다정하게 느껴져 그날 희원은 또 한 번의 저녁을 먹어야 했다.

결국 얹혀서 밤새 혼자 끙끙 앓아야 했지만, 그날은 희원에게 드물게 좋았던 추억으로 남았다. 경태와 희원에 대한 원망이 사라진 선정의 눈은 유난히 반짝였고, 강의실에서 있었던 일을 말하는 그녀의 목소리는 노랫가락처럼 아름답게 들렸다.

그때부터였다. 그녀도 누군가를 가르치는 일을 하고 싶다고 생각한 건.

엄마에 대한 기대도 애정도 모두 버렸다고 스스로 생각했지만, 그녀는 여전히 엄마를 그리워했고 의식하고 있었던 것이다. 항상 어둠 속에 침잠해 있는 것 같았던 선정을 반짝반짝 빛나게 했던 그 일을 희원도 해보고 싶었다.

그렇게 선택한 진로였지만, 이제는 천직이라 여기고 있었다. 선정을 반짝반짝 빛나게 만들었던 일은 희원에게도 빛이 되어주었다.

이만한 트러블로 선생님의 길을 포기한다는 건 희원의 자존심이 허락지 않을뿐더러 두줄이에게도 좋지 않은 영향을 미칠 것만 같았다.

사실 희원은 그게 가장 두려웠다. 모두 그녀로 인해 비롯된 일임을 알면서도 두줄이를 원망하는 못난 자신을 보게 될까 봐, 선정과 같은 전철을 밟게 될까 봐 그게 겁이 났다.

"눈빛이 왜 그래?"

"네?"

조용히 운전에 집중하고 있던 두준의 물음에 생각에 잠겨 있던 희원이 퍼뜩 정신을 차렸다.

특별한 일이 없는 한 그녀의 출근은 두준의 몫이었다.

결혼한 후로 부회장님 출근 시간이 늦어져 비서실 직원들이 좋아한다는 시형의 말이 신경 쓰이기도 했고, 괜히 불편하게 하는 건 아닌가 싶어 스위스 가겠다고 모았던 돈으로 차를 구입하겠다고 했다가 일언지하에 묵살당했다. 두 사람의 안전이 걸린 일에 모험을 할 수는 없다는 게 그의 입장이었다.

취득한 지 5년이나 된 면허증을 코앞까지 들이밀어 봤지만, 씨알도 안 먹혔다. 대중교통을 이용하겠다는 말에는 콧방귀가 되돌아왔다. 결국 희원의 출근도우미는 두준의 일정으로 굳어져 버렸다.

"전쟁터에 나가는 사람 같잖아. 너무 비장해 보여."

트레이닝 바지와 체육대회용 반티로 맞춘 왕 꽃무늬가 과하게 그려진 반팔 티셔츠를 입고 머리까지 하나로 올려 묶은 희원은 고등학교 선생님이 아니라 고등학생이라고 해도 믿을 만큼 발랄하고 귀여운 모습이었지만, 눈빛만은 영 어울리지 않는 모양새였다.

"비장해 보여요? 다행이네요. 오늘은 그냥 안 넘어갈 거거든요."

"뭘 그냥 안 넘어가?"

"그런 게 있어요."

며칠 희원의 표정이 좋지 않아 여러 번 이유를 물었지만, 그녀는 아무 일도 아니라는 말로 넘기기 일쑤였다.

그는 성큼 다가섰다고 느끼는 순간 그녀는 항상 뒤로 주춤 물러나는 것 같은 느낌을 지울 수가 없었다. 그와 그녀 사이에 물리적인 힘으로는 허물기 힘든 무언가가 존재하는 것 같았다.

희원이 누군가와 자신의 생각이나 상황을 공유하는 것에 서툴다는 건 이미 파악하고 있었다. 그녀가 유일하게 완전히 오픈되었던 순간은 타임에서의 그날뿐이었다. 술의 힘이었을 수도 있고 짝사랑을 잃은 충격 때문이었을 수도 있고.

뭐가 되었든 두 가지 다 그가 써먹을 수 있는 방법은 아니었다. 그렇다고 이대로 손 놓고 있을 수도 없었다.

희원은 두줄이 때문이라고 생각하는 것 같았지만, 두준은 이미 그녀를 제외한 삶을 생각할 수 없는 수준에 이르러 있었다. 그래서 이제, 계획적이고 집요하고 치밀한 그만의 방법으로 그녀를 당길 생각이었다.

"그런 게 뭔지 얘기해 줄 생각은 없는 거지?"

어느새 학교 앞에 도착한 차가 부드럽게 정차를 함과 동시에 두준이 제법 심각하게 물어왔다.

"그냥 학교 일이에요."

"그래?"

"당신이 신경 써야 할 만큼 그렇게 중요한 일 아니에요."

"그렇겠지."

수긍하는 말투와는 달리 두준의 표정은 별로 좋지 않았다.

다른 선생님들이 그녀가 이사장의 와이프라는 이유만으로 불편해하듯, 희원도 학교에서 있었던 일을 두준에게 말하는 게 불편했다. 고자질하는 것 같은 느낌이 든다고 해야 할까? 그래서 괜찮다, 아무 일 없다는 말이 입에 붙어버렸는데, 두준은 그걸 과히 좋아하지 않는 것 같았다.

"썬크림은 발랐나?"

유심히 살피는 희원의 눈길을 느낀 건지 얼른 표정을 지워낸 두준이 하얗게 드러난 그녀의 팔을 쓰다듬으며 말을 돌렸다.

"네, 듬뿍."

"너무 뛰지 말고, 농땡이 좀 피우고."

"걱정 말아요. 누구 덕에 강제로 농땡이 피우게 생겼으니까."

"그게 과히 좋진 않고?"

"뭐, 싫은 건 아니지만, 아무래도 눈치가 보여서……."

"그렇군."

또 탐탁지 않은 수긍의 말을 뱉어놓은 두준은 무슨 생각을 하는 건지 잠시 희원의 얼굴을 물끄러미 바라보며 별말이 없었다.

"내 걱정 하지 말고 어서 출근이나 해요. 이 실장님이 눈이 빠져라 기다리겠어요."

"그럴 리 없지. 아마 커피 한 잔의 여유를 즐기고 있을 거야."

기다란 손가락이 뻗어와 앞머리를 슬쩍 쓸어 올리나 싶더니, 이내 입술이 다가와 그녀에게 입맞춤하고 떨어졌다.

"먹고 싶은 건 없고?"

"아직은 없어요."

희원이 계란프라이를 먹다가 비린내가 난다며 화장실로 쫓아간 덕에 그도 그녀도 아침을 먹다 말았다.

희원은 신경 쓰지 말고 마저 먹으라고 했지만, 이상하게 두준도 아무렇지 않았던 계란에서 비린내가 나는 것 같아 먹을 수가 없었다.

"그래? 뭐 먹고 싶은지 생각해 봐."

"알았어요. 어서 가요."

이러다 출근 시간이 한정 없이 길어질 것 같아서 그를 재촉한 희원이 차 문을 열었다. 막 차에서 내리려고 한 발을 밖으로 빼는데, 두준이 그녀를 불렀다.

"희원아, 그 옷 안 입으면 안 될까?"

괜한 걸 묻는 두준의 얼굴이 살짝 일그러진 것처럼 보였다.

"왜요? 그렇게 이상해요?"

"아니, 그런 건 아닌데……."

이상하긴. 검은 바탕에 크게 프린트된 왕 꽃무늬가 희원의 뽀얀 얼굴을 더욱 돋보이게 만들고 있었다. 올려 묶은 머리와 딱 맞아떨어져 더없이 발랄해 보이는 그녀는 사랑스러움 그 자체였다. 하지만…….

"이상해도 어쩔 수 없어요. 아이들이랑 같이 뛰지도 못하는데 이것마저 안 입으면 우리 반 사기 떨어져서 안 된단 말이에요."

"그래, 그렇겠지. 어서 들어가. 있다가 보자고."

"네, 퇴근하고 봐요."

희원이 상큼하게 손을 흔들며 문을 닫자마자, 미소를 짓고 있던 두준의 얼굴이 또 일그러졌다. 두준이 뒷좌석에 놓인 쇼핑백을 보며 한숨을 내쉬었다.

체육대회 첫날은 예선전이 있는 날이라 둘째 날보다 경기가 훨씬 많았다. 교감에게 부탁해서 심판에 다시 투입된 희원은 2학년 여자 피구 경기 심판을 보는 중이었다.

정희가 담임인 3반과 7반 아이들이 맞붙은 경기였다. 희원의 반 아이들은 이미 한 경기를 이긴 상황이었고, 이번 경기에서 이긴 반과 준준결승전을 치르게 되어 있었다.

사심을 섞지 않으려고 노력하는 중이었지만, 솔직히 희원은 3반이 정희네 반이라는 이유만으로 7반이 이겼으면 하고 은근히 바랐다. 바람이 먹혀들은 건지는 몰라도 7반에 비해 3반은 경기에 열의가 없었다.

아마도 그건 자신이 담임을 하고 있는 반의 경기보다 제 뽀얀 피부가 탈까 겁나 몸을 사리고 있는 정희의 영향이 크게 작용한 것이 아닐까 싶었다.

3반 생존자는 한 명뿐인 상황에서 공격권은 7반으로 넘어갔고, 이미 승부는 결정 난 게임이었다.

처음부터 별 관심 없었던 정희는 손부채질을 하며 그늘을 찾아 희원의 뒤쪽으로 자리를 옮기고 있었다.

공이 날아가 3반의 마지막 생존자를 맞춤과 동시에 희원은 호루라기를 불어 7반이 승리했음을 알렸다.

"수고들 했어. 다들 응원석으로 돌아가세요."

손뼉을 치며 격려의 말을 전한 희원은 다음 경기가 있기 전까지 잠깐 쉴 요량으로 피구 경기장 뒤쪽 그늘에 가져다 놓은 의자에 앉기 위해 돌아섰다. 언제부터인지 정희가 그 자리를 차지하고 앉아 있었다.

"봄 날씨답지 않게 너무 덥네요. 그죠?"

정희는 손부채질을 하며 미간을 찡그렸다. 작년에도 그러더니 정희는 올해도 반티를 입지 않고 있었다.

몸에 적당히 달라붙는 트레이닝복 차림에 풀 메이크업을 한 그녀는 고등학교 체육대회에 참여한 선생님이라기보다 유명 휘트니스 클럽에나 어울릴 것 같은 모양새를 하고 있었다.

"그러네요."

짧게 대답한 뒤 쳐다보는데도 정희는 일어날 생각이 없는 듯 열심히 손부채질만 해대고 있었다.

"최 선생, 자리 좀 비켜줄래요?"

"어머, 장 선생님 앉으셔야 되는구나! 죄송해요."

전혀 죄송하지 않은 말투로 죄송하다는 말을 전한 정희는 느릿느릿 자리에서 일어났다.

"임신하면 정말 편하겠어요. 알아서 다들 배려해 주고."

희원의 입에서 한숨이 먼저 새 나왔다. 철없어서 그런다고 치부해 버리기엔 희원과 정희는 겨우 두 살 차이밖에 나지 않았다.

"그렇게 부러우면 최 선생도 임신을 하던가요."

"어머, 장 선생님, 무슨 말을 그렇게 하세요? 저는 사랑하는 사람과 정상적으로 순서 밟아서 결혼할 거예요."

'아우, 진짜 이걸 그냥 확⋯⋯. 휴, 두줄아, 넌 못 들은 거다.'

희원은 두줄의 귀를 막으려는 것처럼 양손으로 배를 가린 채 입김을 후 불어 앞머리를 날렸다.

"그래, 그래야죠. 근데, 사랑하는 사람은 있고요?"

"뭐, 곧 생기겠죠."

"그렇겠죠. 생기겠죠. 수시로 유혹을 해대는데 안 생기면 그게 더 이상한 일이지."

"장 선생님, 말이 너무 지나치……."

정희가 파르르해서 목소리를 높였다.

"그렇죠? 내 말이 좀 지나치죠? 그래도 난 사람 없는 데서 뒷담화는 안 하는데 말이야."

희원의 말에 얼굴이 붉어진 정희가 입만 벙긋댔다.

"이사장님이랑 내가 어떻게 만났는지 궁금해요? 직접 물어봤으면 노하우 정도는 전수해 줄 수 있었는데."

보건실에서 몰래 했던 말을 들었으리라곤 생각도 못 했던 건지 항상 웃음기가 번져 있던 정희의 얼굴이 눈에 띄게 굳어졌다.

"그래도 그동안 쌓인 동료애도 있고, 중요한 거 하나만 알려줄게요."

희원은 진짜 중요한 말이라도 할 듯 정희에게 가까이 다가오라며 손을 팔랑거렸다. 정희는 움찔거리며 희원의 얼굴 가까이에 귀를 가져다 댔다.

"최 선생, 심보를 곱게 써."

속삭이듯 말을 전한 희원은 생긋 웃어 보이기까지 했다. 얼굴이 붉으락푸르락해진 정희는 희원을 날카롭게 쳐다봤다.

대수롭지 않다는 듯 어깨를 으쓱해 보인 희원은 의자를 향해 막 걸음을 떼어놓았고, 정희는 그녀의 어깨를 강하게 툭 치며 지나치려 했다. 고의였는지, 우연한 사고였는지는 알 수 없었지만, 정희의 발이 막 걸음을 뗀 희원의 발과 엉겨 버렸다.

"어어!"

비틀대며 간신히 몇 발짝을 떼어놓은 희원이 앞으로 꼬꾸라지기 일보 직전, 누군가의 강한 손길이 그녀를 잡아채 겨우 중심을 잡을 수 있었다. 안도의 한숨이 절로 새 나왔다.

"휴, 감사……."

희원은 감사의 말을 끝내지도 못하고 입을 떡 벌렸다.

이 시간에 이곳에서 볼 수 없는 사람이라 놀란 건 차후 문제였다. 작정한 것처럼 차려입은 딱 맞아떨어지는 트레이닝바지는 일도 아니었다.

대체 누구 걸 빼앗아 입은 건지, 검은 바탕에 왕 꽃무늬가 그려진 티셔츠에 볼캡까지 쓴 두준은 영락없이 2학년 5반 남학생 중 하나였다. 이렇게 가까이서 마주하지 않았다면 그인 줄도 몰랐을 차림새였다.

"두준 씨, 이게 무슨…… 아니, 그보다 왜 여기 있어요?"

옷차림이 그렇다고 진짜 십대로 돌아간 듯 착각이라도 하는 건지, 두준은 불량스러움과 장난기가 적당히 어우러진 웃음을 지어 보였다.

"연차 냈어."

"아침까진 아무 말 없었잖아요?"

"갑자기 나타나면 더 반가워하지 않을까 싶어서 비밀로 했지."

사실 아침까진 스케줄 조정이 될지 확신이 서지 않아 말을 아꼈다. 11시부터 진행될 예정이었던 계열사 사장단 회의 및 오찬 일정을 조정하는 데 시형이 난색을 표했기 때문에 희원에게 오겠다고 쉽사리 말을 할 수가 없었다.

다행히 회의는 두 시간 앞당겨졌고 오찬은 생략됐다. 물론 3일 뒤 석찬으로 변경돼 더 골치 아파지긴 했지만, 체육대회에 참석하기 위해서라면 그 정도 희생은 감수해야만 했다. 하지만 이런 복잡한 사정들까지 희원이 알 필요는 없었다.

"혹시 반갑지 않은 거야?"

"아뇨, 아니요. 그럴 리가요."

희원이 고개를 젓자 올려 묶은 머리가 살랑살랑 꼬리를 쳤다.

워낙 흰 피부라 그런지 듬뿍 발랐다는 썬크림에도 불구하고 발그레하게 달아오른 양 볼이 십대 소녀마냥 귀여웠다. 두준은 볼캡을 벗어 희원에게 씌웠다.

"농땡이 좀 피우라니까 벌써 빨갛게 익었네. 그리고."

두준의 눈이 희원을 지나쳐 그 자리에서 얼어버린 듯 꼼짝을 않고 서 있는 정희에게로 향했다가 다시 되돌아왔다.

"조심해야지. 넘어질 뻔했잖아."

푹 씌워진 모자 아래서 입꼬리를 끌어 올리는 그녀는 그에게 시시콜콜 털어놓을 의향이 없는 것 같았지만, 피구 경기가 끝나기 바로 전부터 그녀의 뒤에 자리 잡고 있었던 두준은 상황 파악에 필요한 정보를 모두 얻은 뒤였다.

희원이 요 며칠 눈에 띄게 우울해하지만 않았다면 체육대회 참석 같은 건 꿈도 꾸지 않았을 것이다. 입에 밴 것처럼 내뱉는 괜찮다는 희원의 말을 그대로 믿을 만큼 그는 순진하지 않았다.

희원을 우울하게 만든 원인이 혹시 해인은 아닐까도 생각해 봤지만, 그녀는 이미 주거침입죄로 구속되어 있는 상태였고 희원도 이사한 뒤로는 거의 신경을 쓰지 않는 것 같았다. 결국 남은 건 학교뿐이었다.

세현을 통해 알아낼 수 있는 건 한정적이었다. 하는 수 없이 학교 운영을 살피는 척 꾸며 교장, 교감과 통화를 해야 했고, 여행을 좋아한다며 놀러 갔던 얘기에 열을 올리던 윤리 담당 선생과 저녁을 함께 해야 했다.

저녁 먹는 내내 시형과 어찌나 죽이 잘 맞던지 함께 여행이라도 다녀오라는 말을 꺼냈다가, 시형의 발길질에 복사뼈가 시퍼렇게 멍이 들었다.

둘이 나이도 엇비슷하고, 여행 좋아하는 것도 비슷하고 잘 어울릴 것 같은데, 둘 다 눈이 너무 높은 게 흠이었다. 나이를 생각해야지,

어쩌면 이상형 취향도 비슷해서 꽃미남, 꽃미녀가 좋다는 데는 답이 없었다.

"진짜 연차 낸 거 맞아요? 이건 또 어디서 났어요?"

분명 똑같은 티셔츠인데, 어쩐지 명품인 것 같아 보이는 왕 꽃무늬 티셔츠를 가리키며 묻는 말에 두준은 미소부터 지어 보였다.

"괜찮은 조력자가 생겼거든."

배구 심판을 보고 있던 두준의 괜찮은 조력자 윤리선생이 그를 알아보고 한 손을 들어 보였다.

"조력자요?"

"이사장님, 안녕하세요?"

넋 놓고 있던 정희가 그제야 정신을 차린 건지, 상큼한 보조개를 동반한 얼굴을 들이밀었다.

"아, 네. 근데 누구시더라?"

정희에 관해서라면 윤리선생에게 이미 들어서 알고 있었지만, 두준은 전혀 기억에 없다는 투로 물었다.

사실 윤리선생이 저녁 식사 자리에서 언급했을 때는 정희가 누군지 짐작도 못 했다. 회식 때 같은 테이블에 앉아 있었다는 부연 설명까지 듣고 나서야 과하게 애교를 부렸던 정희의 얼굴이 어렴풋이 떠올랐다.

"윤리 과목을 맡고 있는 최정희 선생님이에요."

"아아!"

희원의 소개에 대한 두준의 반응은 그게 다였다. '아아!'라니? 저런 반응은 정희의 입장에선 상상도 못 할 일이었다. 이런 푸대접을 받아본 적이 없었던 정희는 순간 어리둥절했다.

누군가의 관심 밖으로 밀려났던 적이 없었다. 초등학교 입학 때부터 대학교 입학에 이르기까지 매년 학년이 바뀔 때마다 정희는 예쁜 외모 덕에 모두의 관심의 대상이 됐고, 언제부턴가 그걸 당연한 듯 받아

들이게 됐다.

보여지는 데 익숙해지다 보니 자연히 자신을 꾸미는 데도 익숙해졌고, 손짓 하나도 예쁘다는 평가를 받던 그녀였다. 한마디로 정희는 남자들이 어떤 모습을 좋아하는지 너무도 잘 알았다. 그게 잘난 이사장이라고 해서 예외는 아닐 거라고 생각한 것도 사실이었다.

그런데 두준은 회식 때 얘기를 나눴던 그녀를 기억도 못 했을뿐더러, 슬쩍 스치듯 쳐다본 뒤로 그의 시선은 온통 희원에게 집중된 상태였다.

희원을 바라보는 눈빛에는 꿀이라도 떨어질 것 같은 달짝지근함이 묻어 있었다. 저런 유의 눈빛을 받는 대상은 항상 정희였다.

그녀의 기준에서 생각하자면 희원은 저런 눈빛을 받기엔 부족한 사람이었다. 그럼에도 그의 눈빛이 희원에게로 향해 있는 건, 임신 때문에 어쩔 수 없이 결혼했다는 걸 숨기려는 의도임이 분명하다고 생각했다.

희원에겐 미안한 일이 될 터였지만, 다정한 부부로 보이기 위한 설정이 끝난 뒤엔 두준의 시선은 자연스레 그녀에게로 향할 것이라 여겼다. 조급해할 필요 없었다. 남자들이 홀딱 반해 마지않는 미소를 머금은 채 기다리기만 하면…….

"안녕하십니까? 이사장님. 오신다는 연락도 없이 어쩐 일이십니까?"

차광막텐트 아래에 앉아 있던 교장과 교감이 볼캡을 벗은 두준을 알아보고 황급히 다가와 인사를 건넸다. 마주 인사를 건넨 두준이 멋쩍은 표정으로 뒤통수를 긁적였다.

"이거 참, 오늘은 이사장이 아니라 장희원 선생님 남편으로 온 겁니다. 홀몸도 아닌데 체육대회에 참여한다기에……. 교장선생님, 교감선생님께 따로 양해를 구했어야 했는데, 죄송합니다."

"아이고, 아닙니다. 무슨 말씀을 그렇게 하십니까? 이사장님께서 참석해 자리를 빛내주시면 저희야 영광이죠."

"그렇게 생각해 주신다면 정말 감사한 일이죠. 아, 그리고 장희원 선생님 남편 자격으로 오늘 체육대회 끝난 뒤에 회식 자리를 마련할까 하는데, 그래도 괜찮겠습니까?"

"물론 괜찮죠. 그걸 말이라고요. 선생님들한테 그렇게 전달해 놓겠습니다."

"아, 마침 여기…… 여보, 좀 전에 누구라고 했지?"

정희를 손짓하며 미간을 구겼던 두준이 희원을 향해 물었다.

"헉. 여, 여, 여보? 아, 음, 최, 최정희 선생님이요."

생전 들어보지도 못했던 호칭에 놀란 희원이 말을 더듬는 것도 아랑곳없이 두준은 정희를 돌아봤다.

남자들이 홀딱 반해 마지않는 정희의 미소가 어정쩡하게 일그러졌다. 두준은 그녀에게 시선을 주기는커녕, 들은 지 얼마나 됐다고 이름조차 기억하지 못하는 듯 다시 묻고 있었다.

"아, 그래, 최 선생님. 다른 선생님들한테는 최 선생님이 알리면 되겠네요. 그렇죠?"

두준이 교장과 교감에게 동의를 구하자 그들은 앞 다투어 고개를 끄덕였고, 정희에게 어서 다른 선생님들한테 알리라고 재촉까지 했다.

정희의 볼에 앙증맞게 자리 잡은 보조개가 참 생뚱맞아 보일 정도로 그녀의 얼굴은 딱딱하게 굳어졌다.

그러거나 말거나 희원과 나란히 선 두준은 9,900원짜리 반티를 명품 커플 티로 만들며, 정희는 안중에도 없다는 듯 교장, 교감과 담소를 나누고 있었다. 그 후로도 두준의 정희 잔심부름시키기는 계속 이어졌다.

피구 심판을 마친 희원을 차광막텐트 아래에 강제로 모셔다 놓은 두준은 정희가 다가가기만 하면 정중한 말투지만 절대로 거절할 수 없는 힘을 실어 심부름을 시켜댔다.

"여보, 목마르지 않아? 교장선생님, 교감선생님, 목마르지 않으세요? 우리 음료수라도 마실까요? 최 선생님, 마침 딱 맞춰서 오시네. 제가 가져온 음료수가 저 앞쪽 텐트에 있는데, 좀 가져다주시겠어요?"

라거나.

"여보, 왜 기침을 하고 그래? 먼지가 많이 나서 그런가? 최 선생님, 제가 일회용 마스크를 한 박스 사서 저쪽 텐트에 두고 왔는데, 좀 가져다주시겠습니까?"

라고 한다거나.

"여보, 더워? 부채질 해줄까? 부채가…… 아, 저기 있네. 최 선생님, 거기 있는 부채 좀 주시겠어요?"

라는 얄궂은 주문들이 줄줄이 이어졌다. 작년에 차광막 그늘 아래서 남자 선생님들의 배려를 한 몸에 받으며 편하게 체육대회를 치러냈던 정희는, 차광막 안쪽으로 발도 들여놓지 못한 채 오전 시간을 보내야만 했다.

두준이 일부러 그녀를 괴롭히고 있다는 생각을 지울 수가 없었지만, 딱히 트집을 잡을 수가 없었던 건 차광막텐트 안에 자리한 사람이라곤 교장과 교감, 이사장과 희원이 다라 끊임없이 텐트 안으로 진입하려는 노력을 기울였던 정희 외엔 달리 심부름을 시킬 만한 사람이 없었기 때문이다.

교장과 교감만도 불편한데, 이사장까지 떡하니 앉아 있는 텐트 안으로 누가 들어가고 싶어 하겠는가? 뚜렷한 의도가 없는 한 피하고 보는 게 일반적일 것이다.

하지만 정희는 그럴 수가 없었다. 희원이 이사장에게 자신에 대한 험담을 어떻게 늘어놓을지 걱정돼 자꾸 텐트 안을 기웃거리게 됐다.

결국 심부름만 도맡아했고, 언뜻언뜻 못 볼 꼴만 보게 됐다.

이사장과 희원은 임신 때문에 억지로 결혼했다고 하기엔 너무 신혼 부부다운 분위기를 풍기고 있었다.

희원을 꿀 떨어지는 눈으로 쳐다보는 건 기본이었고, 음료수병을 딴 뒤 정희에게 심부름시켜서 가져오라고 한 빨대를 꽂아서 건네는 세심함을 선보이질 않나, 살랑살랑 부채질을 해대는 섬세함에다, 바람에 날리기가 무섭게 잔머리를 정리해 주는 민첩함까지 두준의 신경은 온통 희원에게 집중된 채 1분 1초도 다른 데로 옮겨가는 법이 없었다.

이쯤 되고 보니 정희는 자신이 잘못 알고 있었던 게 아닌가 하는 생각이 들었다. 사랑하는 부부처럼 보이도록 꾸몄다고 가정하기엔 두준은 눈빛 하나까지 너무도 완벽했다.

두준과 희원이 임신 때문에 마지못해 맺어진 부부가 아니라 서로 사랑해서 결혼한 정상적인 부부라면, 그녀는 제법 괜찮은 간판이 되어 주었던 대한고 선생님이라는 자리를 빼앗기게 될지도 몰랐다.

그녀가 보건실에서 했던 뒷담화를 희원은 이미 알고 있는 것 같았고, 저번 김 쌤과의 다툼에다 오늘 피구 경기 후의 일까지, 되짚으면 되짚을수록 걸리는 게 한두 가지가 아니었다. 희원이 이사장한테 어떻게 얘기할지 모르는 상황에서 정희는 불안하기 짝이 없었다.

어떻게든 희원과 얘기를 나눠보고 싶었지만, 두준이 한시도 떨어지지 않고 붙어 있는 통에 그것도 여의치 않았다.

정희가 이렇게 불안에 떨며 하루를 보내는 동안, 희원은 익숙지 않은 상황에 내내 안절부절못하고 있었다.

"두준 씨, 그 호칭 좀 그만 사용하면 안 돼요?"

마침 교장과 교감이 함께 자리를 비운 사이 희원이 목소리를 낮춰 두준에게 물었다.

"호칭? 어떤 호칭?"

두준은 뻔히 알면서도 능글맞게 물으며 웃어 보였다.

"모르는 척하지 말아요. 갑자기 나타난 것도 그런데 왜 생전 쓰지도 않던 호칭으로 사람을 당황하게 만들어요?"

"자꾸 불러버릇하니까 난 괜찮은데, 왜?"

"그게 좀…… 간지러워요."

"하하, 그러게. 간지럽네. 나쁘지 않아."

기분 좋게 웃는 두준을 흘겨본 뒤 희원은 자리에서 일어났다.

"어디 가려고?"

"우리 반에요. 아마 줄다리기할 때 됐을 거예요."

희원의 말을 듣고 두준도 자리에서 일어났다.

"왜 일어나요? 가려고요?"

"아니, 줄다리기하려고."

"네에? 미쳤어요? 갈 거 아니면 그냥 여기 앉아 있어요."

"그럴 순 없지. 오늘 하루 동안 장희원 원 플러스 원 하기로 했거든."

씩 웃는 두준의 얼굴엔 장난기가 충만했다. 똑같은 티셔츠를 입고 그녀의 옆으로 척 달라붙는 두준은 확실히 원 플러스 원 같아 보이긴 했다. 자그마한 문제가 있다면 그저 덤으로 취급하기엔 두준의 존재감이 너무 남다르다는 것이었다.

"진짜 왜 온 거예요?"

희원이 미간을 구긴 채 진중하게 물었다. 그가 그녀와 원 플러스 원으로 붙어 다니며 학생들 틈에 끼어 줄다리기나 하고 있어도 될 만큼 한가한 사람이 아니라는 건 희원이 더 잘 알았다.

전 이사장이었던 강 회장도 그렇고, 현 이사장인 두준도 그렇고, 희원이 대한고에 재직했던 3년 동안 체육대회에 참석한 적은 한 번도 없었다.

솔직히 바쁘고 대단하신 이 양반들이 체육대회에 참석하는 게 더 부

자연스러운 일일 것이다.

"연차 냈다고 말했잖아. 마누라가 보고 싶기도 하고 집에 혼자 있기 심심해서."

상큼한 미소와 함께 건너온 두준의 말엔 전혀 신빙성이 없었다. 강 두준에게 가장 어울리지 않는 단어가 '심심하다'일 것이다. 그는 절대 할 일도 없이 연차를 낼 위인이 아니었다.

두준이 왕 꽃무늬 티셔츠까지 착용하고 체육대회에 친히 참석하신 이유는 회식 자리에서 명확히 밝혀졌다.

최고급만 취급한다는 한우전문점 '고궁'에서 테이블마다 꽃등심을 쫙 깔아놓는 초특급 돈 자랑을 선보인 두준은 교장선생님 성화에 마지 못한 듯 일어나 새신랑다운 쑥스러움을 한껏 꾸며 속내를 드러냈다.

"오늘은 진짜 이사장으로서가 아니라 장희원 선생님 남편으로 참석 한 자리라 부담 없이 들어주셨으면 좋겠습니다."

어쩐지 '부담 없이'에 힘을 주어 말을 한 두준은 오늘도 역시나 교 장, 교감이 있는 테이블을 차지하고 앉은 정희를 날카롭게 한 번 쳐다 봤다.

두준과 희원은 김 선생 일행과 끼어 앉은 참이었다. 희원이 불편하 다는 이유로 그 자리를 고수하는 통에 두준도 교장의 권유를 거절하 고 희원과 나란히 자리를 잡은 것이었다.

"사실 제 위치 때문에 우리 희원이가 많은 부담을 안고 생활하는 건 아닌지 신경이 쓰일 때가 많습니다. 그래서 가끔 염탐하듯 물어보기 도 하고요."

두준이 멋쩍은 듯 입꼬리를 끌어 올리며 뒤통수를 긁적이는 모습을 희원이 목을 한껏 꺾어 올려다봤다. 이 남자가 무엇 때문에 금쪽같은 시간을 쪼개 여기 와 있는지 더 듣지 않아도 알 수 있을 것 같았다.

표시나지 않도록 조심했다고 생각했는데, 두준은 그녀가 우울해하는 걸 알아챈 것 같았다. 슬쩍슬쩍 묻는 말에 태연한 표정을 꾸미며 괜찮다고 말했는데, 그녀가 괜찮지 않다는 걸 그는 알고 있었다.

치밀하고 계획적인 강두준 씨, 분명 다각도로 조사를 했을 게 뻔했다. 하루 종일 매너 있는 태도로 정희를 못 살게 굴었던 것만 봐도 짐작이 가능했다.

"근데 다들 아시겠지만, 우리 희원이가 워낙 속이 깊은 데다가 입도 무거워서 한마디도 안 하지 뭡니까?"

낯 두껍게도 서슴없이 칭찬을 쏟아낸 두준이 희원과 눈을 맞추며 씩 웃어 보였다. 얼굴을 붉힌 희원도 마주 웃어 보일 수밖에 없었다. 오늘따라 저놈의 '우리' 공격도 그리 싫지만은 않았다. 두준의 분에 넘치는 배려에 가슴 한구석이 찡해오는 게 눈물이 날 것만 같았다.

"하하, 제가 예쁜 마누라 얻어서 팔불출이 다 됐습니다."

두준이 상큼한 웃음과 함께 뱉어낸 말에 와자한 웃음소리가 퍼졌다. 옆자리에 앉아 있던 김 선생이 희원의 옆구리를 찌르며 입을 벙긋거렸다. '부럽다'는 말을 하려는 것 같았다.

"그래서 한 가지 당부 드리고 싶은 게 있습니다. 저로 인해 희원이 다른 대우를 받는 것은 원치 않습니다. 그게 특혜든 괴롭힘이든 둘 다 말입니다."

두준의 진득한 시선이 정희에게로 향하자, 정희는 흠칫 놀라며 고개를 숙였다.

"장희원이 그냥 장희원 선생님일 수 있게 여러분이 도와주시길 부탁드립니다."

두준의 말이 끝나자 잠시 침묵이 감돌았다.

"이사장님, 그럼 이건 뇌물인 겁니까?"

평소에도 시원시원하기로 유명한 화학선생님이 웃음 섞인 목소리로 물었다.

"하하, 들킨 겁니까? 외조하기가 이렇게 힘들 줄은 몰랐습니다. 당분간 저희 집은 외식 금지랍니다. 너무 거하게 썼다고 좀 전에 두 번이나 꼬집혔습니다."

두준이 회식 자리로 정한 고궁의 고급스러움과 규모에 놀라 한 번, 테이블마다 꽃등심을 세팅하라고 주문하는 데 또 한 번, 단단하기 이를 데 없어서 잘 잡히지도 않는 옆구리를 찔렀던 일을 가지고 그가 너스레를 떨었다. 여기저기서 싱거운 농담과 부러움의 말들이 웃음과 함께 쏟아져 나왔다.

"두 번 꼬집힌 정도면 양반이죠. 우리 마누라 같았으면 아마 대낮에도 별을 보게 만들었을 걸요?"

"이거 간만에 꽃등심 먹고 체하는 거 아닌지 모르겠습니다."

"장 선생님, 잘 먹을게요. 앞으로도 종종 회식 자리 마련해 주세요."

"능력 있는 남편은 외조 스케일도 장난 아니네요. 부러워요, 장 선생."

한마디씩 던지며 퍼지는 웃음에 얼굴이 붉어진 희원이 자리에 앉는 두준의 다리를 톡 쳤다.

"못됐어, 진짜."

작게 웅얼거리는 희원의 핀잔에도 두준의 얼굴은 여전히 웃음꽃이었다.

"어머, 장 선생, 예쁜 남편 때릴 데가 어디 있다고 때리고 그래?"

김 선생이 고새 쳐다보고 희원을 놀리는 말에 또 와자하게 웃음이 퍼졌다.

"두준 씨, 이게 마지막이에요. 다음엔 이런 회식 안 돼요."

사람 좋은 웃음을 짓고 있는 두준의 귓가에 대고 희원이 작게 속삭였다. 두준의 남다른 스케일이야 떡볶이집을 통째로 빌렸을 때 이미 알아봤지만, 그때와 지금은 느낌 자체가 달랐다.

그땐 떡볶이집을 이용 못 하는 사람들에 대한 미안함과 쓸데없이 돈을 낭비하는 것에 대해 화가 난 것이라면, 지금은 좀 아까운 생각이 들었다.

　결혼이라는 형식 하나 갖추었을 뿐인데, 두준의 돈이 꼭 두준의 것만은 아닌 것처럼 느껴지는 이 상황이 그녀로서도 참 난감했다.

　"돈 못 써서 죽은 귀신이라도 붙었어요? 어떻게 돈 아까운 줄을 몰라."

　"그러게. 이상하게 아까운 줄 모르겠네."

　사업가로 키워지기도 했고, 또 스스로도 타고난 사업가인 두준은 돈을 아끼기보다 크게 쓰고 크게 남기는 일에 더 익숙했다. 하지만 결코 돈을 낭비하는 일은 없었다. 그는 쓸데없이 허비되는 돈에 더없이 민감하게 반응했고, 쓰인 돈 이상의 이윤을 뽑아내는 데 탁월한 능력을 가지고 있었다.

　그런 그가 지금 쓰는 돈은 전혀 아깝지 않다고 느꼈다. 희원을 위해 쓰는 돈이 아까울 리 없었다.

　"웃어요? 웃음이 나와요?"

　희원이 자연스레 입꼬리가 올라가는 두준을 타박했다.

　"그러게. 즐거우면 안 되는 상황인 건 알겠는데, 바가지 긁히는 거 생각보다 꽤 즐거운걸."

　"아니, 이게 무슨 바가지라고……."

　"이사장님, 사랑싸움은 댁에 가서 하시고 술 한 잔 받으시죠."

　이번에도 화학선생님이 계속 귓속말을 주고받는 두준과 희원에게 돌직구를 날렸다.

　"네, 한 잔 주십시오."

　두준이 흔쾌히 술잔을 들자, 여기저기서 환호가 터져 나오고 분위기는 더 화기애애해졌다.

　투명한 잔에 가득 따라진 소주를 단숨에 들이켜는 두준을 희원이 물끄러미 쳐다봤다.

타임에서 이후로 그가 술을 마시는 모습은 처음이었다. 타임에서도 칵테일 잔을 연신 기울였던 건 그녀 쪽이었고, 그는 얼음이 든 글라스를 여유로운 손동작으로 빙빙 돌리는 데 더 많은 시간을 허비했었다.

"두준 씨, 술 못 하는 거 아니에요?"

걱정이 된 희원은 다시 눈치를 보며 귓속말을 할 수밖에 없었다.

"즐기는 편은 아니어도 웬만큼은 하는데. 왜? 술 마시지 말라고 바가지 긁게?"

"아, 진짜. 몰라요."

희원이 밉지 않게 흘겨보며 입을 삐죽거렸다. 흘겨보는 눈길에 시선을 빼앗긴 두준이 흘러내리지도 않은 머리를 정리해 주는 척 부드럽게 얼굴을 쓸고 귓불을 매만졌다.

항상 그랬지만, 평상시보다 몇 배는 더 멋져 보이는 이 남자, 자꾸 그녀의 마음을 설레게 하고 있었다.

"이사장님, 노처녀 염장 그만 지르시고 제 술도 한 잔 받으시죠."

두 사람의 모습에 괜스레 같이 설레었던 김 선생이 심술을 부리고 나섰다.

"술을 잘하시네요, 김 선생님. 시형이도 술 꽤나 하는데. 둘이 정말 잘 맞는 것 같은데 말입니다."

"저는 꽃미남이 좋다고 말씀드린 것 같은데요."

"지금이야 꽃을 떼는 게 맞을 것 같지만, 시형이도 왕년엔 꽃미남이었습니다."

"뭐예요? 김 선생님, 이 실장님을 알아요? 나 몰래 셋이 만난 거예요?"

희원의 물음에 기분 좋게 대화를 나누던 김 선생과 두준의 얼굴에서 웃음이 싹 가셨다.

"어, 그게 말이야…… 장 선생, 이 간 좀 먹어봐. 아주 신선하네. 이게 철분이랑 비타민이 잔뜩 들었다잖아. 안 그래요? 이사장님."

당황한 김 선생이 희원의 관심을 돌려볼 요량으로 호들갑스럽게 젓가락을 놀려 간 한 조각을 그녀의 앞접시에 옮겨놓았다.

"네. 그렇…… 희원아."

선홍색의 간을 쳐다보던 희원의 얼굴이 금세 굳어졌다. 이상하게 간에서 피비린내가 나는 것 같았다.

아무렇지 않았던 속이 갑자기 요동을 쳤다. 무언가 넘어올 것처럼 울컥 치밀어 올라오자, 희원이 급히 몸을 일으켰다. 바로 따라 나갈 듯 두준도 반쯤 일어나는 걸 김 선생이 붙들어 앉혔다.

"이사장님, 여자화장실까지 따라 들어가실 거 아니면 그냥 앉아 계시죠. 우리 장 선생 임신이 체질 같다더니 이제야 입덧을 하네. 아유, 이 맛있는 간이 뭐 어쨌다고…… 이사장님?"

간을 집어먹는 김 선생을 보고 있던 두준이 갑자기 손으로 입을 틀어막았다. 김 선생이 의아한 눈으로 쳐다본다는 걸 알았지만, 그는 진정이 되지 않는 속을 어찌해 볼 수가 없었다. 두준도 어쩔 수 없이 일어나 화장실로 향해야만 했다.

"이사장님, 어디 가십니까?"

누군가 묻는 소리가 들렸고.

"입덧하시나 봐요. 그냥 두세요."

김 선생이 웃음 섞인 목소리로 답하는 소리가 들렸다. 다시 와자한 웃음이 룸을 가득 채웠다. 강두준이 영락없는 팔불출이 되는 순간이었다.

2. 뜨거운 고백

희원은 찬물을 한 모금 머금어 입안을 헹구어냈다. 딱히 토할 것도 아니면서 속은 말도 못 하게 울렁거렸다. 찬물에 젖은 손으로 얼굴을 톡톡 두드리며 속이 진정되기를 기다렸다.

아무래도 두줄이가 점점 더 응석받이가 되어가고 있는 것 같았다. 응석 부려야 대접 못 받을 것 같은 순간엔 잠잠했다가 제대로 된 때를 만난 것처럼 이러는 걸 보면, 기회를 제대로 포착할 줄 아는 아빠를 꼭 빼닮은 게 분명했다.

그런 생각을 하자 괜스레 웃음이 비어져 나오며 울렁거리던 속도 차츰 가라앉는 것 같았다.

얼굴에 미소를 한가득 머금은 희원이 고개를 들었을 때 정희가 막 화장실 안으로 들어서고 있었다. 우물쭈물하는 모양새를 보니 아무래도 희원 때문에 일부러 화장실에 온 것 같았다.

"최 선생, 왜? 나한테 할 말 있어요?"

"어, 그게…… 아니요. 그냥 손 좀 씻으려고요."

말을 할 듯 말 듯 망설이던 정희가 희원을 그대로 지나쳐 세면대로 향했다. 딱히 그녀와 말을 섞고 싶지 않았던 희원도 그대로 걸음을 옮겼다.

"저, 장 선생님."

다급하게 불러놓고 정희는 또 손만 비틀어댔다.

"할 말 없으면 난 그만……."

정희가 무슨 말을 꺼내려고 저렇게 망설이는지 짐작이 갔다. 아마도 하기 싫은 사과를 준비했을 게 분명했다.

억지 사과를 받기 위해 기다리고 싶은 마음은 눈곱만큼도 없는 희원이 막 몸을 돌려 화장실을 나서기 직전, 다 기어들어 가는 정희의 목소리가 들려왔다.

"죄, 죄송해요."

"뭐가요?"

"네? 어, 저, 그게…… 뒤에서 장 선생님 험담한 것도 그렇고, 며칠 전에 교무실에서 김 선생님하고의 일도…… 아, 또 오늘 발 걸어서 넘어뜨리려고 했던 것도……."

"뭐야, 일부러 그런 거였어요?"

희원이 팔짱을 끼며 인상을 쓰자 정희가 흠칫 놀라며 손사래부터 쳤다.

"아니요. 처음부터 그러려던 건 아니었어요. 장 선생님 말에 화가 나서 그만……."

"화가 나서 발을 걸었다고요?"

"바로 후회했어요. 잡아주려고 했는데 이사장님이 먼저 잡은 거예요. 진짜예요. 믿어주세요."

"믿어주면 뭐가 달라지는데요?"

"네?"

"나뿐만 아니라 우리 아기까지 위태롭게 만들었는데, 그걸 그냥 용서해 줘야 해요?"

팔짱을 푼 희원이 주먹 쥔 오른손으로 왼 손바닥을 탁탁 치며 어슬렁어슬렁 정희에게로 다가섰다.

"나도 몰랐는데 말이에요, 내 안에 아주 엄청난 모성애가 숨어 있더라고. 감히, 우리 두줄이를 위험에 빠뜨렸단 말이지."

"헉! 장 선생님, 그러니까 사과를……."

"이게 사과 갖고 끝날 일이라고 생각해?"

울상이 된 정희가 희원을 슬금슬금 피하며 넘어질 듯 화장실 문으로 다가갔다. 진짜 겁을 집어먹은 표정이라 희원은 상황에 맞지 않게 웃음이 비어져 나오려 했다.

"저, 정말 저는…… 으어어."

말을 더듬던 정희가 괴상한 소리를 내더니, 문을 벌컥 열어젖히고 뛰쳐나갔다. 그러곤 이내 짤막한 비명이 들려왔다.

"최 선생, 장난이야. 뭐 그렇게 겁을 집어먹고……."

얼른 쫓아 나간 희원은 눈앞에 벌어진 상황을 기가 막힌 표정으로 쳐다봤다.

"이게 어떻게 된 거예요?"

벽에 기대선 두준이 어깨를 으쓱해 보였다.

"난 그냥 당신 기다리면서 서 있었는데, 갑자기 달려 나오더니 발에 걸려 넘어졌어."

"그걸 지금 나더러 믿으라고요? 휴, 최 선생, 괜찮아요?"

바닥에 무릎을 꿇고 넘어져 있는 정희에게 다가간 희원이 팔을 잡아 일으키려 하자, 흠칫 몸을 편 그녀는 무릎을 꿇은 자세 그대로 두준을 향해 돌아앉아 양손을 한데 모았다.

"이사장님, 잘못했어요. 다시는 장 선생님한테 나쁜 짓 안 할게요.

한 번만, 이번 한 번만 용서해 주세요."

"최 선생, 이러지 말고 일어나요. 아깐 장난친 거야. 죄송하다면 된 거지, 무슨 무릎까지 꿇고 이래요. 누가 볼까 겁난다. 어서 일어나요."

사실 일부러 발을 걸었다는 소릴 들었을 때는 울컥하는 마음에 머리라도 한 대 쥐어박고 싶은 심정이었지만, 스케일 남다른 어떤 양반의 외조 덕에 정희가 단단히 겁을 집어먹은 것 같기도 했고, 화장실 앞에서 무릎까지 꿇게 하는 건 영 마음이 불편해 말릴 수밖에 없었다.

희원이 다시 팔을 잡아 일으키자, 두준의 눈치를 살피던 정희가 주춤주춤 몸을 일으켰다.

"그만 가서 고기 먹자. 두준 씨, 나 배고파요. 얼른 들어가요."

여전히 못마땅한 표정으로 정희를 바라보고 있던 두준은 배고프다는 희원의 말에 마지못해 발걸음을 옮겼다. 희원을 앞세운 두준은 정희의 곁을 지나치며 낮게 깔린 목소리로 경고의 말을 잊지 않았다.

"최정희 선생, 실업자 되고 싶지 않으면 심보를 곱게 쓰세요."

부부는 일심동체 아니랄까 봐 충고의 말조차 맞춘 듯 딱 맞아떨어졌다.

두준은 차 뒷좌석에 깊숙이 몸을 묻은 채 눈을 감고 있었다. 마다않고 받아 마시더니 술기운이 오른 것 같았다.

남자치곤 긴 속눈썹이 가지런하니 내려앉아 있는 볼이 살짝 발그레했다.

술기운에 붉어진 건지, 햇볕에 그을린 건지 알 수가 없었다. 항상 단정하던 앞머리가 이마를 어지럽게 덮고 있었다.

머리카락조차도 계획적으로 관리하던 두준에게선 좀처럼 볼 수 없었던 모습이라 희원은 아까부터 눈을 떼지 못하고 있었다. 시선을 받고 있는 장본인은 눈까지 감은 무방비 상태라, 그녀는 아주 느긋하게 감상 중이었다.

가는 쌍꺼풀 때문인지 날카로워 보였던 눈은 얄포름한 눈꺼풀과 속눈썹에 힘입어 보호해 줘야만 할 것 같은 선함을 내보이고 있었다. 거기다 이마를 덮고 있는 부드러운 머리칼과 왕 꽃무늬 티셔츠는 그를 고등학생쯤으로 보이게 만들어서 살짝 쓸어주고 싶은 충동이 일게 했다.

잘생긴 거야 익히 알고 있었지만, 이렇게 찬찬히 뜯어보는 건 처음이었다.

곧게 뻗은 콧날, 남자치곤 약간 붉은 입술, 날카로운 선을 그리는 턱까지, 흠을 찾기가 힘든 얼굴은 보면 볼수록 그녀를 설레게 했다. 하지만 오늘 그녀의 마음을 설레게 한 건 견줄 대상을 찾기 힘든 그의 잘생긴 외모가 아니었다.

속옷이며 양말 한 짝에 이르기까지 그가 걸치는 것 중 어느 하나 명품 아닌 것이 없었다. 그런 그가 왕 꽃무늬가 그려진 싸구려 티셔츠를 입고 나타난 마음 씀씀이가 너무도 고마웠다. 그녀가 그냥 선생님으로 있을 수 있게 도와달라는 말에는 눈물이 왈칵 쏟아질 뻔했다.

사실 두준과의 결혼을 결심했을 때, 얼마 못 가 선생님은 그만둬야 하는 게 아닌가 하는 생각을 막연하게 했었다. 두준은 원치 않을는지 몰라도 강 회장 내외는 그녀가 일을 그만두길 원하지 않을까 하는 생각을 했더랬다.

대한그룹 부회장이라는 직책은 분명 남다른 내조를 필요로 할 게 분명했고, 그녀에겐 천직으로 여겨지는 소중한 직업이었지만, 두준과 강 회장의 위치에서 봤을 때는 하찮게 보일 수도 있을 거라 짐작했었다. 그녀의 일에 대해 이렇게까지 두준에게 존중받을 수 있을 거라고 생각을 못 했다.

여태껏 변변한 내조 한 번 제대로 한 적 없는 그녀에 비해 두준은 남편으로서도 아빠로서도 완벽하게 최선을 다하고 있었다.

희원은 은연중에 결혼은 곧 불행이라는 등식을 세워놓고 있었다. 서로를 제대로 알지 못한 채 급작스럽게 맺어진 결혼이 행복할 리 없다고 단정 지어 생각하고 있었다.

잠깐은 불타오를 수 있겠지만, 잠깐은 두줄이에 대한 책임감으로 살 수도 있겠지만, 분명 절대로 좁힐 수 없는 갭이 생길 테고, 그걸 맞춰가기에 지친 그들은 서로 상처 주는 데 열을 올리게 될 거라고 생각했다. 두준은 자신의 확신을 믿으라고 했지만, 그녀는 살얼음 위를 걷는 듯 매일매일이 조심스러웠다.

확신이 부족했던 건 그녀면서 두준의 마음을 확인하지 못해 안달을 했다. 그녀의 마음이 그따위니 정희처럼 생각하는 사람도 생겼던 것이다. 노력하고 있다고 생각했지만, 결국 그녀는 아무것도 한 것이 없었다. 아니, 오히려 상처받는 게 두려워 담을 쌓고 있었다는 걸 깨달았다.

육체적인 이끌림? 매일 조금씩 좋아지고 있다고? 다 거짓이었다. 모두 내어준 다음에 혹시나 받을지도 모를 상처를 두려워하며 그녀는 거짓을 꾸며내고 있었다.

자신의 마음을 들여다보는 일은 이미 끝났다. 더 이상 어찌해 볼 수 없을 만큼 두준을 사랑하고 있었다.

그의 목적은 오로지 두줄이의 행복뿐이라고 해도, 그것에라도 기대어 그를 잡아두고 싶을 만큼 사랑하고 있다는 걸 이제야 깨달았다.

아니, 어쩌면 벌써 인지하고 있었던 사실인데 애써 부정했는지도 모르겠다.

마음은 이미 저만치 앞서 가고 있었는데, 그녀는 아직도 신호를 기다리며 출발선에 서 있다고 착각하고 있었다. 사랑은 시작 신호를 받으면 출발하는 달리기 경주가 아닌데도 말이다.

언제 시작되었는지 알아채지도 못하는 사이 마음은 야금야금 두준에 대한 사랑으로 물들어 버렸다. 그래서 그토록 절실히 두준의 마음을 확인하고 싶었나 보다.

더없이 평온한 두준의 얼굴을 바라보는 희원의 마음은 풍랑을 만난 듯 격하게 일렁이고 있었다.

민욱을 짝사랑했던 마음과는 비교도 안 되는 감정의 홍수에 온전히 마음을 내어준 희원은 두준의 노곤한 잠을 방해하지 않기 위해 고요 속에 앉아 있었다.

지칠 줄 모르고 바라보던 두준의 얼굴에서 시선을 옮긴 희원은 허벅지 위에 나른하게 늘어져 있는 손을 물끄러미 바라보다가 그 위로 자신의 손을 살포시 겹쳤다. 부드러운 살갗이 손바닥에 닿았다.

여러 번 잡히고 잡았지만, 진심을 다해 잡아본 적 없었던 손을 조심스럽게 쓸다가 위를 힐끔 쳐다봤다. 그는 여전히 평온 속에 잠겨 있었다. 단잠을 방해할까 걱정돼 살포시 올려놓았던 손을 막 치우려 할 때였다.

두준의 손이 그녀의 손을 움켜잡아 자신의 허벅지에 가져다 붙였다. 자고 있다고 생각했다가 움찔 놀란 희원이 고개를 번쩍 들었지만, 그의 눈꺼풀은 굳게 닫힌 채 아무런 변화가 없었다. 잠결에 잡은 건가 싶었다.

따뜻하게 전해지는 온기가 좋기도 했고, 손잡는 정도야 안 기사님이 본대도 괜찮겠지, 싶어 그대로 두었다.

퇴근 시간을 한참 넘긴 때라 막힘없이 이동한 차가 집에 도착하자마자 용수철처럼 튕겨져 일어나는 두준을 보고 그녀는 화들짝 놀랄 수밖에 없었다.

그가 자고 있다고 생각한 건 순전히 그녀의 착각이었다.

"안 기사, 늦게까지 수고했어요. 조심해서 들어가고 내일 봅시다."

"네, 부회장님, 안녕히……."

안 기사의 인사말은 끝까지 듣지도 못했다. 희원의 손을 그대로 잡은 채 서둘러 내린 두준은 그녀가 내리는 걸 기다렸다가 바쁘게 발을 옮겼다.

"두준 씨, 잠들었던 거 아니었어요? 천천히 좀 가요. 당신, 화장실 급한 거예요?"

잡힌 손에 이끌린 희원이 부지런히 그의 뒤를 쫓으며 물었지만, 두준은 아무 대답이 없었다.

널찍한 정원을 지나 현관 도어락을 해제하고 안으로 들어갈 때까지 그는 세상 다급하게 움직이고 있었다.

"당신, 혹시 속 안 좋아요? 그러게 다 받아 마시지 말라니까, 읍."

현관문이 닫히는 기계음이 들리기도 전에 입술이 겹쳐졌다. 양 볼을 움켜쥐고 거칠게 입술을 겹치는 그로 인해 맑게 울리는 기계음은 몽혼하게 들려왔다.

두준의 다급한 사정은 희원이었다. 회식 자리에서부터, 아니, 운동장에서 햇볕을 받으며 미소 지을 때부터 이러고 싶었던 걸 종일 꾹꾹 눌러 참았다. 거기에 알코올 기운이 가미되고 나니 희원에 대한 욕구는 걷잡을 수 없을 정도로 커졌다.

그래서 차를 타고 오는 내내 눈을 감고 있었는데, 계속해서 느껴지던 그녀의 시선과 살포시 겹쳐지는 손길에 그의 인내심은 한계에 다다라 있었다. 매일 안는데도 매번 부족하다고 느꼈다.

혹시나 희원이 힘들까 걱정돼 극도의 자제심을 발휘하고 있었지만, 유혹인 줄도 모르고 해대는 그녀의 무신경한 행동들에 그의 자제심은 수시로 뚝뚝 끊어지곤 했다. 어떻게 이렇게 매일 더 좋아질 수 있을까 싶었다.

다급한 마음에 그녀의 입술부터 차지한 두준은 신발을 팽개치듯 벗어버리고 희원을 번쩍 안아 들었다. 그사이에도 멈추지 않는 두준의 입술을 희원이 강제로 떼어냈다.

"하아, 두준 씨, 샤워 먼저…….."

"아니, 더 이상 못 참아. 한계야. 이게 먼저야."

짙게 잠겨 거칠게 흘러나온 말투와는 달리 두준은 제법 얌전하게 희원을 침대 위에 내려놓았다. 하지만 손길은 역시나 다급해 티셔츠를 잡아 뜯을 듯 벗겨내려 했다.

"왜? 샤워는 나중에 하자니까."

진짜 한계에 도달했는지 말리는 희원의 손길에 짜증스레 답하는 두준을 보며 그녀는 쿡쿡 소리를 내며 웃었다.

"장희원, 이게 웃을 일이 아니라니까. 지금 당장 당신 안지 못하면 나 미쳐 버릴 것…….."

"나도요. 나도 그래요. 그러니까 오늘은 내가 먼저 할래요."

"뭐?"

침대 옆에 서서 그녀를 내려다보며 영문을 몰라 미간을 구기는 두준을 끌어다 눕혔다.

생각도 못 한 희원의 도발에 당황했는지 두준은 제법 쉽게 끌려와 침대에 눕혀졌다.

"뭐, 뭘 한다는 거야?"

긴장한 듯 말을 더듬는 두준 때문에 희원은 다시 쿡쿡거리며 웃었다. 사랑스러운 데다 귀엽기까지 한 남편이었다. 사랑하지 않을 수 없는 강두준이었다.

희원은 똑같은 서른여섯 벌 중에서도 가장 돋보였던, 종일 그를 빛나게 해주었던 티셔츠를 끌어 올린 뒤 도도록하니 돋은 그의 가슴에 그대로 입술을 내렸다. 그에게서 '훗' 하는 얄궂은 신음이 새 나왔다.

"희, 희원아, 땀났을 텐데."

두준은 사뿐사뿐 입술을 움직이는 희원을 다급하게 만류했다. 샤워 먼저 하자고 할 때 말 들을 걸, 하는 후회를 하는 것 같았다.

"그래서 더 좋아요. 당신 냄새가 잔뜩 나요."

입술을 떼어낸 희원이 그를 올려다보며 하는 소리에 두준은 더 이상 아무 말이 없었다. 희원은 그대로 다시 입술을 내렸다.

그녀가 먼저 하지 않았으면 두준이 이랬을 터였다. 먼지를 뒤집어 썼다고 해도, 땀이 났다고 해도 그는 전혀 개의치 않고 그녀에게 입을 맞췄을 게 뻔했다. 그랬을 거면서 그녀가 하는 건 신경 쓰여 하는 그를 어찌 사랑하지 않을 수 있을까.

그녀가 깨달은 사랑을 조금만이라도 내보여 주고 싶었다. 그가 안으면 순순히 따라주긴 했어도 먼저 이랬던 적 없었다.

의식하고 일부러 그런 건 아니었지만, 왠지 쑥스럽기도 했고, 밝힌 다는 오해를 사는 것은 아닌지 걱정도 돼서 그와 사랑을 나누는 데 그녀는 항상 수동적이었다.

하지만 오늘은 다르고 싶었다. 그녀가 그를 얼마나 사랑하는지 알게 하고 싶었다. 남편으로서 아빠로서 최선을 다하는 그를 맘껏 칭찬해 주고 싶었다.

단 한 번도 능동적이지 않았던 일에 희원은 그 어느 때보다 적극적으로 움직이고 있었다. 사랑을 표현하고자 하는 마음이 커서 부끄러움 따위는 발붙일 여지가 없었다.

부끄러움은 오히려 두준의 몫이 된 듯, 당황한 그는 말을 더듬으며 숨 넘어갈 듯 그녀를 불러댔다. 희원의 가슴이 뿌듯하게 부풀어 올랐다.

그를 흥분시켜서 말을 더듬게 만들 수 있다는 사실에 어쩐지 대단한 능력을 소유한 것처럼 우쭐한 기분이 들었다.

왜 그녀만 서툴고 그는 능숙하다고 생각했던 걸까? 그가 더 적극적이라고 해서 능숙하다고 오해했던 걸 바로잡아야 할 것 같았다. 그는 당황하고 있었고, 그래서 더 흥분하는 것 같았다.

그의 변화와 감정들이 고스란히 느껴진 희원도 다른 때보다 더 흥분해 점점 대담해지고 있었다. 그에 대한 사랑을 확실하게 깨달은 지금, 그걸 표현하는 데 열정을 다하고 싶었다.

그래서 휴대폰 벨소리가 들려오고 두준이 그녀를 만류했을 때 희원은 떼를 쓰듯 고개를 저으며 그의 품에 몸을 한껏 밀착시켰다.

"받지 마요. 받지 마."

어리광부리는 희원이 귀여워 미치겠다는 듯 두준은 입술부터 짧게 훔쳤다. 욕망으로 가득 차서 짙게 변한 눈은 그녀를 집어삼킬 듯 쳐다보고 있었다. 이대로 벨소리는 무시하는 건가 싶었지만, 그는 집요하게 울어대는 휴대폰을 결국 찾아 들고 말았다.

"하아, 정말 안 받고 싶은데, 당신 전화야."

"안 받을래요."

응석 부리듯 도리도리해 보인 희원은 두준의 얼굴을 당겨 입술을 머금었다. 잠시 후 벨소리는 끊겼고, 연한 살이 부딪치는 농밀한 소리만이 침실 안을 가득 채웠다.

어느새 전세는 뒤바뀌어 희원이 하던 걸 두준이 그대로 답습하고 있었다. 거칠게 내뱉는 숨소리 사이로 다시 벨소리가 들려왔을 때, 짙게 가라앉은 눈을 희원과 마주한 두준은 나른한 한숨부터 뱉어냈다.

"휴대폰 꺼버릴까? 아니, 끄자. 끄는 게 낫겠다."

그녀의 휴대폰을 종료시키려던 두준이 다시 한 번 한숨을 뱉어내며 그녀에게 폰을 넘겼다.

"장모님이야. 받아봐."

"네? 누구라고요?"

희원은 두준이 내미는 휴대폰을 받으려다 말고 되물을 수밖에 없었다. 희원이 스무 살 때 독립한 이후로 선정이 먼저 연락을 해온 일은 손에 꼽을 정도였다.

정 많고 즉흥적인 경태라면 모를까, 선정이 이런 늦은 시간에 전화를 한다는 건 정말 뜻밖이라 희원은 의아한 표정으로 액정 화면을 뚫어지게 바라볼 수밖에 없었다.

"여보세요?"

[이제야 전화를 받으시는군요.]

생전 처음 듣는 중후한 남자의 음성에 놀란 희원이 휴대폰을 귓가에서 떼어냈다.

막 희원의 허리를 끌어안은 두준이 의아한 눈으로 그녀를 쳐다봤다.

"왜?"

"모르는 남자예요."

휴대폰 너머에서 '여보세요' 하는 소리가 연속적으로 들려왔다.

그녀의 손에서 휴대폰을 낚아챈 두준이 남자의 신분을 묻자 곧 답하는 소리가 들려왔고, 남자의 말이 이어짐에 따라 그의 표정이 서서히 굳어졌다.

전화를 끊은 두준은 물끄러미 그를 바라보고 있는 희원을 아무 말 없이 품에 가뒀다.

"왜 그래요? 뭐 잘못됐어요?"

따뜻한 손이 그녀의 등을 부드럽게 쓸었다. 이미 그나 그녀나 걸친 게 없는 상태였다. 맞닿아 있는 맨살이 안정감을 주는 것과는 별개로 말을 않는 두준은 그녀를 불안하게 만들고 있었다.

"병원에 가봐야 할 것 같아."

"병원은 왜요?"

"장모님이 수면제를 좀 과하게 드셨나 봐. 위험한 정도는 아니라니까 너무 걱정하지 말고."

조용하고 나른한 목소리로 상황을 설명한 두준이 그녀의 왼쪽 가슴께를 더듬어 가장 요란한 움직임을 보이고 있는 곳을 꾹 눌렀다.

그녀가 놀랄 걸 걱정해 안심을 시키려는 행동 같았지만, 사실 희원은 상황 설명을 듣고 나서 오히려 불안함이 사라지는 걸 느꼈다.

퍼뜩 떠오른 생각은 도대체 엄마가 왜 그랬을까? 하는 의문이었다.

"나 괜찮아요. 어느 병원이래요?"

"시형이 부를 거니까 우선 씻고 옷 입어."

"혼자 가도 괜찮……."

불시에 입이 막혔다. 그녀의 말을 막으려는 의도였을 게 분명한데, 짧은 입맞춤에 만족하지 못한 두준은 기어코 다시 입술을 겹치고 말캉한 혀로 그녀를 충분하게 맛본 뒤 떨어져 나갔다.

"내가 안 괜찮아서 그래. 얼른 준비해."

대학병원 응급실은 10시를 넘긴 시간에도 분주하기 짝이 없었다. 희원은 두준이 간호사와 얘기를 나누는 동안, 병원 특유의 소독약 냄새에 속이 울렁이는 걸 참아내느라 깊게 심호흡을 하고 있었다. 되돌아온 두준은 희원의 안색부터 살폈다.

"난 괜찮아요. 어느 쪽이에요?"

방향을 물으며 두리번거리는 그녀의 팔을 두준은 좀 거칠다 싶을 정도로 움켜쥐었다.

"전혀 괜찮지 않은 표정으로 괜찮다고 하지 좀 마."

미간을 구긴 표정은 왠지 화가 난 것 같아 보였지만, 그에게서 느껴지는 건 안타까움이었다. 정말 괜찮아서 괜찮다고 하는 사람이 몇이나 될까?

희원은 괜찮다고 말하는 것에 익숙한 삶을 살아왔다. 정기적으로 만나는 아빠의 걱정에도, 민욱과 민욱 엄마의 걱정에도 항상 미리 준비한 것처럼 괜찮다는 말을 내어놓았다. 심지어 선정의 앞에선 묻지도 않았는데 괜찮은 표정을 꾸며내곤 했다. 계속 괜찮다고 하면 진짜 괜찮아지기라도 하는 것처럼, 괜찮다고 말하는 건 그녀의 일상이 되어 버렸다.

그런 그녀의 사정을 알기라도 하는 것처럼 건넨 두준의 말에 희원은 울컥 치밀어 올라온 무언가가 목에 턱 걸린 것 같은 느낌을 받았다.

그래, 괜찮지 않았다. 평생 그녀를 걸림돌 취급하며 외로움에 몸서리치게 했던 사람이, 하나뿐인 딸의 결혼 앞에서도 초대받은 하객 이상의 역할은 바라지도 말라고 했던 사람이, 이 세상에 소중한 건 오로지 자신뿐이었던 사람이, 어쩌자고 이런 일로 그녀를 병원까지 오게 만든단 말인가.

솔직히 희원은 병원으로 오는 동안 선정에 대한 걱정보다 갑작스레 떠오른 유년의 기억들 때문에 가슴이 울컥했었다.

희원이 폐렴으로 입원했을 때도, 비상계단에서 굴러 다리가 부러졌을 때도, 심지어 엘리베이터에서 교복 스커트를 들추고 휴대폰을 들이대는 정신 나간 놈을 만나 경찰서를 찾았을 때마저도 선정을 대신해 민욱의 엄마가 곁을 지켰었다.

희원이 오래전부터 선정에게서 엄마의 역할을 바라지 않게 되었듯, 그녀 또한 희원에게서 딸의 역할을 바라선 안 되는 것이었다. 아니, 어쩌면 선정의 성격상 이런 관심은 원치 않았을지도 모른다.

하지만 그녀와 선정은 여전히 모녀 사이였고, 서로에 대한 기대나 애틋함이 없음에도 절대로 끊어낼 수 없는 끈끈한 유대감으로 엮여 있었다.

그래서 두준의 손에 이끌려 도착한 일인용 침대 앞에서 파리한 얼굴로 누운 선정과 마주했을 때 희원은 화부터 왈칵 쏟아내고 말았다.

"대체 이게 뭐 하는 짓이야?"

희원이 선정을 상대로 화를 낸 건 두줄이의 존재를 알고 찾아갔던 그날 이후로 처음이었다.

딸의 예민한 반응이 익숙지 않은 선정의 미간이 미세하게 일그러졌다.

"별일 아니야. 목소리 낮춰."

힘 매가리 하나 없는 목소리임에도 말투는 어찌나 정 떨어지는지. 더구나 선정의 시선은 두준을 힐끔 좇고 있었다. 선정은 이 와중에도 체면치레에 더 신경을 쓰고 있었다.

"이게 별일이 아니야? 설마 죽으려고 했던 거야? 엄마가 원했던 삶을 살고 있던 거 아니었어?"

"얘가 왜 이래. 죽긴 누가 죽어. 요 며칠 잠이 안 와서 약을 좀 늘렸을 뿐이야. 그만 소란 떨어."

"왜? 왜 잠이 안 왔는데?"

수면제의 힘을 빌려야 할 만큼 선정을 잠 못 들게 하는 이유가 뭔지 희원은 정말 궁금했다.

정에 연연하지도 않고, 자신의 일과 목표 외엔 다른 곳에 크게 마음 쓰는 법도 없으며, 그렇게 원했던 조교수도 됐는데, 대체 무엇이 그녀를 잠 못 들게 했던 것일까?

"저어, 이 교수 따님이신가?"

갑작스레 들린 중후한 목소리에 뒤를 돌아보자 훤칠한 외양을 한 중년의 신사가 물에 젖은 수건을 손에 들고 서 있었다. 희원에게 전화를 했던 목소리의 주인공이었다.

"전화 주셨던 백한승 교수님 되십니까?"

"네, 맞아요."

"안녕하십니까? 이 교수님 사위 되는 강두준이라고 합니다."

전화로 이미 통성명을 했던 두준이 먼저 인사를 건네자, 희원도 옆에서 어정쩡하니 고개를 숙였다. 백 교수는 사람 좋은 웃음을 매달고 마주 고개를 숙였다.

"많이 놀란 건 아닌지 모르겠네요."

말을 하며 희원을 살피는 모양새를 보니, 백 교수는 그녀가 임신했다는 걸 알고 있는 눈치였다. 선정이 딸의 임신 소식까지 전할 정도면 그냥 오다가다 들른 동료 교수는 아닌 것 같았다.

"전화하고 20분쯤 지나니까 이 교수가 깨어났어요. 괜히 호들갑스럽게 연락했나 싶었지만, 이미 출발했을 것도 같고 얼굴이라도 보고 가야 안심하지 않을까 해서 다시 연락 안 했습니다."

"아닙니다. 연락 주셔서 감사합니다."

희원의 깍듯한 인사에 미소를 머금은 백 교수가 침대 맡으로 다가갔다.

"잠시만 기다려요. 자고 일어난 얼굴 그대로 내보이는 거 신경 쓰인다고 해서……."

젖은 수건의 용도를 알아챈 희원이 얼른 손을 뻗었다.

"아, 제가 할게요."

"아닙니다. 내가 해요."

부드러운 말투였지만 백 교수는 제법 단호하게 희원의 손을 밀어냈다.

"왜 이러세요? 백 교수님. 팔은 멀쩡해요. 이리 주세요."

선정이 수건을 빼앗으려 하자 장난기 그득한 웃음을 머금은 백 교수가 손을 번쩍 쳐들었다.

선정이 난처한 듯 인상을 쓰며 두준과 희원을 힐끔 쳐다봤지만, 백 교수는 전혀 양보할 마음이 없는지 그녀가 얌전히 팔을 내릴 때까지 수건 든 손을 내리지 않았다.

선정은 이내 체념한 듯 얌전히 누워 눈을 감아버렸고, 백 교수는 조심스럽게 그녀의 얼굴을 닦기 시작했다.

입을 헤벌린 채 낯설기 짝이 없는 모습을 바라보고 있던 희원의 손을 두준이 살며시 감아쥐었다.

"백 교수님, 저희는 나가 있겠습니다."

"아, 네. 잠시만 기다려 줘요. 차 한잔 같이 합시다."

할 말이 있다는 투였다. 저런 모습을 보여주고 없을 수가 없지.

희원은 두준의 손에 이끌려 나가며 자꾸 뒤를 돌아봤다. 침대에 누워 외간 남자의 손에 얼굴을 내맡기고 있는 선정은 그녀가 알던 차갑고 고고하기만 한 그 엄마가 아니었다.

"두준 씨, 저분이 우리 엄마가 맞을까요? 나 혹시 뭐에 홀린 거 아닐까요?"

"홀린 사람은 당신이 아니라 백 교수님인 것 같군."

두준의 지적이 아니라도 누구나 알아챌 만큼 선정을 바라보는 백 교수의 시선엔 애정이 가득했다.

잠시 후 응급실 밖에서 마주한 백 교수는 희원에게 미안하다는 사과의 말부터 전했다.

요는 그가 선정의 불면증을 조장한 원인이라는 것이었다. 그럴 의도는 아니었지만, 뒤늦게 만난 인연에 대한 절심함에 너무 몰아붙인 게 화근이었단다.

평생 독신으로 살았던 백 교수는 선정을 마주하자마자 운명의 짝임을 느꼈다는 말로 희원을 기함케 했다.

참 로맨틱한 고백 앞에서 희원은 '대체 우리 엄마 어디에 반하신 거예요?'라는 말로 분위기를 깼다.

그 말을 들은 백 교수는 한바탕 시원스럽게 웃더니, 모녀가 많이 닮았다는 말과 함께 반하지 않고는 배길 수 없는 선정의 매력에 대해 풀어놨다.

"두준 씨, 백 교수님이 말한 여자가 정말 우리 엄마가 맞을까요?"

조금 어지러운 것 말고는 별 이상이 없다는 선정을 백 교수의 차에 태워 보내고 돌아오는 차 안에서 희원은 벌써 두 번째 이렇게 묻고 있었다.

"엄마가 속정이 깊단 소리는 내 생전 처음 들어봐요. 그리고 뭐야, 허당기? 백 교수님이 뭔가 잘못 아시는 게 분명해요."

"내 생각엔 제대로 보신 것 같은데."

"두준 씨가 우리 엄마를 잘 몰라서 그러는 거라니까요. 엄마는 찔러도 피 한 방울 안 나올, 휴."

자꾸 말해봐야 괜히 누워서 침 뱉기 하는 것 같아 희원은 한숨을 내쉬는 것으로 말을 대신한 뒤 차창 밖으로 고개를 돌렸다.

육십이 가까워 오는 나이에 어렵게 만난 인연을 놓치고 싶지 않다며 도와달라고 부탁하는 백 교수를 보며 희원이 느낀 건 배신감이었다.

선정에게 생전 있는 줄도 몰랐던 속정을 말하는 것에, 희원의 자그마한 실수도 그냥 넘어가는 법이 없었던 선정의 허술함을 말하는 것에, 유치하지만 배신감이 밀려왔다.

선정은 누구와 얽히는 일 없이 평생을 살 줄 알았다. 그래서 여느 집 자식들처럼 애지중지 보살핌을 받지 않았어도 그런대로 견딜 만했다. 선정은 여느 집 엄마들과는 다른 사람이라고 여겼으니까.

하지만 오늘의 선정은 희원이 알고 있던 냉정하고 도도한 그녀가 아니었다. 뒤늦게 찾아온 사랑에 어찌할 바를 모르고 갈팡질팡하는 정에 굶주린 여자였다.

희원의 결혼식에서 하객 이상의 역할을 원치 않았던 선정처럼, 희원역시 이제 와 그녀의 인생에 관여하고 싶은 마음은 없었지만, 서운한 마음은 어쩔 수가 없었다.

"백 교수님 좋은 분 같았어. 혼자 외롭게 지내시는 것보다 낫잖아."

"누가 뭐래요?"

"서운해서 그러지?"

"아니요. 내가 왜요? 난 괜찮아요."

희원은 더 이상 말하고 싶지 않아 입을 다물어 버렸다. 두준도 운전을 하고 있는 시형을 의식해선지 더 이상 말이 없었다.

밤 11시가 넘은 늦은 시각에야 집에 도착했다. 시형에게 고맙다는 인사를 건넨 희원은 일정에 대해 얘기를 나누고 있는 두준을 둔 채 먼저 집으로 들어섰다. 누구를 향한 건지, 무엇 때문인지 모를 화가 그녀를 지배하고 있었다.

돌계단을 성큼성큼 올라 조심스럽지 못한 걸음걸이로 정원을 가로질렀다.

시형이 떠나는 소리가 들린 뒤 큰 보폭으로 빠르게 다가오는 두준의 발자국 소리가 들렸다. 희원의 화난 발걸음이 막 현관문 앞 돌계단에 이르렀을 때, 두준이 그녀를 번쩍 안아 들었다.

"악, 뭐 하는 거예요? 내려줘요."

그럴 의도는 아니었지만, 희원의 입에서 제법 사납게 말이 튀어나왔다.

"들어가서 내려줄게. 넘어질까 봐 걱정돼서 그래."

"왜 이래요? 왜 아무것도 못 하는 사람으로 만들어요? 걸음마 뗀 지는 20년도 넘었고, 넘어지지 않고 걷는 것 정도는 눈 감고도 할 수 있거든요."

"알아. 아는데, 해줄 수 있는 게 이런 것뿐이어서. 매번 괜찮다고만 하는 장희원을 위로할 방법을 몰라서."

두준의 날 선 턱 끝을 바라보는 희원의 눈에 뜨거운 열기가 왈칵 몰려들었다.

몰려든 열기를 참아볼 요량으로 눈에 힘을 잔뜩 줘봤지만, 별 소용도 없이 뜨거운 눈물이 치밀고 올라왔다. 왜 항상 이 남자는 그녀를 울게 만드는 것일까?

오랜 시간 부대끼며 함께해 온 민욱과 미란조차도 희원이 우는 걸 목격한 건 한두 번 정도에 불과했다. 그런데 두준은 두 달 남짓 사이 벌써 네 번째 그녀가 우는 걸 목격하고 있었다.

"장희원 울보인 건 알고 있었지만, 이 대목에서 울어버리면 밑천 없는 난 어쩌라는 건가?"

이렇게 울보라는 오명을 뒤집어써도 반박을 할 수가 없었다. 이왕 울보라고 낙인찍힌 거, 에라 모르겠다 하는 자포자기의 심정이 되어버렸다.

눈물만 흘리던 희원이 두준의 가슴에 얼굴을 묻고 소리를 내서 울기 시작했다.

널찍한 가슴과 첩보영화를 거뜬히 찍을 수 있는 든든한 팔이라는 밑천을 가진 두준은 이미 집 안으로 들어왔는데도 그녀를 내려놓지 않고 거실을 어슬렁거렸다.

두준은 잠투정하는 아이를 달래듯 희원을 안고 오락가락하면서도 위로의 말은 입 밖에 꺼내지 않았다.

희원은 그 덕에 아주 작정하고 울었다. 이 많은 눈물이 대체 어디에 꼭꼭 숨어 있었던 것일까, 의문이 일 만큼 눈물은 쉴 새 없이 쏟아졌고, 울음소리는 고요한 거실을 가득 채웠다.

얼마나 울었을까. 울음이 서서히 잦아들 무렵 우습게도 희원은 한 가지 의문에 도달할 수밖에 없었다.

"흑, 근데 나 왜 우는 거죠?"

기막혀 할 줄 알았던 두준은 온화한 미소만 지어 보였다.

"그만 내려줘요."

희원을 소파에 얌전히 내려놓은 두준은 쓰러지듯 털썩 기대앉아 양팔을 차례로 돌려댔다.

"장희원 울음 끝이 이렇게 길 줄 알았으면 안아주는 것 말고 다른 방법을 강구해 보는 건데."

두준의 말에 붉게 충혈된 희원의 눈이 일그러졌다.

"팔 많이 아파요?"

"조금. 두 사람이니 어쩔 수 없지, 뭐."

희원의 뱃속에서 미미하게 무게를 보태고 있을 두줄이가 듣고 있다면 상당히 억울해할 발언이었다.

"안아주지 않아도 됐는데요."

"알지. 안아주지 않아도 울음도 금방금방 그치고 혼자서도 뭐든 잘하는 거 아는데, 우리 두줄이는 달래줘야 할 거 아니야. 녀석, 어지간히 울보란 말이야."

또 한 번 두줄이가 억울해할 말에 희원은 그만 웃음을 짓고 말았다. 울던 여자 금세 웃게 만드는 밑천까지 소유한 능력자 강두준이었다.

눈가엔 아직 다 지워내지 못한 눈물을 매달고 수줍게 입꼬리를 끌어 올린 희원을 소파에 기댄 자세로 그윽하게 바라보던 두준이 제 어깨 부근을 툭툭 쳤다. 희원은 별 반항 없이 그의 곁으로 다가가 단단한 어깨에 머리를 기댔다.

"나 울보 아니에요."

"그래, 알아. 두줄이가 울보라니까."

희원이 고개를 들고 샐쭉하니 쳐다보자, 두준이 미소를 머금고 그녀의 이마에 입맞춤했다.

희원은 자의반 타의반 그의 너른 어깨에 다시 머리를 기댈 수밖에 없었다.

힘들게 울음을 달랜 것으로도 모자라 든든한 어깨까지 내어주고 있으면서도 두준은 아무것도 묻지 않고 있었다. 그래서 더 들려줘야만 할 것 같았다.

잠시 머뭇거리던 희원은 가라앉은 목소리로 말을 꺼냈다.

"네 살 무렵이었을 거예요. 엄마는 어딜 가야 된다고 했고, 일찍 들어와서 날 봐주기로 했던 아빠는 어두워져서야 들어왔어요. 일상인 듯 싸움이 시작됐죠. 고성이 오가는 가운데 겁먹은 내가 울음을 터뜨렸어요."

"그만 좀 해. 애 울잖아."

"애 우는 게 걱정됐으면 일찍 들어왔어야지."

"늦고 싶어서 늦었어? 다 설명했잖아. 왜 말귀를 못 알아들어."

"얘가 나 혼자 낳은 애야? 넌 왜 하고 싶은 거 다 하고 나만 애한테 매여 있어야 하냐고."

우는 희원을 그대로 세워둔 채 경태와 선정의 싸움이 더 격렬해진 날이었다.

"그 뒤로 울고 싶을 때마다 이를 악물고 참았어요. 내가 울면 엄마, 아빠의 싸움은 더 격렬해지는 것 같았거든요."

평생 숨겨두고 싶었던 고백을 하려는 이 순간, 머리를 부드럽게 쓰다듬을 뿐 아무 말 없는 두준이 고맙게 느껴졌다.

"엄마, 아빤 혼전 임신으로 급하게 결혼했고, 서로의 차이를 극복하지 못하고 짧은 결혼 생활 동안 전력을 다해 싸운 뒤 이혼했어요. 알죠? 고상한 말로 성격 차이라고 하는 거. 아, 두 분의 경우엔 온도 차라고 하는 게 더 정확하겠네요. 아빤 너무 뜨거운 사람이었고, 엄만 너무 차가운 사람이었죠."

그가 결혼을 말할 때 희원이 왜 겁난다고 했는지 이제야 이해가 갔다. 그녀는 엄마의 전철을 밟게 될까 봐 걱정했던 것이다.

"아빠가 나가신 뒤 줄곧 엄마와 둘이 살았어요. 혹시 학대받는 어린

아이를 상상했는지 몰라도 그건 아니에요. 고고한 이선정 교수님이 그런 짓을 했을 리 없죠."

살뜰하게 챙기지 않은 것도 큰 의미에서 학대라고 한다면 할 말은 없지만, 선정은 희원을 돌봐야 할 존재가 아니라 동등한 인간으로 인식했을 뿐이다.

"그냥 뭐, 엄마는 엄마의 인생을 살았고, 나는 내 인생을 살았어요. 그게 어린아이가 견뎌내기엔 좀 많이 외로웠다는 것 말고는 그렇게 나쁘지 않았어요. 민욱이랑 아줌마도 있었고, 가끔이지만 아빠도 볼 수 있었고, 나중엔 미란이도 있었고."

'나쁘지 않았다'라고 말할 수 있는 건 지금이니까 가능한 일이었다.

민욱 엄마의 손을 잡고 가야 했던 초등학교 입학식부터 시작해 엄마가 있어야만 했던 그 모든 순간마다 희원은 외로웠고 창피했고 주눅들었었다. 그렇게 나빴진 않았지만, 완전히 괜찮지도 않았다.

"장희원, 기특하니 잘 컸네."

담담하려고 애쓰는 티가 팍팍 나는 희원의 말을 듣고 난 뒤 두준이 한 말이었다. 부드럽게 쓸고 있던 머리 위로 입술을 꾹 내리누르는 것도 잊지 않았다.

"정말 많이 노력할 거지만, 나 어쩌면 두줄이 엄마론 부족한 사람일지 몰라요."

"내가 더 노력하면 돼. 걱정하지 마."

"정말 많이 노력할 거지만, 당신 아내로서도 어쩌면 나 부족한 것 같아요."

두준에게 별로 해준 게 없었다. 결국 두줄이 때문에 희생한 건 두준이 아닐까 싶었다.

무엇에 대한 확신인지는 몰라도 확신을 가지고 헌신한 두준에 비해 희원은 내내 갈팡질팡하느라 뭐 하나 제대로 한 것이 없었다.

사랑받지 못하고 자라 제대로 사랑하는 법을 모르는 바보였다. 이런 바보 같은 그녀도 괜찮다면 이제라도 그를 위해 노력하고 싶었다.

"전화 받기 전까지는 상당히 바람직한 아내였는데. 부족한 거 알면 지금이라도 노력해 보던가."

의외의 반응에 희원이 어깨에 기대고 있던 머리를 들어 그를 바라봤다. 장난치는 건가 싶어 쳐다본 건데, 두준의 표정은 왠지 엄격한 빛을 띠고 있었다.

"노력이요?"

희원의 목소리에 의아함이 묻어났지만, 두준의 표정엔 변화가 없었다.

"내가 노력, 그런 거 되게 좋아해."

그의 품에서 벗어난 희원이 고개를 갸웃하다가 눈을 일그러뜨렸다.

"혹시 우리 병원 가기 전에……."

"그래, 그거. 바람직한 노력. 상당히 대담했던 장희원."

두준의 입이 씰룩거리는 걸 찰나에 포착할 수 있었다. 장난을 장난이 아닌 듯 치고 있었다.

전화를 받기 전까지의 상황이 말도 못 하게 좋았던 건 희원도 인정한다. 극도로 흥분했다가 어쩔 수 없이 제지당해 아쉬움이 짙게 남기도 했다.

두준이 그 순간으로 다시 되돌아가고 싶어 하는 건지, 단지 장난을 치고 싶은 건지 정확히 파악하긴 힘들었지만, 희원은 그 순간으로 다시 되돌아가고 싶은 마음도 있었고, 장난이라면 적극적으로 호응해 주고 싶은 마음도 있었다. 나름의 결심을 굳힌 희원이 벌떡 몸을 일으켰다.

소파에 기댄 자세로 표정을 굳힌 채 느긋함을 가장하고 있던 두준이 움찔 놀라는 것을 느낄 수 있었다. 뭔가 잘못됐다고 느꼈는지 자세마저 바로잡고 앉았다.

"저, 희원아, 당신 심각한 거 알면서 내가 장난이 좀 지나…….."

두준의 말이 중간에 뚝 끊겼다. 얄포름한 쌍꺼풀 아래 매력적으로 휜 두준의 눈이 놀람으로 커다래졌다. 이럴 때 보면 그는 꽤나 순진한 남자처럼 보였다. 은근 유혹하는 재미가 있었다.

"왜, 왜 이래?"

두준은 나른한 손길로 셔츠 단추를 풀고 있는 희원의 모습에서 시선을 떼지 못하며 말을 더듬었다.

"노력을 위한 사전 준비 과정이요."

그녀를 달래는 데 여념이 없었던 두준이나 우는 데 여념이 없었던 희원이나 거실등 켜는 걸 잊어버렸다는 사실이 그렇게 고마울 수가 없었다.

정원에 밝혀둔 가로등 불빛만이 새어드는 거실은 희원에게 남아 있는 부끄러움을 감출 수 있을 정도의 어스름을 선사하고 있었다.

시선을 피하는 법 없이 바라보고 있는 두준에겐 어떻게 보일는지 몰라도 셔츠 단추를 푸는 희원의 손은 미세하게 떨리고 있었다.

희원은 남자가 보는 앞에서 스스로 옷을 벗는 날이 오리라곤 꿈도 못 꿨다. 더구나 옷을 벗은 다음 그녀가 하기로 마음먹은 행동들은 지금까지의 그녀로서는 상상도 못 할 일이었다.

남편이라곤 하지만 연애 기간도 없이 결혼한, 알고 지낸 기간이라곤 3개월이 전부인 남자 앞에서 이래도 되는 걸까 하는 걱정은 그냥 털어버리기로 했다.

두준이니까. 그녀가 사랑하는 강두준이니까. 상처받는 일이 생긴데도 그녀의 전부를 내어주고 싶어진 사람이니까.

거실 창을 등지고 선 희원의 부드러운 곡선이 두준의 눈에 시리도록 들어와서 박혔다.

"희원아."

두준의 입에서 탄식에 가까운 이름이 튀어나왔다. 그가 동요하고 있다는 걸 느낄 수 있었다.

짙게 가라앉은 그의 음성은 미약하게 남아 있던 이래도 되는 걸까 하는 생각을 일시에 날려 버릴 용기를 제공해 주고 있었다.

소파에 긴장한 채 앉아 있는 두준에게로 다가간 희원은 그의 무릎 위에 올라앉아 그대로 입술을 겹쳤다.

긴장한 것과는 별개로 이미 그녀를 맞을 준비가 되어 있던 두준이 반갑게 입술을 열어 응답했다.

도톰한 귓불과 남자다운 목울대를 지난 희원의 손이 그의 셔츠 단추를 풀기 시작했다. 미세한 떨림이 있었던 손은 언제 그랬나 싶게 능숙하게 단추를 풀어냈다.

어느 때부턴가 그와 닿으면 불안감은 사라지고 안정감을 느꼈다. 그를 의지하려는 나약한 마음인 것 같아 배척하기 바빴는데, 이젠 그게 신뢰고 사랑이라는 걸 알았다.

말하지 않아도 그녀가 우울한 걸 알아채는 이 남자가 좋다. 괜찮다고 말하는 이면에 괜찮지 않은 감정이 숨어 있다는 걸 아는 이 남자가 고맙다. 그녀를 울 수 있게 만드는 이 남자를 가슴 벅차도록 사랑한다.

주체하기 힘든 감정을 품은 희원의 입술이 노출된 두준의 가슴으로 향했다. 희원이 선사하는 뜨거운 감촉에 거칠게 숨을 몰아쉬던 두준이 갑작스레 그녀를 제지했다.

"잠깐, 잠깐. 희원아, 이러면 내가…… 하아."

왜 말리냐는 항의의 빛이 어우러진 순한 눈망울이 그에게로 향하자, 터질 것 같은 가슴을 주체 못 한 두준이 다시 희원의 입술을 삼켰다.

집어삼킬 것 같은 입맞춤이 한바탕 휘몰아친 뒤 그녀를 떼어낸 두준은 경쾌하게 몸을 일으켜 희원을 안아 들었다.

팔 아프다고 했던 건 아예 없었던 일처럼 그의 팔은 새로운 힘을 장

착한 듯 단단하기 그지없었다.

성큼성큼 침실로 자리를 옮기는 그 잠깐도 참기 힘든 듯 두준의 입술은 그녀의 목덜미를 지나 서서히 옮겨가고 있었다.

"으, 두준 씨."

야릇한 신음은 이제 희원의 입에서 흘러나왔다. 욕망으로 들끓는 눈빛과는 어울리지 않게 희원을 다룰 때의 두준은 항상 신중했다.

그녀를 안을 때마다 천하무적이 되는 두준은 매번 그렇듯 뜨겁게 달아오른 이런 순간에도 침대 위에 살포시 내려놓는 배려에 여념이 없었다.

그런 후에 비호처럼 움직여 탈의를 하는 그를 보면 그게 얼마나 큰 배려인지 느낄 수 있었다. 그녀를 위한 배려인지, 두줄이를 위한 배려인지 정확히 구분 지을 순 없었지만, 희원에게 그런 건 이제 상관없었다.

양팔을 벌리는 그녀에게 두말없이 다가와 입술부터 겹치는 남자를 그녀가 사랑했다. 그게 중요했다.

"두준 씨, 사랑해요."

숨 쉬는 것처럼 내뱉은 희원의 말에, 부드러운 곡선을 따라 움직이던 두준의 손이 우뚝 멈췄다.

그녀의 갑작스러운 고백에 두준이 놀랐다는 걸 알 수 있었다. 그녀를 바라보는 두준의 눈빛은 일렁이는 파도와도 같았다.

희원에 대한 두준의 마음이 일종의 친밀한 호감 정도라고 해도 상관없다고 생각했다. 의도적으로 한 고백도 아니었다.

그저 그에 대한 사랑이 너무 벅차서, 안으로 갈무리하기엔 차고 넘쳐서, 참으면 힘들어지는 숨쉬기처럼 자연스럽게 흘러나온 것일 뿐이었다.

두준이 멈춘 잠깐 사이가 억겁의 시간처럼 길게 느껴졌다. 희원은 더 이상 견디지 못하고 그의 얼굴을 양손으로 감싸며 그대로 입술을 겹쳤다.

숨쉬기나 다름없는 그녀의 고백 따위 되씹지 못하도록 그를 정신없게 해볼 참이었다. 두줄이의 엄마 아빠면 족하다고, 그렇게까지는 아니라고 반박할 시간을 주고 싶지 않았다. 행복한 가정을 꾸리는 데 어느 한쪽이라도 사랑이 충만하다면 그건 좋은 일일 것이다.

충만한 사랑을 가진 쪽이 그녀라고 해서 억울하거나 슬프진 않았다. 두준은 사랑을 받을 자격이 있는 성실한 남편이었고, 훌륭한 아빠였다. 돌려받지 못하는 사랑에 슬퍼하기보다 그녀의 사랑을 표현하는 데 집중하고 싶었다.

온 정성을 다해 그에게 키스를 선사했다. 그 역시 적극적으로 그녀를 받아들이고 있었다. 키스를 나누며 서서히 몸의 방향을 바꾼 덕에 희원은 두준의 위를 점하게 됐다.

나쁘지 않았다. 사랑을 표현하기에 적당한 포지션이었다. 희원의 입술이 뜨겁게 움직여 병원 가기 전에 하려고 했던 일을 다시 실행 중이었다.

거칠게 오르내리는 단단한 가슴에 입을 맞춘 뒤, 서서히 이동하는 희원의 입술에 두준이 결국 거친 숨을 내뱉고 말았다. 참 기분 좋은 일이었다. 그녀로 인해 달뜨는 두준을 보는 일은.

명령을 받는 일보다 명령을 내리는 데 더 익숙하고, 떠받드는 것보다 떠받들어지는 데 더 익숙한 그가, 그의 의지와는 상관없이 맥을 못 추고 동요하는 걸 볼 수 있는 기쁨이 아무에게나 주어지는 것은 아닐 것이다.

뜨거운 열기가 내려앉은 상황과 맞지 않게 희원에게서 키득거리는 웃음소리가 흘러나왔다.

그런 그녀를 잡아채려는 듯 두준이 손을 뻗어왔지만, 희원은 생전 해본 적 없던 앙탈을 부리며 그의 손을 피했다.

하지만 그것도 잠시, 양팔이 잡혀 번쩍 들리는가 싶더니 어느새 침대에 바로 눕혀지고 두준이 그녀를 내려다보고 있었다.

"장희원, 뭐가 그렇게 재밌지?"

낮게 가라앉은 그의 음성은 온몸에 짜릿한 전율이 흐르게 할 정도로 섹시했다.

"비밀, 홋, 두준 씨, 하지 마요."

두준의 손이 예민한 허벅지 부근에서 악기를 연주하듯 춤을 추자, 참지 못한 희원이 몸을 비틀었다.

"뭐가 재밌는 거지?"

"하하, 홋, 말할게요. 그만, 그만해요. 간지럽단 말이에요."

희원의 항복을 받아낸 두준의 손은 승리를 자축이라도 하듯 자리를 옮겨 그녀를 무람없이 탐했다.

"빨리 말해. 기다리고 있잖아."

두준의 재촉에 희원은 얼굴부터 붉게 물들였다. 마음에 품고 있는 걸 겉으로 드러내는 일이 얼마나 어려운지 새삼 실감하는 순간이었다. 우선 뜨겁게 바라보는 두준의 시선부터 슬쩍 피한 희원이 귀 기울여야 들릴 정도의 목소리로 답을 내놓았다.

"음, 당신을 흥분시킬 수 있다는 게 좋아서요. 나한테 엄청난 힘이 있는 것처럼 느껴지거든요."

늦은 밤 고요한 침실, 아무리 소리를 낮췄다 해도 또렷이 울리는 그녀의 음성. 하지만 들은 건지 못 들은 건지 두준은 또 정지 상태였다.

한곳에 머물러 있는 두준의 손이 너무 뜨겁게 느껴져 답답해지려는 순간, 다시 움직임이 시작됐다. 희원에게서 흘러나온 나른한 한숨은 두준의 입속으로 삼켜졌다.

"그걸, 이제야 알았어?"

한참 만에야 입술을 떼어낸 두준이 거칠게 뱉어낸 말이었다.

"당신뿐이야. 나를 정신 못 차리게 흥분시킬 수 있는 엄청난 힘을 가진 건. 사랑해, 희원아."

이번엔 희원의 눈이 커다래졌다. 되돌려 받을 수 있을 거란 생각은 아예 접었던 터라, 똑똑히 듣고도 믿기지가 않았다.

고백을 받았던 그와 별반 다르지 않은 희원의 반응에 두준의 입가에 웃음이 맺혔다.

"어떻게 해야 할지 모르겠지? 머릿속은 멍하고, 이게 현실이 맞나 싶지? 내가 그랬거든."

"당신, 지금 날 사랑한다고 말한 거예요?"

다시 한 번 확인해야만 할 정도로 그의 고백은 현실감이 없었다.

"당신한테 사랑을 표현한 건 꽤 오래전부터였는데, 장희원이 내 생각보다 둔하다는 걸 미처 몰랐군."

"한 번도 말한 적 없잖아요. 말을 해야 알죠."

"다른 사람은 어떤지 몰라도, 난 사랑하지도 않는데 안고 싶어 안달하는 그런 사람 아니야."

"그야 우린 원초적인 부분에서 너무 잘 맞으니까……."

두준이 결혼을 종용하며 강하게 어필했던 말을 얼결에 다시 꺼낸 희원은 민망해 얼굴을 짙게 붉혔다.

"그거 왠지 내가 당신을 상당히 만족시키고 있다는 소리처럼 들리는데. 맞아?"

시선을 회피하는 희원을 용납할 수 없다는 듯, 고개를 옆으로 돌린 그녀의 턱을 부드럽게 거머쥔 두준이 싱글거리며 물었다.

"민망하니까 그런 거 묻지 마요."

"안 물을 테니까, 좀 전에 했던 고백 다시 한 번만 해줄래?"

은근한 목소리로 희원을 보챈 두준의 입술이 그녀에게 촉 닿았다가 떨어졌다.

"고백하기 전에 조금씩 힌트라도 줬어야지, 아깐 정말 심장이 멎는 줄 알았잖아. 그 덕에 제대로 음미하지도 못했어. 그러니까 다시 한 번 고백해 줘."

거의 맞닿을 듯 다가와 있는 얼굴, 귓가에 감기는 은은한 목소리, 무람없이 움직이는 손길, 간절하게 바라보는 눈길. 현실 같지 않았던 그의 고백이 실감나는 순간이었다.

그녀도 그랬다. 그의 고백을 듣는 순간 심장이 멎을 듯 벅차올랐었다. 제대로 듣고도 자꾸 확인하고 싶을 만큼 믿기지가 않았다.

그녀 혼자만의 마음이어도 상관없다고 생각했다가 뜨겁게 응답해 준 그로 인해 그녀의 마음은 생전 처음 충만함을 느꼈다.

항상 되돌려 받지 못하는 사랑에 익숙했던 그녀에겐 한 번도 경험해 보지 못한 충만함이었다. 고백 그까짓 거, 두준이 원한다면 몇 번이고 다시 할 수 있었다.

"사랑해요, 강두준 씨."

정말 음미라도 하는 것처럼 나른한 한숨을 뱉어내며 눈을 지그시 감는 두준을 보는 희원은 눈물이 날 것만 같았다.

돌려받는 사랑은 이렇게 아름답구나! 함께하는 사랑은 이렇게나 감격스러운 일이구나!

두준이 희원을 빈틈없이 끌어안았다. 두근거리는 가슴이 뜨겁게 맞닿았다. 누가 먼저랄 것 없이 둘은 서로의 입술을 찾아들었다. 머금고 또 머금어도 질리지 않는 서로의 입술에 정신없이 빠져들었다.

몸뿐 아니라 마음까지 일치된 사랑의 행위는 상상도 못 했던 기쁨을 안겨주고 있었다. 희원은 두준의 손길 하나하나에 예민하게 반응했고, 그건 두준도 마찬가지였다.

아찔할 정도로 몰아치는 황홀경에 희원은 거의 울 것 같은 목소리로 두준을 불러댔다. 지금까지의 경험치를 비웃듯 상상도 못 할 쾌감이 두준과 희원을 휩쓸고 있었다.

"사랑해. 사랑해, 희원아."

거친 숨 사이로 그가 사랑을 말하고 있었다. 바라보는 눈길은 말보다 더 뜨거웠고, 힘찬 몸짓은 눈길보다 더 노골적이었다.

"앞으론 매일 매순간 말해줄게. 둔한 장희원이 충분히 알 수 있도록. 사랑해."

"사랑해요. 사랑해요, 두준 씨."

수백 번을 말해도 질리지 않는, 수천 번을 들어도 싫지 않은 말이 거친 숨소리 사이를 채웠다.

알람음이 방정맞게 고요를 깨뜨리고 있었다. 벌떡 몸을 일으킨 희원이 손을 더듬어 휴대폰 알람을 정지시키곤 다시 스르르 이불 속으로 파고들었다.

굵직한 팔이 자연스럽게 그녀에게로 감겨왔다. 빈틈없이 밀착되는 몸은 아침부터 생생한 데다 야하기까지 했다.

희원에게서 숨죽인 신음 소리가 새 나오는 걸 들었는지, 두준의 입술이 그녀의 정수리로 내려앉았다.

"사랑해."

아직 잠이 가시지 않은 탁하게 가라앉은 음성이 사랑을 말하고 있었다.

잠들기 전까지 몇 번이나 반복해서 들었던 말인데도 새롭고 벅차기만 했다. 혹시 어젯밤의 일이 꿈은 아니었을까 하는 걱정을 일시에 날려 버린 두준을 향해 희원도 사랑을 속삭였다.

"사랑해요."

숨 쉬는 것처럼 주고받는 이 말에 진심은 차고 넘칠 정도로 가득하다는 걸 이젠 믿어 의심치 않았다.

"음, 좋다."

한숨처럼 이 한마디를 내뱉은 두준은 곧장 그녀에게 입술을 겹쳐 왔다. 그냥 좋은 걸로 끝내지 않을 듯 그의 입맞춤에는 어젯밤의 열기가 그대로 묻어 있었다. 입술뿐이면 그냥 그런가 보다 하겠는데, 그는 더없이 색정적이고 노골적이었다.

이대로 휩쓸릴 순 없었다. 희원은 억지로 입술을 떼어내고 그를 조금 밀어냈다.

"우리 이러다 지각해요."

"신혼엔 원래 지각도 좀 하고 그래야 되는 거라더군."

싱글싱글 웃으며 달려들려는 두준의 입술을 희원이 손으로 막았다.

"누가 그런 쓸데없는 말을 했는데요?"

"시형이가."

그녀의 손을 걷어낸 두준이 짤막하게 답변을 끝낸 뒤 다시 달려들고 있었다.

"읏. 두준 씨, 잠깐, 잠깐만요. 거야 이 실장님이 당신 보기 싫어서 일부러 그렇게 말한 거죠."

"상관없어. 나도 그 녀석보단 당신이 더 보고 싶거든."

두준이 보고 싶은 건 그녀의 얼굴만은 아니라는 듯, 금방 깨어난 주제에 흐릿하기는커녕 반짝반짝 윤기가 도는 그의 눈이 그녀를 탐욕스레 담고 있었다.

"학교 이사장씩이나 되는 양반이 이렇게 불량스러우면 안 되죠. 그만 보고 어서 일어나요."

얼굴을 붉힌 희원이 그의 눈을 가렸다.

"학교 이사장씩이나 돼도 신혼 앞에선 장사 없단 소리 못 들어봤어? 게다가 이렇게 섹시한 마누라를 앞에 두고."

"그런 소린 들어본 적도 없고요. 안타깝게도 섹시한 마누라는 체육대회를 위해 든든하게 밥 먹고 출근해야 되거든요."

희원의 손을 치워낸 두준이 미간을 짙게 구겼다.

"난 오늘도 연차 낼 수 있는데. 교장선생님한테 전화해 줄까?"

희원의 주먹이 그의 가슴을 툭 쳤다. 아프기는커녕 전기가 흐르는 것 같은 찌릿한 감각에 두준은 '윽' 하는 신음 소리를 냈다.

"권력남용하지 마세요. 우리 애들 결승전 많이 올라갔는데 열심히 응원해 줘야 된단 말이에요."

풀썩 침대에 드러누운 두준이 신경질적으로 머리를 헝클였다.

"녀석들, 공부는 안 하고 운동만 열심히 했대? 뭐 한다고 결승전에 올라가고 난리들이야."

"우리 애들 공부도 잘하거든요. 정신도 육체도 모두 건강한 애들이랍니다. 그리고 줄다리기는 승부욕 남다르신 누구 덕에 결승전까지 올라갔거든요."

덩치들이 포진하고 있어 유력한 결승 후보였던 3반과 맞붙어서 이길 수 있었던 건 거의 두준 때문이었다. 밧줄 거머쥐는 법을 알려주는 것부터 최적의 자리 지정에 선봉에서 밧줄을 당기기까지 하며 열정을 불태웠었다.

"내가 미쳤지."

"풋, 원래 그렇게 승부욕이 강해요?"

"이길 수 있는 싸움에서 져본 적은 없지."

"하하, 바람직한 태도네요. 신혼의 유혹과도 열심히 싸워서 이기시길 바라요. 얼른 일어나세요."

몸을 일으키는 희원을 두준이 잽싸게 다시 끌어안았다.

"희원아~ 딱 한 번만, 응?"

"안 돼요. 우리 두줄이 굶길 참이에요?"

두줄이 이름을 들먹이자 두준은 못마땅한 듯 '끙' 하는 소리를 냈다.

"이 녀석, 벌써부터 엄마를 빼앗아가는군."

두준이 투덜대는 말에 희원은 기분 좋게 웃었다.

"희원아, 사랑해."

"그래도 안 돼요."

"누가 뭐래. 대신."

벌떡 몸을 일으킨 두준이 순식간에 그녀를 안아 들었다.

"아악, 왜 이래요?"

"신혼이라면 반드시 한 번쯤은 해본다는 그거."

두준이 음흉한 웃음을 흘리며 그녀의 이마에 입을 맞췄다. 그나 그녀나 걸친 게 없는 상태라 희원의 얼굴은 붉게 타오르고 있었다.

"우리 같이 씻자."

항의하려는 희원의 입을 두준의 입술이 막았다. 그들의 진정한 신혼이 시작되고 있었다.

3. 아이러니

"안녕하세요, 부회장님. 오늘 기분이 좋아 보이십니다."

벌써 두 번째 듣는 인사말이었다. 평상시 출근하는 시간에 맞춰 도착해서 20분 가까이 대기하고 있었던 안 기사가 기다리게 해서 미안하다는 두준의 말에 건넨 인사말도 로비 입구에서 만난 시형이 한 말과 별반 다르지 않았다.

"응, 좋아."

안 기사에게도 비슷한 말을 했다가 얼굴을 붉힌 희원에게 옆구리를 찔리고도 승천 중인 입꼬리가 내려갈 줄을 몰랐다. 좋은 걸 좋다고 하지 뭐라고 하냐며 한마디 더 보탰다가 결국 꼬집히고 말았다.

꽃물 든 얼굴로 그를 흘겨보는 희원은 어찌나 사랑스러운지, 출근이고 뭐고 다 접고 종일 그녀와 함께하고 싶은 마음을 누르느라 무진 애를 썼다.

"사모님은 괜찮으십니까?"

"응, 좋아."

딱 좋았다. 거품에 미끄러지던 매끈한 살결이, 그의 피부에 닿던 말 캉말캉하고 동글동글한 그녀가 더 이상 좋을 수가 없게 좋았다.

"어제는 좀 우울해 보였는데……."

"신혼이잖아."

그 한마디면 답변으로 충분하다는 듯 말한 두준은 씩 웃어 보이기까 지 했다.

"뭐야? 하루 만에 뭐가 변한 거야?"

두준을 어이없이 바라보던 시형이 들릴 듯 말 듯 중얼거렸다.

"우리 회사 로고, 오늘따라 더 럭셔리해 보이는 것 같지 않아?"

어제도 보고 그제도 보고 10년 전에도 봤던, 참신한 맛이 덜한 것 같지 않느냐고 했던 그 로고가 갑자기 럭셔리해 보인다는 두준 때문 에 시형의 미간이 구겨졌다.

"오다 보니까 장미꽃이 봉우리를 맺었더라고."

오다 보니까? 오는 길에 장미가 있어? 시형이 다시 밖으로 나가 확 인이라도 할 것처럼 뒤를 돌아봤다.

"날씨도 참 좋지?"

간만에 단비가 내릴 예정이라고 아침 뉴스에서 앵커가 상큼한 목소 리로 우산 챙겨가라는 멘트를 날리는 걸 듣고 나온 길이었다. 비는 오 후 늦게 오기 시작한다더니, 금세라도 뿌릴 것처럼 하늘이 온통 찌뿌 둥했다.

"부회장님, 출근 전에 병원 먼저 다녀올까요?"

"왜? 어디 아파?"

"아니요. 내가 아니라, 부회장님이 아무래도 제정신이 아닌 것 같아 서……."

전용 엘리베이터로 향하려던 두준이 로비 중앙에서 우뚝 멈춰 섰다.

조금 맛이 간 것 같아 보여도 까다로운 성격은 변함이 없나 보다. 제정신 아니라는 말에 표정을 저렇게 딱딱하게 굳힌 걸 보면.

"아니, 난 그저 걱정돼서 그러죠. 그렇잖아요. 로고가 럭셔리해 보인다고 한 건 그렇다고 쳐도, 장미에 날씨까지 전엔 신경도."

"이 실장."

나직한 목소리로 시형의 말을 끊은 두준의 시선이 한곳을 향해 있었다. 그의 말에 기분 나빠서 굳어진 줄 알았던 두준의 표정은 누군가를 발견하고 변한 것이었다.

"어? 저분은……."

"먼저 올라갈게. 이 실장이 처리해."

"부회장님, 안 만나실 겁니까?"

초로의 신사가 안내데스크에 붙어 서서 사정을 하고 있었다. 몇 년 전 사무실에서 무릎까지 꿇었던 두준의 고등학교 은사이자 해인의 아버지 되는 김인규였다.

두준은 딸의 선처를 부탁하러 왔을 게 뻔한 인규를 만나고 싶지 않았다. 은사에 대한 예는 한 번이면 족하다고 생각했다.

그날 오피스텔에서의 해인은 상당히 불안정한 것 같아 보였고, 희원과 두줄이의 안전까지 고려해야 하는 그로서는 인규의 부탁을 들어줄 생각이 없었다. 괜히 만나 곤란한 상황을 만들고 싶지 않았다.

"만나봐야 좋을 거 없어."

두준은 인사를 하려는 사원들을 손짓으로 저지하며 잰걸음으로 엘리베이터로 향했다.

"두준아, 강두준!"

한발 늦고 말았다. 두준을 알아본 인규가 시형이 가로막는데도 불구하고 두준을 쫓아오며 큰 소리로 그를 불렀다.

험악하게 인상을 구긴 두준이 못 들은 척 몇 발짝을 내디뎠다가 얕은 한숨을 뱉어내곤 인규를 향해 돌아섰다.

"차 드십시오."

차 마실 분위기가 아님을 알면서도 두준은 인규에게 차를 권했다. 소파 끄트머리에 앉은 인규는 초췌하고 왜소해 보였다.

거친 남학생들 사이에서도 전혀 밀리지 않았던 학주 김인규는 이 자리에 없었다. 잘못된 집착으로 마음의 병을 앓고 있는 딸아이를 둔 노쇠한 아버지일 뿐이었다.

"제 아내가 임신을 했습니다."

차 한 모금으로 목을 축인 두준이 차분한 목소리로 말을 꺼냈다.

"무슨 말씀을 하러 오신 건지 압니다. 선생님껜 죄송하지만 이번엔 안 될 것 같습니다. 좋은 것만 보게 하고, 좋은 것만 듣게 하고, 안전하게 지켜주고 싶은 사람입니다. 이해해 주시길 부탁드립니다."

"외국으로 내보내는 걸로는 안 되겠나?"

굳게 닫힌 두준의 입술이 부정을 말하고 있었다.

"그 아이 이제 겨우 스물넷일세. 앞날이 창창한……."

"제 아내와 아이는요? 저 혼자만의 안전에 관한 일이라면 선생님을 봐서라도 이렇게까지 하지는 않습니다. 선생님께 따님이 귀한 만큼 제게도 아내와 아이가 그 무엇보다 귀합니다."

"아직 아무런 짓도 하지 않았어. 그저 좀 집착한 거 가지고 그 아이를 전과자로 만드는 건……."

"선생님, 주거침입까지 했습니다. 앞으로 무슨 짓을 더 할지 알 수 없는 상황입니다."

"두준아!"

인규는 이미 예전 두준이 존경해 마지않던 선생님이 아니었다.

"오십이 가까워 오는 나이에 어렵게 얻은 아이야. 제발 전과자가 되는 것만은 면하게 해주게. 차라리 정신병원에 집어넣겠네. 자네 허락이 있을 때까지 병원에서 나오지 못하게 하겠네. 제발 부탁하네."

또다시 무릎을 꿇으려는지 인규가 자리에서 일어서고 있었다.

"무릎 꿇으시는 건 됐습니다. 저를 두 번씩이나 나쁜 제자로 만들지 마십시오."

소파에 다시 엉거주춤 엉덩이를 걸친 인규는 두준을 애절한 눈으로 바라봤다.

"휴, 병원은 제가 지정합니다. 제 허락 없이는 절대 퇴원 불가합니다."

두준의 말에 인규는 울 것 같은 표정으로 고개를 숙였다.

"고맙네. 정말 고마워."

어깨를 잘게 떠는 인규를 보니 마음이 좋지 않았다. 늦게 얻은 자식이라고 갖고 싶은 것 다 안겨주고 오냐오냐 키운 인규에게도 문제가 있었지만, 두줄이 생각을 하면 뭐든 다 해주고 싶은 마음이 드는 건 부모로서 어쩔 수 없는 일이라는 생각이 들기도 했다.

"이런 일로는 만나지 않았으면 좋았을 텐데요. 어쨌든 저도 죄송합니다, 선생님."

"아닐세. 미안하네. 미안해."

아내와 아이를 지키기 위해 모질게 굴어야 하는 두준이나, 딸 때문에 제자에게 사과를 하는 인규나 슬프고 우울한 아침이었다.

안개처럼 깔린 미세먼지로 인해 저만치 걸어가는 남녀는 아련한 분위기를 자아내고 있었다.

세현이 입간판 뒤에 몸을 숨긴 채 다정하게 걸어가고 있는 태우와 다혜를 바라보다가 한숨을 푹 내쉰 뒤, 발걸음을 돌렸다.

이게 대체 뭐 하는 짓인지 한심하기 짝이 없었다. 학원에 가 있어야 할 시간에 미행이라니.

태우의 방에서 올 누드인 그와 마주쳤던 이후로 지금까지 대화는커녕 얼굴조차 제대로 마주하지 못하고 있었다. 태우와 이렇게 오랫동안 떨어져 지낸 적이 없었다. 허전한 건 둘째치고라도 그녀의 삶이 무의미하게 느껴졌다.

귀찮은 심부름도 없었고, 볼이 꼬집히는 일도, 꿀밤을 맞는 일도 없었지만, 전혀 편하거나 즐겁지 않았다. 공기 같았던 태우가 빠져나간 그녀의 인생은 화나고 억울할 일도 없었지만, 기분 좋은 일도 없었다.

태우와 함께했던 인생이 무지개색이었다면, 지금 세현의 인생은 무채색이었다.

그녀가 직접 소개해 줬으면서 이런 생각이 드는 건 참 아이러니한 일이었지만, 여자한테 관심조차 없는 것처럼 굴던 태우가 다혜랑 찰떡같이 붙어 다니자 더없이 얄밉게 느껴졌다.

다혜는 또 어떻고. 똑똑하고 예쁘고 애교도 있는 것 같아서 태우를 꼬시기에 안성맞춤이라고 생각했던 적은 아예 없었던 일인 것처럼 그의 옆에 붙어 살랑살랑 꼬리 치는 다혜가 천하에 둘도 없는 여우처럼 보였다.

"휴, 누굴 탓해. 바보 멍청이."

중얼거리며 터덜터덜 걷는 세현의 얼굴은 꼭 울 것처럼 일그러졌다. 떠넘길 땐 언제고 다혜가 태우를 빼앗아간 것만 같았다. 귀찮아할 땐 언제고 다혜에게로 너무 쉽게 옮겨간 태우에게 배신을 당한 것만 같았다.

절대 태우와 다혜의 잘못이 아니라는 걸 알기 때문에 더 화가 나고 비참했다. 찌질한 스토커가 된 것 같은 자신의 모습이 실망스러워 견딜 수가 없었다.

"강세현."

고개를 푹 숙인 채 걷는 세현의 앞을 커다란 발이 가로막고 섰다.

"어? 반장. 너희 집 이쪽이었니?"

"무슨 소리야. 너 따라온 거잖아. 얘기 좀 하자니까 말도 없이 도망가 버리는 게 어디 있어?"

그제야 점심때쯤 인혁이가 수학여행 때 조별 프로그램에 대해 상의할 게 있으니까 수업 끝난 뒤에 얘기 좀 하자고 했던 일이 생각났다.

"미안해. 깜빡 잊고 있었어."

"이제라도 만났으니 됐지, 뭐."

씩 웃어 보인 인혁이 빤히 바라보는 세현의 시선에 멋쩍은 듯 뒤통수를 긁적였다.

"상의할 게 많아?"

"어? 뭐가?"

"조별 프로그램 상의한다며?"

"아아, 그보다 어디 좀 들어갈까? 봄 날씨치곤 무지 덥네. 우리 빙수 먹을까?"

왠지 당황한 듯 허둥대던 인혁은 두리번거리다가 과일빙수 파는 곳을 발견하고 세현에게 물었다.

"인혁아, 정말 미안한데 내일 얘기하면 안 될까? 내가 좀 피곤."

"시간 많이 안 뺏어. 우리 일단 앉아서 얘기하자."

인혁이 별안간 세현의 손목을 거머쥐더니 잡아끌기 시작했다.

"잠깐만, 인혁아. 난 빙수 별로 좋아하지도 않고……."

정말 빙수 같은 거 먹을 기분이 아니었다. 더구나 다른 누군가와 마주 앉아 말할 기분은 더더욱 아니었다.

하지만 인혁은 작정이라도 한 듯 그녀를 잡아끌었다.

인혁의 힘에 못 이겨 몇 발짝 끌려가던 세현의 다른 쪽 손이 강한 힘에 의해 턱 가로채졌다.

흠칫 놀라 돌아본 세현의 입이 멍하니 벌어졌다. 세현에게 브레이크가 걸린 줄은 꿈에도 생각 못 한 인혁은 그녀의 팔이 쭉 벌어지도록 빙수가게로 전진하고 있었다.

"얜 빙수 싫어해."

험악하게 인상을 구긴 태우가 하기 싫은 걸 억지로 내뱉듯 툭 던진 말이었다.

인혁이 놀란 얼굴로 뒤를 돌아봤다. 세현은 인혁이 곧 그녀의 손목을 놓아줄 거라 예상했다.

같은 학생회 소속이니 인혁은 태우를 모를 수가 없었다. 선생님보다 더 무섭다는 한 학년 위 선배, 더구나 태우는 교내에서도 유명한…….

"선배가 그걸 어떻게 아는데요?"

상당히 반항적으로 들리는 인혁의 말투에 세현이 더 놀랐다. 이건 분명 그녀가 예상했던 그림이 아니었다.

그녀의 예상대로라면 인혁이 태우에게 인사를 건넸어야 맞았고, '그런 줄 몰랐어요' 정도의 말을 하며 그녀의 손목을 놓았어야 맞았다.

세현은 인혁이 손목을 놓기 전에 태우의 손아귀에서 빠져나올 작정이었다. 마침 더워서 빙수가 생각나던 참이었다고, 싫어하는지 아닌지 마음대로 정하지 말라고 따끔하게 말하며 그의 손을 뿌리치려고 마음을 다잡고 있었다.

다혜가 하는 말에 열심히 고개를 끄덕이며 실실 웃어줄 땐 언제고, 왜 갑자기 나타나 허락도 없이 그녀의 손목을 틀어잡는 건지 따져 물으려고 했다.

며칠간 부딪쳐도 본 체 만 체 말 한마디 건네지 않더니, 갑자기 무슨 바람이 불어서 알은체를 하는지 막 쏘아붙이고 나면, 찌질이 스토커 짓으로 상처받은 자존심에 약간의 위안을 얻을 수 있을 것만 같았다.

양손을 각기 다른 사람한테 잡혀 양팔이 쫙 벌어진 채, 지나가는 사람들의 시선을 잔뜩 받으며 서 있는 이런 웃지 못 할 상황이 벌어지리라곤 생각조차 하지 못했다.

세현의 머릿속은 하얗게 바래지고 얼굴은 발갛게 익어갔다.

"그 손 놓지."

태우는 인혁이 묻는 말에 답변 따윈 필요 없다는 듯 딱 잘라 명령을 했다.

"제가 먼저 잡았는데요."

"강세현 머리부터 발끝까지 다른 놈이 잡아도 되는 곳은 없어. 어서 놔."

"그걸 왜 선배 마음대로 정하는 겁니까? 그건 엄연히 세현이가 정할 일입니다."

핑퐁 같은 대화에 세현이 도리도리를 하듯 태우와 인혁 사이를 오갔다.

"다혜 선배랑 사귀면서 세현이 일에 참견하는 건 좀 우습지 않나요?"

세현이 태우에게 묻고 싶은 말이었다. 다혜랑 사귀면서, 좀 전까지 그녀가 미행하는 줄도 모르고 다정함의 극치를 선보여 놓고는, 왜 갑자기 툭 튀어나와 이런 우습지도 않은 상황을 만들고 있는 것일까.

"다혜랑 사귀는 사이 아니야. 그러니까 그 손 놔."

전혀 높낮이가 없어 세현의 귓속을 제대로 파고들지 못한 태우의 음성은 한동안 그녀의 주변을 맴돌기만 하다가 어느 순간 머릿속을 툭 치고 들어왔다.

세현의 얼굴이 태우에게로 급하게 돌려졌다. 태우의 날카로운 시선은 인혁에게로, 더 정확히 말하면 인혁이 잡은 세현의 손목으로 향해 있었다.

"진짜요?"

이번에도 인혁은 세현이 묻고 싶은 말을 대신해 주고 있었다.

"계속 붙어 다녔으면서 그걸 저더러 믿으라고요?"

그러니까. 계속 딱 붙어 다녔으면서 그걸 믿으라고?

"믿고 안 믿고는 네 사정이고. 마지막이다. 얼른 그 손 놔."

한계에 도달한 듯 태우의 목소리에 화가 잔뜩 묻어 있었다.

"다혜 선배랑 사귀는 게 아니라 해도 상관없습니다. 제가 먼저 잡았으니까 선배가 놓으세요."

"사고 치고 싶지 않으니까 얼른 놔라."

"제가 할 소립니다. 얼른 놓으세요."

다시 핑퐁 같은 대화가 오갔고, 이쪽저쪽 오락가락하던 세현이 결국 참지 못하고 양손을 강하게 뿌리쳤다.

그녀가 뿌리칠 거라곤 둘 다 생각을 못 했기 때문인지 의외로 쉽게 두 사람에게서 놓여났다.

당황한 둘의 시선이 세현에게로 향했다.

"김인혁, 조별 프로그램 얘기는 내일 학교에서 하자. 그리고 장태우, 내 일에 관심 꺼주면 좋겠어."

빨리 이 자리를 벗어나야만 했다. 힐끔거리는 시선은 점점 더 늘어나 어떤 사람들은 아예 가던 길을 멈추고 그들을 쳐다보고 있었다.

태우와 인혁을 그대로 둔 채 세현은 빠른 걸음으로 그 자리를 벗어나기 시작했다.

"강세현, 누가 오빠 이름 막 부르래?"

태우가 으르렁거리듯 나무랐지만, 들은 척도 안 했다. 더 이상 구경거리가 되는 것도 사절이었고, 둘 사이에 끼어 별 소득 없이 시간을 허비하는 것도 사절이었다. 지금은 여러모로 고독이 필요한 시간이었다.

"세현아, 잠깐만. 조별 프로그램 얘긴 핑계였어. 너랑 정식으로 사귀고 싶어. 잠깐 얘기 좀 하자."

바삐 움직이던 발걸음이 인혁의 커다란 목소리에 우뚝 멈춰 버렸다.

아 씨, 쟤 드라마를 너무 많이 본 거 아니야? 무슨 그런 말을 이렇게 사람들이 많이 오가는 거리에서 그렇게 큰 소리로.

고백을 받았는데도 설렘 같은 건 일점도 없었다. 인혁의 마음이 얼마나 진실 되건 세현은 지금 이 순간 창피한 마음뿐이었다.

울상이 된 눈이 바삐 주변을 훑었다. 빳빳하게 굳어진 등 뒤로 성큼성큼 다가오는 발걸음 소리가 들렸다.

잘생긴 데다 리더십도 뛰어나고 공부도 잘해서 제법 인기가 많은 인혁에게 세현은 단 한 번도 이성적인 관심을 가진 적이 없었다. 잘생긴 데다 리더십 뛰어나고 공부도 운동도, 모든 것에 출중한 인간이랑 질리도록 붙어 있었던 세현에게 인혁은 새로울 것도 없는 그저 반 친구에 불과했다.

독보적인 사교성을 보유한 인혁은 반 아이들 모두와 두루 친하게 지냈으므로, 세현에게만 유독 특별하다고 느꼈던 적도 없었다. 전혀 눈치채지 못했던 고백이 너무나 당황스러워 어떻게 반응해야 될지 쉽게 결정을 내릴 수가 없었다.

싫다고 하자니 보는 사람들도 많은데 인혁이한테 너무 몹쓸 짓을 하는 것 같고, 그렇다고 마음에도 없는 애와 사귈 수도 없고.

고백을 할 거였으면 좀 더 공개되지 않은 장소를 택할 수는 없었을까 하며 인혁을 원망했던 세현은, 공개되지 않은 장소인 빙수가게로 향하려는 그들을 막은 태우한테까지 원망의 화살을 돌렸다.

혼란과 원망에 빠진 그녀의 마음은 안중에도 없다는 듯 발자국 소리는 바로 뒤까지 다가와 있었다.

"인혁아, 그 얘기도 내일 학교……."

험악하게 인상을 구긴 태우가 그녀를 내려다보고 있었다. 분명 인혁일 거라고 생각했던 세현은 당황한 나머지 말도 끝맺지 못하고 입을 벌린 채 그를 멀뚱히 쳐다봤다.

곧 태우에게 손이 잡히고 성큼성큼 앞서 걷는 그에게 끌려가는 신세가 됐다.

"강세현!"

쫓아오며 그녀를 부르는 인혁을 돌아보지 않을 수 없었다. 그녀가 돌아보는 걸 알아챘는지 불도저처럼 앞서 가던 태우가 갑작스레 우뚝 멈춰 섰다. 세현도 덩달아 급하게 멈춰 서서 숨을 씩씩 몰아쉬며 태우를 올려다봤다.

"너 여기 가만히 있어."

전에 없었던 진지한 표정과 목소리에 세현이 하릴없이 고개를 끄덕이자, 태우가 그녀의 손을 놓고 인혁에게로 다가갔다.

"세현인 너랑 안 사귈 거야. 내가 용납 못 해."

"그걸 왜 선배가."

태우가 인혁 쪽으로 불쑥 몸을 기울였다. 움찔 뒤로 물러나려는 인혁의 셔츠 앞섶을 움켜쥔 태우가 그의 귓가에 대고 나직하게 속삭였다.

"세현이 인생에 남자는 오로지 나 하나뿐이어야 하거든. 그러니까 관심 끊어."

툭 밀어내듯 셔츠를 놓아준 태우가 찬바람을 일으키며 세현에게로 돌아가 다시 손을 움켜잡았다.

멍한 표정으로 굳어진 인혁에게서 시선을 떼지 못하는 세현을 태우가 단호하게 잡아당겼다.

"인혁아, 우리 내일."

"빨리 따라오기나 해."

여지없이 떨어진 명령에 길들여진 세현의 몸이 즉각적으로 반응을 보였다. 인혁을 향해 흔들려던 손마저 내린 채 그녀는 군소리 없이 태

아이러니 99

우의 뒤를 따랐다. 그러다 문득 이게 뭐 하는 짓인가 싶었다.

똘마니 인생 17년, 그의 명령에 투덜대기는 할망정 어기는 일 없이 움직이게 되는 자신이 그렇게 싫을 수가 없었다.

길들여진다는 건 어찌 보면 참 우울한 일이 아닐 수 없었다. 벗어나 보고자 그렇게 몸부림칠 때는 언제고, 태우가 그녀에게 관심을 두지 않았던 며칠간조차 세현은 그에게서 자유롭지 못했다.

버림받은 강아지마냥 시선을 끌기 위해 주변을 맴돌았고, 졸랑졸랑 따라다녔다. 열여덟 꽃다운 인생을 마치 태우에게 몽땅 저당 잡힌 것만 같았다.

며칠간 그녀를 외면하며 생판 남인 것처럼 신경 쓰지 않을 땐 언제고, 뻔뻔스럽게 그녀가 인혁과 사귀는 걸 용납 못 한다고 말한단 말인가.

화난 걸음걸이로 성큼성큼 앞서 가는 태우를 쫓던 세현의 걸음이 조금씩 느려지더니, 결국은 멈춰지고 말았다.

"이거 놔."

그리고 그녀는 일생일대의 반항을 실행에 옮겼다. 멈춰 선 태우가 미간을 짙게 구긴 채 그녀를 쳐다봤다. 매섭게 눈을 흘긴 세현이 태우에게서 손을 비틀어 빼냈다.

"장태우 네가 뭔데, 내가 인혁이랑 사귈지 말지까지 마음대로 결정해?"

"강세현 너, 정말…….."

"내 일이야. 내가 결정할 거고."

처음 저지른 반항에 심장은 무섭게 빠르기를 더했고, 불끈 쥔 주먹엔 식은땀이 흥건하게 고이기 시작했지만, 아무렇지 않은 척 인상을 굳힌 세현은 태우를 그대로 지나쳐 갔다.

로봇 같은 뻣뻣한 걸음걸이로 막 그의 사정권에서 벗어났다고 착각했을 즈음 태우가 거칠게 그녀의 손목을 잡아챘다.

"꺄악!"

"깜짝이야. 왜 소리는 지르고 난리야?"

"갑자기 잡으니까 그러지."

태우의 손을 뿌리치고 달아나야 했지만, 좀 전의 반항에 모든 힘을 소진한 세현은 그를 멀뚱멀뚱 쳐다보고 있을 뿐이었다.

"그래서 그 녀석이랑 사귈 거야?"

"이건 인혁이랑 사귀느냐 안 사귀느냐의 문제가 아니야. 장태우가 내 인생에 자꾸 끼어드는 것에 대한 문제지."

"강세현!"

"왜?"

눈을 부릅뜨고 소리를 지르는 세현을 보고 있던 태우가 한숨을 뱉어낸 뒤 거칠게 머리를 쓸어 넘겼다.

"그 녀석이랑 사귀는 건 안 돼. 아니, 그 녀석 포함 다른 누구도 안 돼."

"내 인생이야. 왜 이래라저래라 해."

"그게 억울하면 너도 내 인생에 끼어들면 될 거 아니야."

격하게 말을 뱉어낸 태우가 그녀의 손을 놓고 횡 하니 앞서 갔다. 멍하니 입을 벌리고 섰던 세현이 부지런히 그의 뒤를 따랐다.

"오빠, 그게 무슨 말이야? 잠깐 멈춰봐. 제대로 얘기해 줘야 할 거 아니야. 오빠 인생에 끼어들라는 건 무슨 뜻이야? 내가 하라는 대로 하겠다는 소리야? 응? 헉!"

갑자기 멈춰 서는 태우 때문에 뛰다시피 쫓아가던 세현은 깜짝 놀라고 말았다.

"강세현 너 때문에 정말, 휴, 미치겠다."

장태우는 미친 게 분명했다. 그렇지 않고서야 길 한가운데서 그녀를 덥석 안아버릴 리가 없질 않나.

그리고 그녀 또한 미친 게 분명했다. 평생 부대끼며 엎치락뒤치락했던 태우의 품에 안겨 이렇게 가슴 떨려 할 줄은 미처 몰랐다. 거칠게 뛰는 심장 소리가 그녀의 것인지 그의 것인지 알 수가 없었다.

"그래, 네가 하라는 대로 다 하겠다는 소리야. 그러니까 제발."

뉘엿뉘엿 해가 저물고 있었다. 다행히 후미진 골목까지 온 터라 지나가는 사람은 없었다. 아니, 있었다고 해도 세현이나 태우나 그런 걸 신경 쓸 여력이 없었다.

17년을 넘게 봐온 태우가 왠지 낯설게 느껴지는 지금, 세현은 앞으로도 오랫동안 그와 인생을 함께하게 될 거라는 예감에 휩싸였다.

"나 좀 봐줘."

어설프게 고개를 끄덕이고 나서야 태우의 품에서 놓여났다. 손은 그대로 그에게 저당 잡힌 채 발맞춰 걷는 중이었다.

익숙한 사람, 익숙한 길, 익숙한 발걸음인데, 세현은 어색해 미칠 지경이었다.

태우의 손이 원래 이렇게 컸던가? 원래도 이런 상큼한 향기를 풍겼었던가?

"사귄 거 아니야."

그의 팔뚝 가까이 코를 들이밀고 숨을 들이마시던 세현이 흠칫 놀라며 태우를 바라봤다.

"뭐?"

"다혜와는 그저 친구 사이라고. 널 오랫동안 좋아해 왔다고 처음부터 말했어."

예고도 없이 튀어나온 심쿵 발언에 세현은 급하게 숨을 삼킬 수밖에 없었다.

"진짜야. 그냥 친구로 지냈으면 좋겠다고 해서 그러기로 한 것뿐이야."

그녀의 반응을 오해한 태우가 부연설명을 덧붙이고 있었다.

"믿어."

담백한 한마디를 전달한 세현이 그를 빤히 올려다봤다. 태우의 검은 눈동자가 예쁘게 빛을 발하고 있었다. 17년을 넘게 함께해 왔지만, 그의 눈을 똑바로 바라본 적이 없었던 것 같았다.

저렇게 예뻤었나? 저렇게 매력적인 빛으로 반짝였나? 빨려들 것 같은 유혹을 느끼며 꽤 긴 시간 시선을 떼지 못하고 있었다.

그건 태우도 마찬가지인 듯 세현에게서 눈을 떼지도, 더 이상 걸음을 옮기지도 못하고 있었다.

빵.

갑자기 울린 경적 소리에 둘 다 화들짝 놀라 서로 반대편으로 몸을 돌리며 잡았던 손도 놓아버리고 안절부절못했다.

늦봄 저녁 스산한 바람이 불고 있는데도 손은 땀으로 흥건했다. 태우도 세현도 서로의 시선을 피해 손을 문질러 닦았다.

세현을 상대로 이렇게 긴장했던 적이 없었다. 혼자 가슴앓이하며 눌러왔던 감정들이 일시에 폭발하기라도 한 것처럼 그녀의 숨소리 하나에도 예민하게 반응하고 있었다.

원래도 예뻤던 눈이 오늘따라 더 예뻐 보였다. 앙증맞아서 꼭 한 번씩 꼬집고 싶어지던 코도 오늘따라 더 귀엽게 보였다. 꿀밤을 주면서라도 손대고 싶었던 동그란 이마는 또 어떻고.

세현을 마주하면서 가슴 떨리지 않았던 적이 없었지만, 오늘은 그중 최고였다. 경적 소리가 아니었다면 아마도…….

"세현아, 태우야, 여기서 뭐 하니?"

잘빠진 차 한 대가 멈춰 서고 조수석에 앉은 희원이 화사한 얼굴로 물어왔다.

"아, 지, 집에…….'

"저, 그게 집에……."

"그래?"

"지, 진짜예요. 가는 길이었는데, 제가 다리 아프다고 하니까 오빠가 잠깐 봐준다고……."

대체 말은 왜 더듬어지는 건지, 묻지도 않은 변명은 왜 줄줄이 늘어놓고 있는 건지, 지은 죄도 없는데 괜히 도둑이 된 것 같은 이 기분은 뭔지.

"너 다리 아파?"

게다가 손발 안 맞는 이 파트너는 뭐란 말인가. 도둑질 해먹긴 다 글렀다. 세현은 냉큼 다리를 살피려고 덤벼드는 태우를 말리며 열심히 눈짓을 해 보였다.

"아, 하하, 네, 맞아요. 세현이 다리가 아프다고 해서 좀 봐주려고……."

참으로 어색하기 그지없는 웃음에 뒤통수까지 긁적이며 하는 태우의 말은 거짓임이 빤히 보였지만, 흐뭇한 미소를 지어 보인 희원은 더 이상 꼬치꼬치 묻지 않고 그들을 차에 태웠다.

뒷좌석에 오르자마자 룸미러를 통해 두준의 찌를 듯한 시선이 느껴졌다.

착실하게 인사를 건네는 태우를 예리한 눈길로 살피는 걸로 봐서 여우 같은 삼촌이 뭔가 낌새를 챘다는 걸 세현은 느낄 수 있었다.

"둘이 항상 등하교를 함께 하나?"

"아니."

"네."

손발 안 맞는 파트너는 여전히 함께 도둑질하기엔 부족한 답을 내놨다. 두준이 미간을 구긴 채 룸미러로 세현과 태우를 유심히 살피고 있었다.

"요즘은 서로 시간이 안 맞아서 잠깐 따로 다녔지만, 앞으로 쭉 함께 다닐 생각입니다."

태우가 강단 있는 목소리로 한 말에 세현은 이중적인 의미가 담겼다는 걸 느낄 수 있었다. 태우는 앞으로 그녀와 계속 함께하겠다고 말하고 있었다.

세현이 동그래진 눈으로 태우를 물끄러미 바라보자, 그는 한쪽 입꼬리를 끌어 올려 씩 웃어 보였다.

"장태우. 우리 세현인 아직."

"두준 씨."

딱딱하게 굳은 목소리로 태우를 나무라려는 두준을 희원이 막고 나섰다.

"오늘 저녁은 뭐가 좋을까요?"

저런 말로 두준의 관심을 끌 수 있을까 싶었지만, 신기하게도 두준은 금세 표정을 풀고 희원을 향해 미소를 지어 보였다.

"당신 먹고 싶은 걸로."

"휴, 먹고 싶은 게 있긴 한데요."

"웬 한숨이야. 뭔데 그래? 우리 두줄이가 먹고 싶어 하는 거라면 뭐든지 구해줘야지. 말만 해."

"당신 못 구해요."

"뭐야? 지금 날 무시하는 거야? 내가 구하지 못하는 건……."

"복숭아요. 복숭아가 먹고 싶은데, 아직 철이 아니잖아요."

자신만만했던 두준의 표정이 희원의 한마디에 세상을 다 잃은 것처럼 일그러졌다.

희원은 그 표정이 마냥 좋은 듯 함박웃음을 지으며 그의 볼을 쓸었다. 두준과 희원의 의식 속엔 이미 뒷좌석에 앉은 세현과 태우는 사라져 버린 것만 같았다.

"삼촌, 설마 태명이 두줄이야?"

이상하게 꽃가루가 날리는 것 같던 앞좌석이 세현의 한마디에 와장 창 현실로 돌아왔다.

"그 이름이 뭐 어때서? 거기에 왜 설마가 붙어?"

"완전 이상해. 왜 두줄이야? 혹시 삼촌 돌림자 쓴 건 아니지? 풋, 하하하. 웃겨. 삼촌 자기애가 아무리 강해도 그렇지, 어떻게 아기 태 명을…… 쌤, 웬만하면 다른 이름으로 바꾸자고 하세요."

세현이 요란스레 웃으면서 건넨 말에 두준의 표정은 찜찜하게 일그 러졌고, 희원은 울상이 된 얼굴로 웃으며 그의 눈치를 살폈다.

'풋' 하며 참으려다 내뱉는 웃음은 아무래도 태우의 것인 것 같았다.

"하하, 왜. 난 꽤, 괜찮은데."

"아우, 쌤, 예쁜 태명이 얼마나 많은데요. 두줄인 좀 너무했죠."

"그, 그래?"

"딱 좋아. 바꿀 생각 없으니까 신경 꺼라, 강세현."

두줄이라는 이름 아니었으면 희원을 엮을 연결고리도 만들 수 없었 을 것이다. 그렇다고 쉽게 물러섰을 두준도 아니었지만, 그 이름이 아 니었다면 두줄이가 그의 아이임을 밝히는 데서부터 시작해야 하는 기 나긴 과정이 기다리고 있었을 게 뻔했다.

희원과 그의 연결고리가 되어준 이름, 두줄이, 딱 좋았다.

위엄 있게 흘러나온 두준의 말에 세현은 샐쭉하면서도 더 이상 토를 달지 않고, 수학여행 얘기로 화재를 돌렸다. 전에도 느꼈지만, 삼촌 닮아 참 눈치 빠른 조카였다.

"쌤, 펜션에 수영장도 있다면서요?"

"응. 신 선생님이 답사 가셔서 펜션 사장님한테 수영장 물 채워달라 고 미리 부탁하셨대."

"꺄악! 진짜요?"

"어머, 별 볼 거 없는 데로 간다고 투덜댈 땐 언제고?"

"저희가 언제요? 여자애들은 체육 쌤이랑 같이 가게 됐다고 완전 신났다니까요."

이번 수학여행은 반별로 코스를 짜서 소규모로 움직이기로 되어 있었다. 여러 일이 겹치는 바람에 코스를 정하고 답사를 가는 일에 곤란을 겪고 있던 희원을 보조 인솔자로 따라갈 동호가 성심껏 도와줬다. 덕분에 희원은 여러 모로 수월했다.

"체육 쌤? 신동호 선생님?"

조용히 듣고만 있던 태우가 몸을 앞으로 기울이며 묻는 말에 잘 가고 있던 차가 급정지를 했다.

두준이 앞으로 쏠리려는 희원을 잡아주었지만, 급작스러운 상황에 놀라지 않을 수 없었다.

"깜짝이야. 갑자기 왜 멈춰요?"

"신동호 선생이라면 그때 그 교문 앞에 같이 서 있었던 그치 아니야?"

"네, 맞아요. 그게 왜요?"

"수학여행 같이 가?"

"네. 이번에 보조 인솔자로 고생해 주실 거예요."

희원의 대답에 뭔가 더 할 말이 있는 듯 입을 벙긋대던 두준이 뒷좌석을 힐끔 쳐다보더니 못마땅한 표정으로 차를 출발시켰다.

"강세현, 너도 체육 쌤 좋아해?"

두준이 대놓고 물어보는 태우를 부러운 눈길로 쳐다봤다.

"체육 쌤 멋있지. 운동도 잘하고 키 크고 잘생기고."

"어쭈. 야, 운동은 나도 잘하거든. 키는 아마 내가 더 클걸. 그리고 그게 잘생긴 얼굴이야?"

"누가 뭐래? 왜 화를 내고 그래?"

"그러니까 너도 체육 쌤 좋아하냐고?"

세현이 뚱한 표정으로 눈을 깜빡이며 한 말에, 결국 태우가 소리를 버럭 지르고 말았다.

희원이 힐끔 돌아봤지만, 태우의 신경은 온통 세현에게로 쏠려 있어 의식하지도 못하는 것 같았다.

"싫어하는 건 아니지만."

"뭐?"

"좋아하지도 않아."

싫어하지 않는다는 말에 쌩하니 치켜 올라갔던 태우의 눈썹이 좋아하지 않는다는 말에 다시 제자리를 찾았다.

"체육 쌤 좋아할 시간 없어. 봐달라는 사람 있어서 그 사람 보기도 바쁘거든."

얼굴을 붉힌 세현의 나직한 속삭임에 태우의 양쪽 입꼬리가 위로 예쁘게 휘었다.

뒤로 힐끔 둘을 살피던 희원의 입가에도 흐뭇한 미소가 올라앉았다.

둘이 길가에서 손잡고 있을 때부터 짐작은 했지만, 오가는 대화를 들으니 두 사람의 변화를 더 확실히 느낄 수 있었다. 조카의 사랑앓이가 오래가지 않아 정말 다행이다 싶었다. 더구나 장태우라면 조카의 남자친구로 더할 나위 없었다.

흐뭇한 마음에 세현과 태우를 살피는 희원은 운전에만 집중하고 있는 두준이 화라도 난 것처럼 표정이 굳었다는 걸 미처 알아채지 못했다. 세현과 태우를 내려준 뒤에야 두준의 기분이 좋지 않다는 걸 눈치챘다.

"당신 뭐 화난 거 있어요?"

주차를 마친 두준에게 조심스럽게 물었지만, 그는 아무 대답 없이 차에서 내리더니 그녀가 내리는 걸 도와주지도 않고 성큼성큼 차고를 벗어나고 있었다. 생전 없던 일이었다.

고개를 갸웃거린 희원이 벨트를 풀고 내리려 할 때 다시 성큼성큼 되돌아온 두준이 조수석 문을 벌컥 열었다.

흠칫 놀란 희원이 동그래진 눈으로 쳐다보자, 미간을 좁힌 두준은 얕은 한숨부터 뱉어내곤 손을 내밀었다. 잠시 망설이던 희원이 그의 손을 잡고 차에서 내렸다.

"화났어요?"

"아니."

매정하게 끊어지는 말투로 봐선 화가 나도 단단히 난 게 분명했다.

"그래요? 안 났다면, 뭐."

입을 삐죽이며 말을 얼버무린 희원은 그의 손을 놓고 앞서 갔다.

"장희원, 수학여행 안 가면 안 돼?"

이런 말을 하게 된 상황이 영 마음에 안 든다는 느낌이 역력한 두준의 목소리가 희원의 등 뒤로 툭 날아들었다. 돌아보는 희원의 미간이 한껏 일그러져 있었다.

"당연히 안 되죠."

"당신 오랜 시간 차 타고 무리하면 몸에……."

"병원에서 안정기에 접어들어서 괜찮다고 한 거 당신도 같이 들었잖아요."

성큼 다가선 두준이 그녀를 내려다보며 곤란한 듯 손가락으로 미간을 쓸었다.

"아니, 그래도 임신한 당신이 꼭 가야 할 필요는."

"당연히 있죠. 우리 애들 고아 만들어요?"

"당신 아니라도 인솔할 교사들 얼마든지 있잖아. 내일 교장선생님한테."

"두준 씨!"

희원은 살짝 짜증이 일었다. 엊그제 함께 병원에 갔을 때만 해도, 아니, 오늘 아침까지만 해도 두준은 희원이 수학여행을 가는 데 아무런 이의가 없었다. 갑작스레 왜 이러는 건지 알 수가 없었다.

희원이 그저 선생님일 수 있게 도와달라며 특급 외조를 선보였던 두준은 온데간데없이 사라지고, 그의 말 한마디면 이리저리 움직일 수 있는 장기판의 졸처럼 취급하며 선생님이라는 그녀의 직업을 하찮게 만들고 있었다.

"내가 하는 일이 아무것도 아닌 것처럼 말하지 말아요."

말은 생각보다 더 싸늘하게 흘러나왔다.

"왜 말을 그렇게 해? 그런 의도가 아니라는 거 알잖아."

"두줄이의 안전이라면 내가 더 신경 쓰고 있어요."

두준이 어떤 의도를 가지고 그런 말을 했건, 한 번 날이 선 희원의 마음은 쉽게 풀리질 않아 그를 향한 말에도 뾰족하게 날이 섰다.

"그거야 알지. 아는데…… 휴."

두준은 답답한 듯 타이를 느슨하게 한 뒤 앞머리를 거칠게 쓸어 넘겼다.

"꼭 가야겠어?"

"네."

최종적으로 확인하듯 묻는 두준의 말에 희원은 단 1초의 망설임도 없이 답을 내놓았다. 희원을 바라보는 그의 눈에 짜증이 잔뜩 담겨 있었다.

"당신 반 아이들이 무슨 엄마 찾는 젖먹이들이야? 고2야. 인솔자가 누구건 상관없는 나이라고."

"진짜 왜 이래요? 누가 그걸 몰라요. 하지만 담임은 나고, 다른 사람 손에 아이들을 맡기고 싶지 않다고요."

줄곧 1학년 담임만 맡다가 2학년은 이번이 처음이었다. 교사로서 수학여행도 이번이 처음이었고, 어쩌면 마지막이 될지도 모를 일이었다. 교감은 희원을 수학여행에서 제외시키려 했지만, 그녀가 우긴 일이었다.

"아이들과 좋은 추억 만들고 싶다고요."

좋은 추억. 그게 문제였다. 급하게 치른 결혼으로 인해 신혼여행도 여름방학으로 미루어진 터라 그들은 아직 변변한 여행 한 번 다녀오지 못했다. 두준도 해보지 못한 걸 그 체육선생이랑 둘이 하게 된다는 사실이 영 마음에 들지 않았다.

"그 추억 만들기에 아이들만 있는 게 아니니 그렇지."

두준의 말을 이해하지 못한 희원이 미간을 구기며 고개를 갸웃했다.

"그게 무슨 소리예요?"

두준은 짜증이 솟구치는 듯 머리를 마구 헤집었다.

"아, 몰라. 수학여행을 가든 말든 당신 마음대로 해."

빠르게 말을 뱉어낸 두준이 쌩하니 몸을 돌려 차고를 벗어나고 있었다.

"난 갈 거라고 했어요."

짜증과 화가 얼버무려진 것 같은 그의 뒤통수에 쐐기를 박았지만, 되돌아온 건 차고 벽을 울린 그녀의 목소리뿐 그는 아무 대답이 없었다.

"진짜 왜 저래."

희원은 짜증스레 발을 동동거렸다. 그녀의 마음을 몰라주는 그가 야속했다. 2학기 중반쯤에는 출산휴가를 내야 될 테고, 어쩌면 그 휴가 기간은 한정 없이 길어질 수도 있었다.

원래도 다정한 편은 아니었지만 바깥일에 더 열정적이었던 엄마로 인해 외로움에 몸서리쳤던 희원은 두줄이를 남의 손에 맡겨 키우고 싶지 않았다. 그렇다면 결국 교사로서 그녀에게 주어진 시간은 기껏해야 5개월 정도였다.

아이들에게도 그녀 자신에게도 최선을 다하고 싶었다. 든든한 조력자라고 생각했던 두준이 저렇게 나오자 희원은 은근한 배신감마저 느졌다.

달콤한 말, 은밀한 스킨십이 오가던 저녁 식탁은 전에 없이 삭막했다. 입맛이 싹 가신 희원은 의미 없이 젓가락만 놀리고 있었다.

"밥 먹어."

"내가 알아서 해요."

싸늘한 단답형의 말에 매정하게 뚝 끊어지는 답이 되돌아왔다. 그를 보려고도 않는 그녀의 머리꼭지만 보고 있던 두준은 한숨과 함께 젓가락을 내려놓고 말았다.

세상 둘도 없는 못난 놈이 되어버린 것 같았다. 희원을 화나게 하려는 의도는 없었지만, 결국 그렇게 되어버리고 말았다. 이제라도 사과를 해야 할까 싶다가도 수학여행에 동행할 그놈만 생각하면 가슴이 답답해지고 울화가 치밀어 입을 꾹 닫게 됐다.

희원을 그 누구와도 나누고 싶지 않았다. 그게 희원에게 흑심을 품고 있었던 체육선생이라면 더더욱. 하지만 이런 속내를 밝히기엔 쥐꼬리만큼 남은 그의 자존심이 허락하질 않았다.

숨 막히는 식사가 끝나고도 둘의 침묵은 이어졌다. 어설프게 부딪치다 만 부부싸움은 화해의 방법을 찾지 못해 어색한 분위기만 더해갔다.

밤새 한 몸인 듯 붙어 자던 둘에겐 그 효용 가치가 무색했던 킹사이즈의 침대가 오늘만은 제 역할을 충실히 해내고 있었다.

이쪽 끝과 저쪽 끝에 떨어져 누운 그들은 쉽게 잠을 이루지 못하고 얕은 숨만 조심스럽게 내뱉고 있었다.

두준은 자신의 마음도 몰라주고 죽어라 반 아이들만 챙기려는 희원에게 섭섭한 마음이 들었고, 희원은 수학여행을 못 가게 하려는 것도 모자라 도리어 화를 내고 있는 두준을 이해할 수가 없었다.

부부싸움도 제대로 할 줄 모르는 초보 부부의 싸움은 어설프기 짝이 없었고, 격렬함이 결여된 상태로 시간만 질질 끌게 되었다.

두 사람 다 그럴 의도는 아니었지만, 말 걸기가 어색해진 상태로 그녀가 수학여행을 가는 날까지 화해의 방법을 찾지 못하고 있었다.

교문 앞에서 캐리어를 내려주는 두준이나 그걸 물끄러미 바라보고 있는 희원이나 화창한 날씨와는 어울리지 않게 마음이 온통 잿빛이었다.

말다툼 같지도 않은 말다툼을 한 뒤로 제대로 된 대화는커녕 단순한 스킨십조차 삭제된 채 이틀이 훌쩍 지나가 버렸다.

이대로 두준이 차에 오르고 나면 2박 3일간은 얼굴조차 볼 수가 없었다.

갑자기 울컥 눈물이 솟구칠 것만 같았다. 엄마 곁을 떠나 멀리 가는 아이처럼 겁이 덜컥 났다.

생각이란 걸 하기도 전에 희원의 손이 본능적으로 튀어나가 버렸다.

캐리어를 놓고 돌아서는 두준의 슈트 소매 끝자락을 쥔 희원은 고개도 들지 못하고 울먹임을 참으려는 듯 입술을 깨물었다.

겨우 2박 3일의 헤어짐조차도 겁나는 그녀와는 달리, 그는 아무렇지도 않은 냉정한 표정을 짓고 있을까 봐 차마 제대로 쳐다보지도 못하고 있었다. 국어선생님이라는 직업이 무색할 정도로 머릿속에 맴도는 생각들 중 단 하나도 입 밖으로 만들어낼 수가 없었다.

나오려는 울음을 억지로 삼킨 희원은 들릴 듯 말 듯 다녀오겠다고 중얼거린 뒤 소맷자락을 슬그머니 놓아버렸다.

얕은 한숨 소리가 머리 위로 퍼지나 싶은 순간, 희원의 몸이 단단한 품으로 쏙 빨려 들어갔다.

이틀 동안 듣지 못했던 그의 심장박동이 힘차게 제 존재를 알리고 있었다.

학교 앞, 사방이 오픈된 대로변에서 희원은 밀어낼 생각조차 못하고 그의 품에 갇혀 있었다.

"화내서 미안해."

"나도요. 나도 미안해요."

"아니야. 이건 순전히 내 욕심 때문이야. 당신 잘못 없어."

"그게 무슨……."

두줄이의 안전을 걱정하는 일이 왜 그의 욕심이 되는 건지 이해할 수 없어 물어보려는데 단단하게 감겼던 팔을 푼 두준이 교문 앞을 힐끔 쳐다봤다.

"성실한 장 선생님 아이들한테 놀림받게 생겼네."

두준의 말에 뒤돌아보니 아이들이 삼삼오오 모여서서 이쪽을 쳐다보고 있었다.

"어머, 어떡해. 쟤들 언제부터 보고 있었던 거예요?"

"당신이 내 소맷자락 잡을 때부터."

"뭐예욧. 그럼 보고 있는 거 알면서도 덥석 안았단 말이에요?"

희원이 울상이 되어 그를 흘겨봤다.

"하하, 농담이야, 농담. 끌어안는 건 보지도 못했으니까 걱정 마."

"정말이죠?"

"그렇다니까. 붙잡고 싶어지기 전에 어서 가봐. 조심해서 잘 다녀오고."

씩 웃어 보인 두준이 희원을 돌려세웠다. 한 발짝 뗐던 희원이 할 말이 남은 듯 머뭇거리며 뒤를 돌아봤다.

"두준 씨, 우리 화해한 거죠?"

"언제 싸우기는 했고? 기다릴게. 걱정하지 말고 다녀와."

"네."

이틀 만에 안긴 품은 너무나 포근했다. 지금 헤어지면 금요일 저녁이나 되어야 볼 수 있는데, 왜 쓸데없는 일로 이틀씩이나 허비해 버렸을까 하는 후회가 밀려왔다. 미안하다는 말이 오가기 전과는 또 다른 이유로 희원의 발걸음이 무거워졌다.

"희원아!"

아쉬움이 짙게 깔린 그녀의 마음을 알아채기라도 한 듯 두준이 그녀를 불렀다.

"사랑해."

이틀 동안 듣지 못했던 말이 은은하게 퍼져 그녀의 주변을 맴돌다가 가슴으로 들어와 박혔다.

이제는 익숙해질 만도 한데 들을 때마다 설레는 그 말에 돌아보는 희원의 입꼬리가 예쁘게 호선을 그렸다.

"앞으로 무슨 일이 벌어지건 당신을 너무 사랑해서, 너무 욕심내서 한 일이라는 것만 기억해 줘. 알았지? 장희원."

"네? 그게 무슨 말이에요?"

"늦었다. 이만 간다. 전화할게."

손을 흔들어 보인 그가 희원의 물음에 답을 주지도 않고 그대로 자리를 떴다. 두준이 남긴 아리송한 말의 실체를 깨닫게 된 건, 관광버스에 오르고 나서였다.

"장 선생!"

김 선생이 맨 앞자리에 앉아 그녀를 부르며 손을 흔들어댔다.

"김 선생님, 왜 여기 있어요?"

"왜 여기 있겠어?"

"수학여행 같이 가세요?"

왕방울 선글라스에 해변에서 치맛자락 좀 펄럭여 본 사람이라면 하나쯤 가지고 있다는 럭셔리한 버킷햇만 봐도 답은 이미 분명했다.

"신 선생님은요?"

"곧 오겠지. 얼른 이리 앉아."

"정말 어떻게 된 거예요?"

"어, 그게, 내가 워낙 여행을 좋아하잖아. 게다가 장 선생은 홀몸도 아니고. 같이 따라가서 도와주면 좋겠다 싶어서……."

머뭇거리며 구구절절 핑곗거리를 늘어놓던 김 선생이 미간을 좁힌 채 고개를 갸웃하며 뚫어져라 쳐다보는 희원 때문에 더 이상 말을 잇지 못했다.

"두준 씨 짓이군요?"

답은 들을 필요도 없었다. 그녀가 누구 때문에 수학여행에 동반하게 됐는지 어정쩡하니 웃음 짓는 얼굴이 말해주고 있었다.

✣

장미향이 주변을 맴돌고 있었다. 경쾌한 아이들 웃음소리가 사방에서 들려왔다.

스마일~

"장 선생, 지금 그 포즈 괜찮다. 자, 이번엔 미소 지으면서 한 번 더."

나무 그늘이 드리운 벤치에 앉아 살랑 부는 바람을 음미하고 있던 희원의 미간이 보기 흉하게 일그러졌다.

"에이. 뭐가 그렇게 비싸? 우리 이사장님 애타겠네. 미소 한 번만 지어주자, 응?"

김 선생이 휴대폰을 조작하며 하는 말에 짧은 휴식을 마무리한 희원이 자리에서 일어났다.

정자와 연못, 교량이 절묘하게 어우러진 중국정원은 양산백과 축영대의 이루지 못한 사랑이야기를 모티브로 꾸며졌다는 설명을 듣고 난 뒤라서인지 몰라도, 어쩐지 애절함 같은 게 느껴졌다.

그럼에도 불구하고 희원은 나비의 날개를 가진 두 남녀의 석상 앞에 섰을 때, 그래서 저 나비들은 영원히 행복했을까 하는 생각을 했다.

이렇게 회의적이 된 데는 치밀한 계획 신봉자이자 쩌는 소유욕의 화신인 강두준의 영향이 컸다.

두줄이의 안전에 대한 우려 때문에 수학여행 참석을 꺼려한다고 생각한 건 순전히 희원의 착각이었다. 김 선생이 횡설수설 쏟아낸 말로 유추해 본 결과, 두준이 수학여행 가는 걸 말렸던 이유는 오로지 질투 때문이었다.

아니, 질투라고 쓰고 의심이라고 읽는 게 더 정확할지도 모르겠다. 너무 사랑해서, 너무 욕심내서 한 일이라는 것만 기억해 달라던 두준의 음성이 귓속을 맴돌았다.

그는 그녀를 너무 사랑하고 욕심냈는지 몰라도 그녀의 사랑을 온전히 믿지는 못했다. 대체 두준은 신 선생이랑 그녀가 수학여행 중에 뭘 할 거라 상상을 하고 감시자를 떡하니 붙여놓은 것일까?

"김 선생님, 그 사람한테 대체 뭘 받기로 한 거예요? 뭘 받기로 했는데 이렇게 열정을 불태우는 건데요?"

어제오늘 아이들과 추억을 남기기 위해 찍은 사진보다 김 선생한테 찍힌 사진이 더 많았다. 찍은 사진은 두준에게 실시간으로 전송되는 중이라는 데 그녀의 전 재산을 걸 수도 있었다.

"아유, 장 선생, 무슨 그런 섭섭한 말을……. 흠흠, 어머, 저기 분위기 좋겠다. 우리 들어가서 차나 한잔할까?"

얼른 말을 돌린 김 선생이 명원정이라는 현판이 걸린 전통찻집을 가리키며 희원을 그리로 이끌었다.

마침 피로가 살짝 몰려오던 차에 잘됐다 싶어 희원은 못 이긴 척 김 선생을 따라 연못을 향해 난 마루로 올라가 앉았다.

화병에 꽂힌 사프란이 은은한 향을 풍겨내고 있었다. 향긋한 바람이 머리끝을 스치고 지나갔다. 저 멀리 아이들이 얼굴에 꽃받침을 한 채 사진 찍기에 여념이 없었다.

스마일~

"김 선생님!"

"예뻐서 찍었어, 예뻐서. 장 선생은 아이들 얼굴만 봐도 좋니? 아깐 그렇게 지어 보래도 못 들은 척하더니. 지금 완전 엄마미소 같았던 거 알아?"

쉴 새 없이 떠들면서 양 손가락을 사용해 빛의 속도로 터치하고 있는 김 선생의 휴대폰을 희원이 잽싸게 낚아챘다.

"어어, 장 선생, 왜 남의 폰을……."

화면을 바라보던 희원이 살벌하게 흘겨보자, 휴대폰을 다시 빼앗으려던 김 선생은 헛기침을 하며 먼산을 바라봤다.

희원의 짐작대로 김 선생과 두준은 SNS 절친이 되어 있었다. 좀 전 김 선생이 찍은 사진은 '장 선생 좀 피곤해 보이는 것 같아 차 한잔하러 전통찻집 들어왔어요'라는 문구와 함께 이미 두준에게 전송되어 있었다. 그리고 잠시 후.

—감사합니다, 김 선생님. 우리 희원이 아직도 화나 있나요?

라는 답문이 날아들었다. 눈썹을 확 치켜 올린 희원이 김 선생을 바라보자, 그녀는 억지 미소를 지어 보였다.

—네. 아직도 화나 있고요, 앞으로 더 화날 예정이니 두줄이 아버님께선 업무에나 집중하시죠.

빠르게 문자를 전송한 희원이 김 선생한테 휴대폰을 넘겨주자마자 그녀의 휴대폰이 요란스레 울려댔다.

어제 종일 두준의 문자와 전화를 무시해 버렸다. 김 선생의 폰으로 보내긴 했지만, 그녀가 보낸 문자라는 걸 두준이 모를 리가 없었다.

그 냉랭한 문자마저도 반가웠던 건지 두준은 부리나케 그녀에게 전화를 건 것이었다.

받을까 말까를 잠시 망설이던 희원은 찻집의 고요를 깨고 있는 벨소리를 잠재울 목적으로 어쩔 수 없이 전화를 받았다.

"일 안 하세요?"

호칭도 인사말도 생략하고 무미건조하게 꾸며낸 희원의 말에 안도의 한숨부터 되돌아왔다.

[휴, 안 하는 게 아니라 못 하고 있어. 장희원 때문에.]

그의 입에서 나온 그녀의 이름이 귓가를 스치고 지나 가슴을 쿵쿵 울렸다.

두준의 목소리엔 그리움이 짙게 깔려 있었다. 일시에 약해지려는 마음을 다잡은 희원이 입매를 샐쭉하니 굳혔다.

"열혈 감시자까지 붙여놓고는 뭐가 불안해서 일도 못 하는데요?"

열혈 감시자로 지목받은 김 선생의 눈매가 새초롬해졌다.

[당신 걱정돼서 도와주십사 부탁한 거지 감시라니. 듣는 김 선생님 섭섭하겠네.]

"그러게요. 그럼 괜히 의심받은 신 선생님은 얼마나 섭섭할까요?"

'끙' 하는 신음 소리가 미세하게 들려왔다.

[희원아.]

"다정하게 부르지 마시죠."

[희원아~]

애교 같은 건 있는 줄도 몰랐던 사람이 말끝을 길게 늘이자, 희원의 입가에 저도 모르게 웃음이 맺혔다. 그러다 유심히 그녀를 바라보고 있는 김 선생을 의식하고는 다시 정색을 했다.

[목소리도 못 듣고 가게 될까 봐 얼마나 조마조마했나 몰라.]

입을 가리며 일어난 희원이 김 선생의 시선을 피해 마루 끝으로 자리를 옮겼다.

"그러게 왜 쓸데없는 짓을 해서 화나게 해요? 당신 결국 내 사랑을 믿지 못한……."

나직하게 투덜대던 희원이 말을 끝맺지 못하고 미간을 일그러뜨렸다.

"두준 씨 어디 가요?"

[싱가포르 출장이 잡혔어.]

평온하게 뛰고 있던 심장이 갑자기 쿵 바닥을 쳤다.

"그런 말 없었잖아요."

[갑작스럽게 결정된 일이야. 블루스카이타워 건설 현장에서 사고가 났는데…… 희원아, 당신 의심해서 그런 거 아니야.]

"지금 그게 중요해요? 언제 가는데요? 언제 와요? 사고 크게 났어요? 위험한 거 아니에요? 혹시 사람들 많이 다쳤대요?"

복잡하게 엉켜든 머릿속에 우후죽순 샘솟는 질문들을 쉴 새 없이 쏟아냈다.

[하하.]

두준의 웃음이 희원의 가슴을 울렸다. 갑자기 눈물이 왈칵 쏟아질 것만 같았다.

그가 너무 그리웠다. 화해한 지 얼마나 됐다고, 그깟 의심 좀 받았기로서니 그게 뭐 대단한 일이라고, 하루 동안 그의 연락을 무시하고 따돌렸을까 후회가 밀려왔다.

[뭐가 그렇게 급해? 한 가지씩 물어야지. 오후 3시쯤 출발할 거야. 아무리 부지런히 서두른대도 일요일 저녁이나 돼야 돌아올 수 있을 것 같아. 그리고 또 뭐가 있었지? 아, 사고. 그런 건 희원이 네가 걱정할 필요 없고. 위험하지 않으니까 그것도 걱정 말고. 그리고.]

두준이 중요한 말을 꺼낼 듯 잠시 숨을 골랐다. 희원은 그의 숨소리 하나라도 놓칠세라 휴대폰을 귀에다 바짝 붙였다.

[지금 나한텐 그게 제일 중요해. 당신 사랑을 의심해서 그런 거 아니야. 그냥 좀 심술 났어. 여태 나도 함께 못 간 여행을 그치가 같이 간다는 게.]

"훗, 흐흐."

웃는 건지 우는 건지 모를 소리가 희원의 입에서 흘러나왔다.

"수학여행이에요. 나도 신 선생님도 그저 아이들 보호자라고요."

[알아. 아는데, 자꾸 네 일엔 욕심이 생기는 걸 어떡해. 신혼여행을 미루는 게 아니었어. 결혼도 너무 대충 해버린 것 같아. 뭘 하든 장희원한텐 내가 처음이고 최고였으면 좋겠어. 내가 너무 과해서 미안해.]

감정을 최대한 꾹꾹 억눌러 봤지만 쉽지가 않았다. 자꾸 눈가에 물기가 고였다. 휴대폰 너머로 흘러가는 목소리엔 분명 떨림이 가득할 터였다.

"나도요. 나도 그래요. 그리고 당신, 최고예요."

휴대폰 건너편에서 얕게 몰아쉬는 숨소리가 넘어왔다. 귓가로 그의 따뜻한 숨결이 닿는 것만 같았다.

[이거 힘이 막 샘솟는걸. 최대한 빨리 일 끝내고 돌아올게.]

"아니요. 빨리 안 돼요. 최대한 조심해야 해요. 당신 털끝 하나까지 다 내 거니까, 내 거 흠집 내지 말고 고이 돌려놔야 해요."

부회장인 두준까지 나서야 하는 사고 현장이라면 작은 사고는 아닐 것이 분명했다. 얘기치 못한 사고는 언제 어디서건 일어날 수 있다는 걸 알기에 그가 아무리 걱정할 필요 없다고 해도 그녀의 불안은 쉬이 잠재워지지 않았다.

[하하. 그래, 알았어. 말짱한 모습으로 돌아올 테니까 당신이 싹 다 검사해 줘.]

분명 별말 아닌데 희원의 얼굴이 빨갛게 물들었다. 숙제 검사라면 샅샅이 세심하게 하는 그녀라 얼굴만 확인하는 데서 끝나지 않을 텐데. 그러면 다른 곳도 다, 흠흠.

[대답해.]

"네? 네, 그럴게요."

[나도 검사할 거야. 장희원 발톱에 낀 때까지 내 거니까, 알았지?]

"발톱에 때 안 끼었거든요."

[하하, 때 껴 있어도 예쁠 것 같은데.]

야유 섞인 귀에 익은 목소리가 그의 말 사이사이로 들려왔다.

"두준 씨, 혹시 지금 시형 씨 듣는 데서……."

[어? 지금 출장 준비 중이라.]

"아우, 정말 창피하게. 시형 씨 얼굴 어떻게 보라고."

[안 보면 되지 뭔 걱정이야. 이 실장 부러워서 그러는 거니까 신경 쓸 필요 없어.]

또다시 시형의 목소리가 섞여들고 두준이 간단하게 대답하는 소리가 멀찍이 들렸다.

[이제 가봐야 해.]

"네, 잘 다녀와요."

[그래. 당신도.]

마지막 인사마저 주고받았는데 둘 다 전화를 끊지 못하고 있었다. 머뭇거리던 희원은 두준이 전화를 끊을 게 겁나는 듯 급하게 불렀다.

"두준 씨."

[음, 말해.]

"미안하다고요. 화낼 일도 아닌데, 별것도 아닌데, 한 치 앞을 못 내다보고. 당신 출장 가게 될 줄 알았으면 연락도 안 하고 그러지 않는 건데. 나 왜 이렇게 바보 같죠?"

[그 바보가 난 왜 이렇게 사랑스럽지? 사랑해, 희원아. 보고 싶어 미치겠다.]

"저도요."

[완전히 미치기 전에 빨리 무사히 돌아올게.]

그렇게 두준과의 통화가 끝나고 잠시 동안 희원은 눈물 그렁그렁한 눈으로 휴대폰만 멀거니 바라보고 있었다.

희원의 기분 같은 건 알 바 아니라는 듯 더없이 경쾌한 새소리가 아스라이 들려왔다.

"장 선생, 차 다 식는다."

갑자기 도드라진 김 선생 목소리에 흠칫 놀란 희원이 얼른 눈가를 훔치고 뒤돌아봤다.

언제 가져다 놓고 갔는지 찻잔과 찻주전자가 테이블에 놓여 있었다.

"음, 향 좋다."

찻잔을 든 김 선생이 눈을 감고 음미하며 나직이 속삭였다. 희원도 마주 앉아 찻잔을 들고 향을 음미했다.

"우리 이사장님이 여러모로 최고이긴 해."

막 차를 한 모금 머금으려던 희원이 멈칫 굳어지며 당황스러운 손길로 찻잔을 내려놓았다.

"아, 저, 그게, 열심히 일하고 있다고 해서 칭찬을……."

"그럼, 그럼, 남편 기 살려주는데 칭찬만큼 좋은 게 없지. 털끝 하나까지 소유하고 싶은 남편이라면 더더욱."

"아, 저, 그게 그런 뜻이 아니라요. 흠흠. 다 들으셨어요?"

"안 들으려고 해도 이 주변이 너어무 고요해서 말이지."

그녀를 놀리며 찻잔을 내려놓는 김 선생의 태도는 능글맞기 그지없었다.

붉어진 얼굴로 어찌할 바를 모르던 희원은 이내 자포자기라도 한 건지 느긋한 자세로 차를 한 모금 기울였다.

"김 선생님, 뭐 받기로 했어요?"

"응? 뭐, 뭘?"

희원의 물음에 당황한 김 선생이 눈을 동그랗게 떴다.

"우리 부부 일에 이렇게나 신경 써주는 게 감사해서요. 두준 씨가 안 했으면 저라도……."

"아유, 난 또 장 선생 화난 줄 알았네. 그런 것까지 신경 쓸 필요 없어. 이사장님이 벌써 다 알아서 하셨지."

"그래요?"

"그럼. 여름방학 때 발칸반도 쪽으로 쭉 돌 수 있게……."

"아아, 발칸반도."

희원이 목소리를 깔며 뒷말을 길게 끌었다. 그제야 굳이 할 필요 없는 말까지 줄줄 읊었다는 걸 깨달은 김 선생이 어색한 웃음부터 쏟아냈다.

"하하, 장 선생, 그게 말이야."

"전 여름방학 때 몸 괜찮으면 이태리 가야 할까 봐요. 가서 뒷발질 좀 열심히 해볼까 싶네요."

"뒷발질, 하하. 뭘 또 그렇게까지. 장 선생, 이거 무슨 시키면 뒷거래 그런 걸로 오인하면 안 된다. 이게 다 정이거덩. 서로 챙겨주고, 돌봐주고. 우리 이사장님이 함께 사는 법을 참 잘 아는 분이라니까."

럭셔리가 보장된 발칸반도 여행이 무산되는 것은 아닌지 심히 걱정된 김 선생이 희원의 눈치를 살폈다.

"여름방학 때 발칸반도 가고 싶으면 이제부터 사진은 그만 찍으세요."

"알았어. 안 그래도 벌써 문자 왔어. 그만 찍을 거야. 걱정하지 마. 여기 정말 좋다, 그치? 차향도 좋고."

생긋 웃어 보이며 찻잔을 부딪쳐 건배를 시도하는 김 선생 때문에 희원도 마주 웃을 수밖에 없었다.

4. 상반된 자제심

"저거 뭐야? 연못 아냐?"

디딤돌을 밟아 집 쪽으로 향하던 미란이 나무 그늘이 드리운 연못을 발견하곤 그리로 발걸음을 옮겼다.

연꽃 모양을 형상화한 연못가에는 조그만 날개를 가진 아기 천사 석상이 동그란 단지를 기울여 쉴 새 없이 물을 쏟아내고 있었다.

이사 들어오기 전 리모델링을 하면서 두준이 희원을 위해 만든 연못이었다. 물소리를 들으며 책 읽으면 딱 좋겠다는 희원의 말에 두준은 연못가 나무 그늘 아래 벤치까지 하나 놓아주었다.

미란은 연못이 꽤나 마음에 든 듯, 한 바퀴를 천천히 돌고 있었다.

미란을 따라 움직이던 희원의 시선이 노을빛에 물들어 온화한 멋을 뽐내고 있는 벤치에 잠시 머물렀다.

수학여행 건으로 싸우기 전 주말, 벤치에 앉아 책을 읽고 있는 희원의 무릎을 베고 누운 두준은 '좋다'란 감탄사를 한숨처럼 뱉어냈다.

바람에 일렁이는 나뭇가지 사이로 비춰든 햇빛을 책으로 가려주자, 은은하게 입꼬리를 끌어 올렸던 그.

벤치 팔걸이 너머로 늘어진 긴 다리가 전혀 불편해 보이지 않을 만큼 그의 표정은 평온했다.

책장에 빼곡히 찍힌 활자는 순식간에 그녀의 관심 밖으로 밀려났고, 아름다운 호선을 그리고 있는 그의 입술만이 희원의 시선을 가득 채웠었다.

당연한 수순처럼 얼굴 위에서 책이 치워졌고, 그녀의 얼굴이 대신 햇빛을 가렸다.

눈을 감고 있던 두준이 가만히 내려다보다가 천천히 얼굴을 내리는 그녀를 기다리지 못해 고개를 들고 입술을 겹쳐 왔다.

촉촉, 다정하게 부딪치던 입술이 순식간에 맞물리자, 희원의 손에서 책이 떨어져 바닥으로 굴렀다.

책이 떨어진 줄도 몰랐었는데. 나무 벤치의 불편함도 전혀 문제가 되지 않았었는데. 그녀의 머리칼 사이로 엉겨들던 길고 힘 있는 손가락의 느낌이 생생했다.

두준의 약속대로 된다면 하루만 지나면 볼 수 있는 사람인데, 집 안 곳곳에 밴 그의 흔적들과 마주할 때마다 가슴이 뭉클하고 눈가가 시큰했다.

이럴 줄 알았으면 화 같은 건 내지 않는 건데. 화를 내더라도 금세 푸는 건데. 후회가 물밀 듯 밀려왔다.

수학여행에서 돌아온 희원은 두준의 부재를 실감하며 망연히 앉아 있을 수밖에 없었다.

그런 희원을 다시 움직이게 한 건 미란의 전화였다.

[희원아, 두줄이 아빠 뉴스에 나온다. 빨리 TV 켜봐.]

TV에 전원이 들어오는 잠시 동안, 채널을 찾아 리모컨을 조작하는 잠시 동안, 어찌나 가슴이 두근거리고 손이 떨리던지. 그리고 잠깐 스치듯 화면을 채우고 지나가 버린 두준.

소매를 걷어 올린 셔츠 차림에 안전모를 착용한 두준은 어쩐지 낯설면서도 듬직하니 멋져 보였지만, 그녀는 안쓰럽다는 생각이 들었다.

싱가포르 건설 현장에서의 사고는 희원의 짐작대로 제법 큰 사고였다.

고정식 타워크레인이 넘어지면서 지지 구조물을 덮치는 바람에 인부 20명이 중경상을 입었고, 거의 막바지에 접어든 세계 최대 규모의 관광 컨벤션센터로 꾸며질 대한건설 블루스카이타워의 완공에 차질이 불가피할 거라는 소식이 전파를 타고 흘러나왔다.

그나마 사망자가 없어서 다행이었다. 부상자 중 네 명이 한국인이었지만, 가벼운 부상이라 생명에는 지장이 없다는 것 또한 반가운 소식이었다.

하지만 더운 날씨에 사고를 수습하느라 고생하고 있을 두준만 생각하면 마음이 편치 않았다.

"두줄이 아빠랑 통화는 했어?"

"아니, 통화가 안 돼. 정신없겠지."

시형과만 잠시 통화가 됐고, 순조롭게 마무리되면 일요일 오후에는 돌아갈 수 있을 거라는 말을 들었다. 몇 번 더 통화를 시도해 봤지만, 두준의 목소리는 들을 수가 없었다.

되도록 감정을 싣지 않으려고 노력하는 희원의 목소리엔 의지와 상관없이 떨림이 섞여 있었다.

"너무 걱정하지 마."

미란은 쿨한 성격답게 어깨를 툭툭 치는 것으로 위로를 대신했다.

"집 구경 좀 하자. 관리하는 것도 일이겠네. 정원이 너무 넓은 거 아니야?"

"정원 관리해 주시는 분이 일주일에 한 번씩 와."

"그래? 아유, 우리 희원이 출세했어. 기특하기도 해라. 얼른 들어가
자. 네가 말했던 그 다리 좀 보자."

희원의 관심을 다른 곳으로 돌리려는 듯 미란은 지나치게 밝은 목소
리로 그녀를 집 안으로 이끌었다.

"근데 진짜 그것 갖고 되겠어? 결혼하고 처음 맞는 시어머니 생신인
데 너무 약소한 선물 아닌가?"

다음 주 수요일이 한 여사 생일이었고, 예정대로라면 일요일 오후
본가에서 가족들끼리 식사를 하기로 되어 있었다.

두준의 갑작스러운 싱가포르 출장으로 불확실해지긴 했지만, 혹시
나 하는 마음에 미란의 안목을 빌어 미리 선물을 준비했다.

"가진 게 많으신 분이야. 그렇게 치면 약소하지 않은 게 어디 있겠
어. 마음이 중요한 거지."

"그렇긴 하네. 뉘 집 며느린지 참 맘씨 곱다. 크크."

"칭찬을 하든지 비웃든지 하나만 하지. 마실 것 좀 줄까?"

"아니, 됐어. 그보다 다리가 있는 문이 어느 쪽이야?"

두리번거리는 미란을 지나친 희원이 뒤뜰로 향하는 복도로 걸음을
옮기며 깜빡 잊었던 일이 생각난 것처럼 말을 꺼냈다.

"저녁은 민욱이 오면 같이 먹자."

잘 따라오던 미란의 걸음이 우뚝 멈추는 소리가 들렸다.

민욱과 통화할 때도 느낌이 이상해 또 싸운 건가 짐작만 했었는데,
짐작이 확신이 되는 순간이었다.

"오, 온대?"

"응. 집들이 겸 오랜만에 밥 같이 먹자니까 냉큼 온다고 하던데."

거짓말이었다. 냉큼 온다고 했으면 둘의 싸움을 짐작했을 리가 없었
다. 바쁘다는 같잖은 핑계를 대는 민욱에게 임산부의 헛헛한 마음과

외로움에 대해 일장연설을 한 끝에 우격다짐으로 약속을 받아냈다.

"왜, 또 싸웠니?"

"싸우긴 누가 싸워. 민욱이가 그래?"

파르르하는 게 딱 봐도 싸운 모양새였다.

"너 또 선봤어? 민욱이 걔가 속이 깊어서 아무 말 않는 거지, 엄청 상처받는 거 몰라?"

"선 끊었어. 그것 때문에 싸운 거 아니야."

"싸운 거 맞긴 하구나. 선본 것도 아니면 뭐 때문에 싸운 건데?"

솔직담백하고 쿨한 미란이와는 어울리지 않게 시무룩한 표정으로 말을 할 듯 말 듯 망설이는 눈치였다.

"무슨 일인데 그래?"

걸음을 멈춘 희원이 미란과 눈을 맞췄다.

"민욱이, 아빠한테 인사시켰는데……."

"마음에 안 드신대? 막 반대하셔?"

미간부터 일그러뜨리고 안타까운 표정으로 묻자 미란은 고개부터 저었다.

"그럼 뭔데?"

"민욱이 사업 얘기 듣더니 투자하시겠대."

"진짜? 어머, 잘됐다."

제 일처럼 좋아하는 희원을 보며 미란이 콧방귀를 뀌었다.

"잘됐지. 근데 싫단다."

미란의 말에 눈살을 찌푸렸던 희원이 알 만하다는 듯 고개를 끄덕였다.

괜찮은 사윗감이 되기 위해 노력 중이라던 민욱이라면 충분히 그럴 수 있었다. 하지만 미란의 마음도 이해가 갔다.

민욱에게 도움이 될 수 있다는 사실에 기뻤을 것이다. 민욱에 대한 아버지의 관심이 고마웠을 것이다.

둘 다 서로에 대한 사랑은 깊지만, 이해가 적어 생긴 싸움이었다. 둘 중 한 사람의 편을 들긴 애매한 상황이라 희원은 말을 아꼈다.

"앉은자리에서 단박에 자르더라. 어쩜 그럴 수가 있어."

희원은 아무 말 없이 뒤뜰로 난 출입문의 잠금장치를 해제하고 문을 열었다.

"아니, 그냥 척이라도 못 해. 아주 저 혼자 대쪽이지. 도움 그까짓 거 좀 받으면 어…… 꺄악!"

미란의 돌고래 소리는 운치 있게 뻗은 다리 때문이 아니었다. 레몬 빛깔 원피스를 입고 양손에 사탕을 한 움큼 쥔 채 아장아장 걸어오는 연서를 발견했기 때문이다.

미란은 괴성을 지른 걸로도 모자라 제자리에서 발을 동동거렸다.

"희원아, 쟤가 연서지? 아가, 네가 연서지? 어머나, 어쩜 인형 같아."

다리 중간쯤에서 멈춰 선 연서가 머리칼이 양 갈래로 묶인 동그란 머리를 갸웃했다.

"꺄악, 어떡해. 봤어, 봤어? 머리 요렇게 하는 거 봤어?"

"그만해라. 연서 놀라겠다. 연서야, 이리 와."

호들갑스럽게 떠들어대는 미란을 말린 희원이 무릎을 꿇고 앉아 연서를 불렀다.

머뭇거리던 연서가 넘어질 것 같으면서도 희한하게 넘어지지 않는 뒤뚱거리는 걸음걸이로 희원을 향해 다가왔다.

"쭈리 이모, 이거."

"이모 주는 거야?"

"아니, 쭈리 주는 거야."

이수에게 태명이 두줄이라고 하는 걸 옆에서 들은 뒤로 연서는 희원을 쭈리 이모라고 불렀다.

"어머, 고마워라."

희원이 연서를 끌어안고 볼에 뽀뽀를 하자 까르르하는 웃음소리가 다리 위를 채웠다.

"연서야, 안녕."

미란도 희원의 옆에 무릎을 꿇고 앉더니, 손가락을 오물거리며 연서에게 인사를 건넸다.

낯가릴 줄 모르는 연서가 예쁜 이모라고 부르며 고물거리는 손을 흔들어 보이자, 미란의 입에서 또다시 돌고래 소리가 터져 나왔다.

"연서야, 예쁜 이모가 사온 케이크 같이 먹을까?"

미란의 말에 연서가 까르르 웃으며 혀 짧은 소리를 했다. 미란은 귀여워 죽겠다는 듯 연서를 품에 안았다.

달콤한 냄새를 풍기는 연서를 안아 든 미란은 좋아서 어쩔 줄을 몰랐다. 미란의 쿨함은 연서 앞에서 무장해제됐고, 그런 의외의 모습이 꽤나 보기 좋았다.

희원은 미소를 머금은 채 연서를 안고 집 안으로 들어서는 미란의 뒤를 따랐다. 연서에게 반한 미란은 채 듣지 못한 소리에 희원의 몸이 굳어졌다.

"미란아, 무슨 소리 못 들었어?"

"어? 무슨 소리?"

"도어락이……. 연서랑 여기 잠깐만 있어."

잘못 들었을 것이다. 해인의 일로 보안시스템은 지나칠 정도로 완벽했고, 시스템을 해제할 수 있는 비밀번호를 알고 있는 건 두준과 그녀뿐이었다.

싱가포르에 있을 두준이 갑자기 집 앞으로 순간 이동한 게 아니라면 도어락 전자음이 들려서는 안 되는 것이었다.

갑자기 겁이 덜컥 솟아났지만, 애써 마음을 가라앉힌 희원은 연서를 안은 채 어리둥절한 눈빛으로 바라보는 미란을 돌아보며 현관이 있는 쪽을 손가락으로 가리켰다.

미란이 어정쩡하니 고개를 끄덕였다.

전면 창에서 스며든 노을에 잠긴 거실은 불그스름한 빛을 띠고 있었다. 어쩐지 불길해 보이는 널찍한 거실을 총총거리는 걸음으로 재빨리 지나친 희원은 현관 중문을 저만치 앞에 두고 멈춰 서서 양손을 꼭 말아 쥐었다.

잘못 들은 것이 아니었다. 언뜻 보기에도 커다란 그림자가 중문으로 막 손을 뻗고 있었다.

가슴이 벌렁거리고 머릿속이 하얗게 비워지는 와중에도 희원의 한 손이 얼른 배를 감쌌다.

주변을 두리번거리던 희원은 장식용으로 놓인 화병에서 조화를 빼 한 번 휙 휘둘러보았다.

무언가 마음에 들지 않는 듯 인상을 구긴 희원은 조화를 홱 던져 버리고 길쭉한 화병을 집어 들고는 다시 한 번 바람을 가르는 소리가 날 정도로 세게 휘둘렀다.

희원은 그제야 만족한 듯 고개를 끄덕여 보이고는 눈에 힘을 팍 준 뒤 화병을 높이 쳐들었다.

두줄이에 대한 모성애는 없던 용기도 샘솟게 만드는 힘을 가지고 있었다. 한 손은 배를 감싸고, 한 손엔 화병을 치켜든 채 황소가 들이닥쳐도 때려잡을 것 같은 표정을 하고 선 희원은 지금 이 순간 그 이름도 유명한 엄마였다.

엄마 모드로 탈바꿈한 희원이 기다리고 있는 줄도 모르는 간 큰 침입자가 막 중문을 열고 머리를 쑥 들이미는 순간 희원은 눈을 질끈 감고 화병을 냅다 휘둘렀다.

둔탁한 소리와 함께 억눌린 신음 소리가 들려왔다.

어딘지 낯설지 않은 소리에 희원이 슬그머니 눈을 뜨자, 인상을 구긴 두준이 한 손으로 머리를 움켜쥐고 서 있었다.

"두준 씨?"

화병을 툭 떨어뜨린 희원이 다리에 힘이 빠져 주저앉을 듯 비틀대자, 두준이 거의 본능적으로 그녀를 끌어안았다.

"하앙, 도둑 든 줄 알고 놀랐잖아요. 연락도 안 되더니, 시형 씨는 분명 내일 오후쯤 올 것 같다고 했는데…….."

"당신 보고 싶어서 견딜 수가 있어야지."

어제 하루 쉴 새 없이 움직인 결과 오늘은 싱가포르 정부 측 관계자와의 면담만 남아 있었고, 희원이 보고 싶어 조급했던 두준이 큰 맥락만 잡고 빠르게 협의를 이끌어낸 덕에 오전 11시쯤 긍정적인 답변을 얻어낼 수 있었다.

그러곤 잠시의 지체도 없이 전용기를 타고 날아온 길이었다.

이런 짜릿한 환영 인사를 받을 거라곤 예상도 못 했지만, 희원을 품에 안은 것만으로도 그는 완벽해진 것 같은 느낌을 받았다.

"이제 내 방식대로 환영 인사 받아도 돼?"

아직도 어리둥절한 희원을 더 단단히 밀착시킨 두준은 그녀의 대답 같은 건 애초에 바란 적도 없었는지 물음이 끝나기 무섭게 입술을 겹쳤다.

며칠간 참아오다 일시에 폭발한 두준의 열기는 감당이 되지 않을 정도로 뜨거웠다. 긴밀하게 밀착된 입술은 조금의 반항도 허락지 않았다.

감미롭게 엉겨드는 혀에 희원은 상황도 잊고 그대로 빠져들 것만 같았다. 하지만 그러면 안 된다는 걸 너무도 잘 알고 있었다. 지금 이곳엔 그녀뿐 아니라 미란과 연서도 함께였다.

키스 정도야 뭐, 자고 일어나서 하품하는 것쯤으로 쿨하게 받아들일 미란이는 한 수 접고 들어간다 해도 '아, 창피 뽀뽀한다. 뽀뽀'를 외칠 게 분명한 연서에게 다시 그들의 키스 장면을 공개한다는 건 이웃하고 있는 이수와 성현에게 예의가 아닌 것 같았다.

희원은 옴짝달싹 못 하겠는 손을 간신히 움직여 두준의 가슴께에 올렸다.

밀어내려는 그녀의 의도를 오해한 두준은 입술을 희원에게 그대로 얽어둔 채 허둥지둥 재킷을 벗고 있었다.

"으음."

이러다 바지까지 벗는 건 아닐까 싶어 다급해진 희원이 그의 가슴을 콩콩 치며 막힌 입으로 소리를 질렀다. 하지만 이미 본능에 충실한 한 마리 늑대로 돌변한 두준에겐 아무런 효과가 없었다.

"예쁜 이모, 깜깜해."

미란이 급하게 숨을 삼키는 소리에 이어 앙증맞은 연서의 목소리가 고요한 거실을 울렸다. 흠칫 놀란 두준이 희원에게서 물러나며 거칠게 숨을 몰아쉬었다.

잔뜩 눈살을 찌푸린 두준이 희원을 품에 안은 채 소리가 들린 쪽으로 서서히 고개를 돌렸다.

뒤뜰 출입문으로 이어지는 복도에 있어야 할 미란이 연서의 눈을 가리려는 의도였는지 품으로 꼭 당겨 안은 채 어색한 웃음을 지어 보이고 있었다.

하여튼 예전부터도 그랬지만, 황미란 말도 참 드럽게 안 듣는다. 잠깐 있으라는 곳에 딱 있었으면 좀 좋아.

하다 만 키스에 대한 아쉬움이 남아서 그러는 건 절대 아니었다.

단지, 한 마리 늑대로 돌변한 두준을 정상적인 사람으로 만들어 인사를 시킬 만한 최소한의 시간이 필요했을 뿐이다.

미란의 웃음을 마주한 희원의 얼굴이 샐쭉해졌다. 성질 급한 거 광고할 일 있나, 그새를 못 참고 쪼르르 쫓아와서는……

"어, 두줄이 아버님, 피나요."

이 양반 어지간히 급했나 보네. 코피까지 흘리고 야단……

"두준 씨! 어우, 어떡해. 다친 거예요? 대체 누가…….”

이마를 타고 내려오는 한 줄기 시뻘건 피를 보며 어쩔 줄을 몰라 하던 희원의 시선이 장식품으로써의 기능을 상실한 채 바닥을 뒹굴고 있는 화병으로 옮겨갔다.

“내가……. 피했어야죠. 그걸 그대로 맞고 있어요?”

피할 여유도 없었지만, 희원이 주는 거라면 뭐, 그 어떤 거라도 상관없었다. 그보다.

“아프다고 했어야죠. 머리 좀 숙여봐요. 하여튼 쓸데없이 커가지고. 병원 가야 되는 거 아닐까요? 많이 아프죠?”

희원은 급한 대로 소맷자락으로 두준의 이마를 닦아내며, 그녀의 말이라면 찰떡같이 잘 듣는 두준이 숙인 머리를 조심스럽게 헤집고 있었다.

“글쎄, 별로 아픈 줄 모르겠네. 그보다…….”

“희원아, 우선 이리 와서 앉는 게 낫지 않을까?”

“무선 아찌 아파? 이모, 내려줘. 연떠가 뽀로로 가져올게.”

두준의 피를 보고 흥분했던 희원이 미란과 연서의 목소리에 정신을 차렸다.

머리칼 헤집기를 멈춘 희원이 그를 부축해 거실 소파로 가서 앉았다. 그사이 연서는 미란의 품을 벗어나 뒷문으로 향하는 복도를 쪼르르 내달렸다.

멋쩍게 서 있던 미란이 어설픈 웃음부터 지어 보였다.

“하하, 저, 전 수건 좀 적셔오는 게 좋겠네요.”

뒷걸음질 치던 미란이 욕실을 찾아 두리번거리거나 말거나 희원의 신경은 온통 두준에게로 향해 있었다.

“어지럽지 않아요? 장 원장님한테 좀 봐달라고 할까요?”

“좀 까진 거겠지. 괜찮으니까 걱정하지 마. 그보다 미란 씨랑 꼬맹이는 왜 우리 집에 있는 거야?"

아이를 예뻐하는 것과 투철한 책임감은 별개라는 걸 두준을 보면서 깨닫는 중이었다.

연서를 대하는 두준의 태도는 그때그때 달랐다. 잠시잠깐 마주칠 때는 상냥하게 웃어주기도 하고 머리를 쓰다듬어 주기도 하며 다정하게 이름을 불러주었지만, 희원과의 시간을 방해받을 때면 연서는 영락없이 꼬맹이로 강등됐다.

두준의 태도가 들쭉날쭉한 데 비해 연서가 그를 대하는 태도는 한결같았다.

처음 마주한 순간부터 지금까지 연서에게 두준은 무서운 아저씨였다. 그렇다고 뭐 진짜 무서워하는 건 아닌 것 같았고, 아무래도 아이 나름의 심술인 듯했다.

"당신 내일 온다고 했잖아요. 미란이하고 잠깐 쇼핑했는데 민욱이랑 다 같이 저녁이나 먹을까 싶어서…… 아, 연서는 두줄이한테 사탕 주겠다고……. 진짜, 지금 그게 중요한 게 아니잖아요. 이 피 이거 어쩔 거야?"

속상한 마음에 목소리를 살짝 높인 희원이 다시 조심스럽게 두준의 머리칼을 들췄다. 하지만 두준은 아릿한 아픔 따위 느낄 겨를이 없었다.

어떤 마음으로 사고 현장을 누볐는데. 기나긴 비행시간을 무슨 마음으로 버텼는데.

무참히 깨진 내 기대감은 대체 어쩔 거냐고?

그에게 정말로 중요한 게 뭔지 모르는 것 같은 희원이 야속했다.

아무리 연락이 안 됐어도 그렇지. 아무리 내일 온다는 소릴 들었어도 그렇지. 어쩌자고 집 안에 어중이떠중이 다 불러 모아놓고…… 휴.

"희원아, 여기 수건."

재빠른 걸음걸이로 다가온 미란이 물을 묻힌 뒤 야무지게 꼭 짠 수건을 희원에게 건넸다.

콩콩 귀여운 발소리를 몰고 나타난 연서가 뽀로로가 프린트된 밴드를 선심 쓰듯 무선 아찌한테 내밀었다. 때마침 초인종 소리가 거실에 울려 퍼졌다.

"민욱이 왔나 보다. 미란아, 네가 문 좀 열어줘."

희원이 피로 얼룩진 이마를 정성스러운 손길로 닦으며 한 말에 두준의 미간이 무섭게 일그러졌다.

"아파서 그래요? 아무래도 장 원장님 불러야 하지 않을까요?"

"아니, 안 아파."

일자로 다문 입술 사이로 새어 나온 두준의 말엔 화가 잔뜩 묻어 있었다.

"미안해요, 두준 씨. 도둑인 줄 알고 놀라서 그만······."

"현관으로 얌전하게 들어오는 도둑이 어디 있나? 그리고 난 좀도둑도 못 막는 보안시스템에 많은 돈을 쓰진 않아."

"그땐 너무 당황해서 그런 건 생각도······ 아니, 근데 왜 자꾸 화를 내요?"

화 안 나게 생겼어. 무참히 깨진 내 기대감은 어쩔 거냐고? 이 어중이떠중이들은 대체 언제 돌아갈 건데?

"무선 아찌 나빠. 뽀로로 안 줄 꼬야."

조그만 입술을 삐죽거리며 울 것 같은 얼굴을 한 연서가 두준의 손에 놓인 밴드를 낚아챘다.

애초에 붙일 마음도 없었던 거 다시 가져가거나 말거나 신경도 쓰지 않는 두준의 팔뚝을 희원이 톡 치며 눈을 흘겼다. 연서는 곧 울음을 터뜨릴 것 같았다.

"연서야, 아찌가 아파서 투정부리는 거야. 연서가 호 해주고 밴드 붙여주면 아찌 기분이 막 좋아질 것 같은데. 그렇죠, 두준 씨?"

'웃기고 있네. 호 같은 건 필요도 없다니까. 그깟 밴드는 절대로 붙이고 싶지 않거든. 난 장희원이 필요하다고'라고 외치고 싶은 마음을 두준은 애써 꾹꾹 눌러야 했다.

눈을 찡긋거리며 사인을 보내는 희원이 미치도록 안고 싶었지만, 꾹꾹 참아야 했다.

전화로 나눈 화해는 왠지 완벽하지 않다는 생각이 들었고, 완성된 화해의 시간을 갖기도 전에 또다시 희원을 화나게 하고 싶지 않아서였다.

두준은 하는 수 없이 연서를 향해 어설픈 웃음을 지어 보였다.

"그러엄. 아, 이게 그 붙이기만 하면 앓아누운 사람도 벌떡 일어나게 만든다는 차연서표 뽀로로 밴드로구나. 아찌 치료해 줄 거지?"

"응."

붙여라, 붙여. 얼른 붙이고 가라, 꼬맹이.

속으로 이를 갈망정 얼굴엔 온화한 빛을 드리운 채, 쓸데없이 커서 뽀로로 밴드를 붙이기 힘들어할 연서를 위해 얌전히 머리까지 숙여주었다.

희원과 연서가 동시에 그의 머리에 바람을 불어댔다. 아이의 어설픈 솜씨에 의해 한쪽 눈을 찡긋하고 있는 뽀로로 얼굴이 두준의 머리 위로 떡하니 올라앉았다.

치킨이라도 사온 건지 양손에 비닐꾸러미를 든 민욱이 고소한 기름 냄새를 풍기며 미란을 따라 들어왔다. 어중이떠중이들이 완벽하게 다 모였다.

잠시 후, 성현의 귀가를 알리러 나타난 이수에 의해 연서는 집으로 강제 귀환했고, 싸운 티가 역력한 민욱과 미란이 각자 두준과 희원의 옆자리를 차지한 채 치킨과 족발 삼매경이었다.

"형님, 진짜 맥주 한 잔 안 하실래요?"

그사이 씻고 나온 두준은 연서 눈치 보느라 여태까지 붙여놓고 있었던 뽀로로 밴드를 떼며, 맥주를 권하는 민욱을 못마땅한 눈으로 쳐다봤다.

"요즘은 안 바쁜가?"

"눈코 뜰 새 없죠."

"그럼 피곤할 텐데 이만 가서 쉬는 게……."

"걱정 마세요. 마침 내일 일요일이기도 하고 오랜만에 하루 쉬려고요."

두준의 코가 뜨거운 김을 내뿜을 듯 벌름거렸다.

영화관에 함께 갔을 때부터 마음에 안 들던 녀석이었다. 식장에서 희원을 꼭 끌어안고 있었을 땐 흠씬 패줘야 할까를 심각하게 고민하기도 했다.

하지만 지금의 이 순간에 비하면 그것들은 참을 수 있는 정도였다. 지들 싸운 걸 왜 남의 집에서 해결하려 하느냐 말이다.

희원의 언질이 아니라도 한눈에 알 수 있었다. 내일 쉴 거라는 말을 하며 미란의 눈치를 슬쩍 보는 녀석의 태도만으로도 화해할 기회를 엿보고 있다는 걸 짐작할 수 있었다.

어설프게 싸운 뒤로 손도 못 대고 쳐다보기만 하다가 수요일에 잠깐의 포옹 후 헤어져 찌는 듯한 더위 속에 사고 현장을 누비고 왕복 열두 시간의 비행 끝에 겨우 희원과 마주했다.

애틋한 사랑은커녕 키스도 제대로 나누지 못한 채, 어중이떠중이 커플의 화해부터 시켜줘야 하는 이 상황이 정말 마음에 들지 않았다. 그럼에도 포커페이스를 유지하는 자신의 놀라운 자제심에 스스로 후한 점수를 줄 수밖에 없었다.

물론 탁자 밑에 숨겨진 다리와 발에까지 발휘할 자제심은 없었지만 말이다.

"잘됐군. 오랜만에 미란 씨랑 데이트 좀 해. 필요한 거 있으면 말하고."

데이트에 악센트를 넣은 두준의 말에 민욱은 슬쩍 미란의 눈치를 봤다. 미란의 시선도 민욱을 향했다가 볼을 살짝 붉히며 외면했다.

분위기는 나쁘지 않았다. 이대로 조금만 더 밀어붙인다면 어중이떠중이 커플을 집에서 몰아내는 데 성공할 수 있을 것 같았다.

두준은 희망이 차오르는 가슴을 안고, 은근한 발놀림으로 희원의 매끈한 다리를 더듬으며 뜨거운 눈길을 보냈다.

무얼 뜻하는지 모를 수 없는 두준의 눈길에 말간 웃음을 보내오는 희원의 깜찍한 포커페이스에 놀라움을 금치 못하고 있는데, 미란이 불편한 헛기침을 뱉어냈다.

"흠흠, 두줄이 아버님?"

미란이 경직된 목소리로 두준을 불렀지만, 그는 대답할 정신이 없었다. 희원은 포커페이스일 뿐만 아니라 뛰어난 멀티플레이어였다.

그의 발을 툭 쳐내는 매정한 제스처를 취하면서도 얼굴엔 여전히 온화한 미소를 짓고 있었다.

두준은 거부당한 게 섭섭한 와중에도 희원이 노골적인 그의 행동에 화가 난 것은 아닌지 눈치를 살피며, 다시 은근슬쩍 발을 가져다 대느라 바빴다.

"저기요, 두줄이 아버님."

"네, 왜요?"

그래서 좀 더 크게 들려온 미란의 부름에 약간 신경질적인 반응을 보일 수밖에 없었다.

"흠흠, 그거 제 다린데요."

발목 아랫부분만 사용해 오묘하고도 현란한 움직임을 시전해 보이던 두준의 발이 일순 굳어졌다.

미란의 말에 영문을 몰라 눈을 깜빡이고 있던 희원이 허리를 숙여

탁자 아래를 살펴봤다. 움찔 놀란 두준이 얼른 발을 떼어냈지만, 이미 사건 현장을 들킨 뒤였다.

맥주를 기울이던 민욱도 눈이 동그래져서 탁자 아래를 살폈다.

"형님, 지금……."

"어, 그게 난, 그러니까……."

좀체 당황이란 걸 몰랐던 두준이 얼굴까지 붉히며 손사래를 쳤다.

미란과 희원을 번갈아 쳐다보던 민욱이 들고 있던 맥주 캔을 탕 소리가 나게 내려놓았다.

"오버하지 마, 이민욱. 희원이 다리로 착각한 것뿐이야."

똑 떨어지는 미란의 말에 복잡한 표정을 한 채 입을 벌리려던 민욱이 푹 수그러들었다. 쿨내가 버무려진 미란의 솔직담백함이 빛을 발하는 순간이었다.

부끄러움은 오히려 희원의 몫으로 남아 얼굴이 금세 홍당무처럼 붉어졌다.

"맞아. 희원이 다리로……."

"두준 씨!"

눈살을 찌푸린 희원이 두준을 잡아먹을 듯 쏘아봤다.

두준의 눈에 낭패감이 깃든 것도 잠시, 헛기침을 하며 자세를 바로잡은 그는 민욱과 미란을 번갈아 쳐다봤다.

"이민욱, 미란 씨랑 화해하고 싶은 거지?"

"네? 아니, 그게 무슨…… 하아, 네."

눈살을 찌푸리며 두준을 바라보던 민욱이 마지못해 수긍했다.

"미란 씨, 민욱이랑 화해하고 싶죠?"

입을 뾰족하게 모았던 미란이 어깨를 으쓱해 보인 뒤 무미건조한 목소리로 말을 꺼냈다.

"이 대화 너무 뜬금없다는 생각이 드는 건 나뿐인가요? 지금 다리

번지수 잘못 찾은 발에 대한 얘기를 나누던 중 아니었나요?"

희원은 점점 더 달아오르는 얼굴을 식히기 위해 손부채질을 시작했고, 뻔뻔함의 극치를 선보이며 팔짱을 끼고 근엄한 자세로 앉은 두준은 미간을 짙게 구겼다.

"미란 씨, 별것 아닌 분쟁도 화해가 늦어지면 골이 깊어져 나중엔 회복 불가능할 정도로 관계가 망가지기도 합니다. 다시 한 번 묻죠. 민욱이랑 화해하고 싶은가요?"

번지수 잘못 찾은 발 사건은 아예 없었던 것처럼 진지한 두준의 표정에 거침없는 성격의 미란도 당황하는 눈치였다.

"네, 뭐……."

갑자기 두준이 짝 하고 손뼉을 부딪치는 바람에 희원은 움찔 놀라고 말았다.

"자, 이민욱, 들었지? 미란 씨가 화해하고 싶대. 여기 앉아서 서로 눈치만 보며 맥주나 홀짝이다가 시간 다 까먹을 건 아니지?"

퐈이팅 넘치는 두준의 물음에 민욱은 하릴없이 고개를 끄덕였다.

"이런. 벌써 9시가 다 돼가네. 뭐 해? 얼른 일어나. 청춘은 짧고, 주말도 짧고, 밤도 짧고. 미란 씨, 뭐 해요? 어서 일어나요."

두준이 민욱을 억지로 일으키고는 미란을 향해 손을 팔랑거렸다.

뜬금없는 상황 전개에 당황하기라도 한 건지, 절대로 얼렁뚱땅 넘어갈 리 없는 미란마저 엉거주춤 일어나고 있었다.

탄력받은 두준은 두 사람을 일어나게 하는 데서 그치지 않고 민욱을 미란의 곁으로 이끌었다. 왠지 꼭 '둘이 또 싸울 거야? 서로 악수해'라고 해야 할 것만 같은 분위기였다.

여전히 퐈이팅 넘치는 강두준 씨 민욱의 손을 미란의 손 위에 턱 올려주더니, 둘을 나란히 현관 쪽으로 돌려세웠다.

민욱의 손아래 놓인 자신의 손을 힐끔 쳐다본 미란이 빼내려 했지만, 민욱이 냉큼 거머쥐었다. 둘의 시선이 잠시 맞닿았다가 반대쪽으로 돌아갔다.

"설마 화해하는 방법까지 알려줘야 하는 거야? 되도록 둘이 조용히 있을 만한 장소를 찾는 게……."

"됐습니다, 형님. 대충 좀 하세요. 이만 사라져 줄 테니까요."

영 눈치 없는 녀석은 아니라 천만다행이었다.

"민욱아, 미란아, 치킨이랑 족발도 아직 많이 남았는데, 화해는 그냥 여기서……."

두준이 주도하는 분위기에 휘말려 어찌할 바를 모르고 있던 희원이 얼른 말리고 나섰다.

다 된 밥에 코 빠뜨리려는 희원의 어깨를 두준이 강하게 감싸 안으며 말을 막았다.

"희원아, 화해는 분위기가 중요해."

"풋!"

미란이 입술 새로 웃음을 뿜어냈다.

"희원아, 치킨이랑 족발은 다음에 먹게 킵해놔. 더 있다간 두줄이 아버님한테 단단히 미움 사게 생겼다."

"미움을 사긴, 아니야, 애. 두준 씨는 너희……."

"하하, 당신, 친구 참 잘 뒀어. 분위기 파악도 잘하고 배려심도 깊고."

"두준 씨, 그만 좀 해요. 미란아, 민욱아, 진짜……."

"장희원, 유유상종 좀 하자."

민욱이 희원의 말을 막고 나섰다.

"그건 또 무슨 소리야?"

"분위기 파악 좀 하라고. 우린 그만 간다. 아무래도 분위기 좀 잡아야 할 것 같거든."

민욱이 미란을 현관으로 이끌었다. 미란은 못 이긴 척 따라나섰다.

"이민욱, 무슨 상황인지 몰라도 네가 무조건 잘못한 거야. 싹싹 빌어."

"네네. 제 걱정 말고 형님 걱정이나 하세요."

종종 따라나서는 희원을, 두준이 현관 중문이 보이는 위치에서 멈춰 세웠다.

"이민욱, 멀리 안 나간다. 미란 씨, 조심히 가세요."

두준의 인사에는 어쩐지 흥이 묻어 있었다. 쫓겨나는 게 분명한데, 쫓겨나길 바랐던 사람들처럼 미란과 민욱은 기분 좋은 표정으로 중문을 나서며, 희원이 인사를 건넬 새도 없이 문을 닫아버렸다.

드디어 둘만 남겨졌다.

두준은 나른한 한숨부터 뱉어내곤 희원의 어깨를 감쌌던 손을 풀고 한 발짝 거리를 두고 섰다.

"우선 혼부터 나야겠지? 딱 5분 줄게. 그 이상은 안 돼."

미간을 일그러뜨렸던 희원은 고심하는 듯 턱을 쓸었다가 팔짱을 낀 채 그를 유심히 바라봤다. 그를 보지 못한 나흘간이 마치 10년은 된 듯했다.

피곤이 짙게 내려앉은 얼굴임에도 불구하고 그의 눈빛만은 과할 정도로 반짝이고 있었다.

감은 뒤 제대로 말리지 않아 흐트러진 머리칼이 비현실적으로 정형화된 그의 외모에 생동감을 불어넣고 있었다.

혼부터 내라는 말이 그냥 해본 소리가 아니라는 걸 증명이라도 하려는 듯 그의 눈꼬리는 잘못을 저지른 강아지마냥 아래로 살짝 처져 있었다.

그게 이상스레 더 섹시해 보이는 건 왜일까? 그는 혼내기엔 너무 아름다웠다.

"뭘 잘못했는데요?"

"음, 내 사랑에 솔직하지 못했던 거. 사랑에 지나치게 욕심 부리는 거. 또."

그가 멋쩍게 웃으며 이마를 쓸었다.

"다리도 제대로 구분 못 한 거."

"풋, 잘못한 게 엄청 많네요. 어떻게 혼내야 할까요?"

희원이 애써 웃음을 참으며 묻는 말에 두준이 손목시계를 힐끔 쳐다 봤다.

"어떻게 혼내든 빨리 해야 할 거야. 30초 남았어."

혼나야 하는 사람이 참 양심도 없지, 빚 독촉하는 빚쟁이처럼 굴고 있었다.

혼나는 것도 시간 잡고 각 잡아서 요구하는 이 남자, 육하원칙에 입 각한 논리정연한 반성문을 사흘 밤낮으로 써봐야 정신 좀 차리지 않 을까 싶었지만, 우선은 이 얄미운 남자만을 위한 맞춤형 벌부터 줘야 할 것 같았다.

"그래요? 그럼 최대한 30초 안에 끝내도록 해볼게요."

한 발짝 거리를 좁힌 희원이 움찔하는 그의 목 뒤로 양팔을 감았다. 뒤꿈치를 들어 발돋움한 희원은 입꼬리를 끌어 올려 생긋 한 번 웃어 보인 뒤 그대로 입술을 겹쳤다.

뜻밖의 전개에 멈칫했던 두준이 그녀의 허리를 감아올려 둘은 순식 간에 빈틈없이 밀착됐다.

달콤하고 부드러운 입술이 무람없이 그의 입술을 탐했다. 말캉한 혀 가 침범해 와 입안을 부드럽게 유영하고 있었다.

일에 쫓길 땐 잠시 잊고 있다가도 틈만 나면 그의 머릿속을 차지하곤 했던 그녀의 체취, 그녀의 감촉. 애달프게 그리워했던 그녀의 모든 것.

시작은 희원이 했지만, 주도권은 이미 두준에게로 넘어간 상태였 다. 그녀를 몰랐던 이전은 그의 인생에서 아무런 의미가 없었던 것처 럼, 지금 이 순간 그는 살아 있음을 실감했다.

맞닿는 몸의 감촉이 그를 숨 가쁘도록 흥분시켰다. 억누르기 힘든 본능에 자리를 내준 이성은 이미 저 멀리로 달아난 뒤였다.

가슴은 터지도록 벅차올랐고, 그녀의 체취에 취한 머리는 아찔하게 흐려지고 있었다.

현관문 앞 복도에서 사랑을 나눌 생각이 아니라면 지금이라도 당장 자리를 옮겨야 했다.

마침 미약한 반항을 보이는 희원의 손길에 희미한 정신줄을 부여잡은 두준이 원래 한 몸인 듯 붙어 있던 입술을 떼어내고 그녀를 안아 들려 했다.

"하아, 두준 씨."

"그래, 알아. 나도 급하긴 한데, 여기선 좀 곤란…….."

"아니요. 그게 아니라요."

두준도 희원도 거칠게 숨을 몰아쉬며 말을 뚝뚝 끊어 내뱉고 있었다.

"30초 지난 것 같다고요."

"뭐?"

영문을 모르겠는 희원의 말에 두준의 미간에 빗금이 쫙 그어졌다.

붉게 달아오른 얼굴, 윤기가 보태어진 입술로 그림 같은 미소를 만들어낸 희원이 그의 가슴을 툭 밀어냈다.

"30초 남았다면서요? 당신 혼내는 건 여기까지라고요."

멍해 있는 두준의 품을 교묘하게 벗어난 희원이, 미란이 킵해두라던 치킨과 족발 걱정을 하면서 사뿐사뿐 걸음을 옮겼다. 아직 임산부 태도 안 나는 동그란 엉덩이가 그의 눈앞에서 리드미컬하게 움직이고 있었다.

이성은 이미 강제 가출시킨 상태였고, 그는 지금 장희원에 목마른 짐승일 뿐이었다. 그녀의 의도가 장난이건 유혹이건 두준은 병아리 눈물만큼의 자제심도 남아 있지 않은 상태였다.

장희원, 제대로 실수했다.

헐크와 맞먹는 야성을 탑재한 두준이 단 세 걸음 만에 희원을 따라잡아 번쩍 안아 들었다.

"아악, 두준 씨, 나 저거 치워야 한다니까요."

"그깟 거 말라비틀어지면 새로 사줄게. 당신 남편 지금 미치기 일보 직전이야. 오죽하면 남의 다리까지 집적댈까."

성큼성큼 널찍한 거실을 지나친 두준이 닫힌 침실 문을 발로 차서 열어젖혔다.

"나 지나치게 벌주고 그런 사람 아닌데요?"

웃음을 머금은 희원이 새침한 표정을 꾸며내며 장난을 멈추지 않았다.

"그럼 이제부터 상 주면 되겠네. 상 주는 시간은 무한정으로 줄게."

그의 입술이 그녀의 볼을 지나 쇄골을 부드럽게 쓸었다. 희원이 한숨 같은 신음을 뱉어냈다.

"잘한 게 뭔데요?"

"민욱이랑 미란 씨 화해시켜 줬잖아."

두준은 그윽하게 속삭이며 희원을 얌전히 침대 위에 내려놓았다.

"홋, 완벽한 중재자는 아니었지만, 인정."

"그러엄. 단 몇 분 만에 화해시키는 거, 그거 아무나 할 수 있는 일이 아니지. 나니까 가능한 거라고."

희원에게 인정받은 게 더할 나위 없이 좋은 듯 두준의 표정에는 뿌듯함이 가득했다. 마냥 믿음직스럽고 커 보이기만 했던 사람이 왠지 귀여워 보이는 순간이었다.

그는 흠모하는 여선생님한테 칭찬받은 열여덟 사춘기 소년 같아 보였다. 미소를 머금은 희원이 침대 옆자리를 툭툭 쳤다.

"이리 누워봐요. 상 줄게요."

귓불부터 붉어진 두준이 멋쩍은 듯 미간을 쓸더니, 희원이 시키는

대로 얌전히 침대에 누웠다.

몸을 일으킨 희원이 반듯한 그의 이마 위에 입술을 가져다 댔다. 눈을 지그시 감은 두준의 입가에 만족스러운 미소가 올라앉았다.

다음은 무릎해진 눈가에, 그다음은 콧잔등, 그다음은 뺨, 입술, 귓불…… 희원은 나릿나릿 정성스레 흔적을 남기기 시작했다.

"고생했어요."

나긋한 음성이 그의 귓가를 간지럽혔다. 두준의 입꼬리가 보기 좋게 올라갔다.

"당신 때문에 마음고생이 심하긴 했지."

희원이 무엇에 대해 말하고 있는지 뻔히 알면서도 모른 척, 두준은 몸보다 마음이 더 힘들었던 일에 대해 말하고 있었다.

"엉뚱한 소리 하지 말구요."

한 손을 머리 뒤로 받친 두준이 샐쭉하니 쳐다보는 그녀의 볼을 살짝 꼬집었다 놓아주었다.

"싱가포르 일이라면 고생이라고 할 것도 없어. 당연히 내가 해야 할 일이고, 지금도 현지에선 많은 사람이 힘들게……."

"알아요. 아는데, 나한텐 당신이 우선인 걸 어떡해요. 많은 사람이 다쳤고, 블루스카이타워 건립에 차질을 빚게 될 거고, 당신한테 중요한 그런 문제들은 나한텐 다음 수순인걸요. 혹시라도 다치지 않을까 많이 걱정했어요. 그리고 너무 보고 싶었어요."

두 눈 가득 그녀를 담은 눈동자가 영롱한 빛을 발하며 일렁였다.

원래도 아름다운 사람이었지만, 감정이 드리운 그의 얼굴은 한층 더 아름다워 보였다.

평상시 담백한 아메리카노 같았던 두준의 표정은 지금 초콜릿 가루와 휘핑크림을 잔뜩 얹은 카푸치노처럼 풍부해져 있었다.

희원은 사랑스럽기 그지없는 두준의 입술에 촉 소리를 내며 입맞춤했다.

"흠흠, 뭐야. 부상이 왜 이렇게 약소해."

만족스러운 듯 잠긴 목소리는 어쩌고, 담백한 입맞춤 가지곤 턱도 없다며 투덜댄 두준이 순식간에 그녀와 위치를 바꾸었다.

"부상은 내가 알아서 챙겨간다."

희원에게서 경쾌한 웃음이 흘러나왔다. 없는 부상 만들어서라도 탈탈 털어갈 듯 두준의 눈빛이 열의에 불타고 있었다.

스리슬쩍 내려앉은 어둠마저도 따뜻하게 느껴지는 시간. 사랑을 확인할 시간이었다.

✤

탁자와 의자가 전부인 깔끔한 면회실을 둘러보는 인규의 표정은 착잡하기 그지없었다. 해인은 인규를 볼 때마다 집요하게 퇴원을 요구했다.

좋은 말로 타이를 때마다 해인은 과하게 흥분하며 짜증을 내곤 했다.

팔은 안으로 굽는다고, 처음엔 해인의 정신병원 입원을 요구한 두준을 원망하기도 했지만, 인규가 보기에도 해인은 불안한 정신 상태를 보이고 있었다.

그의 귀한 딸은 되돌려 받지 못한 사랑에 상처받고 병들어 있었다.

"두준 오······."

벌컥 문이 열리자마자 들려온 해인의 명랑한 목소리는 인규를 발견하고 뚝 끊겨 버렸다.

"해인아."

"왜 아빠 혼자야? 두준 오빠는?"

"해인아, 일단 앉자. 오늘 기분은 어떠니?"

다정하게 말을 건넨 인규가 해인의 손을 잡으려 했지만, 그녀가 거세게 뿌리쳤다.

"이번엔 함께 올 거라고 했잖아."

"그러려고 했지. 근데 갑자기 회사에 일이 생겨서⋯⋯."

"거짓말하지 마. 다 그 계집애 때문이야. 오빠가 오지 못하게 잡고 있는 거야. 그렇지?"

"해인아."

인규가 울 것 같은 표정을 하고 그녀를 안타깝게 불렀지만, 해인은 손톱을 물어뜯으며 불안스레 면회실 안을 오갈 뿐 그를 보려고도 하지 않았다.

"내 말이 맞아. 전엔 이러지 않았어. 오빠가 나한테 얼마나 다정했는데. 그렇지, 아빠?"

인규가 기억하는 한 두준이 해인에게 다정했던 적은 없었다. 해인의 일방적인 집착이었다는 건 인규가 더 잘 알고 있었다.

해인이 어쩌다 우연히 마주친 친구의 사촌 오빠 얘기를 입에 올리기 시작했을 때 말리고 나섰더라면 지금처럼 되지는 않았을까?

늦은 나이에 어렵게 얻은 딸이라고 원하는 건 두 번 말하기 전에 해주었던 터라, 해인이 이렇게 비상식적인 집착을 가지고 있으리라곤 짐작조차 하지 못했다.

"해인아, 두준인 이미 결혼했어. 이제 너와는 상관없는 사람이라고."

안타깝고 답답한 마음에 떨림이 섞인 인규의 목소리가 살짝 높아졌다.

바삐 오가던 해인이 우뚝 멈춰 섰다. 그녀의 눈은 비정상적으로 반질거리고 있었다.

"아빠까지 왜 이래? 그 계집애가 두준 오빨 속인 거라고. 다른 남자 아일 가지고 오빠한테 뒤집어씌우니까 착한 오빠가 마지못해 결혼한 거잖아."

해인의 머릿속엔 현실과 전혀 다른 시나리오가 꽉 채워져 있었다.

"그런 거 아니라는 거 네가 더 잘 알지 않니. 제발 이러지 말자, 해인아. 두준이 말고 널 진심으로 사랑해 줄 사람을……."

"아니, 아니야!"

버럭 소리를 내지른 해인이 의자를 밀쳐 넘어뜨렸다.

"두준 오빠여야만 돼! 그래야 두준 오빠도 행복할 수 있어! 아빠, 제발 퇴원 좀 시켜줘. 내가 직접 오빠를 만나볼게. 응?"

"알았어. 알았으니까 좀 진정해라."

인규가 거칠게 숨을 몰아쉬는 해인을 다독였다.

"그 계집애한테 속고 있는 게 분명해. 오빠도 분명 내가 보고 싶을 거라고."

비뚤어진 사랑은 환상을 만들어냈고, 해인은 그 환상에 갇혀 헤어나질 못하고 있었다. 인규는 안타까운 마음에 해인을 품에 안았다.

"아빠, 내 말이라면 무조건 다 들어줬잖아. 나 좀 도와줘. 오빠를 만나야 돼."

"해인아, 이 녀석아. 제발 정신 좀 차려. 대체 왜 이러는 거니? 두준이 그 녀석이 뭐라고."

"오빠는 나하고 결혼할 생각이었어. 그 여자가 끼어들지만 않았어도……."

해인은 인규의 말을 전혀 듣지 않고 있었다.

"해인아, 제발 해인아."

인규의 애끓는 절규가 이어졌지만, 해인은 더 이상 듣지도 보지도 못하는 것 같았다. 그녀의 머릿속은 온통 두준을 제 것으로 만들고자 하는 생각으로 가득했다.

✢

온 집 안에 고소한 음식 냄새가 가득했다. 오랜만에 한자리에 모인 강 회장과 두 아들은 서재에서 대화 중이었다.

세현의 동생 세찬이 까르르하고 웃는 소리가 잔칫집 분위기를 더욱 북돋우고 있었다.

한 여사의 생일을 앞두고 마련된 가족끼리의 저녁 식사가 한 시간 후쯤 있을 예정이었고, 친척들은 30분 후쯤 도착하기로 되어 있었다.

도우미 아주머니들에 의해 음식 장만은 이미 끝난 뒤였고, 거실에 앉아 담소를 나누고 있던 희원은 무언가 할 말이 있어 보이는 세현과 떨어져 나와 주방 식탁에 마주 앉은 참이었다.

"그래서 화해 안 할 거야?"

"쌤, 화해하고 말고 할 것도 없다니까요. 장태우 혼자 괜히 화나서 그러는 걸 뭘 어쩌겠어요."

세현은 새침하게 고개를 치켜들고 입을 삐죽거렸다.

수학여행은 시작한 지 얼마 안 된 상큼발랄 커플에게도 여지없이 후유증을 남겼다.

"질투하는 거겠지."

질투라는 말에서 세현의 입꼬리가 슬쩍 올라갔다가 제자리를 찾았다.

"진짜 별것도 없었다니까요. 하필이면 왜 다 같이 모여서 놀 때 전화를 해서는……."

수학여행 마지막 밤, 제일 큰 방에 모여 놀 때 태우의 전화가 걸려 온 것까지는 별문제될 게 없었다.

다만, 세현의 옆자리에 하필이면 인혁이 앉아 있었고, 하필이면 그때 손을 잡아야 하는 타이밍이었고, 또 하필이면 인혁이 그녀를 다정하게 부르며 손잡자는 말을 건넸다는 게 문제였다.

태우는 순식간에 싸늘해진 목소리로 그 녀석이 왜 손을 잡자고 하냐며 따져 물었다. 다 같이 모여 게임 중이라는 말을 했는데도 불구하고 태우는 예민하게 반응하며 짜증을 냈다.

"쌤, 정말 웃기지 않아요? 게임하다가 손잡은 게 무슨 대수라고. 자기는 다른 여자랑 뽀뽀한 사진도 앨범에 떡하니 끼워놨으면서."

"어머, 진짜?"

"네에. 이름도 정확히 기억하고 있더라고요. 김나래."

"어머, 어머. 장태우 그렇게 안 봤는데, 바람둥이였어?"

희원이 손뼉을 치며 좀 과하다 싶게 맞장구를 쳤다. 세현은 희원의 지나친 평가가 마음에 들지 않는 듯 눈썹을 갈매기 모양으로 일그러뜨렸다.

"아니요오. 유치원 짝꿍하고 뽀뽀 한 번 한 거 가지고 바람둥이는 무슨……."

"강세현, 될성부른 나무는 떡잎부터 알아본다고 했어. 어렸을 때부터 그랬으니 크면 클수록 더했으면 더했지 덜하진 않을걸."

눈살을 찌푸린 세현이 고개를 갸웃했다. 그녀가 의도한 바와는 다른 쪽으로 흘러가는 대화에 당황한 듯싶었다.

희원은 비어져 나오려는 웃음을 참으며 세현의 손을 다정하게 감싸 쥐었다.

"잘됐어. 장태우랑은 이참에 그냥 끝내. 네 말 들어보니까 바람둥이에다 이해심도 부족한 것 같다, 얘. 우리 세현이 어리고 예쁜데 무슨 걱정이야. 괜찮은 남자친구 다시 만들면 되지. 선생님이 볼 땐 인혁이도 괜찮던데."

세현이 찜찜한 표정으로 잡힌 손을 슬그머니 뺐다.

"쌤, 장태우 바람둥이 아니에요. 알고 보면 일편단심이라니까요. 사실 유치원 때도 김나래가 강제로 뽀뽀한 거래요. 그리고 이해심은 얼마나 많은데요. 제가 아무리 괴롭혀도 싫은 내색 한 번 안 한다니까요."

"그래? 그래도 선생님은 인혁이가 더 나은 것 같은데."

"쌤이 몰라서 그래요. 태우 오빠가 인혁이보다 훨씬 잘생겼거든요. 오죽하면 팬클럽도 있을까. 그리고 질투 그거 안 하는 것보단 하는 게 더 좋지 않아요?"

흥분한 세현은 어느새 장태우라는 호칭을 태우 오빠로 바꿔 부르며 감싸주기 바빴다. 희원은 웃음이 비어져 나오는 입을 손으로 가리며 고민하는 척 꾸몄다.

"글쎄, 난 잘⋯⋯."

"어, 전화 온다."

표정을 보니 누구 전환지 알 만했다. 희원의 눈치를 보던 세현이 슬쩍 입꼬리를 끌어 올리며 자리에서 일어났다.

"강세현, 헤어질 맘 없으면 되도록 빨리 화해해."

희원의 말에 멋쩍게 웃어 보인 세현이 냉큼 전화를 받으며 자리를 벗어났다.

희원의 입가에 엄마 미소가 드리워졌다. 하여튼 남자들이란 몇 살 먹건 애 같은 구석이 있었다.

신임하는 첩보원까지 침투시킨 질투의 화신 두준만 봐도 알 수 있었다.

어제 풀코스로 상을 받은 뒤에도 부족하다고 투정부리며 그녀를 품에서 놓지 않는 바람에 시댁으로 출발하기 직전까지 희원은 침대에 묶여 있어야만 했다.

"무슨 생각을 그렇게 골똘히 해?"

별안간 들려온 목소리도 당황스러운데, 뒤에서 그녀의 어깨를 감싼 두준이 희원의 볼에 입을 맞췄다. 희원은 흠칫 놀라며 거실 쪽부터 살폈다.

"두준 씨, 누가 보면 어쩌려고 이래요?"

"보면, 뭐? 부부끼리 뽀뽀도 못 해?"

희원이 흘겨보는데도 아랑곳없이 두준은 능글능글 웃으며 옆자리를 차지하고 앉았다.

"힘들지 않아?"

도착해서 차 마시고 담소 나눈 게 다인데 힘들 일이 뭐가 있다고, 두준은 그녀의 손을 조물거리며 물었다.

"아니요. 도우미 아주머니들이 다 하시고 아무것도 한 게 없는걸요."

"잘됐군."

희원의 손가락 사이사이로 두준의 손가락이 다정하게 엉겨들었다.

속내를 알 것도, 모를 것도 같은 미소를 머금은 두준이 고개를 숙이는 바람에 입술이 곧 맞닿을 것만 같았다.

"오늘 밤에도 상 받아야 하는데, 힘들면 안 되지."

희원의 얼굴이 순식간에 붉어졌다. 빚쟁이가 따로 없었다. 그것도 섹시함으로 무장한 빚쟁이.

"흠흠, 뭘 잘했는데요?"

"그건 당신이 더 잘 알 것 같은데."

두준은 깍지 낀 손을 끌어다 희원의 손등에 입을 맞추며 매혹적인 눈빛으로 올려다봤다.

말끔한 두준의 얼굴 위로, 흐트러진 머리칼과 열망으로 짙어진 눈동자, 가쁜 숨을 뱉어내던 입술이 오버랩됐다.

침대에서의 그와 평상시의 그는 어찌나 극명하게 다른지. 정갈하고 빈틈없을 것만 같은 이 사람이 침대에서는 그녀를 단번에 달아오르게 할 만큼 매혹적으로 흐트러진다는 사실을 그 누가 짐작이나 하겠는가.

겨우 손등에 입맞춤 한 번 했을 뿐인데, 깊이 있는 눈으로 지그시 쳐다봤을 뿐인데, 희원은 장소도 잊고 숨이 가빠졌다.

그건 그도 마찬가지인지 미소 짓던 입매가 굳어지며 뜨겁게 숨을 뱉어낸 두준의 얼굴이 서서히 가까워지고 있었다.

"어머! 언니, 빨리빨리. 얘들 여기 있어. 어무나, 어떡하니? 얘들 고 사이를 못 참고 여기서 아예 자리 펼 기세야."

넷째 이모님의 요란한 등장에 두준도 희원도 화들짝 놀라 현실로 돌아왔다.

손에 모터라도 달린 듯 팔랑대는 넷째 이모님은 아주 신나서 죽을 것 같은 표정이었다.

당황한 희원은 두준이 깍지 끼어 잡은 손을 재빨리 비틀어 빼낸 뒤 확 밀쳐 버렸다.

어찌나 세게 밀쳤는지 두준이 의자와 함께 뒤로 벌렁 넘어가고 말았다.

"헉! 두준 씨."

"언니, 뭐 해? 빨리 오래도. 조카며느리가 두준이 밀어서 넘어뜨렸어."

넷째 이모님이 생중계를 했다.

"아니요. 그게 아닌데. 두준 씨, 괜찮아요? 다친 데 없어요? 이모님, 실수예요."

희원은 두준을 살피랴, 이모님을 말리랴, 정신이 하나도 없었다.

몰려든 친척들로 주방 입구가 순식간에 꽉 채워졌다. 다행히 두준은 벌떡 일어나며 아무렇지 않다는 듯 손을 들어 보였다.

"쟤들 뭐 하다가 저런 거야? 싸웠어? 두준이가 진 거야?"

첫째 이모가 눈이 동그래져서 물었다.

"싸우긴. 딱 붙어 앉아서 키……."

"이모님, 시원한 식혜 드실래요?"

신나서 떠드는 넷째 이모의 말부터 막은 희원은 냉장고를 향해 얼른 몸을 돌리며 두준을 원망스레 흘겨봤다.

계획적으로 움직인다는 강두준 씨는 대체 어디다 팔아먹고 전혀 계획적이지 못하게도 이런 개방된 공간에서, 더구나 시댁 주방에서 상

어쩌고 하면서 야릇한 분위기를 조성해서 이 사단을 만드느냔 말이다.

희원의 원망스러운 눈빛을 받은 두준이 멋쩍은 듯 뒤통수를 긁적였다. 얕은 한숨을 뱉어내며 그를 지나쳐 냉장고로 향하는 희원의 손목을 두준이 잽싸게 거머쥐었다.

오만상을 찌푸린 희원이 입모양만으로 왜 이러느냐고 항의를 하는데도 아랑곳없이 그녀를 끌어다 어깨를 감싸 안은 두준이 구경꾼들을 쳐다보며 입을 열었다.

"막내 이모, 식혜는 냉장고에 있으니까 챙겨 드시고요. 큰 이모, 저희 사랑하기에도 바빠서 싸울 시간 없으니까 걱정 안 하셔도 되고요. 흠흠, 그럼 저희는 하던 일 마저 하러 잠깐 자리 좀 비우겠습니다."

주방에 모인 강 회장과 한 여사를 비롯한 친척들은 물론 희원이마저 두준의 말에 기가 막혀 입이 떡 벌어졌다.

두준은 울상이 된 희원을 번쩍 안아 들고 입이 벌어진 구경꾼들 사이를 헤치며 주방을 벗어났다. 잠시 후 주방에서 시작된 와자한 웃음소리가 온 집 안으로 번졌다.

희원은 빨갛게 달아오른 얼굴을 허우대 멀쩡한 두준의 어깨에 콩 처박았다.

"……요."

"걱정 마. 2층으로 올라가면 돼."

뻔뻔함의 극치를 선보여 주신 강두준 씨는 정말 하던 일 마저 하려는 심사인 듯 2층으로 난 계단이 있는 방향으로 성큼성큼 걸음을 옮기고 있었다.

"휴, 두준 씨."

"괜찮아. 괜찮아. 이런 일로 뭐라고 하실 분들 아니야."

"두준 씨이, 얼른 내려놔요."

희원이 이를 갈며 낮게 속삭였다.

"당신 아직 새털처럼 가벼우니까 내 걱정은 하지 마. 2층 올라가는 건 일도 아니야."

뻔뻔한 강두준 씨, 걱정은 이미 접은 지 오래였다. 시부모를 비롯한 시집 식구들 앞에서 낯 뜨거운 꼴을 보인 것도 모자라, 야릇한 뉘앙스를 풍기는 말까지 남긴 두준에게 안겨 나오기까지 했으니, 다른 누구도 아닌 그녀 자신을 걱정해야 할 때였다.

"당장 내려놓으라고욧!"

그제야 희원의 목소리에서 심상치 않음을 느낀 두준이 그녀를 계단이 시작되는 위치에 얌전히 내려놓았다.

"후안무치도 아니고 어떻게…… 휴."

미간을 찡그린 희원이 두준의 가슴을 툭 밀어내며 투덜댔다.

"뭐야? 기껏 이모들 마수에서 구해줬더니, 후안무치라니? 내 얼굴이 어디가 두꺼운데?"

"지금 그게 문제가 아니잖아요."

희원의 시선이 두준의 어깨 너머로 향했다가, 두꺼운 것과는 거리가 먼 매끈한 피부를 자랑하는 그의 얼굴로 되돌아왔다.

"당신, 지금부터 아무 말도 하지 마요. 또 쓸데없는 말 했다간 오늘 상이고 벌이고 아무것도 없을 줄 알아요."

"아니, 내가 뭘 어쨌다고? 구해준 것도…….."

"씁. 합죽이가 됩시다, 합!"

마법 주문이라도 외운 것처럼 두준의 입이 일자로 닫혔다. 단호한 목소리로 얼토당토않은 주문을 하는 희원의 말을 두준은 또 찰떡같이 듣고 있었다.

"그렇게 화난 얼굴로 친척분들 뵐 거예요? 스마일 해야죠."

일자로 다물렸던 입술이 보기 좋게 호선을 그렸다. 어디다 내놔도 부끄럽지 않은 장희원의 남편이었다.

희원은 말 잘 듣는 학생 칭찬하듯 어깨를 토닥이곤 아직도 웃음소리가 끊이지 않고 있는 중앙 거실로 향했다.

가족들은 이미 여러 개의 테이블을 붙여 마련해 놓은 식탁 앞에 자리를 잡고 앉아 있었다. 도우미 아주머니들이 조용히 오가며 음식을 내놓는 중이었다.

"어머, 조카며느리, 벌써 하던 일 마저 다 한 거야? 호호호."

희원을 발견한 둘째 이모님이 웃음을 참지 못하며 물었다.

"네. 하던 일이 아니라, 하던 얘기였어요. 의논할 게 좀 있었거든요."

"아아, 의논. 언니, 요즘 애들은 의논을 입술 맞대고 하나 봐. 우리 땐 뚝 떨어져서 툭툭 말 몇 마디 내뱉는 게 다였잖아. 안 그러우?"

셋째 이모가 재밌어 죽겠다는 듯 키득거리며 말했다.

"너희 부부만 그랬나 보네. 난 안 그랬거든. 의논하다 보면 손도 맞잡게 되고, 그러다 보면 또 어깨가 맞닿기도 하고, 또 그러다 보면 뺨도 맞닿고, 잘못하다 입술도 맞닿고 그러는 거지, 뭐."

며느리 편을 들 요량이었는지 한 여사가 줄줄이 되도 않은 말을 쏟아냈다. 다시 한 번 와자한 웃음소리가 퍼져 나가고 강 회장은 불편한 헛기침을 뱉어냈다.

얼굴을 붉히며 안절부절못하던 희원은 자리를 피해 볼 요량으로 음식 핑계를 대며 걸음을 옮겼다. 하지만 두 발짝도 못 가 첫째 이모의 손에 잡혀 버렸다.

"아주머니들이 다 잘 알아서 하시니까 이리 와 앉아. 홑몸도 아닌 사람이 뭘 하겠다고. 두준이 너도 이리 앉아라."

졸지에 두준과 함께 이모들 사이에 끼어 앉고 말았다.

희원이 얼굴도 들지 못하고 어찌할 바를 모르고 있는 사이, 테이블 위는 맛깔스러운 음식들로 채워졌고, 거실은 온통 화기애애한 대화들로 가득 채워졌다.

어딘지 무게감 있어 보이는 고모 내외마저 즐거운 듯 보였다.

두준은 칭찬받은 학생답게 미소를 머금은 채 입을 꼭 다물고 있었다. 다행히 이모들의 관심은 희원과 두준에게서 멀어지는 듯했다.

"난 솔직히 우리 두준이 결혼 못 하고 노총각으로 늙어 죽는 줄 알았다니까."

넷째 이모의 입에서 다시 두준의 이름이 나오기 전까지는 말이다.

"어머, 누가 아니라니. 두준이 보면서, 그래서 짚신도 다 짝이 있다고 하는구나, 새삼 깨달았잖니. 안 그래요? 고모님."

첫째 이모가 수긍하며 고고한 자세로 젓가락질을 하고 있는 고모의 동의를 구했다.

"네, 그런 것 같네요."

짚신이라고 하기엔 좀 많이 차고 넘치는 두준은 여전히 희원의 명령을 수행 중인지 미소 띤 얼굴로 아무 말이 없었다.

자리에 모인 모두가 수긍하듯 고개를 끄덕이는 가운데, 희원만 유일하게 고개를 갸웃거리고 있었다.

의문이 생길 수밖에 없었다. 샅샅이 뜯어봐도 모자란 구석이라곤 없는 두준이 어째서 결혼을 못 할 거라고 생각한 것일까?

희원은 별 관심 없는 척 젓가락을 놀리며 이모들의 말에 귀를 쫑긋 세웠다.

"두준이 첫 선 상대가 MD그룹 막내딸이었나?"

"언니, 그 집 딸은 두 번째고, 처음엔 동아건설 둘째 딸. 꽤 유명한 피아니스트였던 그 아가씨 있잖아."

"그래, 맞다. 그랬지. 나이 먹으니까 자꾸 깜빡깜빡한다. 그 아가씨랑은 왜 안 됐지?"

첫째 이모가 묻는 말에 샐러드를 열심히 집어먹던 넷째 이모가 물을 한 모금 삼키고 말을 이었다.

"약속 시간에 10분 늦었다고 두준이가 막 화냈다고 하지 않았어?"

"어머, 얘, 너는 이 실장이 보고할 때 뭘 들었니? 화만 냈어도 그 아가씨가 그렇게 학을 떼지는 않았을 거라고 했던 거 기억 안 나? 약속과 계획의 중요성에 대해 50분 동안 떠들어대더니 약속한 한 시간 다 채웠다고 정중하게 인사하고 일어났다고 하잖아."

"하하하, 맞다, 맞다. 그랬지."

두준의 이마에 힘줄이 확 불거졌다.

"이 실장이 그런 걸 왜……."

희원의 명령은 잊은 듯 미소를 걷어낸 두준이 따지고 들었지만, 곧 이어지는 이모들의 대화에 그대로 묻혀 버리고 말았다.

"MD그룹 막내딸도 약속에 늦었다고 했던가?"

"아유, 언니, 기억력 진짜 못 쓰겠네. 우리가 신신당부한 덕에 약속 시간은 지켰지. 그날 날씨가 너무 좋았던 게 문제였어."

"그래, 그날 날씨 한번 기똥찼어."

희원은 의문이 가득 담긴 눈길로 갑자기 날씨 탓을 하는 이모들을 쳐다봤다. 선보는 날 날씨가 좋으면 금상첨화 아닌가?

"내가 남자라면 말이다. 그렇게 귀엽게 생긴 애가 몸을 배배 꼬며 혀 짧은 소리로 드라이브하자고 하면 근교가 아니라 전국일주라도 했겠다. 안 그러니?"

"그러엄. 난 그때 우리 두준이 남자구실 못 하는 게 아닐까 의심했다니까. 호호호."

"막내 이모!"

"하하하. 얘는, 애들 앞에서 못 하는 소리가 없어."

으르렁거리는 두준의 목소리는 요란한 웃음소리를 내며 타박하는 둘째 이모의 목소리에 묻혀 버리고 말았다.

희원은 얼른 세현의 표정을 살폈지만, 늘 있었던 일인 듯 신경도 쓰지 않는 눈치였다.

태우와 벌써 화해하기라도 했는지 웃음기가 가득한 얼굴을 숙인 채 양팔을 테이블 밑으로 가지런히 내리고 있었다. 다년간 쌓인 선생님의 촉으로 볼 때, 세현은 몰래 휴대폰을 만지고 있는 것이 분명했다.

"세현아, 방금 이모할머니 말은 못 들은 거다."

"네에."

자신의 이름이 호명된 것에 다분히 형식적인 대답을 한 세현은 몸만 테이블 앞에 남겨둔 채 마음은 이미 장태우 곁으로 날아간 것 같았다.

"저어, 이모님."

희원이 넷째 이모를 조심스럽게 불렀다.

"응? 왜?"

"그래서 MD그룹 막내딸이랑은 어떻게 됐어요?"

"우리 조카며느리 어지간히 궁금했나 보네. 어떻게 되긴 어떻게 돼. 바로 그날로 쫑났지."

"얘는, 교양 없이 쫑났지가 뭐야. 하여튼 나이를 어디로 먹는지 모르겠다니까."

넷째 이모는 첫째 이모의 타박에 입을 샐쭉해 보였지만, 곧 아무 일도 없었던 것처럼 신이 나서 떠들기 시작했다.

"두준이 쟤가 말이야, 정 드라이브가 하고 싶으면 다음에 일정 잡아서 다시 움직이자고 했단다. 그 아가씨가 황당해서 불러 세웠더니, 두준이가 '잘 아는 스피치학원 소개해 드릴까요?' 하고 물었다는 거야."

"스피치학원이요?"

희원이 흥미를 보이자, 넷째 이모는 더 신이 나서 떠들어댔다.

인상을 험악하게 구긴 두준은 이 갈리는 소리와 함께 이 실장의 앞날에 대해 결의를 다지고 있었지만, 아무도 들어주는 이는 없었다.

"응. 그 아가씨가 워낙 귀엽게 말하는 스타일이었나 봐. 혀 짧은 소리

하면서 두준이를 옵빠라고 불렀다는데 그게 엄청 거슬렸나 보더라고."

"그래, 나 그때 이 실장이 보고하는 거 들으면서 엄청 웃었잖니. 하하, 지금 생각해도 웃음 나오려고 하네."

"이 실장님이 뭐라고 했는데요?"

호기심을 품은 희원의 눈이 반짝반짝 빛을 발했다.

저런 눈빛 아무한테나 보여주고 싶지 않은데.

두준은 별것도 아닌 것에 호기심을 품는 희원도 마음에 안 들었고, 그를 아주 찜 쪄 먹으려 드는 이모들도 다 마음에 안 들었다.

이 상황에서 벗어나는 방법은 도주뿐이었지만, 희원의 협조가 절대적으로 필요한 일이라 이러지도 저러지도 못하고 있었다.

"두준이가 아주 진지한 표정으로, '혀 조금 짧은 건 꾸준히 훈련만 하면 발음이 나아지기도 한다고 들었습니다. 꽤 능력 있는 강사니까 몇 개월이면 아마 정상적으로 말할 수 있을 겁니다. 걱정하지 말고 저만 믿으세요.' 이랬다는 거야. 하하하."

진지한 목소리까지 꾸며낸 넷째 이모 덕에 강 회장은 물론 묵직한 고모 내외까지 웃음을 참지 못했다.

상당히 불만스러운 표정인 두준과 마음은 이미 태우 곁으로 간 세현을 제외한 모두가 크게 웃어재꼈다.

"하하, 그리고요? 그리고 또 있어요?"

"여보, 남편 선본 얘기 듣고 그렇게까지 좋아하는 건 좀 아니지……."

두준이 낮게 투덜대는 소리는 이내 둘째 이모의 말에 막혀 버렸다.

"그 후로도 엄청 많았지. 선만 열 번 봤나?"

"언니, 열세 번."

"역시 어리다고 기억력 하난 끝내줘요."

넷째 이모는 별것 아닌 칭찬에도 그저 좋은지 헤벌쭉 웃어 보였다.

"조카며느리, 그렇다고 오해는 하지 마. 애프터는 단 한 번도 없었어. 가장 길게 만나고 헤어진 아가씨가 1시간 30분이었지, 아마."

"맞아, 맞아. 정 의원 딸이었던가? 우리 전부 이번엔 잘되려나 보다 기대했었잖아."

둘째 이모의 입에서 나온 정 의원이 조그만 동네의원 원장님을 가리키는 말은 아닐 거라는 건 앞의 쟁쟁한 맞선 상대들로 쉽게 짐작이 가능했다.

희원은 구겨질 대로 구겨진 두준의 표정을 슬쩍 살폈다. 정 의원 딸에게만 특별히 한 시간 넘게 할애한 두준의 의도가 궁금하지 않을 수 없었다.

강두준 씨 정치에 뜻을 뒀나? 그게 아니면 정 의원 딸이 남달리 출중했었나?

"그러게 말이야. 엘리베이터에 갇혀서 늦은 건 줄도 모르고 김칫국만 들입다 마셨지, 뭐."

전혀 예상치 못했던 스토리 전개에 귀를 쫑긋 세우고 있던 희원의 눈이 동그래졌다.

"엘리베이터에 단둘이요?"

희원이 침을 꼴깍 삼키며 물었다. 상당히 드라마틱한 상황이 아닐 수 없었다.

"뭔가 있었을 것 같지?"

둘째 이모의 은근한 물음에 희원은 고개를 끄덕일 수밖에 없었다. 험악하게 인상을 구긴 두준의 입에서 불편한 헛기침이 나옴과 동시에 한 여사와 이모들의 입에선 탄식이 새어 나왔다.

"아니, 어쩜 그렇게 멋대가리가 없을까. '엘리베이터가 추락할 확률은 비행기가 추락할 확률보다 낮습니다. 오버하지 말고 기다리세요. 곧 조치 취할 겁니다'라고 했다지?"

"그 말만 했으면 그 아가씨가 그렇게 화가 났겠어? 갇힌 동안 폰으로 업무 처리하느라 아예 없는 사람 취급했다잖아. 정 의원 와이프한테 들들 볶였던 거 생각하면, 내가 지금도 몸서리가 쳐진다."

셋째 이모의 푸념에 전부 아는 얘기인 듯 수긍하며 일제히 고개를 끄덕였다.

"아니, 대체 왜 내 사생활이 다 공개가 된 겁니까?"

"이 녀석아, 그게 다 너 때문이잖아. 너희 엄마가 너 총각귀신 될까봐 걱정돼서 허구한 날 밤잠 설친 것도 모르지?"

강 회장이 두준을 타박하자, 한 여사가 한숨을 내쉬며 눈물 찍어내는 시늉을 했다. 강 회장은 곧 위로하듯 아내의 어깨를 토닥였다. 당장 어디에 내놔도 손색없는 부부사기단을 마주하고 있는 것 같았다.

"그러게, 언니가 맘고생 많았지. 그 덕에 한준이도 얼마나 원망을 들었어. 두준이가 메마른 장작개비같이 된 건 다 한준이 탓이라고 언니가 원망 많이 했잖아."

"막내 이모, 전 좀 빼주십시오. 제짝을 못 만나서 그랬던 거지, 절대로 저 녀석 성격 탓이 아니었습니다."

"그래, 네 말이 맞다. 다 제짝이 아니었던 거지."

"그러니까. 우리 두준이가 계획에도 없는 속도위반까지 할 줄 꿈엔들 알았을까. 제짝을 만나니까 계획이고 뭐고 안중에도 없었……. 가만, 그게 아니지. 조카며느리, 혹시."

첫째 이모가 의혹이 가득한 얼굴로 희원을 바라봤다. 속도위반 얘기에 얼굴부터 붉어진 희원은 영문을 몰라 되물을 수밖에 없었다.

"네?"

"혹시 말이야, 두준이 세운 속도위반 계획에 조카며느리가 넘어간 거 아니야?"

첫째 이모가 제기한 의혹에 두준을 포함한 모두의 표정이 멍해졌다.

그러다가 두준과 희원을 제외한 모두가 일제히 수긍하는 듯한 표정으로 바뀌었다. 그 모습에 희원은 그만 웃음을 터뜨리고 말았다.

두준의 부모님이 왜 아무것도 볼 것 없는 희원을 묻지도 따지지도 않고 며느리로 받아들였는지 내내 찜찜했었는데 이제야 의문이 풀렸다. 계획에 살고 계획에 죽던 남자 강두준은 제짝을 만나 무계획적인 속도위반도 서슴지 않는 사람이 되어버렸다.

후안무치로 보였던 두준이 다시 예뻐 보이는 순간이었다. 오늘 밤에도 상을 푸지게 내려야 할 것 같았다.

5. 너 없으면 안 돼

 이모들의 수다는 가뭄에도 절대 마르지 않는 샘물과도 같았다. 게다가 밤새 대화를 나눠도 끄떡없는 강인한 체력까지 갖추고 있었다.

 한마디로 말해 적당히 눈치 봐서 빠져나오지 못하면 쉴 새 없는 수다 폭격에 멘붕이 올 수도 있다는 소리였다.

 이럴 때 잠투정하는 아기가 있다는 건 정말 행운이 아닐 수 없었다. 한준은 저녁 식사가 끝난 뒤부터 칭얼대기 시작한 세찬을 핑계로 먼저 본가를 빠져나왔다.

 뒷좌석에 앉은 세찬과 은정은 차가 출발하자마자 곧 잠이 들어버렸다.

 본가에 갈 때까지도 흐린 하늘마냥 찌뿌둥했던 세현은 언제 그랬나 싶게 활짝 개인 얼굴로 휴대폰 삼매경이었다.

 한준은 세현의 눈치를 슬쩍 봤다. 워낙 혼자서 뭐든 잘하는 아이라 예나 지금이나 손 가는 일이 없었지만, 세찬이 태어난 후로 너무 신경 써주지 못한 게 괜스레 미안했다.

"세현, 오늘 옥탑방에서 영화 어때?"

괜찮은 영화 한 편 보면서 시시각각으로 맑았다 흐렸다 하는 세현의 심리 상태를 파악해 볼 필요가 있었다.

영화를 좋아하는 세현을 위해 옥탑방에 대형 스크린과 프로젝터 사운드 바를 설치한 건 3년 전이었다. 세찬이 태어나기 전엔 주말 저녁을 영화 감상으로 보내곤 했었는데, 요즘은 도통 그럴 만한 여유를 갖지 못했다.

"좋지. 태우 오빠 오라고 해야지. 뭐 볼 건데?"

"네가 골라."

"느와르 액션이랑 전쟁영화는 싫어."

세현의 말에 한준은 어깨를 으쓱해 보였다.

"네가 고르라니까."

"앗싸, 무서운 거."

"공포랑 스릴러는 싫어."

이럴 줄 알았다. 딸의 취향을 존중할 줄 아는 아빠로서의 느긋한 모습은 순식간에 사라졌다.

"내가 고르라며?"

"그래. 공포랑 스릴러 빼고 고르라고."

한준은 늘 이런 식이었다. 딸이라고 해서 봐주는 법이 없었다. 아빠라기보다 친구에 가까운 존재였다.

"엄청 무서운 건 제외할게. 아빠 덩치는 산만 해서 뭐 그래? 진짜 실망이야."

"그런 거 보고 나면 꿈자리 뒤숭숭하단 말이야. 실망이건 어쨌건 난 싫……."

"아빠, 브레이크. 차 세워!"

세현의 갑작스러운 고함에 잠들었던 세찬이 칭얼대는 걸 은정이 다독여 다시 재웠다.

"둘이 또 싸우는 거예요?"

"아니요. 아빠, 차 세우라니까."

"강세현, 뭐, 그깟 거 가지고 화를 내. 각자 취향이라는 게 있는 거 아니야. 넌 느와르랑 전쟁영화 싫다며. 난 공포, 스릴러가 싫다고. 그러니까 그거 빼고 고르자고. 잔잔한 멜로, 코미디, 드라마 얼마든지 있잖아."

차를 세운 한준이 세현에게 따지고 들었지만, 그녀는 전혀 듣는 것 같지 않았다. 안전벨트를 푼 세현은 차 문을 벌컥 열어젖혔다.

"아빠, 나 영화 안 봐. 아니, 못 봐. 영화는 새엄마랑 봐. 새엄마, 찐한 멜로 한 편 보세요."

빠르게 말을 끝낸 세현이 차에서 내려 문을 닫아버렸다.

"강세현, 어디 가는데? 뭐 그깟 걸로 화를 내. 그래, 알았어. 12세 관람가 공포영화면 같이 봐줄게!"

한준이 차창을 내리고 소리를 질러댔지만, 세현은 들은 체도 않고 바로 코앞인 집을 지나쳐 가고 있었다.

"여보."

"세찬인 어쩌고 찐한 멜로를 보라는 거야? 영화 안 보려면 세찬이라도……."

타이르듯 나직하게 흘러나온 은정의 부름에도 아랑곳없이 한준의 성난 투덜거림이 이어졌다.

"여보, 한준 씨. 세현이 그냥 두고 주차나 해요."

"사춘기 지난 지가 언젠데 왜 별것도 아닌 걸로 성질이야."

"내 보기에는 당신이 만년 사춘기 같네요. 세현인 태우 만나러 간 거니까 괜한 오해하지 말아요."

뒤에서 한준의 어깨를 다정하게 감싸 안은 은정이 그의 볼에 입을 맞췄다.

"태우 만나는 거면 얘기나 하고 가지."

투덜대는 한준의 목소리는 한층 누그러진 상태였다. 은정은 즉흥적인 한준을 다루는 데 도가 텄다.

"얘기하고 갈 상황이 아닌 것 같네요."

"뭐?"

"아뇨. 얼른 들어가자고요. 세찬이 깨기 전에 우리 찐한 멜로영화 한 편 봐요."

"그럴까?"

금세 기분 좋아진 한준이 주차를 서두르는 동안 은정의 시선은 태우의 집 쪽으로 향해 있었다.

"별일 없어야 할 텐데."

은정의 바람과는 달리 태우의 집 앞에선 별일이 생길 조짐이었다.

금방이라도 덤벼들 것처럼 분기탱천해서 다가간 세현은 날렵한 태우의 등이 선명하게 보이는 위치에 멈춰 선 채 막상 어찌해야 할지 결정을 내리지 못하고 있었다.

가로등 불빛에 드러난 여자애는 세현도 아는 얼굴이었다. 한 달 전쯤 라니가 '태우 사랑' 신입 회원이라며 귀엽게 생겼다고 호들갑 떨며 소개했던 1학년 후배였다.

라니에게 아직 태우와 이웃사촌을 넘어서는 뭔가가 됐다는 걸 말하지 못했다. 지금 끼어든다면, 빨간 하트가 선명하게 도드라진 쇼핑백을 수줍게 내밀고 있는 여자애에게 태우와의 관계를 공개해야 될지도 몰랐다.

영영 비밀로 할 것도 아니고 공개하는 거야 별게 아니었지만, 라니의 귀에 들어갈 일이 걱정이었다.

라니는 이미 너 정도면 장태우 짝으로 인정해 주겠다는 말을 한 바 있었지만, 그게 막상 현실이 된다면 받아들이기 쉽지 않을 거라는 생각이 들었다. 세현은 아직 라니가 내보일 배신감을 감당할 준비가 되어 있지 않았다.

태우에 대한 감정을 깨닫지 못했던 그때, 라니 앞에서 대놓고 싫은 티를 냈던 게 제 발등을 찍는 도끼날이 되어 돌아올 줄은 꿈에도 몰랐다.

길게 한숨을 내쉰 세현은 더 이상 거리를 좁히지 못하고 입술만 잘근잘근 씹어댔다.

태우에게 선물을 주러 왔던 애들이 한둘도 아니고, 이제 와 날을 세운다는 것도 우스운 일인 것 같아 체념하고 다시 발걸음을 돌리려던 참이었다.

근데 저거 뭐야. 장태우 웃었어? 죽었어.

꺼져 들어가던 심지에 다시 불을 붙인 세현이 성큼성큼 걸음을 옮기며 태우를 불렀다.

"오빠."

"어, 이제 와?"

그래, 이제 온다. 웃지는 말지, 이 헤픈 놈아.

환하게 웃으며 돌아보는 태우를 향해 세현은 사악하게 입꼬리를 끌어 올렸다.

"선배, 안녕하세요."

맘 약해지게 다들 왜 이렇게 웃음이 헤픈지, 세현을 알아본 태사 신입회원이 생글생글 웃으며 깍듯하게 인사를 했다.

이 해맑은 아이에게 세현은 그저 태우의 옆집 동생에 불과할 것이다. 잘 보여서 나쁠 것 없는 태우의 측근 그 이상도 이하도 아니란 소리였다.

"저 기억하죠? 전에 회장님이랑 같이 한 번 봤는데."

"어? 어, 그랬지."

"것 봐요, 태우 오빠. 세현 선배랑 잘 아는 사이라니까요."

허! 벌써 오빠 동생 하기로 한 거야? 뭐가 그렇게 쉬워? 난 선밴데 장태우는 왜 오빠야?

세현의 미간에 빗금이 쫙 갔다. 잘 안다고 하기엔 이름도 생각나지 않는 태사 신입 회원과 태우를 번갈아 쳐다보는 세현의 기분은 상당히 언짢았다.

"잘 아는 사이야?"

태우가 확인 사살하듯 물어왔다. 세현은 무어라 답해야 할지 잠시 망설일 수밖에 없었다. 잘 아는 사이라고 하면 뭔가 다리를 놔줘야 할 것 같은 분위기였고, 모르는 사이라고 하면 유치하게도 질투를 한다고 비춰질 것만 같았다.

입을 꾹 다문 세현의 미간이 좀 더 짙게 일그러졌다. 불쑥 다가온 태우의 기다란 손가락이 세현의 미간을 쓸었다.

"헉! 왜? 뭐?"

놀란 세현이 뒤로 주춤 물러났다.

"마음에 안 드는 게 뭐야?"

세현의 시선이 어리둥절한 표정인 태사 신입 회원에게로 향했다가 그녀를 곧게 바라보는 태우에게로 옮겨왔다.

"그, 그런 거 없는데."

바지주머니에 손을 찔러 넣고 불량스러운 자세로 선 태우가 그녀를 미심쩍은 눈길로 쳐다봤다.

"그런 거 없는 게 아닌 것 같은데."

세현의 시선이 다시 고개를 갸웃하는 태사 신입 회원에게로 옮겨졌다. 태우의 시선도 잠깐 그리로 향했다가 세현에게로 돌아왔다.

"널 안다기에 몇 마디 나눈 것뿐이야."

"누, 누가 뭐래?"

"뭐라고 좀 하지."

"어?"

상황이 이상야릇하게 돌아가고 있었다.

"누군 말이야 질투에 눈이 멀어 미쳐 버리는 줄 알았는데, 현장을 목격하고도 이렇게 아무렇지 않으면 괜히 억울해지잖아. 질투 좀 하지."

허리를 숙인 태우가 세현의 앞으로 얼굴을 쓱 들이밀었다.

"헉!"

이건 세현에게서 나온 소리가 아니었다. 갑자기 훅 끼쳐 온 태우의 체향에 숨을 삼키며 눈만 동그랗게 떴을 뿐 절대로 아무 소리도 낸 적이 없었다. 그렇다면.

화들짝 놀란 세현이 태우의 뒤쪽을 살피며 그의 가슴을 밀어냈지만, 이미 늦은 뒤였다. 입을 가린 태사 신입 회원의 동공이 규모 6.0 이상의 진동을 일으키고 있었다.

"하하, 오, 오빠, 장난 그만해. 쟤가 괜히 오해하잖아."

"강세현 넌 이게 장난처럼 보여?"

"오빠, 진짜 왜 이래. 쟤 태사 회원이란 말이야."

까치발을 한 세현이 태우만 들을 수 있게 속삭이며 눈을 찡긋거렸다.

"태, 뭔, 회원? 그게 뭔데?"

"이씨, 오빠 팬클럽 몰라? 태우 사랑."

"그건 또 뭐야? 그런 것도 있었어?"

팬클럽 회장 고라니, 이거 뭐야? 태우 사랑이 비밀 조직이었던 거야?

"암튼 잘됐네."

세현의 어깨에 팔을 툭 걸친 태우가 그녀를 품으로 확 당겨 안았다. 어어, 하다가 딸려간 세현은 강하게 둘러쳐진 팔을 걷어내려 버둥댔다.

"이름이 뭐라고 했지?"

"보경이요. 김보경."

입을 가린 손을 떼어낸 보경이 또박또박 자신의 이름을 읊었다.

"보경아."

"네?"

"태우 사랑? 이름 되게 구리네. 그거 내 팬클럽 뭐 그런 건가 본데."

"네, 오빠. 전 가입한 지 얼마 안 됐는데요, 2015년 6월에 처음 만들어져서 1대 회장인."

"아, 그건 됐고. 강세현, 가만 좀 있어."

계속 팔을 걷어내려 버둥대는 세현을 더 강하게 끌어당긴 태우가 투덜댔다.

"나도 몰랐던 팬클럽이라니 좀 우습긴 한데, 어쨌든 팬클럽이라니까 핫한 정보 하나 알려줄게. 이리 가까이 와봐."

"오빠, 좀 놔봐. 무슨 소리 하려고 그래? 안 돼. 암 말도 하지 마. 지금 태사 회장이 고, 웁."

세현의 입이 태우의 손에 의해 틀어 막혔다. 상황 파악도 제대로 못한 보경은 동경해 마지않는 태우의 고갯짓 한 번에 쭈뼛쭈뼛 가까이 다가와 섰다.

"나 강세현이랑 사귀어."

규모 6.0의 대지진이 세현과 보경을 휩쓸고 있었다. 버둥대던 세현은 태우의 품에 안긴 채 의지를 잃고 축 늘어졌다. 튀어나올 듯 커다래진 보경의 눈이 태우와 세현을 바쁘게 오갔다.

"거, 거, 거짓말. 회장 언니는 그냥 여, 여, 옆집 동생이라고 했는데."

보경이 심하게 말을 더듬으며 고개를 절레절레 저었다.

"원래 다 그런 거야. 옆집 동생 하다가 여자친구 되는 거고, 그러다 애인 사이로 발전하고, 그리고 그다음은…… 알지?"

자포자기한 세현이 능글맞은 말을 읊어대며 입꼬리를 끌어 올리는 태우를 힐끔 쳐다봤다. 이 와중에도 얄미워야 할 장태우 얼굴이 왜 이렇게 멋지게 보이는 건지.

"애, 애, 애, 애인?"

믿을 수 없다는 듯 보경의 말꼬리가 음이탈을 선보이며 휙 올라갔다.

"그래. 그러니까 소문 좀 내줘. 팬클럽이라며, 그 정도는 해줄 수 있지? 보경아."

다정하게 불린 이름 때문인지 보경의 고개가 절로 끄덕여졌다.

"고맙다, 보경아. 내가 지금 좀 바빠서 바래다주진 못하겠다. 어두우니까 밤길 조심하고. 어서 가봐."

거의 가라고 등 떠미는 수준의 인사를 받고는 슬금슬금 뒷걸음질 치던 보경이 휙 돌아서더니, 괴상한 비명을 지르며 내달렸다.

보경이 모퉁이를 돌아 완전히 모습을 감추고 나서야 세현의 입을 가린 태우의 손이 떨어져 나갔다.

"힝, 나 이제 죽었다."

예상치 못한 세현의 반응에 태우의 미간이 일그러졌다. 눈을 사납게 치켜뜬 세현이 태우의 가슴을 툭 밀쳐 내곤 털썩 쪼그려 앉고 말았다.

"나랑 사귄다는 사실이 알려지는 게 죽을 일이야?"

"태사 회장이 고라니란 말이야. 몰라. 오빠가 다 책임져. 나 고라니 손에 죽었다고."

"고라니? 걘 누군데?"

"내 친구 구라니 말이야."

"아아!"

머리를 긁적거린 태우가 세현과 무릎을 맞대고 쪼그려 앉았다.

"내일 같이 만날까?"

"만나서 어쩌게?"

"사실대로 말해야지."

태우의 오른손 약지가 세현의 무릎 위에 놓인 손을 천천히 쓸고 지나갔다.

"사실대로?"

"응."

맞붙은 무릎 위 서로를 바라보는 눈길이 점점 가까워지는 것처럼 느껴졌다.

"장태우는 옆집 사는 강세현 외에 다른 여잔 눈에도 안 들어오는 병에 걸렸다고."

가벼운 목소리, 장난스러운 말투였지만 태우의 눈빛만은 그 어느 때보다 진지했다. 그의 눈은 나 좀 봐달라고 했던 그때보다 더 예쁘게 빛나고 있었다.

"이게 잘 낫지도 않아서 10년을 넘게 앓았는데, 약이라곤 강세현뿐이라고."

나직하게 속삭이는 태우의 목소리가 세현의 가슴을 쿵쿵 울렸다. 마주 보는 눈길에 담긴 서로의 모습은 익숙하면서도 참 낯설었다.

긴장한 듯 버겁게 침을 삼킨 세현이 무릎에 놓였던 손으로 양팔을 감쌌다.

"으으, 닭살. 뭐야, 그 구린 멘트는."

세현이 부르르 몸을 떨며 양팔을 비벼댔다. 나릿했던 태우의 표정이 순식간에 일그러지더니, 자신의 이마를 세현의 이마에 콩 박아버렸다.

"아얏!"

"하여튼 예뻐해 줄 수가 없다니까."

벌떡 일어선 태우가 양손을 허리에 척 얹고 세현을 내려다봤다.

"돋아난 닭살 쏙 들어가게 제대로 한번 굴러볼까? 빨딱 못 일어나지?"

"오빠아."

"이제 와서 예쁘게 불러봐야 소용없다. 얼른 안 일어나?"

입을 삐죽거린 세현이 벌떡 몸을 일으키려다 다리에 쥐가 났는지 앓는 소리를 내며 비틀댔다.

매섭게 쳐다보고 있던 태우가 재빨리 그녀를 끌어안았다. 단단한 몸과 말캉한 몸이 강하게 부딪쳤다.

낯선 감촉에 소스라치게 놀란 태우와 세현이 누가 먼저랄 것도 없이 재빨리 떨어졌다가, 세현이 비틀대자 금세 다시 끌어안았다.

거칠어진 숨결이 서로의 얼굴에 흩뿌려졌다. 어쩐지 낯선 눈빛을 한 태우의 얼굴이 점점 거리를 좁히고 있었다. 세현은 어찌할 바를 모르며 얼굴을 점점 뒤로 뺐다. 그에게 잡힌 허리가 활처럼 휘었다.

피식 웃음을 지어 보인 태우가 빨갛게 익은 세현의 볼에 부드러운 입술을 꾹 내리눌렀다가 떼어내곤 그녀를 품으로 당겨 안았다. 세차게 뛰는 서로의 심장이 맞닿았다.

"세현아."

"응?"

태우가 세현의 머리를 부드럽게 쓸었다.

"약효 떨어지니까 다른 놈이랑 손잡지 마라."

"치이."

"어어, 비웃어? 혼난다."

혼난다는 소리가 이렇게 달콤하게 들리기도 하는 걸까? 세현은 슬그머니 올라가는 입꼬리를 숨길 요량으로 태우의 가슴에 얼굴을 묻었다.

"오빠."

"응?"

"우리 언제까지 이러고 있어?"

"밤새도록."

"그러고 있으면 둘 다 혼난다."

태우의 뒷말을 잇는 장 원장의 목소리에 화들짝 놀란 세현이 그를 밀어내곤 집을 향해 냅다 달려갔다.

세현을 쫓아갈 듯 움찔대던 태우는 그녀가 현관문을 열고 무사히 들어가는 것을 확인하고는 몸을 돌렸다.

쑥스러운지 머리를 긁적인 태우가 팔꿈치로 장 원장을 툭 치며 지나쳤다.

"아들, 축하한다."

장 원장은 태우의 오랜 짝사랑을 알고 있었던 듯 웃음 섞인 목소리로 한마디 툭 던졌다.

바깥은 그야말로 불볕이었다. 순식간에 스러져 버리는 벚꽃처럼 봄은 눈 깜짝할 사이에 지나가 버리고 계절은 어느새 여름의 한가운데 자리하고 있었다.

지난봄은 희원에게 파란이었으며 인생의 격변기였다. 다른 이들에겐 순식간에 지나간 봄이었을는지 몰라도 그녀에겐 너무나 긴 봄이었으며, 너무 많은 것이 변한 한순간이었다.

어리석고 섣부른 일탈에 대한 책임을 뼈저리게 느끼게 된 계절임과 동시에, 생각지도 못했던 사람들이 그녀의 인생 속으로 뛰어든 계절이었다.

갑작스럽게 불어닥친 태풍에 무지막지하게 흔들렸던 순간도 있었지만, 그녀의 인생 속으로 뛰어든 사람들이 보통이 아니라 꿋꿋하게 버텨낼 수 있는 힘이 되어주었다.

그중 한 사람은 지금도 뱃속에서 끊임없이 자신의 존재를 알리고 있었다. 입가에 미소를 머금은 희원이 손으로 배를 살짝 쓸었다.

시원해 보이는 블루 계열의 원피스를 입은 희원의 발걸음은 무더위에도 아랑곳없이 꽤나 가벼웠다.

"장 선생."

하늘로 치솟을 것 같은 김 선생의 목소리가 들려오자, 걸음을 멈춘 희원이 한숨부터 내쉬었다. 김 선생의 목소리는 며칠째 '솔' 음에서 내려올 줄을 모르고 있었다.

요즘 김 선생은 윤리 담당교사가 아니라 세계지리를 담당하고 있는 것 같았다. 특히 발칸반도 부근 전문.

"무슨 임산부 걸음이 그렇게 팔랑팔랑, 아이고, 쫓아오느라 힘들었네. 장 선생, 이것 좀 봐줄래? 요거랑 요거 중에 뭐가 나을까?"

김 선생이 희원 앞으로 휴대폰을 불쑥 내밀었다.

"김 선생님, 가장무도회 가세요?"

"애앵, 이상해?"

"네. 완전이요."

김 선생은 근처로 접근했다간 눈을 찌르는 무기로 돌변할 것 같은 챙 넓은 모자와 공작이 배 아파서 땅을 구를 것 같은 깃털 달린 모자를 번갈아 보여주며 선택을 요구했다.

"어디가 어떻게 이상한데?"

"좀 평범한 건 없어요?"

"드라큘라님을 영접하러 갈 때 쓰려고 하는데 평범하면 안 되지. 좀 더 괴기스러운 걸 찾아볼까?"

어제 본 옷만으로도 충분히 괴기스러운 것 같은데 말입니다.

6월 말부터 시작된 김 선생의 여행 준비는 아직도 진행 중이었다.

"루마니아도 가세요? 대체 몇 개국을 가는 거예요?"

"날이면 날마다 오는 기회가 아니잖아. 한껏 즐겨야지. 어쨌든 고마워, 장 선생."

발칸반도 일주를 닷새 앞두고 있는 김 선생의 기분은 그야말로 최상이었다.

"김 선생님이 첩보원 잘해서 받으신 건데요, 뭘."

"그렇게 말하니까 괜히 미안하네. 암튼, 통 크고 사랑 넘치는 남편 둔 장 선생 무지 부럽다."

입가에 웃음을 한가득 머금은 김 선생이 희원의 팔짱을 끼었다.

"왜 하나도 부러워하지 않는 것처럼 보이죠?"

"하하, 착각일걸. 장 선생이야 맘만 먹으면 세계일주도 할 수 있을 텐데, 완전 부럽지."

"이 몸을 해서요?"

6개월째로 접어든 배는 제법 임산부 태가 날 정도로 불러오긴 했지만, 루즈한 원피스를 입은 희원은 전혀 임신한 것 같아 보이지 않았다.

"몸이 어때서? 뒤에서 보면 아가씨 같구먼. 신혼여행 여름방학으로 미뤘다고 하지 않았어?"

"신혼여행이라고 하니까 괜히 민망하네요. 비행기 오래 타면 안 좋을 것 같아서, 제주도에 며칠 가 있기로 했어요. 거기 별장이 있대요."

"제주도 별장 좋네."

"어, 이거 왜 백만 원 가진 사람이 천 원 가진 사람한테 좋겠다고 하는 것 같이 들리죠?"

억지웃음을 지어 보이는 김 선생은 희원의 말을 결코 부정하지 않았다.

"에휴, 이래서 솔로천국 커플지옥이라고 하나 봐요."

"그런 지옥이라면 난 얼마든지 환영이네. 오죽했으면 최정희 선생이 유부남인 줄 알면서도 탐을 냈을까."

김 선생이 비밀스러운 얘기를 하듯 눈을 찡긋거렸다. 희원은 괜스레 교무실 쪽을 힐끔 쳐다봤다.

두준이 학교 이사장이 아닌 장희원의 남편으로서 주도했던 회식 이후로 정희는 계속 의기소침한 상태였고, 희원을 대놓고 피해 다녔다.

일부러 발을 걸기까지 한 건 생각할수록 괘씸했지만, 남편의 권력을 이용할 마음이 없는 희원으로서는 그런 정희의 행동이 불편하게 느껴질 수밖에 없었다.

지난일은 잊고 잘 지내보자고 말을 해보려 했지만, 놀라운 촉과 순발력을 소유한 정희는 희원의 머리털 끝만 보여도 순식간에 모습을 감추곤 해서 말은커녕 변변한 인사조차 나누지 못하는 사이가 되어버렸다.

잘 웃고 애교 많아 여우 같았던 정희는 조신하고 새침한 고양이에 가까워졌다. 이런 변화를 가장 반기는 건 김 선생이었고, 그녀는 시시때때로 희원 대신 고소해했다.

정희에 대한 감정이 좋은 건 아니었지만, 희원은 김 선생의 그런 반응도 과히 달갑진 않았다.

고소해하는 김 선생의 얘기를 듣고 있노라면, 보건실에서 뒷담화를 하던 정희와 자신이 별반 다르지 않은 것 같다는 생각에 영 찜찜했다.

"탐내긴요, 그냥 심술 좀 부린 것 갖고. 최 선생님 너무 미워하지 마세요. 요즘 축 처져 다니니까 보기 그렇더라고요."

"아이고, 천사 나셨네."

"에이, 천사는 무슨. 태교 신경 쓰는 거예요. 바로 퇴근하실 거죠? 여행 가기 전에 밥이나……."

희원의 손안에 얌전히 자리하고 있던 휴대폰이 진동을 했다. 우아하게 휘었던 희원의 입꼬리가 휴대폰 화면을 확인하고는 제자리로 돌아갔다.

"아유, 그새를 못 참고 또 전화하셨구먼. 우리 이사장님은 일도 않고 종일 장 선생 생각만 하고 있나 봐."

"아니에요. 모르는 번호예요. 좀 전에도 이 번호로 왔다가 그냥 끊어졌는데……."

"그래? 오전에 교무실로 왔던 전화도 받으니까 그냥 끊었다고 하지 않았어?"

희원은 휴대폰 화면을 바라보며 미간을 짙게 일그러뜨렸다.

"어서 받아봐."

김 선생의 재촉에 휴대폰을 귓가로 가져갔지만, 전화는 또 받자마자 끊어졌다.

느낌이 좋지 않았다. 물끄러미 휴대폰 화면을 바라보고 있던 희원은 찜찜한 표정으로 고개를 갸웃했다.

"학부몬가?"

"그럴까요? 그럼 왜 아무 말도 않고 끊는, 헉!"

다시 시작된 휴대폰 진동에 희원은 소스라치게 놀랐다.

"왜? 또 그 전화야?"

안도의 한숨을 내쉬며 고개를 젓는 희원의 입가에 금세 미소가 맺혔다.

"이번엔 진짜 이사장님인가 보네. 내일 점심이나 같이 먹자, 장 선생. 얼른 받아봐."

김 선생이 흥겨운 발걸음으로 자리를 벗어난 뒤 희원은 얼른 전화를 받았다.

"회의 끝났어요? 안 바빠요? 지금 어디예요?"

두준은 두 시간 전에 회의 들어간다며 일정을 알려왔었다.

[하하, 뭐가 그렇게 급해? 회의 끝났고, 이젠 안 바쁘고, 지금 학교 앞이야. 사모님, 데이트하게 얼른 나오세요.]

그의 말에 희원의 얼굴이 환히 밝아졌다.

결혼한 지 4개월째, 수학여행 때문에 싸운 이후로 더 이상의 부부 싸움은 없었다.

임신으로 인한 호르몬 변화 때문인지, 아니면 두준으로 인해 응석

받이가 됐기 때문인지, 그녀는 27년 평생 가장 예민한 시기를 보내고 있었다.

드라마도 아닌 뉴스를 보고 있다가 갑작스레 울어버리기도 했고, 교육방송을 보고 있다가 벌컥 화를 내며 선정에게 전화를 하기도 했다.

선정은 여전히 고고하고 냉랭했다. 먹고 싶은 건 없는지 몸은 괜찮은지 같은, 임신한 딸에게 물어볼 법한 말은 절대로 하는 적이 없었으며, 희원이 과거의 한순간을 들먹이며 그렇게밖에 할 수 없었는지 물을 때면 너무 감정적인 건 좋지 않다는 말을 차갑게 내뱉곤 했다.

너무 감정적인 게 누구한테 좋지 않다는 걸까? 희원? 아니면 두줄이? 그도 아니면 선정, 자신?

희원이 무얼 기대했건 선정에게서 얻을 수 있는 건 정제되고 메마른 감정뿐이었다. 그럴 때마다 그녀를 위로하고 열정적으로 다독이는 건 두준이었다.

그는 예민한 희원 덕에 부처님 가운데 토막에 맞먹는 너그러움을 장착하게 됐다. 그래서 가끔, 아니, 자주 희원은 두준에게 미안했다.

"이 실장님 또 화났겠어요."

[내 할 일은 다 하고 왔으니까 그런 걱정은 할 필요 없고. 얼른 나와. 보고 싶어 죽겠어.]

두준은 사랑을 표현하는 데도 낯간지러운 말을 하는 데도 거침이 없었다.

아침에 학교 앞까지 데려다주고 간 지 몇 시간이나 지났다고 죽을 만큼 보고 싶을까 싶었지만, 그에게만 반응하는 센서가 몸 안에 이식되어 있기라도 한 것처럼 두준의 너스레에 여지없이 가슴이 두근대고, 입꼬리가 저절로 올라갔다.

"헤어진 지 얼마나 됐다고. 너무 오버예요, 두준 씨."

[하하, 누가 당신 보고 싶대나. 두줄이 보고 싶다고. 녀석, 오늘도

축구하면서 놀았나?]

처음 태동이 있었을 때 두준도 희원도 어찌나 놀랐는지 잠시 말을 잃었었다. 그 뒤로 두준은 두줄의 발길질에 매번 감동하며, 그녀의 배에다 얼굴을 들이대고 대화를 시도하곤 했다.

그 대화라는 것이 아직 세상 빛도 보지 못한 두줄이와 나누기엔 너무 진지한 내용들이라, 희원은 그럴 때마다 웃음을 참느라 애를 먹곤 했다.

"쳇, 두줄이에요? 나예요?"

[글쎄, 오늘 저녁에 안 울고 많이 웃어주면 당신이 더 좋아질 수도 있을 것 같은데.]

희원이 눈물을 보일 때마다 두준은 안절부절못했다. 달래는 건 문제가 아닌데, 마음이 너무 아프다며 언짢아했다.

"그거 두줄이가 우는 건데요. 우리 두줄이 울보예요."

두줄이가 들으면 억울할 소리를 천연덕스럽게 내뱉은 희원은 두준에게 가기도 전에 활짝 웃으며 말을 이었다.

"잘 웃는 장희원 지금 바로 대령할게요. 조금만 기다려요."

통화를 끝낸 희원은 교무실에서 가방을 챙겨 부지런히 걸음을 옮겼다. 그녀가 웃어주는 것만으로도 더없이 행복하다는 두준을 위해 얼굴 한가득 웃음을 담았다.

희원이 교문 앞에 모습을 드러내자마자 두준은 휴대폰을 귓가에 댄 채 건너편에 정차된 차에서 내렸다. 그가 환히 웃으며 손을 흔들었다.

희원이 마주 손을 흔들어주곤 가벼운 걸음으로 그에게 다가갈 때, 거슬리는 소음과 함께 차 한 대가 그녀를 향해 돌진했다.

"희원아!"

그녀를 부르는 두준의 목소리가 가슴을 울렸다. 휴대폰을 집어 던진 그가 그녀를 향해 달려오고 있었다.

당황한 희원이 돌진해 오는 차와 그를 번갈아 바라보며 움직이지 못하는 사이, 두준은 언젠가처럼 그녀와 두줄이를 구하기 위해 날아오고 있었다.

퍼뜩 정신을 차린 희원이 커다란 숄더백으로 배를 가리며 그를 향해 뛰기 시작했다. 해가 저물기 전인데도 헤드라이트가 시리도록 눈을 자극했다.

아슬아슬하게 두준의 손끝이 희원에게 닿았다. 두준이 그녀를 낚아챔과 동시에 둔탁하게 부딪치는 소음이 들려왔다.

두준과 희원은 한 몸인 듯 도로 위를 굴렀고, 브레이크를 밟지 않은 차는 그들을 지나쳐 학교 담장을 박고 멈춰 섰다.

"희원아, 희원아?"

단단한 팔, 그녀를 부르는 다급하면서도 그윽한 목소리, 세차게 뛰어대는 그의 심장 소리. 감고 있던 눈을 뜬 희원은 배시시 웃기부터 했다. 흐릿한 시야에 잡힌 건 오로지 두준뿐이었다.

"두준 씨."

나직한 희원의 부름에 두준에게서 안도의 한숨 소리가 흘러나왔다.

"아픈 데 없어? 괜찮아?"

"그런 것 같…… 두준 씨, 피."

그의 이마를 검붉게 물들인 액체가 주르르 흘러내리고 있었다.

미간을 일그러뜨린 희원이 잘 움직여지지 않는 팔을 그의 이마를 향해 서서히 뻗었다. 그녀의 손끝이 심하게 떨리고 있었다.

간신히 손가락 끝이 닿았나 싶은 순간, 두준의 얼굴이 이지러지며 롤러코스터를 탄 것처럼 팽 돌았다.

"희원아, 장희원."

정말 괜찮다고, 피가 흐르고 있는 건 당신이니까 어서 병원부터 가 보자고 말하고 싶었지만, 단 한 마디도 할 수가 없었다.

그녀를 부르는 두준의 목소리가 끊임없이 이어지는 가운데, 희원은 까무룩 정신을 잃고 말았다.

깊은 물속에라도 잠긴 것처럼 묵직한 몸은 멋대로 움직여지지 않았다. 말은커녕 귀마저도 멍한 와중에 익숙한 목소리 하나가 도드라져 들려왔다.

"희원아, 장희원."

네, 왜요? 그만 좀 불러요. 시끄러워서 잠을 잘 수가 없잖아요.

"괜찮아. 다 괜찮을 거야."

뭐가요? 뭐가 다 괜찮을 건데요? 당신이 강하게 괜찮다고 주장할 땐 괜찮은 게 아니던데요.

"희원아, 알지? 나, 너 없으면 안 돼."

그랬어요? 뭐든 척척 잘하는 사람이 별스럽네요.

"희원아, 제발 정신 차려."

내 정신이 왜요? 나 말짱해요. 그냥 좀 졸린 것뿐이에요. 잠 좀 자게 조용히 하죠.

"또 이런 일이 생기게 만들어서 아마 화났을 거야. 충분히 이해해. 그러니까 정신 차리고 차라리 한 대 쳐."

당신 뭐 잘못했어요?

"혼내도 좋아. 나 그거 엄청 좋아하는 거 당신도 알잖아."

알죠. 근데 뭘 잘못했는데요?

"깨어나면 두줄이 방 벽지 희원이 네가 고른 걸로 해줄게."

잘 생각했어요. 솔직히 당신이 고른 천사 벽지는 너무 휘황찬란했다고요. 금박 입힌 천사가 잘못하면 황금박쥐처럼 보이더라고요.

"두줄이 장난감도 이제 그만 살게."

오호, 진짜요? 솔직히 프린세스 블링블링 세트랑 프라레일 기차 세트는 너무했어요.

"울보라고 놀리지도 않을게."

그러게요. 내가 아니라 두줄이가 울보라니까요. 그러고 보니 당신 잘못한 거 많네요. 정말 혼나야겠는데요?

"그러니까 제발, 희원아."

어? 당신 지금 울어요? 근데 아까부터 왜 당신이 멀리 있는 것 같죠? 두준 씨, 거기 있어요? 혹시 어디 아픈 거예요? 아! 피. 당신 머리에 피가 흘렀었는데…….

소란스러운 소음들 중 두준의 목소리만 유독 귓가를 울리고 있었다. 그가 묻는 말에 꼬박꼬박 대답도 잘해줬건만, 두준은 그녀가 묻는 말에 한마디도 대답을 돌려주지 않고 있었다.

뭐가 잘못된 걸까?

난생처음 들어보는 두준의 울먹이는 목소리가 불안감을 배가시키고 있었다. 최고 레벨에 도달한 뻔뻔함을 선보이며 호들갑 떠는 일도, 지나치게 흥분하는 일도 없던 두준이 울먹이기까지 하다니.

크게 다친 건가? 그래서 정신이라도 이상해진 건가?

무언가 크게 잘못된 것만 같았다. 누군가 머리를 강제로 잡아 돌리는 것 같은 어지러움과 흐릿함 속에서도 두준의 이마를 물들이던 붉은 핏줄기만은 선명하게 떠올랐다.

두준의 상태를 확인하고 싶은 마음에 억지로 눈꺼풀을 들어 올렸지만, 제 눈이 아닌 것처럼 말을 듣지 않았다. 힘겹게 손을 들썩여 봤지만, 그조차도 제 마음처럼 움직여 주지 않았다.

어딘가로 두둥실 옮겨지는가 싶더니, 처음 듣는 낯선 목소리가 그녀의 이름을 불러댔다. 여러 가지 소음이 우르르 몰려왔다가 사라지기를 반복하더니 일시에 차단됐다.

소음 사이에 섞인 두준의 목소리를 찾아내느라 희원은 온 신경을 집중해야만 했다. 그의 목소리만 찾고 있는 그녀의 마음을 알아채기라도 했는지 주변이 조용해진 뒤, 두준이 나직한 목소리를 들려줬다.

"원장님, 희원이 어떻게 된 겁니까?"

"그보다 자네 치료부터 먼저 받는 게 좋겠군."

"전 됐습니다. 우리 희원이가 먼접니다. 왜 깨어나지 못하는 거죠?"

하여튼 강두준 '우리' 참 좋아한다. 우리 희원이라는 말에 속으로 투덜대던 희원은 왜 깨어나지 못하는 거냐는 말에 어리둥절했다. 좀 어지럽긴 해도 멀쩡한 것 같은데, 두준의 목소리엔 왜 저렇게 애절함이 묻어 있는 것일까?

"대체 어디가 잘못된 겁니까?"

"경미한 빈혈과 쇼크로 인해 일시적으로 정신을 잃은 것 같네. 심각한 외상도 없고, 혈압이 조금 낮은 것 말고는 모두 정상 수치야. 깨어나길 기다리는 동안 자네 머리부터 검사를……."

"희원이가 먼저라고 말씀드렸지 않습니까. 다 정상인데 왜 깨어나지 못하는 거냐고요?"

"확실한 걸 알려면 좀 더 검사를 해봐야겠지만, 임신 중이라……."

두준에게서 초조한 한숨 소리가 새 나왔다. 희원은 얼른 두준을 안심시켜야겠다는 생각에 눈을 떠보려 애쓰고 있었다.

걱정할 것 없다고, 조금 잔 것뿐이라고 빨리 알려주고 싶었지만, 눈을 뜨는 것도 입을 여는 것도 마치 가위에 눌린 것처럼 쉽지가 않았다. 안간힘을 써서 눈꺼풀을 조금 밀어 올리자, 낯익은 슈트 차림의 널찍한 등이 흐릿한 시야 가득 들어왔다.

"아기는…… 아기보다 희원이가 우선입니다. 필요한 검사가 있으면 해주십시오."

이 남자가 지금 무슨 말을 하는 걸까? 저렇게 참을성이 없는 사람이었나? 대체 아기보다, 라니.

희원은 바짝 말라 잘 움직여지지 않는 입술을 힘겹게 달싹였다. 한편으론 심쿵하고 한편으론 덜컥할 수밖에 없는 두준의 저 말을 빨리 정정해야 했다. 온 힘을 짜낸 희원은 간신히 한마디를 뱉어냈다.

"두준 씨."

말했다고 하기에도 민망할 정도로 작은 소리였음에도 불구하고 두준의 반응은 즉각적이었다. 심각한 얼굴로 장 원장과 마주하고 있던 두준이 희원을 향해 재깍 고개를 돌렸다.

"희원아, 이제 정신이 들어?"

부리나케 침대 곁으로 다가온 두준이 그녀의 손을 그러쥐었다.

"두줄이."

"어? 두줄이가 왜? 괜찮아. 아무 이상 없대. 걱정하지 마."

간신히 두줄이 이름만 내뱉은 희원은 잠시 숨을 골랐다.

"두줄이 다 들어요. 그런 말 하지 말아요."

희원의 말을 선뜻 이해하지 못한 두준이 멍한 눈길로 그녀를 유심히 쳐다봤다. 느릿한 희원의 시선이 피가 말라붙은 두준의 이마로 옮겨 갔다.

"진짜, 속상해."

미간을 일그러뜨린 희원이 여릿한 목소리로 투덜대자 두준은 당황하며 얼른 말을 이었다.

"어, 그러니까 좀 전엔…… 당신 마음은 알겠는데, 그래도 난 두줄이보다 당신이 더……."

"치료부터 받아야지 이게 뭐예요?"

두준에게서 억지로 뺀 손을 그의 이마로 가져갔다. 힘없는 손길이 이마에 닿기도 전에 자꾸 축축 늘어지려 하자, 두준은 그녀의 수고를 덜어주려는 듯 알아서 이마를 가져다 댔다.

"괜찮아. 하나도 안 아파."

제법 또렷해진 시야, 가까이서 보는 두준의 모습은 형편없었다.

집에서 입는 편한 옷마저도 제대로 각 잡아서 입는 사람이, 반쯤 풀린 넥타이에 그녀를 안고 구르느라 여기저기 먼지가 묻은 슈트를 그대로 입고 있었다.

이마는 또 어떻고. 아무렇게나 흘러내린 앞머리는 말라붙은 피와 함께 엉겨 있었고, 눈가로 흐르는 걸 슬쩍 닦아낸 건지 눈꼬리 부근에서 관자놀이까지 그림을 그린 듯 핏자국이 이어지고 있었다. 게다가 눈밑에는 숨기지 못한 눈물자국까지.

딱 동네 깡패한테 쥐어터진 뒤 울고 들어온 부잣집 도련님 분위기였다. 두준은 그녀의 안위가 걱정돼 다른 건 안중에도 없었던 게 분명했다.

가슴이 뭉클하게 벅차올랐다. 그러면서도 두줄이의 안위도 제 상처마저도 뒷전이었던 두준 때문에 울컥 화가 치밀었다. 그녀에겐 그 둘이 전부인데, 누구 마음대로 소홀하게 다룬단 말인가.

"피까지 났는데 뭐가 괜찮아요? 얼른 치료받고 검사도 하고 와요."

조금 힘이 없긴 했지만 단호한 말투였다.

"알았어. 좀 이따가."

"좀 이따가 언제요? 상처 덧나고 난 다음에요? 이게 뭐야? 다 엉겨붙어서는. 장 원장님, 이 사람 치료 좀 부탁드릴게요. 지금 당장."

침대에 누운 채였고 전혀 힘없는 목소리였지만, 희원에게선 말 안 듣는 학생을 혼내는 선생님 포스가 느껴졌다.

두준은 이 상황이 마음에 들지 않는 듯 미간을 구긴 채 입을 굳게 다물고 있었지만, 천적인 선생님을 만난 불량학생처럼 다소곳한 태도였다.

장 원장은 형인 한준과 달리 빈틈없고 경직되어 보이던 두준도 별수 없다는 생각에 너털웃음을 터뜨렸다.

"하하, 어서 치료 받으러 가세나."

"원장님은 희원이 옆에."

"전 괜찮아요. 힘이 좀 없는 것 말고 아무렇지 않으니까 얼른 치료나 받으러 가세요. 검사도 받고요. 그리고 원장님한테 제대로 다 했다는 도장 맡아와요. 그전엔 나 볼 생각 하지 마요."

장 원장을 희원의 곁에 남겨두려 하는 두준의 말을 그녀가 단칼에 잘라냈다.

"살짝 긁힌 거 가지고 웬 호들갑이야. 이런 건 아무것도."

"당신이 의사예요? 정말 자꾸 속상하게 할래요?"

"들었지? 영양제 하나 놔주라고 지시할 테니까, 더 혼나기 전에 어서 말 듣는 게 좋겠네."

뭐가 그렇게 즐거운지 웃음이 한가득인 장 원장이 두준의 어깨를 툭 치며 병실을 나서자, 두준도 하는 수 없이 따라 일어났다.

"금방 올……."

"금방 오기만 해요. 진짜 혼날 줄 알아."

힘 하나 없는 목소리로 말투는 어찌나 야무진. 게다가 일그러진 미간과 억지로 매섭게 만든 눈매까지.

장 원장은 이미 병실을 나갔고, 두준은 더 이상 참을 수가 없었다. 성큼 발걸음을 되돌린 두준은 희원이 어찌해 볼 새도 없이 입술을 겹쳤다.

까칠한 입술 사이로 비집고 들어와 뜨겁게 엉켜드는 부드러운 살은 안도와 애절함을 고스란히 담고 있었다.

깨어질까 겁나는 듯 조심스럽게 머리를 감싼 손길에, 입안에서 부드럽게 유영하며 달래듯 어루만지는 움직임에, 말로는 미처 표현 못 한 그의 마음이 그대로 느껴졌다.

무사히 깨어나 줘서 고맙다고, 아무 일 없어서 정말 다행이라고, 자신의 사랑에 응답해 줘서 너무 감사하다고 두준이 애절하게 외치고 있었다.

걱정해 줘서 고맙다고, 크게 안 다치길 천만다행이라고, 당신 없는 삶은 생각할 수도 없을 만큼 사랑한다고 희원이 뜨겁게 응답했다.

두준은 이마를 세 바늘이나 꿰맨 뒤 CT까지 찍고 병실로 돌아왔다. 영양제를 맞다가 까무룩 잠에 빠져들었던 희원은 머리를 쓰다듬는 부드러운 손길에 미소를 머금으며 깨어났다.

"두준 씨."

"도장 맡아왔어. 세수도 했고."

"예쁘네요."

희원의 칭찬에 입꼬리를 끌어 올린 두준이 그녀의 볼에 입을 맞췄다.

"오늘은 여기서 자고 내일 오전에 퇴원하자."

두준이 일어나 재킷을 벗어 옷걸이에 걸었다.

VIP병실은 둘이 하룻밤 지내기에 차고 넘칠 정도로 넓고 쾌적했다.

두준과 결혼한 지 겨우 4개월, 그는 아무렇지 않은 일들이 희원은 아직도 어색했고 명품 옷을 빌려 입은 듯 조심스러웠다.

"두준 씨, 나 이제 괜찮은데요."

"장 원장님이 당신도 나도 좀 더 지켜보는 게 좋겠다고 하더군. 불편해도 하루만 참자."

호화롭고 쾌적하게 꾸며진 병실이 정말 불편하기라도 하다는 듯 말하는 두준에게 느끼는 괴리감은 새로울 것도 없었다.

두준과 그녀의 수많은 차이점과 마찬가지로 이해하고 맞춰 나가야 할 부분이지 부부 관계에 특별히 영향을 미칠 만큼 커다란 문제는 아니었다.

사실 희원의 신경을 건드리는 건 다른 환경에서 자란 그의 사고방식

따위가 아니었다. 아주 사소한 것들이 그녀를 짜증 나게 했고 두준에게 잔소리를 하게 만들었다.

가령, 치약을 중간부터 꾹 짜서 쓴다든가, 즐겨 보는 TV 채널이 다르다든가, 샤워를 끝낸 뒤 수건 한 장 달랑 걸치고 침실을 활보한다든가 하는 것들 말이다.

솔직히 말하면 마지막 예는 심하게 짜증 나는 일은 아니었다. 아직 4개월밖에 안 된 신혼이라 똑바로 쳐다보기가 민망해서 호들갑을 떨며 잔소리를 한 것이지, 사실 두준의 몸은 잘 빚어놓은 조각상과도 같아 은근 훔쳐보는 맛이 있었다.

옷을 입었을 때 살짝 말라 보였던 몸은 벗었을 때 더욱더 빛을 발했다. 군살 없이 탄탄한 근육으로 덮여 있는 데다가 수건 위로 드러난 치골은 군침이 꼴깍 넘어갈 정도로 섹시했다.

두준은 예민해진 그녀의 비위를 맞추기 위해 치약을 끝부터 짜 쓰기 시작했고, 지루한 골프 채널은 아예 삭제해 버렸지만, 샤워를 한 뒤 수건 한 장 달랑 걸치고 나오는 건 바꾸지 않았다.

두준이 촉촉하게 젖은 얼굴에 섹시한 미소를 드리우고 '곧 벗을 텐데 귀찮게 뭐 하러'라는 의견을 피력한 뒤, 희원도 스리슬쩍 넘어가 버렸다.

눈 호강할 수 있는 즐거움을 빼앗는 건 태교에도 좋지 않을 거라는 결론에서였다. 뭐, 두준의 말마따나 바로 옷을 벗어야 하는 상황이 비일비재하다 보니 그 편이 더 효율적이기도 했다.

임신 6개월째라곤 해도 어쨌든 그들은 아직 눈빛만 마주쳐도 불꽃이 튀곤 한다는 신혼이었고, 연애 기간 없이 결혼했기 때문인지 더욱더 열정적일 수밖에 없었다.

이것저것 사소한 트집을 잡은 것도 참기 힘들 정도로 짜증 나서라기보단, 의외로 두준과의 토닥거림이 주는 재미가 쏠쏠해서라고 하는 게 더 정확한 표현일 것이다.

뭘 해도 예쁠 시기 아닌가. 아직은 잘 벗겨지지 않는 대형 콩깍지가 껴 있을 때인데, 치약을 중간부터 짜 쓰든 양치질 한 번에 치약 한 통을 다 쓰든 무슨 상관이겠는가.

혹시 열정이 식은 후라면 모를까, 자라온 환경에 대한 괴리감이나 사소한 생활습관 같은 거로 그를 미워할 일은 없었다.

"두준 씨, 머리 아프진 않아요?"

"조금 따끔거리긴 하는데……."

자신의 머리가 따끔거리기라도 하는 것처럼 얼굴을 찡그린 희원은, 두준의 표정이 빨간 티 한 장 달랑 걸친 채 꿀단지를 끌어안은 19금 곰돌이 푸우처럼 음흉해졌다는 걸 미처 알아채지 못했다.

"당신하고 사랑을 나누는 데는 전혀 문제없어."

넥타이까지 풀어 옷걸이에 마저 걸친 두준이 느긋한 걸음걸이로 다가오며 하는 말에 그제야 상황을 파악한 희원이 몸을 일으켜 침대헤드 쪽으로 미적거리며 피했다. 꽤 자주 출몰하곤 하는 늑대 강두준이 모습을 드러냈다.

"두준 씨, 여기 병원이에요."

두준이 안다는 듯 어깨를 으쓱해 보였다.

"그게 뭐? 경호원들한테 아무도 들여보내지 말라고 지시까지 했고, 문도 잠갔어."

"소리라도 새 나가면 어쩌려고 이래요?"

정색하며 몸을 웅크리는 희원은 아랑곳없이 두준은 일인용이라기엔 제법 널찍한 침대 위로 올라와 그녀를 품으로 당겨 안았다.

"두, 두준 씨, 나도 그러고 싶은 마음이 없는 건 아닌데요, 그래도 이건 너무 아니에요. 아무리 조심한다고 해도 병실에서, 게다가 밖에 경호 보시는 분들도 있다면서……."

"풋!"

얼굴에 닿은 그의 가슴이 출렁인다고 느낀 건 착각이 아니었다. 그의 입새에서 미처 막지 못한 웃음이 새 나온 걸 들은 희원이 이상함을 느끼며 미간을 찡그린 채 고개를 들었다.

두준은 입술을 꽉 물어 다문 채 눈으로만 웃고 있다가 얼른 표정을 갈무리했다.

"한 번도 못 들었는데, 당신 혹시 코 골아? 걱정 마. 코 고는 소리 밖으로 새 나가면 내가 골았다고 할게."

"진짜 못됐어."

"으악, 아파. 꼬집지 마. 하하, 하하."

두준은 희원을 그대로 안은 채 신나게 웃어재꼈다.

"하하, 선생님이 이렇게 노골적으로 야해도 돼? 대체 무슨 상상을 한 거야? 아무리 내가 장희원한테 미쳤대도 기절했다가 깨어난 지 얼마 안 된 사람 덮칠 만큼 짐승은 아니거든."

"자꾸 놀릴 거예요? 그렇게 말하는데 오해 안 하게 생겼어요?"

"솔직히 말해봐. 당신이 덮치고 싶었던 거 아니야? 정 못 참겠으면 이 한 몸 희생하지, 뭐. 소리는 이 악물고 참아볼, 으악, 아파, 희원아. 알았어. 안 놀릴게. 하하."

두준은 희원이 꼬집지 못하게 더 꼭 끌어안았다.

"근데 이 침대 좀 좁다."

"그래서 더 좋은데요."

"이봐, 이봐. 선생님이 이렇게 노골적으로 야해서야⋯⋯."

"그래서 싫다고요?"

"아니, 너무 바람직하다고."

웃음기 섞인 목소리로 말을 한 두준이 너무 바람직하게 입술을 겹쳐 왔다.

설렘은 깊어지고 두근거림은 세기를 더해갔다. 익숙하면서도 익숙해지지 않는 것이 그와의 키스였다. 좁아서 더 좋은 침대 덕에 둘의 친밀도는 더 높아졌다.

두준의 말대로 밀폐된 공간에다 침대는 좁고, 밖에서 지키고 있는 경호원에게 방해하지 말라는 지시까지…….

똑똑!

"읍, 두준 씨, 노크 소리 들리지 않았어요?"

"잘못 들은 걸 거야. 분명 방해하지 말라고."

똑똑!

두준의 말에 반항이라도 하듯 노크 소리가 선명하게 다시 들려왔다. 마지못해 침대에서 일어난 두준이 신경질적으로 앞머리를 쓸어 올렸다.

"뭡니까?"

"부회장님, 김인규 씨가 찾아와서."

"아무도 만나지 않을 거니까 방해하지 말라는 말 잊었습니까?"

두준의 냉랭한 목소리에 문밖이 소란스러워졌다. 애절하게 두준을 부르는 중년남자의 목소리가 중간중간 끊겨서 들려오더니 그마저도 멀어지고 있었다.

"절대 방해하지 마세요."

"죄송합니다."

명령 내리는 데 익숙한 사람답게 어찌나 싸늘한지 그녀가 아는 두준이 아닌 것만 같았다. 문밖은 다시 고요해졌고, 두준은 침대로 돌아와 희원을 안고 누웠다.

"두준 씨, 누군데 그래요?"

냉랭한 두준의 눈치를 보며 희원이 조심스럽게 물은 말에 그는 잠시 침묵을 지키다가 마지못한 듯 입을 열었다.

"당신이 신경 쓸 필요 없는 사람."

날 선 턱 끝이 베일 듯 날카로워 보였다. 꾹 다문 입술은 굵게 일직선을 그리고 있었다. 두준은 더 이상 말하고 싶지 않다는 뉘앙스를 짙게 풍기고 있었다.

"그렇군요. 내가 신경 쓸 필요 없는 사람."

희원은 확인하듯 두준의 말을 그대로 읊조렸다.

"그래."

"그렇겠죠. 근데 어쩌죠? 두준 씨는 내가 신경 써야 할 사람인데. 왜 화난 것 같아 보이는지 말 안 해줄 건가요?"

"화 안 났어."

단호하게 뚝 끊어지는 목소리엔 역시나 화가 묻어 있었지만, 희원의 머리를 쓰다듬는 손길은 여전히 부드러웠다.

희원은 고개를 뒤로 젖혀 그의 얼굴에 시선을 맞췄다.

"흐음, 그래요."

김빠지는 추임새와 함께 흘러나온 희원의 말에 두준은 난감한 듯 미간을 찡그리며 얕은 한숨을 뱉어냈다.

"고등학교 은사님이야. 김해인 부친."

다시 듣게 되리라곤 생각 못 한 이름이 두준의 입에서 흘러나오자 희원은 잠시 얼떨떨했다.

"김해인 씨 아버님이 왜……."

희원의 미간이 짙게 일그러졌다.

속도를 줄이지 않고 그녀를 향해 곧장 돌진하던 차. 처음부터 그녀를 해하는 게 목적이었던 것처럼 방향을 틀지도 않았었다.

오로지 그녀가 나오기를 기다리고 있었던 것처럼 갑자기 튀어나왔던 거로 봐서, 가정하고 싶지도 않지만, 만약 두준이 그 자리에 없었더라면 그녀와 두줄이는 하마터면…….

그 모든 게 의도된 거라면, 그 사고와 관련해 해인이 아버지가 찾아온 거라면, 유추해 낼 수 있는 결론은 하나였다. 하지만.

"해인 씨는 병원에 있다고 하지 않았었나요?"

두준은 해인의 이름을 들먹이는 것만으로도 화가 나는지 자초지종을 털어놓는 눈빛에 날이 섰다.

치료에 협조하는 것 같았던 해인의 태도는 의료진들을 안심시키기 위한 잔꾀였고, 결국 감시가 소홀해진 틈을 타 정신병원을 탈출한 뒤 인규의 차를 훔쳐 사고를 낸 것이라고 했다.

병원에선 질책을 피하기 위해 인규에게만 해인의 탈출을 알렸고, 인규는 차까지 없어진 걸 안 뒤에야 부랴부랴 두준에게 연락을 취했지만, 그와의 연락을 원치 않았던 두준에 의해 통화는 이루어지지 않았다.

결국 희원에게까지 전화를 했지만, 어떻게 말을 꺼내야 할지 몰라 망설이다가 끊었다고 했다.

"김해인 씨는 어떻게 됐어요?"

묻지 않을 수 없었다. 자그마치 세 사람의 생명에 위협을 가한 사람이었다.

남의 집에 허락도 없이 침입해 요리를 했던 일은 애교 수준에 가까웠다. 아무리 잘못된 집착으로 인해 마음에 병이 생겼다고 해도 이번 일은 정도가 지나쳤다.

"학교 벽을 그대로 들이받았어. 갈비뼈가 으스러지면서 장기가 손상됐나 봐. 다리뼈도 골절되고 중상이라고 하더군. 바로 수술하고 나왔는데, 아직 깨어나지 못했다고 들었어."

아무리 싫은 사람이라도 사고 얘기를 듣는 건 과히 즐겁지 않았다. 희원은 절로 일그러지는 얼굴을 두준의 가슴에 묻었다.

리드미컬하게 뛰어대는 심장 소리. 세상에 존재하는 어떤 리듬도 이보다 더 아름다울 수는 없을 것이다.

"너무 겁났어요. 당신 많이 다쳤을까 봐."

"나보다 더 겁났으려고. 안 깨어나서 숨넘어가는 줄 알았구만."

"음, 숨넘어갈 뻔한 것까진 모르겠고, 당신 우는 소린 들은 것 같네요."

규칙적으로 희원의 어깨를 다독이던 손길이 우뚝 멈췄다.

"울긴 누가 울어. 좀 흥분했던 것뿐이야."

흥분은 지금 했는지 두준의 음성이 약간 격앙돼 있었다. 뻔뻔함의 선두주자인 강두준이 운 걸 창피해할 줄은 또 몰랐다.

"아아, 그게 흥분한 목소리였구나. 나 없으면 안 된다고 막 울먹이기에 엄청 감동받았는데, 운 게 아니었구나."

"흠흠, 운 건 아니고. 그건 진심이고."

멋쩍은 헛기침과 함께 흘러나온 두준의 말에 희원의 입가에 미소가 맺혔다. 거짓이 약간 섞이긴 했어도 그가 내보이는 진심은 전혀 퇴색되는 일 없이 그녀를 뭉클하게 했다.

"뭐, 운 건 아니라고 치고. 두줄이 방 벽지 고르는 거랑, 장난감 더 이상 사지 않겠다고 한 건 지켜야 해요."

"거참, 치는 게 아니라 진짜 안 울었…… 근데, 당신 다 듣고 있었던 거야? 다 듣고 있었으면서 그렇게 사람 애를 태웠단 말이야?"

깨어나지 않는 희원을 보며 애간장을 태웠던 순간이 생각나는 듯, 두준의 미간이 짙게 일그러졌다.

"일부러 그런 거 아니에요. 열심히 대답도 하고 눈도 떠보려고 했는데, 꼭 깊은 물속에 갇힌 것처럼 잘 안 됐어요. 걱정시켜서 미안해요."

미안해할 필요가 없는 일에 사과를 하는 게 마음에 들지 않는 듯 두준이 고개를 가로저었다.

미안함을 말하고 싶은 건 오히려 그였다.

또다시 이런 얼토당토않은 일을 겪게 만든 것이, 그녀를 위험에 빠뜨린 것이 모두 그의 책임인 것만 같아 마음이 좋지 않았다.

"당신이 미안해할 일이 아니야. 오히려 내가."

"당신 잘못이 아닌 일에 자책하지 말아요. 그저 불의의 사고였고, 다행히 우리 두 사람 크게 다치지 않았으니 된 거예요. 그보다."

중요한 말이라도 꺼내려는 듯 품에서 벗어난 희원이 그의 얼굴을 똑바로 마주했다.

"아기보다 내가 먼저라니요. 그 소리 듣고 안 나오는 목소리 죽어라 짜내느라고 엄청 힘들었던 거 알아요? 당신 대체 무슨 생각으로 그렇게 말한 거예요?"

희원이 따지듯 물었다. 두줄이뿐 아니라 자신조차 챙기지 않았던 두준에 대한 불만이 다시 터져 나왔다.

"생각 같은 거 없었어. 정신이 하나도 없었으니까."

제법 진중하고 침착한 목소리라고 생각했는데 정신이 하나도 없었다니, 믿기지가 않으면서도 어쩐지 기분이 좋았다.

"아무리 그래도 그렇지, 우리 결혼의 궁극적인 목적은 두줄이의 행복 아니었나요?"

"그러니까 더더욱 그런 결정을 할 수밖에 없는 거야. 당신이랑 내가 행복해야 우리 두줄이도 행복하겠지. 내 행복은 당신 없이는 안 되는 거거든. 다시 그런 순간이 온다면 난 또 당신을 택할 거야."

두준이 맹세를 하듯 희원의 이마에 입을 맞췄다. 그의 올곧은 사랑에 희원은 목이 메었다.

두줄이가 매개체가 된 결혼이었지만, 이미 그들 사이엔 두줄이의 존재를 뛰어넘는 각별한 애정이 존재했다.

불시에 눈물이 왈칵 차올랐다. 어릴 때 울지 못하고 참았던 게 병이라도 된 것처럼 예고도 없이 불쑥불쑥 튀어나오곤 하는 이놈의 눈물 때문에 희원은 아주 곤란하기 짝이 없었다.

그녀가 울 때마다 달래는 손 따로, 울보라고 놀리는 입 따로의 스킬을 선보여 주시는 두준의 시선을 피하기 위해 희원은 그의 가슴에 얼굴을 묻을 수밖에 없었다.

오직 너뿐이라는 심쿵 멘트를 아무렇지 않게 날려주신 이 작자의 심장은 담담했던 말투와는 어울리지 않게 무섭도록 뛰어대고 있었다.

그녀의 심장도 별반 다르지 않았다. 따로 뛰던 심장이 이렇게 빠르기를 맞춰가는 일, 참 아름답고 황홀한 일이 아닐 수 없었다.

"당신 분명 좋은 아빠가 될 거예요."

"좋은 아빠만?"

희원의 음성에 울먹임이 섞여 있다는 걸 알았지만, 두준은 놀리는 대신 질문을 되돌렸다.

"음, 가끔 감당 안 되는 늑대로 돌변하긴 하지만, 뭐, 이 정도면 그럭저럭 훌륭한 남편이기도 하죠."

그의 가슴에 얼굴을 한껏 묻은 채로 뱉은 말엔 장난기가 잔뜩 묻어 있었다.

잘남을 피부처럼 두르고 사는 두준에게 절대로 어울리지 않는 단어 하나가 분명 그의 심기를 건드렸을 것이다.

"뭐? 그럭저럭?"

이봐라. 곧바로 콕 집어낼 줄 아는 이 탁월함.

"내가 그랬나요? 그럭저럭이라고?"

가슴을 한 번 들썩거린 두준이 시치미를 뚝 떼는 희원의 턱을 손으로 감아올렸다.

"응. 똑똑히 들었거든. 장희원, 대체 어느 부분에서 그럭저럭이었는지 똑바로 말해."

"글쎄요. 그게 딱 꼬집어 얘기하기엔 좀⋯⋯."

"좀, 뭐? 좀, 뭐어?"

"웃, 두준 씨, 하지 마요. 흐흐, 하하, 아우, 간지럽단 말이에요."

그녀의 겨드랑이 사이를 파고든 두준의 손가락이 물결치듯 움직이고 있었다.

웃음 반 비명 반의 완벽한 하모니를 구사하던 희원이 그의 손을 간신히 붙잡을 때까지 두준의 간지럼은 계속됐다.

웃음기 머금은 희원의 입술이 두준의 볼로 직행했다.

"그럭저럭 훌륭한 데다, 아주 사랑스러운 남편이죠."

힘으로 보나 크기로 보나 그저 잡혀주고 있는 게 분명한 두준의 손을 끌어다가 경건하게 입을 맞췄다.

두준이 그렇듯 그녀의 행복 또한 그가 없이는 성립되지 않는 것이었다.

늑대 같은 두준도, 말 잘 듣는 강아지 같은 두준도, 게으름 피우는 나무늘보 같은 두준도, 어느 하나 밉지 않은 더없이 사랑스러운 남편이었다.

"사랑해요, 두준 씨."

숨 쉬듯 뱉는 익숙한 말이었지만, 진심은 넘칠 정도로 가득했다.

그가 그러했듯 위험에 빠지지 않도록 지키고 싶은 유일한 사람. 희원은 두 팔로 두준의 허리를 단단히 감쌌다.

여전히 빠르게 뛰고 있는 심장. 나른하게 퍼지는 숨소리. 그저 전해지는 마음.

"그럭저럭 훌륭한 아내군."

뒤끝작렬 두준의 말에 희원은 피식 웃고 말았다. 엇비슷한 웃음을 머금은 두준이 입맞춤을 할 듯 고개를 기울여 왔다.

"어, 잠깐만요. 지금 분위기상 묻긴 좀 그런데."

또 무슨 엉뚱한 질문이 튀어나올까 싶어 두준의 미간이 일그러졌다.

"김해인 씨요. 어떻게 되는 거예요?"

"어느 정도 회복되는 대로 죄에 대한 대가를 치러야겠지."

잠깐 사이 온기가 쏙 빠져나간 그의 목소리를 듣고 있는 희원의 표정이 좋지 않았다.

"다시는 이런 일 반복되지 않도록 조치를 취할 거야. 당신은 걱정할 필요 없어."

"걱정 안 해요. 그저 좀, 마음이 편치만은 않네요."

잘못된 집착으로 인해 극단적인 선택을 한 해인은 소름 끼치고 미웠지만, 죗값을 치르는 딸을 바라봐야만 하는 아버지의 심정을 생각하면 마냥 잘됐단 생각만 드는 건 아니었다.

"잘못하면 당신을 잃을 뻔했어. 내가 봐준다고 달라질 것도 없는 상황이지만, 그럴 마음 눈곱만큼도 없어."

두준의 반응은 꽤나 단호했다. 폭력을 좋아하지도 않았고, 사용할 생각도 없었지만, 두준은 해인에게 격렬한 살의를 느꼈다.

더 이상의 배려는 필요치 않았다. 진정한 마무리를 지을 때였다.

6. 당신을 만난 일

밤새 해인의 곁을 지켰던 인규는 날이 밝기 무섭게 다시 VIP병실을 찾았다.

장 원장이 사용하도록 배려해 준 상담실은 VIP병실에서 제법 멀리 떨어진 곳이었다.

시형이 가져다준 슈트로 말끔하게 갈아입은 두준은 굳은 표정으로 인규를 마주하고 앉았다.

그는 나이보다 훨씬 더 늙어 보였고 슬픔에 잠겨 있는 듯했다.

"자네 부인은 괜찮나?"

"네. 다행스럽게도 괜찮습니다."

인규의 시선이 거즈가 붙은 두준의 상처에 잠깐 머물렀다가 제자리로 돌아갔다.

"정말 미안하네. 내가 딸을 잘못 키웠어."

두준이 불편한 듯 자세를 바로잡고 시간을 확인했다. 시형이 퇴원

절차를 밟고 희원이 옷을 갈아입고 준비하는 데는 30분이면 충분할 터였다. 인규와의 대화를 빨리 끝내야만 했다.

"하고 싶은 말씀이 뭡니까?"

인규는 침통한 표정으로 고개부터 저었다.

"해인이 대신 용서를 빌고 싶었을 뿐이네."

두준이 짙게 일그러뜨린 미간을 손가락으로 쓸었다.

"그건 선생님께서 대신할 수 있는 부분이 아닌 것 같습니다."

"알고 있네. 알지만, 딸을 잘못 키운 것에 대한 책임을 지고 싶었네. 그리고 염치없지만……."

두준이 자리에서 벌떡 일어났다.

"염치없다고 생각하시면 그 뒷말은 하지 마십시오. 듣지 않겠습니다. 명백한 살인미숩니다. 두 생명을 한꺼번에 앗아갈 뻔했습니다. 저는 이제 선생님도 믿지 못하겠습니다. 저로 인해 아내가 위험에 빠지는 건 더 이상 원치 않습니다."

"두준아."

"배려는 충분히 했다고 생각합니다. 합의는 없을 겁니다. 해인인 회복이 되는대로 죗값을 치르게 될 겁니다. 딸을 잘못 키운 책임을 지고 싶으시다면, 그걸 지켜보는 것부터 시작하는 게 맞다고 봅니다. 안전이 확보가 될 때까지 최대한 오랜 기간 떼어놓도록 힘쓸 생각입니다."

침통하게 일그러진 인규의 눈가에 눈물이 흐르기 시작했다. 고개를 돌려 눈물을 외면한 두준이 한 톤 가라앉은 목소리로 말을 이었다.

"용서는 제가 빌겠습니다. 제 행동이 무례했다면 용서하십시오. 이 일로 해인이도 느끼는 게 있길 바랄 뿐입니다. 아무쪼록 건강하십시오. 선생님을 뵙는 일은 더 이상 없을 겁니다. 이 시간 이후로는 저희 법무팀과 상대하셔야 할 겁니다."

가볍게 고개를 숙여 보인 두준은 오열하는 인규를 그대로 둔 채 상담실을 나왔다.

지금의 대화가 희원이 원하는 방향이었건 원치 않는 방향이었건, 두준은 전혀 굽힐 생각이 없었다. 그나 희원의 용서로 끝날 단계는 이미 지난 상태였고, 희원도 이미 그 사실을 알고 있었다.

희원은 어쩌면 인규를 다독여 주길 원했겠지만, 두준은 그조차도 하지 않았다.

셔츠 단추를 제대로 채우는 사소한 것까지 일일이 지적하며 타이트하게 학생들을 가르쳤던 학주 인규는 자신의 딸에겐 기본적인 도덕심마저 심어주지 못했다.

지금 인규가 느끼는 괴로움은 결국 그의 행동으로 말미암은 몫이라는 생각을 하면서도, 새삼 부모가 되는 일이 쉽지 않음을 깨닫는 순간이었다.

인규의 흐느끼는 소리를 들으며 착잡한 기분으로 상담실 앞에 잠시서 있던 두준이 이내 단호한 발걸음을 옮겼다.

그가 지켜낸 가족에게로 갈 시간이었다. 복도를 성큼성큼 걸어간 두준이 엘리베이터 앞에 멈춰 섰을 때, 때마침 문이 열리고 그 안엔 낯익은 인영이 온화한 미소를 머금은 채 서 있었다.

그녀가 한 손을 내밀며 속삭였다.

"두준 씨, 고생했어요. 이제 그만 집에 가요."

두준은 나른한 미소를 보이며 그녀의 손을 맞잡았다. 빨려 들어가듯 엘리베이터 안으로 들어선 두준은 자연스럽게 희원의 어깨를 감싸 안았다.

희원의 흘러내린 머리칼을 정리하며 지그시 바라보는 두준의 눈길엔 따스함이 가득 담겨 있었다.

"흠흠, 부회장님, 주변 사람 눈도 좀 생각해 주십시오."

희원과 계속 함께 타고 있었으나 없는 사람 취급당한 시형이 점멸하는 층 표시를 주시하며 주먹 쥔 손으로 입을 가린 채 헛기침을 했다.

"주변 사람 누구?"

두준이 능청스레 한 말에 시형의 미간이 짙게 일그러졌다.

"공공장소란 말입니다, 부회장님."

"누가 아니래?"

"보는 눈이 많다고요."

"지금은 이 실장뿐이잖아. 그리고 쳐다보기만 했어. 뭘 했다고 호들갑이야?"

호들갑? 어느 누가 봐도 끈적한 분위기였다. 곧 입술이라도 댈 것처럼 딱 붙어서, 손대면 데일 것 같은 이글거리는 눈길로 바라보면서도, 두준은 능청을 떨고 있었다.

더 기막힌 건 얼굴을 붉게 물들이고도 두준을 제지하지 않는 희원이었다. 부창부수가 따로 없었다.

어쩌겠는가? 못 말리는 신혼인 것을. 시형은 체념한 듯 한숨을 내쉬며 어깨를 으쓱해 보였다.

"곧 주차장입니다."

"이 실장, 휴가 하루만 앞당기자."

"안 됩니다."

"고민하는 척이라도 하고 대답하지."

뒷짐을 진 채 엘리베이터 문만 주시하고 있던 시형이 발끈해서 돌아섰다.

"고민은 부회장님이 하셔야죠. 제발 좀 계획에 살고 계획에 죽었던 강두준 부회장님으로 돌아오시란 말입니다."

절묘하게도 '땡' 하는 기계음과 함께 엘리베이터 문이 활짝 열렸다.

두준은 별일 아니라는 듯 어깨를 으쓱해 보이고는 시형의 어깨를 툭툭 치고 희원과 함께 발걸음을 뗐다.

"요즘 스트레스가 심한가 봐. 그러지 말고 이 실장도 좀 쉬어. 발칸반도 일주 괜찮을 것 같지 않아?"

차로 향해 가던 희원이 움찔 멈춰 서 두준을 보자, 그는 은밀하게 눈을 찡긋해 보였다.

"발칸반도요?"

"비용은 걱정하지 말고 다녀와."

"비용까지……. 흠흠, 그래도 제가 자리를 비우면."

"정 과장도 이제 제법 능숙하던데. 걱정하지 마. 안 울고 잘 기다리고 있을게."

희원을 조수석에 얌전히 태운 두준이 운전석으로 향하면서 시형에게 양손을 불끈 쥐어 보였다.

"나 오늘부터 휴가 가도 되지?"

시형의 대답도 듣기 전 차에 오른 두준은 손까지 흔들어 보인 뒤 주차장을 떠났다.

시형은 어깨를 축 늘어뜨린 채 서서히 모습을 감추는 차 뒤꽁무니를 쳐다보고 있다가 슬그머니 몸을 돌려 자신의 차로 향했다.

"앗싸, 발칸반도!"

주먹을 불끈 쥐며 기쁨의 환호성을 지른 시형은 합리적인 비용 청구를 위해 열심히 머릿속으로 계산기를 두들겨 댔다.

두준이 모르는 사실이 있었다. 오늘 이후의 일정은 두준이 다쳤다는 소식을 접한 순간 이미 다 조정한 상태였다. 시형은 뛰는 놈 위에 나는 놈이 된 기분을 한껏 만끽하며 가벼운 몸놀림으로 차에 올랐다.

"발칸반도라…… 흠, 좋네."

나는 놈 위에 유유자적 떠 있는 놈이 있다는 건 생각지도 못한 시형은 멋들어진 몸짓으로 선글라스를 끼고 휘파람을 불며 차를 출발시켰다.

✥

떠나요. 둘이서 모든 것 훌훌 버리고
제주도 푸른 밤 그 별 아래~

해변을 향해 있는 벤치에 나란히 앉은 두준과 희원은 총총히 쏟아지는 별을 보며 은은하게 흘러나오는 노래를 듣고 있었다.

여름밤임에도 불구하고 살랑 불어온 바람이 그들을 희롱하며 지나갔다. 말 그대로 푸른 밤, 별빛에 취해 둘만의 시간에 취해……

"꺄아악! 오빠, 하지 마."

파도만이 오르락내리락하고 있어야 할 모래사장에 난데없는 비명 소리와 함께 두 개의 인영이 폴짝폴짝 정신없이 뛰어대고 있었다.

"휴, 쟤들을 꼭 데려와야만 했어?"

두준의 어깨에 머리를 기댄 희원이 킥킥거리며 웃었다.

"또 그 소리예요? 한참 힘들 때잖아요. 좀 봐줘요. 고3, 고2 휴식이 필요할 나이라고요."

"난? 나도 휴식이 절실하게 필요한 고단한 서른넷이거든."

제주도행 짐을 싸고 있을 때 세현이 뒤늦게 사고 소식을 듣고 병문 안을 왔었다. 부러워하며 한숨을 내쉬는 세현에게 희원이 같이 가겠냐고 물었던 건 순전히 그냥 해본 소리였다.

누가 그렇게 냉큼 가겠다고 쫓아 나설 줄 알았나. 게다가 태우까지 합세시킬 줄은 생각도 못 했다.

장 원장 내외와 한준 내외가 너무 좋아하며 찬성하는 바람에 두준의 반대 의견은 씨알도 안 먹혔다.

막 시작된 파릇파릇한 연인은 아주 제대로 신이 나서 제주도 푸른 밤을 만끽하는 중이었고, 제대로 고단할 나이 서른넷 강두준은 계속 투덜대는 중이었다.

그나마 다행인 건 세현과 태우는 내일 비행기를 탈 예정이었고, 두준과 희원은 2박 3일 더 머무를 예정이라는 것 정도였다.

"어이, 장태우, 시야를 벗어나는 건 반칙이야!"

두준은 계속 투덜대면서도 조카와 조카의 남친을 챙기는 일을 소홀히 하지 않았다.

모래사장 한쪽으로 우뚝 솟은 바위 뒤로 뛰어 들어가던 태우와 세현이 두준이 크게 외친 소리에 우뚝 멈춰 섰다.

"아아, 삼촌, 창피하게 왜 그래?"

"아아, 강세현, 그럼 따라오질 말았어야지."

불만스레 발을 구르며 투덜대는 세현의 말을 그대로 따라 하며 묵살해 버린 두준이 휴대용 선풍기 전원을 켜 희원을 향해 들었다.

"삼촌."

오랜 시간을 함께했던 그들이라 태우에게도 두준은 삼촌이었다.

"왜? 뭐?"

"그럼 보는 데서 뽀뽀하는 건 반칙 아닌 거죠?"

태우의 뻔뻔한 폭탄 발언에 느긋하게 앉아 있던 두준과 희원의 입이 떡 벌어졌다. 부끄럼을 타며 정색할 거라 생각했던 세현은 태우의 팔을 톡 치며 생긋 웃어 보인 게 다였다.

"허, 요즘 애들 다 저래?"

파도 소리가 잘게 부서졌다. 습기를 머금은 바람이 어디선가 낚아챈 풀꽃 향기를 흩뿌리며 희롱을 하고 있었다. 저 멀리 수평선과 맞닿은 하늘 위에선 별들이 바닷물 속으로 느리게 자맥질했다.

엷은 구름 뒤에 숨었던 달이 구경거리라도 있는 듯 말간 얼굴을 내밀었다. 별장 앞에 켜놓은 가로등이 따뜻한 빛깔로 주위를 물들이고 있었다.

2층 발코니에 놓인 흔들의자에 몸을 맡긴 채 그 모든 것을 찬찬히 눈에 담던 희원이 나른한 숨을 뱉어냈다.

올해 초만 해도 제주도에 위치한 개인 별장 발코니에서 야경을 즐기게 될 거라곤 상상도 못 했다.

하늘을 수놓은 별빛도, 하얗게 부서지는 파도도, 낮은 돌담장마저도 전혀 현실 같지가 않았다.

만약 그녀가 그날 타임에 가지 않았다면, 두준을 만나지 못했다면, 만약 그랬다면 어땠을까?

희원은 세차게 고개를 저었다.

그날 그 시간 그곳에 두준이 오지 않았다고 해도, 다른 날 다른 시간 다른 곳에서라도 꼭 그를 만났을 것만 같은 근거 없는 확신은 대체 어디에서부터 기인한 것일까?

낯설지만 결코 낯설기만 한 것도 아닌 이곳에 앉아 어디가 끝인지 모를 밤바다를 마주하고 있자니, 그와의 만남도 지금 이 순간도 보이지 않는 거대한 힘에 이끌려 꼭 있어야만 할 자리에 당도하게 된 것은 아닐까 하는 망상에 젖어들었다.

그가 존재하지 않는 삶은 이미 진정한 삶이 아니게 되어버렸다.

그를 만난 모든 우연 중 단 하나라도 어긋났을 경우를 생각할 때면 아찔함에 젖어들곤 했다.

희원은 그와의 만남이 예정된 우연이라고 믿고 싶었다. 그래서 결국 필연이 된 것임을 믿었다.

"무슨 생각을 그렇게 골똘히 해?"

두준이 그녀의 목을 끌어안고 볼에 입을 맞추며 물었다.

"그냥 뭐, 애들은 자요?"

"그렇게 묻지 마. 꼭 보모가 된 것 같으니까."

"하하, 제법 어울리던걸요."

두준은 별장 관리인이 피워준 모닥불 앞에서 떠날 줄 모르는 세현과 태우를 강제 해산시키고 오는 길이었다.

놀리듯 던진 희원의 말에, 두준은 나란히 마련된 흔들의자에 털썩 앉으며 과장된 한숨을 내쉬었다.

"감정이입이 제대로 됐거든. 우리 두줄이한테 남자친구가 생겼는데, 내가 보는 앞에서 뽀뽀해도 괜찮은지 물어보면 그 입 확 꿰매 버리고 싶은 생각이 들 것 같더라고."

얼마 전 했던 산부인과 검진에서 아기 이불은 핑크색이 좋겠다는 소리를 들었다. 그때 두준의 반응에 희원은 물론 의사선생님과 간호사까지 웃음을 뿜어내고 말았다.

'오케이, 잘했어'라니.

딸을 가진 기쁨을 표현하는 감탄사라기엔 어딘가 좀 어색했던 그 말도 웃음거리로 충분했는데, 병원에 동행할 때마다 매번 점잖은 모습을 보였던 두준은 갑자기 봇물 터지듯 말을 쏟아냈다.

딸이면 엄마를 더 닮았겠죠? 희원이처럼 눈코입이 오목조목하면 좋은데, 코가 살짝 큰 거 아닌가요? 키도 딱 희원이만 하면 좋은데 날 닮아서 다리도 좀 긴 것 같죠? 그래도 참 예쁘게 생긴 것 같지 않습니까? 등등.

희원이 헛기침을 하며 그를 말리기 전까지 두준은 제3의 눈이라도 가진 듯, 그녀는 암만 봐도 대강의 윤곽밖에 모르겠는 초음파 화면에서 별걸 다 집어냈다.

"우리 두줄이 시집도 못 가는 거 아닌지 모르겠네요."

"시집? 윽, 그것까진 생각도 못 했어. 대체 어떤 놈이 내 딸을 훔쳐 가겠다는 거야?"

"두준 씨, 아직 그런 놈 없고요, 나 지금 세상 구경도 못 한 딸한테 질투나려고 하는 거 알아요?"

환상이 현실이 된 듯 분노에 휩싸여 의자 팔걸이를 우악스럽게 움켜쥐었던 두준이 희원의 말에 정신을 차린 듯 힘을 풀었다.

"쓸데없이 질투는 왜 해? 나한테 일 순위는 항상 장희원인 거 몰라?"

"모르겠는데요. 왠지 영순위가 생길 것 같은 불길한 예감이 드는 건 뭐죠?"

어설프게 입꼬리를 끌어 올린 두준이 그녀의 볼에 다시 입을 맞췄다.

"그냥 기분 탓일 거야."

희원이 밉지 않게 눈을 흘겼다.

"그보다 무슨 생각 했어?"

두준이 희원의 관심을 다른 곳으로 돌리려는 듯 처음의 질문으로 되돌아갔다.

"그냥 뭐, 그런 게 있어요."

"수상해. 그냥 뭐 그런 게 뭔데?"

그녀를 향해 몸을 확 기울인 두준이 촉 소리를 내며 입맞춤을 한 뒤, 희원을 지그시 바라봤다. 그러고는 탄탄하기 그지없는 자신의 무릎을 툭툭 쳤다.

"무거울 텐데요?"

"그 정도는 버틸 만큼 튼튼할걸. 그리고."

말을 멈춘 두준이 희원의 손을 잡아끌어 자신의 무릎 위에 앉혔다.

"당신이랑 닿는 감촉이 좋아서 무게 같은 건 금세 잊어버리거든. 자, 이제 들을 준비됐어. 어서 말해봐."

들을 준비는 됐는지 몰라도, 말할 준비를 하기엔 영 사나울 정도로 두준의 손은 예민한 부분에 밀착됐다.

희원은 상냥한 얼굴로 두준의 손을 떼어내 적당한 부위에 올려둔 뒤, 조심스럽게 말을 꺼냈다.

"그때 있잖아요, 타임에서 처음 만났을 때. 혹시 당신 옆에 앉아 있던 남자 기억나요?"

"글쎄, 당신한테 시선을 뺏겨서 나머지 배경들은 거의 흑백사진 수준이라……."

"왜, 눈썹 진하고 코끝이 좀 뭉툭한 데다 입술이 도톰했던 젊은 남자요."

희원의 자세한 묘사에 두준의 미간이 기분 나쁘게 일그러졌다.

"그 남자가 왜?"

"그날 타임에서 거의 50분 넘게 허비했거든요."

"제가 눈이 높은가 봐요. 딱 한 시간 걸렸네요."

희원이 그에게로 다가와 처음 꺼냈던 말이 두준의 뇌리를 스치고 지나갔다.

"이제 그만 포기하고 그냥 집에 가야 하나 고민하다가, 준비한 게 아까워서 그 남자한테라도 접근해 봐야겠다고 막 결정한 순간, 당신이 짜잔, 하고 나타난 거예요."

"뭐야?"

두준의 눈썹이 사납게 치켜 올라갔다. 무언가를 녹여 버릴 듯 이글거리는 눈빛은 흑백사진 같은 배경 속에서 희원이 말한 남자를 골라내려고 혈안이 되어 있는 것 같았다.

"아니, 왜 소리는 질러요? 접근한 게 아니라 결정만 했다고요."

"그거나 그거나. 그래, 그 남자 어디가 어떻게 마음에 들었는데?"

"뭐, 생김새도 그만하면 나쁘지 않았고, 일행 없이 혼자였고, 매너도 괜찮아 보였고."

"하, 숯검댕이 눈썹에 코 뭉툭하고 입술 두꺼운 남자가 장희원 취향일 줄은 꿈에도 몰랐네."

"지금 화내는 거예요? 다 지난 얘기 가지고 왜 그래요?"

"지난 얘기? 그날 내가 거기 안 갔으면 그 남자랑."

"지금 그게 핵심이 아닌데 왜……. 됐어요. 나 말 안 해."

희원은 바닥에 닿지 않는 다리를 바동거려 그의 품에서 벌떡 일어나 몸을 휙 돌렸다.

두준은 재빨리 희원의 손목을 잡고 거친 숨을 길게 길게 내쉬더니 다시 그녀를 무릎으로 당겨 안았다.

"그래서, 갑자기 왜 그 생각을 한 건데?"

"신기하다고요."

희원이 입술을 샐쭉거리며 그 한마디만 툭 내뱉었다.

"뭐? 그 남자가 신기했다고?"

"아니요. 당신을 만난 일이요."

발끈했던 두준이 같이 발끈해 소리를 높인 희원의 말에 슬그머니 정상의 범주를 되찾았다.

"어떻게 그렇게 딱 맞춰서 나타나 줬을까 생각하면 신기하고 고맙다고요. 그 모든 게 조금만 어긋났으면 어땠을까 아찔하거든요."

두준의 입꼬리가 이제야 슬쩍 올라갔다. 하지만 여전히 남아 있는 일말의 찜찜함에 두준은 표정을 굳히며 입을 열었다.

"당신, 내가 안 나타났으면 정말 그 남자한테 갈 생각이었나?"

두준이 넌지시 물은 말에 희원은 고개부터 저어 보였다.

"멀리서는 괜찮아 보였는데, 다가갈수록 향수 냄새가 너무 지독하더라고요. 그리고 너무 노골적으로 내 몸을 훑어보는 거예요. 기분이 팍 상해서."

"뭐야? 몸을 훑었어?"

"두준 씨, 훑은 게 아니라 훑어봤다고요."

"그게 그거지 뭐가 달라? 대체 어떤 놈이야? 시형이한테 좀 알아보라고 해야겠어. 타임 손님 중에 숯검댕이에 입술 두껍고 코 뭉툭하게 생긴 놈."

"두준 씨, 그게 핵심이 아니라니까요."

희원은 휴대폰을 찾느라 주머니를 뒤적거리는 두준의 손을 끌어다 뜨겁게 입을 맞췄다.

"당신 손에 이렇게 입 맞출 수 있고, 당신 품에 이렇게 안겨 있을 수 있는 이 모든 순간이 기적처럼 느껴진다고요. 이 세상에 어떤 보이지 않는 힘이 작용해 그때 그 자리에 당신과 내가 있게끔 만든 건 아닐까? 태어날 순번 타고 기다리던 우리 두줄이가 당신과 나를 만나게 한 건 아닐까? 그런 생각을 하면 막 가슴이 벅차오른다니까요."

깊게 심호흡을 한 희원이 두준의 입술에 자신의 것을 꾹 눌렀다가 뗐다.

"요즘 좀 감정이…… 아무래도 임신 때문인가 봐요."

쑥스러운 듯 얼굴을 붉히는 희원을 두준이 품 안으로 더 당겨 안았다.

"내가 듣기엔 상당히 과학적인 추론 같은데."

그녀의 목에 입술을 묻으며 하는 말에 간지럼을 느낀 희원은 목을 움츠리며 키득거리는 웃음소리를 냈다.

"뭐 하나 물어봐도 돼요?"

"살살 물으면 두 개 물어봐도 돼."

썰렁한 아재 개그에 희원이 몸을 부르르 떨며 그를 밉지 않게 흘겼다.

"그날 다른 여자가 유혹했어도 넘어가려고 했어요?"

"글쎄."

"뭐예욧? 글쎄? 글쎄에."

"윽, 아파. 희원아, 아파."

옆구리를 꼬집는 희원의 손을 낚아챈 두준이 그녀를 옴짝달싹 못 하게 꽉 끌어안았다.

"아까 뭘 들었어? 당신 말고는 다 흑백이었다니까. 그날 타임에 가는 건 일정에 없었어. 난 장희원이라는 자석에 이끌려 거기까지 간 거야. 나한테 꼭 맞게 만들어진 자석."

금세 붉어진 얼굴로 미소를 머금은 희원이 그의 품에서 손을 빼내 셔츠 단추를 만지작거렸다.

"내가 오늘 계획한 일이 있는데요."

타임에서 두준의 재촉에 그녀가 수줍게 꺼내놓았던 첫마디였다. 쓱 올라가는 두준의 입꼬리로 봐서 그도 기억해 낸 게 분명했다.

"당신하고 함께, 밤을 보내고 싶어요."

셔츠 단추는 이미 세 개나 풀려 두준의 탄탄한 가슴이 그대로 드러나 있었다. 희원은 새침하게 웃으며 그의 가슴으로 입술을 내렸다.

"잠은 아예 못 잘 수도 있는데, 그래도 괜찮다면 우리 들어갈까?"

두준이 타임에서 희원의 귓가에 속삭였던 말이었다. '나갈까?'가 '들어갈까?'로 바뀌어 있었지만, 희원의 대답은 그때와 같았다.

"네."

제법 묵직한 희원을 번쩍 안아 든 두준이 침실로 향했다. 순서가 뒤죽박죽된 신혼여행의 뜨거운 밤이 깊어가고 있었다.

성의 없는 젓가락질로 밥알만 괴롭히고 있는 희원의 밥그릇 위로 먹음직한 계란말이가 툭 올라왔다.

"임산부가 음식 앞에 놓고 무슨 상념이 그렇게 깊어? 먹어. 먹고 나서 생각해도 안 늦어."

김 선생이 야무지게 밥을 떠먹으며 먹는 둥 마는 둥 하고 있는 희원을 나무랐다.

"오후에 마지막 수업 있지?"

희원은 입에 집어넣으려던 계란말이를 다시 밥그릇 위로 내려놓고 말았다.

"마지막이라고 하지 마세요. 마지막인 게 실감나려고 하잖아요."

"어이구, 자기 그러다 울겠다. 아침마다 부족한 잠 쫓으면서 출근 전쟁 안 치러도 되고, 애들이랑 씨름 안 해도 되고 얼마나 좋아. 뭐가 아쉬워서 종일 그 모양이야?"

된장국을 한술 떠서 입으로 넘긴 희원이 얕은 한숨을 뱉어냈다.

"그러게요."

희원은 2학기가 시작되면서 담임을 맡지 않게 되었다. 학교 측의 배려라고 쓰고, 일종의 아부라고 읽어야 할 것 같은 이 처우로 인해 희원은 한동안 교무실 안이 온통 가시방석 같았다.

괜스레 눈치가 보여 담임을 맡지 않는 대신 늘어난 자신의 업무는 물론 다른 선생님들의 업무까지 자진해서 떠맡기도 했지만, 마음은 한없이 불편했다.

작년에 임신했던 수학선생님은 담임에서 면제되기는커녕 주요과목 담당이라는 이유로 교감의 매서운 눈치를 보느라 출산예정일 20일을 남겨두고 간신히 휴가를 받았던 전례가 있었던 터라, 아마도 남편이 이사장이 아니었다면 희원도 그 전철을 밟았을 게 뻔했다.

그러니 배려를 배려로만 받을 수 없는 상황이었다.

선생님으로서 학생들과 함께할 수 있는 하루하루가 소중한 것과는 별개로, 이래저래 편치 않은 상황에서 빨리 벗어나고 싶은 마음도 굴뚝같았다.

"편히 쉬면서 태교에만 전념하고 싶었는데, 막상…… 휴우."

그런데 막상 마지막 수업을 앞두고 보니 후련함보다는 아쉬움이 더 컸다.

머리가 어지러울 정도로 두근거리는 가슴을 안고, 미세하게 떨리는 손을 숨기기 위해 주먹을 꽉 움켜쥐어야만 했던 첫 수업.

겨우 그녀의 이름 세 글자 쓰는 데도 어찌나 비장미가 철철 넘쳤던지.

또 처음으로 '선생님'이라 불렸던 그 순간은 얼마나 벅찼던지.

어찌 된 것이 힘들었던 순간은 흐릿하고, 좋았던 기억들만 방울방울 자꾸 떠오르는 것인지.

"그렇게 아쉬워할 거면 휴직을 해야지, 왜 사표를 던져?"

"다른 선생님들 보기도 그렇고, 제 생각만 할 순 없잖아요."

"다른 선생님들 보기, 뭐? 실력은 없는데 빽으로 꿰찬 자리도 아니고, 어찌어찌 만나다 보니 남편이 학교 이사장인 게 자기 잘못이야? 왜 그렇게 눈치를 봐?"

"아우, 김 선생님, 목소리 좀 낮추세요. 누가 잘못이래요? 서로 불편하단 거죠. 그 불편함의 원인제공자는 저고요."

희원의 말이 마음에 들지 않는 듯 김 선생의 미간이 짙게 일그러졌다.

김 선생이 한바탕 잔소리를 쏟아놓을 듯 입을 열려는 순간, 은쟁반에 옥구슬 굴러가듯 청명한 웃음소리가 입구 쪽에서 퍼져 나왔다.

그쪽으로 고개를 획 돌린 김 선생의 눈썹이 사납게 꿈틀 치솟았다가 제자리로 돌아갔다.

"저 정도는 돼야 원인제공자라고 할 수 있지. 저기 상당히 보기 불편한 프로 불편러 등장하셨네."

김 선생의 턱 끝이 가리키는 곳에 머리카락 하나 귀 뒤로 넘기는 데도 남다른 예쁨을 선보여 주시는 정희가 보조개를 뽐내며 환히 웃고 있었다.

한동안 조신하고 새침한 고양이 같았던 정희는 2학기가 시작되면서 다시 잘 웃고 애교 많은 여우로 돌아왔다.

정희는 지금 첫 수업부터 대한고 여학생들 대부분을 돌고래로 만들어 버린 새로 온 국어선생 옆에 착 들러붙어 속눈썹을 팔랑거리며 한껏 매력을 발산 중이었다.

"아주 좋아죽네. 좋아죽어."

"보기 좋은데 왜 또 심술이에요?"

"뭐, 심술? 장 선생은 저게 보기 좋아?"

"웃는 얼굴에 침 못 뱉는다잖아요. 한동안 최 선생 웃는 얼굴 보기 힘들었는데, 잘됐죠 뭐."

김 선생의 거센 콧방귀가 날아왔다.

저만치 떨어져 국어선생과 마주하고 앉은 정희는 누군가의 콧방귀 따윈 안중에도 없는 듯 여우의 면모를 제대로 뽐내주고 있었다.

"장 선생, 아직도 최 선생을 몰라? 황 선생을 향한 저 웃음이 진짜 순수한 호감일까?"

몸을 쓱 기울인 김 선생이 눈을 가늘게 뜨고 은밀하게 속삭인 말에 희원은 의아한 듯 눈을 깜빡였다.

"저게 호감이 아니면 뭔데요?"

"황 선생 부친이 황동석 교수라는 말이 있어."

황동석 교수라면 희원도 아는 인물이었다. 명운대 부총장으로 있는 그는 저명한 교육학 박사로, 그가 집필한 '한국 교육의 미래'는 현재 우리나라의 교육 현실을 제대로 꼬집었다는 평을 받으며 유명세를 탔었다.

희원도 두 번씩이나 정독하며 여러 번 고개를 끄덕였던 책이었다.

"오, 그래요?"

희원은 새삼스레 황 선생을 힐끔 쳐다봤다. 황 선생은 꽤 괜찮은 훈남이었다.

살짝 처진 눈꼬리와 강단 있어 보이는 입술이 조화를 이루는, 잘생긴 남편 덕에 터무니없이 높아진 눈만 아니라면 상당히 미남이라는 평가를 내릴 법한 외모를 가지고 있었다.

거기다 사람 됨됨이도 제법 괜찮았다. 모난 구석도 없었고, 적당한 매너와 젊은이다운 패기를 두루 갖추고 있어 여학생들 사이에선 내리막길 없는 인기를 누리고 있는 중이었다.

부친이 황동석 교수라는 배경이 아니라도 정희가 충분히 관심을 가질 만한.

"교육자 집안 며느리라도 돼 보겠다는 속셈이겠지."

"에이, 설마요. 최 선생 너무 나쁘게만 보지 마세요. 조금 여우 같은 구석이 있긴 해도 본성까지 나쁜 건 아닐 거예요."

"아이고, 맹자 나셨네. 최 선생이 본질적으로 선했다고 해도, 지금 황 선생을 대하는 최 선생 태도에는 그저 순수한 호감만 있는 게 아니라는 데 오백 원 건다."

"허, 오천 원도 아니고 오백 원이요? 확신을 심어주기엔 너어무 약소하지 않나요?"

희원이 턱을 괴며 지그시 바라보자, 김 선생은 어설픈 미소를 내보이며 손사래를 쳤다.

"그런 사소한 건 굳이 신경 쓸 필요 없고, 암튼 최 선생한테는 진정성 같은 게 안 느껴져. 지가 예쁜 걸 아는 저런 부류의 인간은 항상 거죽에만 치중을 하는 법이거든. 본질적으로 나쁜 건 아니라도 속빈 강정이라 이 말이야. 애인이나 남편감도 남의 눈에 어떻게 비추어질까를 먼저 생각할 거란 말이지."

"오, 김 선생님, 저 뭔가 딱 왔어요."

"그치? 장 선생도 이제 알겠지?"

"네, 알겠네요. 최 선생에 대한 김 선생님의 눈물겨운 애정. 그래도 너무 지나친 집착은 좋지, 아야."

"장난이라도 싫거든. 그런 얼토당토않은 말은 하지도 마."

정색하는 김 선생을 보고 미소 짓던 희원의 시선이 잠시 정희와 황 선생에게 머물렀다. 황 선생이 무슨 말을 한 건지 정희는 보조개가 움푹 파이도록 환히 웃고 있었다.

변하지 않는 정희의 본성이 어떻건 간에 저기에 순수한 호감이 전혀 섞이지 않았다고는 믿고 싶지 않았다.

정희는 여전히 얄미운 구석이 많았지만, 그게 그렇게 참기 힘든 정도는 아니었다. 두줄이를 품은 희원은 모든 것에 대해 너그러움을 품게 되었다.

"그러니까요. 최 선생 얘기는 그만하고 김 쌤 얘기 좀 해보세요."

"내 얘기? 내 얘기, 뭐?"

희원이 은근한 목소리로 갑자기 화제를 전환하자, 김 선생은 당황하며 시선을 피했다.

역시 뭔가 있는 게 분명했다.

"뭐긴요. 그거 있잖아요. 여름방학, 발칸반도."

국을 떠먹던 김 선생이 사레가 들려 콜록거리는데도 불구하고 희원이 결정적인 말을 덧붙였다.

"이시형 실장님."

"콜록콜록. 그, 그 얘긴 왜 또 물어? 별거 없었다니까."

"아아, 그래요. 물을 때마다 별거 있었던 것처럼 경기를 해도, 여전히 별거 없었던 것처럼 해달라?"

"진짜야. 그냥 우연히 만난 게 다라니까."

김 선생의 얼굴이 복숭아 빛으로 물들었다. 2학기가 시작된 후로 희원이 시형의 이름을 거론할 때마다 김 선생의 얼굴은 매번 꽃물이 들곤 했다.

그런데도 별거 없었다고?

희원의 입가에 야릇한 미소가 맴돌았다.

"오늘 저 우울할까 봐 두준 씨가 맛난 저녁 사주기로 했는데. 김 선생님 시간 괜찮으면 같이 가요."

"그래? 뭐 먹을 건데? 내가 끼어도 되나? 이사장님이 눈치 없다고 싫어하지 않으려나?"

곤란한 주제에서 벗어난 것이 반가운 듯 김 선생의 얼굴에 화색이 돌았다.

"싫어하긴요. 여럿이 함께하면 더 좋죠."

"여럿이?"

"이 실장님도 같이 먹기로 했거든요."

대수롭지 않다는 듯 덧붙인 희원의 말에, 두 뺨을 금세 복숭아 빛으로 물들인 김 선생이 곤란한 듯 미간을 찡그렸다. 하지만 희원은 전혀 봐줄 생각이 없었다.

시형과 김 선생 사이에 무슨 일이 있었는지 궁금증을 풀 기회를 놓칠 수 없었다.

"어, 장 선생, 잊고 있었는데 오늘 집안에 일이 좀."

"집안에 무슨 일이요?"

"무슨 일? 그러니까 하, 할머니가 좀 많이 편찮으셔서."

"아, 할머니. 설마 김 쌤을 너어무 예뻐하셔서 모아놓은 쌈짓돈으로 용돈 챙겨주시던, 90세까지 건강하게 사시다 작년에 돌아가신 그 할머니는 아니겠죠?"

"하하, 하하. 그러게. 어쩌자고 작년에 돌아가셨을까. 외할머니라고 하면."

"너무 멀리 가시네요."

"다른 집안일이 있다고 해도."

"안 믿기겠죠?"

"휴우, 그래. 먹자, 먹어. 밥 한 끼 같이 먹는다고 뭐 큰일이야……날지도 모르는데."

"네?"

김 선생의 뒷말은 거의 들리지 않았다. 고개를 숙인 통에 제대로 보이지 않았지만, 김 선생의 얼굴은 울상인 것 같았다.

"큰일이야, 다음에 뭐라고 했어요? 김 선생님."

"아니, 아무것도 아니야. 그보다 장 선생, 선생님은 아주 그만두는 거야?"

김 선생의 질문에 살짝 들떠 있던 희원의 기분이 다시 차분하게 내려앉았다.

"글쎄요. 공부를 더 해볼까 싶긴 한데, 쉬면서 천천히 결정하려고요. 지금 당장은 아기만 생각할래요."

담담한 듯 꾸며낸 희원의 목소리에 김 선생은 그저 고개를 끄덕일 수밖에 없었다.

휴직이 아니라 퇴직을 결심하기까지 희원의 고심이 얼마나 깊었는지 옆에서 직접 본 김 선생으로선 위로의 말 한마디 건네는 것도 조심스러웠다.

교육에 대한 열정도, 제자 사랑도 남달랐던 희원에게 절대로 쉽지 않은 결정이었으리라.

"숟가락 내려놓지 말고 마저 먹어. 2인분은 먹어야 할 사람이 새 모이만큼 먹고 마지막 수업 제대로 하겠어."

"김 쌤, 마지막이라는 말은 제발 좀 빼주세요."

"아이고, 알았어. 그냥 수업. 됐어?"

김 선생이 다시 계란말이를 희원의 밥 위에 올렸다.

"장 선생, 모양 빠지게 울진 마라."

"아우, 진짜. 울긴 왜 울어요."

그렇게 자신만만하게 외치지나 말걸.

울 타이밍도 아니었다. 특별할 것도 없는 말에 그만 뭉클.

공교롭게도 마지막 수업은 1학기 동안 담임을 맡았던 2학년 5반 수업이었다.

2학기에 담임에서 물러나긴 했지만 애정이 남다를 수밖에 없었기에 과제로 냈던 자기소개서에 일일이 수기로 코멘트를 달아 되돌려줬다.

서른네 명 중 단 한 명도 같은 내용은 없었다.

어디서나 누구에게나 들을 수 있는 성적이나 대학에 관한 상투적인 얘기들은 쏙 빼고, 추억과 꿈, 미래에 대한 얘기들만 남겼다.

획일화된 교육에 찌든 아이들에게 마지막 인사마저 획일화된 말들로 도배를 하고 싶진 않았다.

그러다 보니 여기저기서 실소가 터져 나오기도 하고, 간혹 '아우, 선생님' 하는 야유가 튀어나오기도 했다.

수업 종 치기 5분을 남겨두고 있었고, 그녀가 준비한 마지막 말을 차분한 음성으로 전달한 뒤 우아하게 교실을 빠져나가기만 하면 될 일이었다.

"선생님, 12월 축제 구경하러 오실 거예요?"

라니가 불쑥 꺼낸 질문에 조금 어수선하던 실내가 일순 조용해졌다. 참 뜬금없는 질문처럼 들렸다.

하지만 라니에게 남긴 메시지를 기억하는 희원으로선 그렇게 뜬금없는 질문만은 아니라는 걸 알았다.

작년 축제에서 희원은 '선생님과 함께'라는 특별공연에 참여했었다.

핫한 아이돌 그룹 춤을 따라 하는 공연이었는데, 참여한 여선생님들 중에 희원이 단연코 우월한 뻣뻣함을 자랑하며 눈총을 한 몸에 받았었다.

그때 희원을 개인 지도했던 사람이 라니였다. 어찌나 독하게 사람을 몰아붙이는지 수업시간에 졸기만 해봐라, 이를 박박 갈았었는데.

그게 또 라니 하면 가장 먼저 떠오르는 추억이 되어버렸다. 자연히 라니의 자기소개서 하단을 장식한 코멘트는 작년 축제에 관한 일이었고, 그걸 본 라니가 질문을 건넨 것이었다.

"야, 12월이 오기는 할까? 시험이 줄줄이다."

"선생님, 그때 아기 낳고 얼마 안 되지 않았을까? 오고 싶어도 못 오시지."

"작년 축제 때 생각난다."

"나도 나도. 선생님 때문에 엄청 웃었잖아."

아이들이 제각각 한마디씩 떠들어대는데도 라니는 별 대꾸 없이 희원만 곧게 쳐다보고 있었다.

"가장 멋진 모습 또 보여 드릴게요. 축제 보러 오실 거죠?"

—구라니, 내겐 너무 무서운 댄스 강사님이었지만, 무대에서의 너는 더할 나위 없이 멋진 모습이더구나. 좋아하는 일을 하며 매순간 열정을 다하는 삶을 살길 진심으로 바랄게. 아, 졸업하기 전에 XY 걔네들 구해주는 거 잊지 말고.

라고 썼던가?

전에 없이 조용한 라니의 음성엔 물기가 묻어 있었다.

"그래, 보러……"

갑자기 목이 턱 메어 말을 이을 수가 없었다. 눈시울이 뜨끈해졌다.

요즘 들어 자주 울다 보니 이게 울음이 터질 신호라는 걸 알 수 있었다.

김 선생 말마따나 모양 빠지게 울 수는 없었다. 희원은 울음을 참기 위해 입안의 연한 속살을 이로 물었다.

효과가 있었는지 넘치는 감정은 멈춤 신호를 지켜주었다.

"보러 올게."

간신히 담담하게 꾸며낸 답을 들은 라니가 두어 번 끄덕이던 고개를 푹 숙여 버렸다.

희원은 애써 갈무리한 울음이 툭 터져 나올까 겁나 라니에게서 시선을 거뒀다.

"선생님, 단톡방에 아기 사진 올려주셔야 해요."

"축제 때 아기 데리고 오시면 좋겠다."

"바랄 것 바라. 사람들 득시글거리는데 어떻게 아기를 데리고 와."

"암만 그래도 그렇지, 득시글거린다고 말을 하냐. 꼭 바퀴벌레가 된 것 같다. 야."

여기저기 끊이지 않고 말들이 꼬리를 물었다.

"자자, 조용. 아기 데리고 오는 것까진 생각 좀 해봐야 할 것 같고, 단톡방에 사진은 올릴게. 됐지?"

"네에."

입을 모아 대답하는 아이들이 너무 예뻐 보였다. 또다시 뭉클, 울렁이는 마음을 애써 꾹꾹 눌러 담았다. 이제는 미련 두지 말고 돌아설 때였다.

"선생님."

제법 묵직한 목소리. 과묵한 데다 시크하기까지 해서 묘한 매력을 풍기는 재현이었다.

고압적인 집안 분위기 때문에 힘들어하던 재현과 저번 학기에 여러 번 얘기를 나눴었다.

"같이 사진 찍어도 돼요?"

아이들의 의아한 시선이 일제히 재현에게로 향했다가 희원에게로 돌아왔다. 모두들 놀란 눈치였다.

재현과는 어울리지 않는 뜻밖의 질문에 희원도 마찬가지로 놀라고 있었다.

"어? 어."

희원의 어정쩡한 대답을 듣자마자 재현이 모두의 시선을 받으며 걸어 나왔다.

훤칠하게 큰 녀석이 희원의 옆에 서서 휴대폰을 조작했다.

"찍을게요."

간단명료한 재현의 말에 희원의 시선이 녀석에게로 돌아갔다. 녀석이 웃고 있었다.

억지로 만들어낸 정형화된 미소가 아닌 빛이 퍼져 나가듯 환한 웃음이었다.

좀처럼 웃지 않는 재현에게 안쓰러운 마음을 잔뜩 담아 환하게 웃을 일 많은 삶이 네 앞에 펼쳐지길 바란다고 덧붙였던가.

그녀의 마음을 헤아려 이렇게 환히 웃음 짓는 걸까? 재현에게서 눈을 뗄 수가 없었다.

"선생님, 앞에 보셔야죠."

"어, 그래."

휴대폰 화면 안의 재현도 환히 웃고 있었다. 희원도 그를 따라 한껏 입꼬리를 끌어 올렸다.

"선생님도요. 선생님한테도 웃을 일이 많이 생겼으면 좋겠어요."

찰칵 소리가 나기 직전 재현이 나직이 속삭였다. 갈무리할 새도 없이 웃고 있는 입새로 울음이 울컥 튀어나와 버렸다.

사명감을 가지고 시작했지만, 어느 순간 단지 직업으로 여겨졌던 적도 있었다. 교사로서 첫발을 내디뎠을 때의 열정은 조금씩 퇴색되고, 어느 순간 인생 선배로서의 지혜가 아니라 단순한 지식을 전달하는 기계가 되어버린 자신을 발견할 때도 있었다.

돌아보면 선생님이라고 불리기엔 너무 창피하고 미안한 순간들뿐이었던 것만 같은데, 아이들은 그녀에게 너무나 큰 마음을 되돌려주고 있었다.

가르치고 있다고 생각했지만 실상은 가르침을 받고 있었던 것은 아닐까.

모양 빠지게도 울 수밖에 없었다.

그녀가 휴직과 퇴직 사이에서 그토록 고민했던 건, 선생님이라는 자리에 대한 아쉬움 때문이 아니라 좀 더 잘하지 못한 아쉬움 때문이었다는 걸 지금에야 깨달았다.

막을 새도 없이 눈물이 방울져 떨어졌다. 마음 약한 여학생들 몇몇이 따라서 눈시울을 붉히고 있었다.

고심해서 준비했던 마지막 인사말은 꺼내지도 못했다. 희원은 곤란한 표정으로 멀뚱히 서 있는 재현의 어깨를 한 번 토닥인 뒤 황급히 교실을 벗어났다.

수업 종이 울렸다. 그녀의 마지막 수업이 끝났다.

닦아도, 닦아도 눈치 없이 계속 흘러내리는 눈물을 감추기 위해 고개를 숙인 희원은 교무실과는 반대쪽으로 방향을 틀었다.

그녀를 부르는 김 선생의 목소리가 들렸지만, 대답하기엔 목이 메었고 돌아보기엔 눈물이 앞을 가렸다.

두줄이가 태어나면 맘껏 울어도 괜찮다고 가르칠 참이었다. 울어야 할 때 너무 많이 참으면 어른이 된 후에 부작용이 생긴다고 꼭 알려줄 생각이었다.

어떻게 된 게 이놈의 눈물은 한 번 시작되면 쉽게 멈추는 법이 없었다. 김 선생한테 잡혔다간 두고두고 놀림거리가 될 것 같아 희원은 부지런히 발을 놀려 본관을 벗어났다.

호기심 어린 시선을 피할 수 있는 한산한 곳을 찾아 걸음을 옮기다 보니 어느새 벚나무가 버티고 선 벤치 앞이었다.

봄엔 하늘하늘한 분홍빛으로 물들어 있다가 여름내 커다란 벚나무 그늘로 덮여 있었던 벤치에는 낙엽만 쓸쓸히 뒹굴고 있었다.

짧은 순간 화려했던 그때가 실제로 있었나 싶을 만큼 을씨년스러운 풍경이었다.

낙엽을 쓸어낼 생각도 못 하고 벤치에 주저앉은 희원은 크게 심호흡부터 했다. 눈물은 어느 정도 잦아들어 있었지만, 가슴은 그대로 아릿했다.

수업을 마친 아이들이 만들어내는 소음이 아련하게 들려왔다. 바람 한 점이 불어와 뜨끈하게 달아오른 희원의 눈가를 스치고 달아났다.

휑한 운동장과 푸른 향나무, 일렬로 나열된 창을 지나온 희원의 시선이 중후한 검은빛을 띠는 벚나무에 이르렀다.

오래된 벚나무일수록 꽃은 그토록 화려한 데 반해 나무가 검은빛을 띠는 건, 좀 더 아름다운 꽃을 피우기 위해 전력을 다했기 때문은 아닐까 하는 엉뚱한 상념이 멍한 머릿속을 부유했다.

오랜 세월의 무게를 겹겹이 둘러쓰고 희생을 감내한 저 검은빛이야말로 참으로 아름다운 빛깔이 아닐까 싶었다.

얼마나 물끄러미 벚나무를 쳐다보고 있었을까. 인기척이 들리는가 싶더니 익숙한 향이 바람을 타고 날아왔다.

"당신이 울적해하면 두줄이가 슬퍼할 거야."

이내 그윽한 목소리가 귀로 착착 감겨들었다.

"왔어요? 나 여기 있는 건 어떻게 알았어요?"

운 흔적이 역력한 얼굴을 만회하려 희원은 부러 환히 웃어 보였다. 그런다고 모를 두준이 아니건만.

마음에 안 드는 듯 미간을 일그러뜨린 두준이 희원의 옆자리를 차지하고 앉아 그녀의 눈가부터 매만졌다.

"전화를 안 받아서……. 교무실 가는 길에 김 선생님 만났어. 청승 떨고 있을 거라더군."

엄지로 눈가를 살살 쓸던 두준의 손은 이제 아예 그녀의 볼을 감싸 듯 매만지고 있었다.

두준의 스킨십은 참 유난스러운 데가 있었다. 그녀가 가까이만 있을 라 치면 닿지 못해 안달을 했다.

머리칼을 쓰다듬거나, 귓불을 만지거나, 등허리를 쓴다거나. 어쩌다 이 모든 걸 제지당하면 하다못해 손가락 끝이라도 그녀 가까이 가져다 대곤 했다.

희원도 싫은 건 아니었지만 스킨십이 익숙지 않은 그녀로서는 너무 과하다는 생각을 하지 않을 수 없었다.

그래서 그에게 원래 스킨십을 그렇게 좋아했는지 심각하게 물었던 적이 있었다. 두준의 대답은 의외인 데다 단조롭기까지 했다.

"아니."

"근데 나한테는 왜……."

"글쎄, 왜 그럴까?"

왜 그녀의 일에만 계획적이지 못한지 물었을 때와 비슷한 물음이 되돌아왔다.

불만스레 콧잔등을 찡그리는 희원을 보며 두준은 달짝지근하게 웃어 보인 뒤 가볍게 입맞춤하고 떨어졌다.

"당신은 싫어?"

"싫고 좋고의 문제를 떠나서 너무 과하다 싶으니까 그렇죠."

"왜 항상 손해 보는 것 같은 느낌이었는지 이제야 알겠군. 나는 매번 부족하다 싶었는데 말이지."

그 말을 하는 와중에도 두준의 손은 희원의 무릎 부근을 부드럽게 쓸고 있었다. 그런데도 부족하다고?

희원은 엉뚱한 데 과한 욕심을 보이는 두준을 보며 입을 삐죽거렸다.

"의식하고 그러는 거 아니야. 당신만 옆에 있으면 의지와는 상관없이 그렇게 되는 거니까 좀 참아줘."

의지와는 상관없으니 고칠 여력도 없으며, 앞으로도 쭉 그럴 예정이니 그녀의 인내심이 전적으로 필요하다고 말한 두준은 또 의지와는 상관없이 본능에 이끌리듯 입을 맞췄었다.

그래서 볼을 매만지던 두준의 얼굴이 점점 가까워진다고 느꼈을 때, 희원은 뒤로 흠칫 물러날 수밖에 없었다.

"두준 씨, 여기 학교예요."

"누가 뭐래?"

"여기서 더 나가면 내가 뭐라고 할 거거든요. 손 떼고 점잖게 좀 앉죠."

"흠흠."

괜한 헛기침을 한 두준이 바른 자세로 앉아 옷매무새를 가다듬었다.

"위로가 목적이었지, 다른 의도는 없었어."

"뭐, 믿음은 안 가지만, 고마워요. 그리고 위로가 필요할 만큼 슬프지 않으니까 걱정하지 마요."

"슬프진 않은데 눈물은 나고, 바람도 찬데 청승까지 떨고?"

뾰족한 말투였지만, 희원의 옷을 여미는 두준의 손길은 다정하기만 했다. 그러고 보니 옷깃을 파고드는 바람이 꽤 차가웠다.

"청승 떨긴요. 그저 나무를 보고 있었을 뿐이에요."

"나무라."

두준이 낮게 중얼거리며 희원의 어깨를 감쌌다.

"저 벚나무 참 멋지지 않아요?"

"당신 취향이 검은 피부에 목석같이 과묵한 스타일인 줄은 몰랐네."

"장난치지 말구요."

"뭐, 나보단 못하지만 그런대로."

나무한테도 질투를 하는 두준이 어깨를 으쓱하며 시큰둥하게 말하는데도 희원의 시선은 벚나무에 못 박혀 있었다.

"셀 수 없이 많은 봄마다 온 힘을 다해 가장 화려하게 꽃을 피운 나무예요. 그렇게 꽃을 피우기 위해 자신을 돌볼 사이는 없었던 거죠. 그래서 저렇게 검은 게 아닐까 그런 생각을 했어요."

"상당히."

"네, 알아요. 너무 감상적인 생각이죠. 하지만 되돌아보게 되더라고요. 선생님으로서 나는 어땠는지. 저 벚나무처럼 나를 돌아볼 여력이 없을 정도로 온 힘을 다했는지."

"누구도 완벽할 순 없어."

"알아요. 그러니까 노력이란 걸 하는 거죠."

두준을 향해 생긋 웃어 보인 희원이 아쉬움을 털어내며 가볍게 몸을 일으켰다.

"자, 이제부터 훌륭한 엄마가 되기 위해 노력할 시간이에요. 교육자의 길은 그다음에 생각해도 늦지 않겠죠?"

저물기 시작한 늦가을 해를 등진 희원은 빛을 발하고 있었다. 내밀어진 뽀얀 손을 망설임 없이 잡고 일어난 두준은 노을빛에 물들어 밝게 빛나는 희원의 뺨을 다정하게 쓸었다.

"물론이지. 자질은 충분하니까."

두준의 강한 긍정에 희원의 미소가 깊어졌다.

"그전에, 지금은 우선 사랑스러운 아내가 필요한데 어떻게, 데려다줄 수 있겠어?"

"물론이죠."

희원이 미소 지으며 두준의 팔짱을 꼈다. 더없이 사랑스러운 아내에 더없이 사랑스러운 남편이었다.

✤

쏴아, 하는 소리와 함께 차가운 물이 끈끈한 손을 적셨다. 제법 쌀쌀한 날씨임에도 실내 온도가 높아서인지 손에 자꾸 땀이 배어 나왔다.

차가운 빛을 발하는 LED등 불빛 때문인지 화장실 거울에 비친 희원의 얼굴은 조금 창백해 보였다.

희원은 뽀득뽀득 소리가 나도록 씻은 손을 두어 번 털어내다가 세면대 위를 짚고는 길게 숨을 토해냈다.

아침에 눈을 떴을 땐 그런대로 컨디션이 괜찮았는데, 지금은 아랫배가 묵직한 게 영 좋지 않았다.

희원은 곱게 차려입은 한복에 가려진 불룩한 배를 부드럽게 어루만졌다.

'두줄아, 너 성질이 유달리 급하다던가, 그런 건 아니지? 아무리 급해도 오늘은, 아직은 아니야. 알았지?'

예정일은 아직 열흘이나 남아 있었다. 이 묵직한 불쾌함은 두줄이가 성질이 급해서 보내는 신호가 아니라고 믿고 싶었다.

아마도 요 며칠 그녀의 기분이 저조했던 것에 대한 불만을 토로하는 것일 테다.

선정의 일이 마음을 심란하게 만들기도 했지만, 그녀의 기분이 급속하게 다운되는 데 가장 큰 원인을 제공한 건 역시 두준의 부재였다.

발길이 떨어지지 않는 듯 마지못해 출장길에 오르는 두준을 씩씩하게 등 떠밀 때는 언제고, 고작 3일을 못 견뎌서 기분은 바닥을 쳤다.

'아빠 보고 싶어서 그러지? 공항에서 오시는 중이라니까 조금만 참자.'

희원은 두줄이에게 하는지 자신에게 하는지 모를 말을 속으로 되뇌며 배를 가만가만 다독였다.

이럴 줄 알았으면 미란이 말대로 이런 자리엔 참석하지 않는 건데,

하는 생각이 들었다.

남들은 한 번도 참석하기 힘든 부모님 결혼식에 너는 대체 몇 번째 냐며, 두 양반이 경쟁하는 것도 아니고 한 해에 따로따로 참 대단들 하시다며, 미란은 당사자인 희원보다 더 열을 냈다.

꽃나비 어우러지는 따뜻한 봄날에 하면 좀 좋았을까, 만삭인 딸은 안중에도 없이 뭐가 그렇게 급해서 겨울을 문턱에 둔 이 마당에 꼭 식을 올려야겠냐며 미란의 투덜거림은 멈출 줄을 몰랐다.

배는 남산만 해서 날 잡아놓은 사람이 처음도 아니고 두 번째 하는 엄마 결혼식에 굳이 참석할 필요 없지 않겠냐며, 정 마음에 걸리면 자신이 대신 참석하겠다고 바득바득 우기는 걸 간신히 말리고 온 길이었다.

보고 싶었다.

선정이 대체 어떤 얼굴을 하고 있는지 자신의 눈으로 직접 확인하고 싶었다.

평생 홀로 고고하게 살다 갈 줄 알았던 선정의 새로운 출발을 축하해 주고 싶은 마음보다, 믿을 수 없는 현실을 눈으로 확인하고자 하는 마음이 더 컸다.

병원에서 백 교수와 함께 있는 걸 봤을 때도 놀라긴 했지만, 결혼 소식을 들었을 때에 비하면 아무것도 아니었다.

백 교수의 마음이 아무리 애틋하다 해도 선정의 성격상 결혼까지는 짐작도 못 했다가 완전 뒤통수 맞은 기분이었다.

선정에게 들을 수 있으리라곤 상상도 못 한 머뭇거리는 목소리로 이번 주 토요일 저녁 시간 괜찮으냐고 물어왔을 때만 해도, 혹시 백 교수님과 자리를 마련하려는 건 아닐까 정도의 짐작만 했었지 난데없는 결혼 얘기를 듣게 될 줄은 꿈에도 몰랐다.

처음엔 잘못 들었나 싶었다가, 나중엔 엄마 나이가 몇이었더라? 혹시 치매라도 온 건가 싶었다가, 결국엔 축하한다거나 알았다거나 하는 말 대신 결혼이 무슨 뜻인지 알고 말하는 거야라는 질문을 던졌었다.

희원도 선정도 숨소리만 주고받는 짧은 침묵이 이어진 뒤, '갈게요.' 한마디를 하고 전화를 끊어버렸다.

그 후로 선정에게선 두 번 다시 연락이 오지 않았다.

스무 살 이후론 줄곧 떨어져 살았고, 아직 친부도 살아 있는 마당에 새아버지라고 하기엔 뭐하지만 그래도 결혼 전에 인사 정도는 시켜주지 않을까 하는 희원의 생각은 엄청난 착각이었다.

안 부르면 섭섭해할 것 같아 마지못해 부른 것 같다고나 할까.

참석한다고 해도 상관은 없지만, 꼭 와주길 바라는 건 아닌 것 같은 느낌. 그래서 더 악착같은 마음으로 무거운 몸을 이끌고 식장으로 왔다.

희원의 출산예정일에 맞춰 휴가를 내기 위해 중국 출장을 앞당긴 두준이 일정보다 조금 늦어지는 바람에 식장엔 미란과 민욱이 동행해주었다.

못 갈 데 가는 것도 아니고, 두준도 식장으로 바로 온다고 했으니까 굳이 함께 갈 필요 없다는데도 두준의 부탁이라며 미란과 민욱은 부득불 동행을 해주었다.

든든한 두 친구와 함께해서 얼마나 다행이었던지.

선정의 모습을 본 희원은 적잖이 당황해 양쪽에서 손을 잡아준 미란과 민욱이 아니었다면 엄마의 결혼식에서 기절하는 해프닝을 연출할 뻔했다.

그녀의 이미지와 딱 맞아떨어지는 고상하고 차분한 드레스를 입은 선정은 말 그대로 결혼식을 앞둔 설렘 가득한 여자의 모습을 하고 있었다.

선정에겐 푸근한 엄마의 이미지뿐 아니라, 여자로서의 이미지도 없었다. 선정은 그저 이선정 교수님이었다.

그 무엇보다 일을 사랑하고 자기 자신을 사랑하는 고고한 이선정 교수님.

그래서 친정엄마가 없는 것처럼 지내도 그런대로 괜찮았는데.

모정도 변화시키지 못한 선정을 백 교수의 애정이 변화시켰다는 사실은 생각보다 큰 충격으로 다가왔다.

축하의 말 한마디 건네지 못하고 화장실을 핑계로 도망쳐 나왔다. 백 교수의 전화를 받고 병원을 방문했을 때 느낀 배신감이 또다시 그녀를 휩쓸고 있었다.

미란의 말대로 남산만 한 배 앞세우고 뭐 볼 게 있다고 꾸역꾸역 찾아와서는, 감당할 필요 없는 감정에 힘겨워하고 있는지 제 자신이 한심할 지경이었다.

"주책이야. 어쩌면 그렇게 활짝 웃을 수가 있어."

희원이 입을 삐죽거리며 낮게 중얼거렸다.

그녀가 느끼는 배신감이 어떠하건, 새롭게 찾은 선정의 행복에 초를 칠 생각은 없었다.

다스려지지 않는 마음은 일단 깊이 갈무리하고, 그녀를 걱정한 미란이 화장실로 들이닥치기 전에 이만 식장으로 돌아가야 했다.

화장실 안을 두리번거리던 희원이 핸드타올을 뽑아 이마에 송골송골 맺힌 식은땀을 꾹꾹 눌러 닦은 뒤 손에 남은 물기도 닦아냈다.

표정 연습이라도 하듯 거울에 비친 얼굴을 살피며 억지로 입꼬리를 끌어 올려 보는데, 이십대 초반으로 보이는 여자 둘이 경쾌한 웃음소리를 내며 들어서다가 희원을 발견하고는 뚝 그쳤다.

무슨 비밀이라도 있는 듯 마주 보며 쿡쿡 웃음을 삼키는 모습에선 생기가 넘쳐흘렀다.

'좋을 때다.'

의식하지 못하고 품은 생각에 제 자신도 기가 막혀 피식 웃으며 몸을 돌렸다. 기껏해야 몇 살 차이 난다고 아주 늙은이가 다 된 것 같았다.

곁눈질로 돌아서 나가는 희원을 쳐다보던 여자들은 이내 물을 틀어 손을 씻기 시작했다.

세면대가 있는 쪽에선 화장실 입구가 보이지 않았다. 여자들은 희원이 나갔을 거라 생각했는지 곧 거리낌 없이 말을 이었다.

"이 교수님이랑 백 교수님 좀 주책인 것 같지 않니?"

물소리에 묻혀 정확히 알아들을 순 없었지만, 이 교수라는 호칭이 희원의 귀에 콕 들어와 박혔다. 막 화장실 문을 나서려던 희원이 우뚝 멈춰 섰다.

7. 엄마! 엄마!

여자들은 서로 마주 보며 비슷하게 닮은 웃음소리를 냈다.

"글쎄, 주책까진 아니어도 마냥 보기 좋진 않더라. 그 나이에 무슨 결혼까지 하나 몰라."

그 나이에 결혼이 뭐? 너희들은 사랑엔 국경도 나이도 없다는 소리 못 들어봤니?

듣고 있던 희원은 괜스레 울컥했다. 늦은 나이에 결혼하는 게 비난받을 일은 아니지 않는가.

"그러니까 말이야. 백 교수님은 초혼이니 그렇다고 쳐도 이 교수님은 재혼이라며. 백 교수님이 결혼식 하자고 해도 말렸어야지. 오늘 보니까 더 좋아하더라."

"그치? 아까 이 교수님 표정에 나 완전 소름 돋았잖아."

이것들이 정말. 표정이 뭐?

그래, 좀 주책맞다 싶게 활짝 웃긴 했지만, 늙은 신부는 웃지도 못

하니? 결혼 두 번째면 좋아도 못 해?

한복 소매 속에서 주먹을 꽉 움켜쥔 희원이 한발 성큼 내디뎠다.

물론 희원도 선정이 환하게 웃는 모습에 충격을 받고, 이모저모 심술 난 마음을 추스르기 위해 화장실로 숨어들긴 했지만, 이건 그녀가 느끼는 배신감과는 별개의 문제였다.

나는 죽어라 흉볼망정 내 남편 남이 흉보면 싫은 감정 정도로 정의 내려야 할까.

지들은 언제까지나 젊을 줄 아나 봐. 교수님, 교수님, 하는 거 보니 제자거나 조교거나 자주 얼굴 마주하는 사람들일 게 분명한데 화장실에 숨어서 뒷담화를 해.

암튼, 뒷담화는 정말 딱 질색이었다.

일면식도 없는 그녀들한테 딱히 무어라 말을 꺼낼지 결정하지도 못한 채, 울컥하는 마음에 다시 한 발 성큼 내디디려는데 생각지도 못한 말이 그녀의 발목을 잡았다.

"근데 진짜 그 남자 완전 장난 아니지?"

"이 교수님 옆에 있던 그 남자? 말 마라, 얘. 나 간만에 심쿵했잖아."

"그치. 조각인 줄. 어쩜 그렇게 잘생겼니."

나설 타이밍을 놓친 희원은 이러지도 저러지도 못한 채 그녀들의 뒷담화 대상으로 급부상한 조각미남을 유추해 내고 있었다.

언뜻 그 자리에 있을 민욱의 얼굴이 떠올랐지만, 금세 고개를 저어 버렸다. 잘생긴 얼굴이긴 했지만, 민욱에게 조각을 갖다 붙이기엔 좀 부족함이 있었다.

저들의 말에 부합하는 인물이라면 두말할 것도 없이.

"혹시, 이 교수님 아들인가?"

"어머, 그런가 보다. 나 아까 어머님이라고 부르는 거 들었어. 꺄아!"

"꺄아!"

여자 둘이 약속이라도 한 듯 돌고래 소리를 내더니 손뼉을 치며 발을 동동거렸다.

도대체 어느 부분이 그들을 돌고래로 만든 건지 이해하기 힘든 희원은 흠칫 놀라 눈을 동그랗게 떴다.

세상에 잘생긴 사람이 두준만 있는 것도 아닐 텐데, 왜 저들이 말하는 조각미남이 꼭 두준인 것만 같은지.

희원의 머릿속은 어느새 매력적인 미소를 짓는 두준의 얼굴로 가득 찼다.

"내가 꼬셔볼까?"

'어머, 어머. 쟤 지금 뭐래니?'

희원의 미간이 확 일그러졌다.

"어머, 애 봐. 너 지금 그걸 말이라고 하는 거니?"

그나마 정신이 온전히 박힌 쪽도 있었……

"보긴 내가 먼저 봤거든."

헉! 유유상종, 초록은 동색이라더니, 넋 놓고 있던 희원의 입이 떡 벌어졌다.

"보기만 하면 뭐 하니. 눈은 내가 마주쳤거든. 날 보고 눈웃음까지 쳤다니까."

눈에 불을 켜고 지켜보는 누군가가 있다는 사실을 인지하지 못한 그들의 얘기엔 점점 그럴듯하게 살이 붙고 있었다.

"눈웃음 좋아하네. 넌 영창이 있잖아. 걘 어쩌고? 상도덕이라는 게 있지, 인간적으로 우리 양다리 걸치는 건 하지 말자."

"야, 그런 남자가 나 좋다는데 영창이가 무슨 대수라고. 맞다, 너 전부터 영창이 좋아했지?"

"무, 무슨 소리야?"

"영창이랑 같이 있고 싶어서 나랑 붙어 다니는 거 모를 줄 알았니?

마침 잘됐네. 이참에 내가 양보할게. 영창이 너 해."

"미, 미쳤니? 내가 무슨 재활용 쓰레기장도 아니고, 네가 쓰다 버린 걸 내가 왜 가져? 암튼, 이번엔 양보 못 해."

상황은 점점 요상한 방향으로 흘러가고 있었다. 불을 켰던 희원의 눈은 아리송한 빛을 띠며 일그러졌다.

"양보하긴 뭘 양보해. 그 남자는 이미 나한테 마음이 있다니까."

"야! 웃기는 소리하지 마. 영창이도 내가 양보해서 너랑 이어진 거 몰라?"

서로 노려보는 폼이 잘하면 머리채라도 잡을 기세였다. 이쯤 되면 말려봐야 되지 않을까 싶어 희원이 머뭇거리며 손을 들었다.

"하, 뭐? 영창이를 양보해? 너 지금 눈 뜨고 꿈꾸니? 지 입장 생각해서 여태 입 꼭 다물고 있었던 건 알지도 못하지."

"내 입장 뭐? 뭐?"

급기야 영창이의 애인으로 추정되는 여자의 팔을 다른 여자가 툭 치는 지경에까지 이르렀다. 파르르해진 영창이 애인은 앙칼지게 눈을 부릅떴다.

"영창이가 너 짜증 난대. 눈치도 없이 지긋지긋하게 따라다닌다고."

"뭐라고? 그럴 리……. 너 그거 지어낸 거지?"

"못 믿겠으면 영창이한테 물어보면 되잖아."

"그래? 그럼 지금 당장 물어보지, 뭐. 영창이가 나한테는 뭐라고 했는지 아니? 너랑 둘이 있으면 지루해 죽을 것 같다고 하더라. 나랑 있는 게 훨씬 재미있다고."

"야! 진짜 이게……."

"저, 저기요?"

휴대폰을 꺼내 든 여자나, 금세 울 것 같은 얼굴로 눈을 흘기며 손을 치켜든 여자나 갑자기 들린 목소리에 화들짝 놀라 고개를 돌렸다.

둘의 시선을 한 몸에 받은 희원이 멋쩍은 듯 어설픈 웃음을 머금었다.

"하하, 내가 지금 착한 아이 만들기 프로젝트 중이거든요."

두 여인네의 표정이 찜찜한 형태로 일그러졌다.

"내 말은 그러니까 태교 중이라고요."

둘의 시선이 한복에 가려진 불룩한 배로 이동했다가 다시 희원의 얼굴로 돌아왔다. 찜찜한 표정에, 그래서 뭐 어쩌라고 하는 표정까지 추가된 것 같았다.

"아, 물론 싸우는 거 안 보고 갈 수도 있었지만, 피치 못하게도 이미 들은 말이 있어서 그냥 지나치긴 영 그랬어요. 이해해 주시고요. 아, 일부러 엿들은 건 아니니까 그것도 이해해 주시고요."

여자들은 도대체 무슨 영문인지 모르겠다는 듯 미간을 한껏 일그러뜨렸다.

"결론부터 말하자면요. 그 남자 이 교수님 아들이 아니라 사위예요. 이 교수님한테는 딸 하나뿐이거든요."

'아, 그래요.' 같은 대답을 할 상황은 아니었지만, 둘의 표정은 정말 볼썽사납게 일그러졌다. 이런 표현이 적절할지는 모르겠지만, 열렬하게 사귀던 애인이 알고 보니 유부남이었다는 소리를 들은 것 같은 표정이라고 해야 하나.

암튼, 심심한 위로의 말이라도 전해야 할 것 같은 기분이 들게끔 하는 표정들이었다.

멀뚱멀뚱 눈만 깜빡이던 둘이 서로를 힐끔 쳐다봤다. 그들의 얼굴엔 '내가 지금 뭐 하고 있었던 거지?' 하는 의문과 자괴감이 떠돌고 있었다.

"어, 그러니까, 음, 그러는 댁은 누구세요?"

먼저 정신을 차린 영창이 애인이 어눌하게 말을 꺼냈다가 사납게 따지고 물었다.

"나요? 음, 태교 중인 임신부요."

이 상황에서 내가 그 사위 아내 되는 사람이라고 밝히긴 너무 낯 뜨거울 것 같았다. 희원이 생각해도 가히 수긍이 가지 않는 대답에 그네들의 표정은 좀 전보다 더 짜증스럽게 변했다.

"기분 상했다면 미안해요. 쓸데없는 다툼이라는 걸 알려줘야 할 것 같아서……."

"그, 그걸 아줌마가 왜 참견하는데요?"

'아줌마' 소리에 희원의 이마에 빗금이 확 그어졌다가 금세 언제 그랬나 싶게 말끔해졌다.

분명 '아줌마'가 맞긴 한데, 절대 아줌마이고 싶지 않은 기분. 어째서 저 아줌마라는 호칭은 꼭 늙었다는 소리처럼 들리는 걸까?

하지만 이만 일로 흥분하는 건 태교에 좋지 않았다.

"왜 참견하는지는 잠시 후면 알게 될 거고요. 두 분 결혼 축하하러 왔으면 그냥 순수하게 축하 좀 해주죠. 축하하는 데 돈 드는 거 아니잖아요. 축의금도 안 받기로 했다는구만."

고상한 이선정 교수님, 늘그막에 그것도 재혼이라는 게 마음에 걸렸는지 백 교수님과 상의해서 축의금은 받지 않기로 했다고 들었다.

거기다 세 번째 결혼이면서도 할 것 못 할 것 다 해가며 요란을 떤 경태에 반해 선정은 조촐한 연회 형식을 빌려 두 사람의 성혼을 알리고 즐겁게 식사 한 끼 하는 정도에서 끝낸다고 했다.

요소요소 선정다운 생각이 꽉꽉 들어찬 결혼식이 아닐 수 없었다.

그리고 보면 백 교수가 참 신사는 신사였다. 경태 같으면 맞지 않는다고 대판 싸우고 7박 8일은 침묵시위를 할 법한 선정의 취향을 그대로 따라주고 있으니, 선정은 말년에 남자 복이 터져도 제대로 터졌다고 할 수 있겠다.

"요즘 같은 때 재혼이 흉도 아니고, 결혼식에서 우는 것보다 웃는 게 낫지 않겠어요?"

화는 전혀 묻어 있지 않은 우아한 목소리로 조곤조곤 묻는 말에 여자들은 남의 말을 왜 엿듣고 그러느냐 따지지도 못하고 얼굴이 빨개져서 손부채질을 해댔다.

이럴 때 보면 희원은 틀림없는 이선정의 딸이었다.

어쩜 이렇게 고상한 척, 우아한 척, 흥분을 안 해.

별안간 흥분하는 건 좋지 않다고 했던 선정의 말이 생각난 희원이 못마땅한 듯 고개를 절레절레 저었다.

"주절주절 말이 너무 길었네요. 장소가 좀 그렇긴 하지만, 계속 뜻깊은 시간 되길 바랄게요."

희원은 우아한 미소까지 지어 보인 뒤 돌아서서 화장실을 나왔다.

느릿느릿 걸음을 옮기던 그녀가 모퉁이를 돌아 우뚝 멈춰 섰다. 얼굴에 드리웠던 미소는 순식간에 사라지고 없었다.

거의 남이나 다름없이 소원하게 지내는 엄마를 홍보하는 소리에 발끈한 자신이 한심스럽게 느껴졌다.

인위적으로 맺어진 인연도 아니니 끊어낼 수는 없겠지만, 매번 실망을 거듭하면서도 이놈의 외사랑은 잊을 만하면 툭툭 튀어나와 그녀의 예민한 부분을 건드려 댔다.

두 여자의 뒷담화를 듣기 전까지만 해도 마음의 안정을 되찾았다고 생각했는데, 제 엄마 홍보하는 소리에 울컥했던 마음은 케케묵은 그리움을 몰고 와 그녀를 울적하게 했다.

두준도 온 것 같고, 원래 그게 목적이었으니 연회장으로 돌아가야 했지만, 쉽게 발걸음이 떨어지지 않았다. 기분 탓인지 조금 전보다 아랫배가 더 묵직하게 느껴졌다.

"실례합니다. 이 근처에서 혹시 눈부시도록 아름다운 데다 지성미까지 철철 넘치는 여자 한 사람 못 보셨습니까?"

귀에 착착 감기는 목소리에 이어 반질반질 광채가 흐르는 구두코가 그녀의 시야로 들어왔다. 금세 미소를 머금은 희원이 고개를 반짝 쳐들었다.

달랑 3일 떨어져 있었다고 눈이 짓무를 것처럼 보고 싶었던 사람이 고아한 미소를 머금고 서 있었다.

"그렇게 말해서 찾을 수나 있겠어요? 어떻게 생겼는지 구체적으로 설명해 줘야 알죠."

비슷한 미소를 머금은 희원이 두준의 장난에 장단 맞춰 시침을 뚝 뗐다.

"구체적이라. 음, 우선 눈은 두 개고, 코는 하나, 입도 하나. 그리고……."

미소가 가시지 않는 입과 턱을 주먹 쥔 손으로 가린 두준이 가늠을 하듯 희원의 머리부터 발끝까지 살피고 있었다.

"어, 저 사람인가 봐요. 눈 두 개에 코 하나, 입 하나. 딱 맞네."

희원이 연회장 입구 쪽에 나타난 여자를 가리키며 나직하게 속삭였다.

그녀가 가리킨 쪽으론 일점의 시선도 주지 않은 두준이 성큼 한 발 다가섰다.

희원이 말간 눈을 빛내며 고개를 들었다.

"늦어서 미안."

"보고 싶었어요."

모르는 사람이 보면 몇 년은 떨어져 지내다 만난 것 같은 분위기였다. 달랑 3일 떨어져 있었으면서 서로를 바라보는 눈빛이 참 애틋하기도 했다.

화장실에 있던 여자들이 그들을 지나치며 놀란 숨을 삼키는 소리가 들렸지만, 두준과 희원은 관심 밖이었다.

오가는 사람들이 만들어내는 소음도 연회장에서 흘러나오는 소음

마저도 그들에겐 전혀 영향을 미치지 못하는 듯, 서로에게만 집중한 시간.

두준의 손이 흘러내리지도 않은 희원의 앞머리를 정리하는 척 이마를 부드럽게 쓸었다.

"역시 참석하지 말 걸 그랬나?"

"네?"

"당신 이렇게 우울해할 줄 알았으면 참석하지 않는 게 좋았을 뻔했다고."

희원은 지금 두준을 올려다보며 해사하게 웃고 있었다.

암만 눈을 씻고 찾아봐야 우울한 구석이라곤 눈곱만큼도 없는데, 이 남자는 매번 그녀의 기분을 귀신같이 짚어냈다. 아무리 감추려 애를 써도 소용이 없었다.

"우울하지 않아요. 좋은 날인데 내가 왜요. 그냥 좀, 배가."

"배가 왜? 아파? 바로 병원 갈까?"

두준이 심각해진 얼굴로 다급하게 물었다.

실수했다. 하필이면 핑계를 댄다는 게 두준이 민감하게 반응하는 그녀의 건강에 관해서라니. 희원은 얼른 손사래를 쳤다.

"아니요. 괜찮아요. 병원 갈 정도는 아니에요. 아마 두줄이가 아빠 많이 보고 싶어서 심술 난 걸 거예요."

두준의 손이 배 위에 살짝 얹어졌다. 여전히 걱정스러운 표정이었다.

"어머님껜 내가 말씀드릴게. 우리 먼저 돌아가자."

희원은 고개부터 저어 보였다. 여전히 아랫배가 기분 나쁘게 묵직하긴 했지만, 식사 한 끼 할 만큼의 시간 정도는 괜찮을 것 같았다.

남한테도 축하해 주라고 쓴소리를 한 마당에 여기까지 와서 선정과 제대로 말 한마디 나누지 않고 돌아가는 건 아니다 싶었다.

"정말 괜찮아요. 당신이야말로 피곤하지 않아요?"

"좀 전까진 피곤했는데, 방금 내 전용 피로회복제를 만나서."

두준은 닭살멘트의 달인다운 면모를 여실히 발휘하며 씩 웃어 보였다.

어느 정도 적응됐다고 생각했는데, 이렇게 갑작스럽게 훅 치고 들어올 때면 정말 그녀도 모르게 흠칫 몸을 떨곤 했다.

"반응이 왜 이래?"

"하하, 반응이 뭐요? 내 얼굴만 봐도 피로가 가신다는 말에 감동받아서 그러는 거죠. 뭐, 그런 사소한 것까지 신경 쓰고 그래요. 아우, 이러다 식 다 끝나겠네. 우리 얼른 들어가요."

다다다 말을 마친 희원이 재빨리 몸을 돌렸다. 찜찜한 듯 미간을 구긴 두준이 얼른 그녀의 어깨를 감쌌다.

두준은 희원의 발걸음에 맞춰 느긋하게 걸으며 '진심이야.' 한마디를 덧붙였다.

가진 마음의 반도 표현 못 한 말이었지만, 진심은 순도 100%였다.

희원은 속으로 '으, 닭살' 하고 몸서리 쳤을지 모르지만, 일부러 작정하고 한 게 아니니 어쩔 수 없었다. 그저 그렇게 느끼니 그렇게 말할밖에.

희원을 만나기 전까지 이렇게 낯 뜨겁고 손발 오그라들 것 같은 말을 아무렇지 않게 술술 뱉게 될 줄은 자신도 몰랐던 일이었다.

언제부턴가 그녀는 그의 인생에서 중심이 되어버렸다. 바라보는 것만으로도 힘이 나는, 곁에 있는 것만으로도 업무로 생긴 피로 따위는 잊게 하는, 희원이 있어 그의 해가 뜨고, 희원이 있어 그는 평안한 밤을 맞는다.

계획적인 그의 인생에 무계획으로 찾아온 그녀는 어느 순간부터인가 그의 인생 계획이 되어버렸다.

그러니 어느 한순간 사랑스럽지 않을 때가 있을까.

"두줄이 아버님, 잘하면 희원이 얼굴 뚫어지게 생겼네요."

미란이 샐러드를 콕 찍어서 입으로 집어넣으며 비아냥거린 말에 희원과 민욱의 시선이 두준에게로 향했다.

남들 시선 받는 거야 예삿일이니 그만 일로 동요할 뻔뻔 강두준 선생이 아니었다.

"불가항력이라 나도 어쩔 수 없는 일이니 그냥 신경 끄시죠."

"어머, 어머. 민욱아, 보여? 나 닭살 돋은 것 좀 봐."

"넌 닭살 돋아도 예쁘니까 신경 쓰지 마."

"허, 이 남자들 정말 왜 이래? 희원아, 여기 음식에 뭐 이상한 거 들었나 봐."

싫지 않은 듯 입꼬리를 끌어 올린 미란이 괜스레 너스레를 떨며 양팔을 비벼댔다.

희원은 힘없이 웃어 보인 뒤, 두준이 눈치채지 못하게 받은 숨을 뱉어냈다.

선정과 백 교수는 조금 전 성스러운 분위기 속에서 부부로서 서로를 아껴주고 마지막 순간까지 함께할 것을 맹세했다.

지금은 귀한 걸음 해주신 분들께 인사를 다니는 중이었다.

그나마 딸이라고 특별히 배려를 한 것인지, 선정과 백 교수의 자리는 희원이 앉은 테이블에 마련되어 있었다.

인사는 거의 막바지에 다다른 것 같았고, 선정은 곧 백 교수와 함께 자리로 돌아올 분위기였다.

조금만, 조금만 더 버텨볼 참이었다. 자리에 도착한 선정과 백 교수에게 축하 인사를 건넬 때까지만 버텨볼 참이었는데, 몸 상태가 점점 안 좋아지고 있었다.

묵직하던 아랫배가 조금 전부터 살살 아파오기 시작했다. 그녀를 수시로 살피는 두준 때문에 아픈 내색을 숨기느라 미소를 짓고 있는 입술엔 경련이 일 지경이었다.

처음엔 9개월째 접어들면서 가끔 오곤 했던 가진통이려니 했다가, 나중엔 출산징후를 머릿속으로 하나하나 되짚어보고 있었다.

배가 딱딱하게 뭉치는 강도도 가진통과는 조금 차이가 있는 것 같았고, 두줄이의 움직임도 조금 느려진 것 같았다.

아직 열흘이나 남았는데 싶었다가 겁이 덜컥 났다. 괜히 미련을 떨고 있었나 싶었다.

고개를 숙인 채 다시 한 번 받은 숨을 뱉어낸 희원이 나지막하니 두준을 불렀다.

"두준 씨."

주먹을 쥔 채 테이블에 놓여 있던 희원의 손이 따뜻한 손에 감싸였다. 오늘 같은 날에 걸맞게 예쁘게 손질된 손은 분명 두준의 것은 아니었다.

고개를 든 희원의 눈이 의아함을 담고 커다래졌다.

화려한 네일아트를 한 손톱과 어울리지 않는 따뜻한 손이었다.

희원이 기억하는 한 선정의 손을 잡은 적도 잡힌 적도 없었던 터라, 낯선 감촉만큼이나 따뜻한 체온도 낯설었다.

"장희원."

하지만 선정의 입에서 나온 호칭은 참 그녀다웠다. 굳이 성까지 붙여서 똑 떨어지게 부르는 목소리엔 정이라곤 눈곱만큼도 없는 것 같았다.

"아픈 거니?"

선정의 물음에 두준이 즉각적인 반응을 보였다.

"희원아! 어디가 안 좋아?"

희원은 숨부터 크게 내쉬었다.

"배가 조금……. 진통이 시작되려나 봐요."

"지, 진통?"

"두준 씨, 목소리 좀 낮춰요."

"어, 아, 아직 열흘이나 남았잖아. 왜 벌써……."

두준에게서 좀체 들을 수 없는 당황한 음성인 것도 모자라 말까지 더듬고 있었다.

"예정일은 그냥 예정일일 뿐이라네. 희원이도 예정일보다 일주일이나 먼저 태어났거든."

일주일이나 먼저? 27년이나 사는 동안 한 번도 들어보지 못한 사실을 참 결정적인 순간에 알게 됐다.

가끔 선정이 정말 친엄마가 맞을까 생각할 때도 있었는데, 친엄마임을 확신하게 되는 순간이라고 해야 할까.

그래서인지 예상치 못한 떨림이 섞인 선정의 음성은 정말 딸을 걱정하는 엄마의 목소리처럼 들렸다.

"희, 희원아, 우리 두, 두, 두줄이 나오는 거야? 어머, 어떡해. 미, 미, 민욱아, 벼, 병원, 아니, 119, 그래, 119에 연락해야 되는 거 아니야?"

기껏 두준의 목소리를 낮춰놨더니 이번엔 미란이 목소리를 높이고 있었다. 어찌나 두두, 거리는지 두줄이가 아니라 세줄이 네줄이는 되는 것 같았다.

"황미란, 목소리 좀 낮춰. 형님, 정신 차리세요."

다행히 침착을 유지해 주는 사람도 있었다. 매번 오빠 흉내 내더니 오늘은 진짜 오빠처럼 굴고 있었다.

그나저나 형님이라면 두준 씨? 정신 차리라니? 혹시.

고개를 들어 쳐다본 두준은 패닉 상태인 것 같았다.

"차 대기시킬게요. 희원이 데리고 내려오세요. 미란아, 차 키가 어디 갔지?"

"차 키? 어, 그러니까, 아, 주머니, 네 주머니에 있지 않아?"

"아, 그렇지. 형님, 희원이 데리고 얼른 나오세요."

다시 보니 민욱도 가히 침착한 건 아닌 것 같았다. 차 키를 손에 들고 허둥대며 연회장을 빠져나가는 민욱의 뒤로 미란도 바짝 따라붙는 게 보였다.

"두준 씨, 나 좀 일으켜 줄래요?"

희원이 소맷자락을 살짝 잡아당기자 두준은 잠에서 깨어나기라도 한 것처럼 흠칫 놀랐다.

"어? 어. 걸을 수 있겠어? 업을까? 아니지. 업기는 좀 그렇겠다. 안 아줄까?"

"그냥 부축만 해요."

"어, 그래. 부축."

두준은 주문을 외우는 것처럼 계속 부축이라는 말을 반복하며 희원의 팔을 잡았다.

허둥대는 두준의 모습은 아릿한 통증이 이어지는 와중에도 웃음을 자아냈다.

희원은 입속의 연한 살을 깨물어 웃음을 참아내며 그의 팔에 의지해 일어나려다, 현저히 다른 통증의 강도에 그만 나지막한 신음을 뱉어내며 다시 주저앉고 말았다.

"희원아!"

날카롭게 내지른 목소리는 두준의 것이 아니었다. 창백한 얼굴로 희원을 부르는 두준의 목소리는 선정의 다급한 음성에 묻히고 말았다.

희원은 아픈 와중에도 뜨악한 표정으로 선정을 올려다봤다.

'허' 하는 소리가 희원의 입에서 터져 나왔다. 지금 그녀가 보고 있는 건 선정이 아닌 것만 같았다.

당황하는 거야 그렇다고 쳐도 울상이라니. 모르는 사람이 보면 딸을 끔찍이도 챙기는 엄마인 줄 착각하기 쉬운 얼굴이었다.

"여보, 희원아, 자기야, 호흡. 후~ 하~ 후~ 하~"

바닥에 무릎을 꿇은 두준이 다양한 호칭으로 부르며 숨을 내뱉는 소리에 멍하니 선정을 향해 있던 희원의 시선이 돌아왔다.

"괜찮아요. 걱정하지 말아요. 통증이 아까 하곤 달라서 조금 놀랐을 뿐이에요. 어서 가요."

"어어, 자, 조심, 조심."

두준이 희원을 껴안다시피 해서 일으키려는데 반대쪽 팔이 누군가에게 잡혔다. 누굴까 싶어 돌아보던 희원의 눈이 또다시 멍해졌다.

"백 교수님."

"걱정 말아요. 여기 정리하고 나도 곧 뒤따라갈 테니까 먼저 움직여요."

선정과 백 교수가 서로 시선을 교환하며 나누는 대화가 대체 무슨 뜻인지 알아들을 수가 없었다.

더군다나 본격적으로 따라붙을 것같이 그녀의 팔에 착 달라붙는 선정을 보고는 희원이 미간을 짙게 일그러뜨렸다.

"엄마 따라오려고?"

선정은 당연한 질문을 왜 하냐는 듯 대답도 없었다.

"두준 씨도 있고, 미란이랑 민욱이도 있고, 난 괜찮으니까 엄만 결혼식."

"지금 그게 중요해? 강 서방 말대로 호흡하는 데나 신경 집중해."

"왜 이래? 적응 안 되게."

"어머님, 희원이는 제가 잘 돌볼 테니까 걱정하지 마시고."

"이렇게 시간 끌 새 없어. 병원 가다가 애 낳을 거야? 어서 움직여."

병원 가다 애 낳을 거냐는 소리에 겁을 먹은 건지, 두준은 재게 몸을 놀리기 시작했다.

거의 안아 들다시피 하는 통에 희원의 발은 바닥에서 반쯤 떠올라

구름 위를 걷는 것 같았다.

희원의 팔을 잡은 선정은 빠르게 걷는 것이 힘든 듯 숨을 거칠게 내뱉고 있었다. 그러다 뭐가 마음에 안 드는지 팔을 놓고 별안간 멈춰 서더니 점점 뒤로 처졌다.

'그럼 그렇지' 하는 생각이 희원의 뇌리를 스치고 지나갔다. 선정에겐 절대로 어울리지 않는 행동이었다.

폐렴으로 쉴 새 없이 기침을 하며 병원에 누워 있을 때도, 비상계단에서 굴러 부러진 다리에 깁스를 했을 때도 선정이 아닌 민욱의 엄마가 그녀의 곁을 지켰었다.

민욱 엄마마저도 입원 수속이나 의사 면담 같은 보호자가 꼭 필요한 순간에만 한정적으로 주어지는 찬스 같은 존재였다.

돌봐야 할 가정이 있는 민욱 엄마로선 최선을 다한 것임을 알기에 더 바랄 수도 없었다.

선정은 희원이 잠든 뒤에 병원으로 왔다가 희원이 잠에서 깨기 전에 돌아가곤 했다. 아니, 잠든 척 꾸미고 있을 때 돌아갔다고 해야 맞을 것이다.

그때 그녀는 잠든 척해야만 했다. 선정의 얼굴을 마주하면 눈물부터 날 것 같았으니까. 화부터 낼 것 같았으니까.

그러면 선정은 또 희원을 제 인생의 걸림돌처럼 바라볼 것이니까.

다리에 깁스를 한 첫날 선정이 새벽같이 병원을 빠져나가고, 화장실을 가기 위해 익숙지 않은 휠체어와 10분 넘게 씨름을 한 뒤, 썰렁한 병원 복도에서 숨죽여 울었던 일은 아직까지도 떠오를 때마다 그녀를 서럽게 하는 기억이었다.

어리광 같은 건 애초에 알지도 못했지만, 아파서 더 서러운 마음은 한 움큼도 표현하지 못한 채 속으로 꾹꾹 눌러 담기만 했었다.

그렇게 어린 그녀를 서럽게 만들었던 사람이 이제 와 새삼스레 엄마 노릇을 할 리가 없었다.

자조적인 미소와 함께 미간이 확 일그러졌다.

울적한 생각을 해서 그런지 통증이 좀 전보다 더 심해진 것 같았다. 저도 모르게 앓는 소리가 밖으로 새 나갔다.

"희원아, 못 참겠어?"

안타까움이 한껏 묻은 두준의 떨리는 목소리가 들려왔다.

"아직 본격적인 진통은 시작도 안 한 걸 텐데 벌써 이러면 어떡해. 마음 단단히 먹어. 자네도."

갑자기 선정의 목소리가 툭 끼어들더니, 희원의 팔이 다시 그녀에게 잡혔다.

"엄마, 왜……."

왜 다시 왔냐고 물으려던 희원의 시선이 드레스 자락 아래로 언뜻언뜻 보이는 선정의 발에 닿았다.

이해할 수 없는 상황에 선정에게 머물러 있던 희원의 시선이 저만치 지나온 복도로 옮겨졌다.

굽이 높은 베이지색 구두가 복도에 아무렇게나 놓여 있었다. 신데렐라 코스프레도 아니고, 대체 뭐 하는 짓인지.

"엄마, 구두는 왜……."

"거추장스러워서."

거칠게 몰아쉬는 숨 사이로 물은 질문에 선정의 간략한 대답이 돌아왔다.

때마침 도착한 엘리베이터로 이끄는 두준을 희원이 말리고 나섰다.

"잠깐, 잠깐. 잠깐만, 두준 씨. 엄마 신발이."

"거추장스러워서 벗었다는 말 못 들었니? 쓸데없는 데 신경 쓰지 말고 어서 타기나 해. 자네도 신경 쓸 필요 없네."

떠밀리다시피 엘리베이터에 오르고 곧 문이 닫혔다.

"엄마, 진짜 왜 이래? 한여름도 아니고 초겨울 날씨에 왜 신발까지 벗어버리고 난리야?"

어디에서부터 시작된 화인지 알 수도 없었다. 두준이 옆에서 듣고 있다는 걸 뻔히 알면서도 갑자기 울컥 치솟은 화는 그녀의 속을 들끓게 만들었다.

"벗는 게 편해서 그래. 왜 갑자기 화를 내고 그러니?"

"엄마야말로 갑자기 왜 이래? 그런 사람 아니었잖아. 적응 안 되게 왜 이러는 건데? 왜 신발보다 내가 중요한 것처럼 그러는데? 왜 엄마 결혼식보다 내가 더 중요한 것처럼 구는 거냐고?"

"장희원."

울분을 토해내는 희원을 마주하는 선정의 표정은 복잡하기 그지없었다.

한가득 고인 눈물이 흐르기 직전 두준이 그녀를 품으로 당겨 안았다.

"흑, 정작 필요할 땐 곁에 없었으면서 왜 이제 와서……."

두준도 선정도 입을 꾹 다문 가운데, 희원의 울음소리만 엘리베이터 안을 가득 채웠다.

차로 이동하는 동안에 어느 정도 마음을 가라앉힌 두준이 연락을 해 놓은 덕에, 희원은 병원에 도착하자마자 특별히 마련된 개인 분만실로 입실할 수 있었다.

선정은 그때까지도 맨발이었고, 희원의 시선은 여러 번 얇은 스타킹에 감싸인 그녀의 발에 머물렀다.

희원이 신경 쓴다는 걸 눈치챈 두준이 어디선가 슬리퍼를 가져와 건넨 뒤에야 선정은 맨발에서 벗어날 수 있었다.

선정이 멋쩍게 웃으며 받아 든 슬리퍼를 발에 꿰는 걸 본 뒤로 희원은 그녀와 눈 한 번 마주치지 않았다.

희원은 때늦은 엄마 노릇을 하느라 빨갛게 얼어버린 발을 마주하는 게 속상하면서도, 저렇게까지 하는 선정의 의도가 무엇인지 의문을 갖게 되는 이중적인 감정에 휩싸였다.

절대로 끊어낼 수 없는 끈끈한 무언가가 선정과 그녀 사이에 존재한다고 느꼈지만, 그것은 애정이라 하기엔 많이 부족한 무엇이었다.

한데 선정은 지금 그 무엇을 애정이라고 착각하게 만들고 있었다. 그래서 더더욱 마주할 수가 없었다.

어릴 적 그때처럼 기대하게 될까 봐, 또다시 모정이 그리워 몸서리치게 될까 봐 외면할 수밖에 없었다.

대신 그녀에게 항상 무한애정을 제공하는 두준만을 두 눈에 가득 담았다.

모두 분만실을 나간 뒤 두준과 둘만 남겨졌다. 두줄이를 만나게 될 이 순간, 그가 곁에 있어 정말 다행이라는 생각을 했다.

하지만 그것도 잠시, 진통은 생각보다 빨리 간격을 좁혀갔고, 희원은 정말 정신이 하나도 없었다.

이론과 현실은 달라도 너무 달라서 공부하고 준비했던 건 아무 쓸모가 없었다.

몸이 찢기는 것 같은 고통이 한바탕 휩쓸고 지나간 뒤엔 약간의 한기와 함께 그래도 좀 참을 만한 통증이 이어졌다.

더 못 견디겠는 건 이 과정이 기약도 없이 무한정 반복되며, 반복될 때마다 강도가 더해간다는 것이었다.

두줄이에게 함께 힘내자 다독이며 무사히 태어나길 기원했던 마음은 어느샌가 사라지고, 빨리 이 고통이 끝났으면 싶은 생각만 가득해졌다.

고통의 사이클이 반복될수록, 옆에서 한시도 떠나지 않은 채 그녀의 손을 잡고 함께 진통을 겪는 듯 고통스러워하는 두준에 대한 고마움은 서서히 사라져 갔다.

수려하게 휘어 마음을 설레게 했던 눈썹도, 그윽하게 바라볼 때면 달콤함이 뚝뚝 흐를 것 같던 눈도, 보면 볼수록 매력적인 쭉 뻗은 콧대도, 미소 지을 때면 더없이 사랑스럽던 입술도 진통이 거듭될 때마다 하나씩 하나씩 미워지고 있었다.

기진맥진해 수없이 자다 깨다를 반복하고, 목이 쉬어서 더 이상 비명 같지도 않은 소리를 지르게 되었을 쯤엔 두준에게는 예쁜 구석이라곤 한 군데도 남아 있지 않게 되었다.

아니, 예쁜 구석은커녕 이젠 욕을 한 바가지 퍼부을 수도 있겠다는 생각이 들 즈음, 두줄이는 세상과 첫 대면을 했다.

가냘프게 '으앵' 하고 터졌던 소리가 점점 크게 울려 퍼지기 시작할 때, 희원의 눈에서도 눈물이 마구 쏟아져 나왔다.

너무 작고 연약해서 손대기도 겁나는 두줄이가 그녀의 품 안으로 들어왔다.

첫 대면한 울보 엄마와 울보 아기는 세상이 떠나가라 목 놓아 울어댔다.

눈물이 앞을 가려 흐릿해진 시야 때문에 정확히 보이진 않았지만, 두준도 말을 잇지 못한 채 울고 있는 것 같았다.

"흑, 두줄아, 안녕. 엄마야."

쉬어 터진 데다 울음까지 섞여 나와 두줄이가 엄마 목소리를 알아듣기는 할까 걱정스러웠다.

"흑, 여기 울고 있는 사람이 아빠고. 보이니?"

"흠흠, 울긴 누가 울었다고. 고생했어, 희원아."

안 울었다고 딱 잡아떼면서도 목이 메는지 두준은 잠시 말을 잇지 못했다.

"이 한마디로 내 맘을 표현하기엔 터무니없이 부족한 것 같지만, 그래도 이 말밖에 없어서…… 사랑해."

닭살멘트의 달인 강두준 선생께서는 타이밍을 놓치는 법이 없었다.

누가 듣고 치를 떨건 내 알 바 아니라는 듯, 오직 희원만을 위해 내뱉는 세 음절.

그 세 음절 속에 깃든 마음은 차고 넘칠 정도라는 걸 뻔히 아는데, 두준은 그것도 부족하다 말하고 있었다. 희원의 눈가에 다시 찰랑찰랑 눈물이 들어찼다.

그때 어디선가 굵직한 울음소리가 툭 터져 나왔다.

희원은 재빨리 눈물을 훔치곤 두준을 쳐다봤지만, 습기 머금은 눈을 하고 있을망정 그의 울음은 분명 그쳐 있었다.

울음소리는 두준의 뒤쪽, 언제부터 들어와 서 있었던 건지, 위생복을 착용한 채 멀찍이 떨어져 있는 한 무더기의 사람들 틈에서 새어 나오고 있었다.

희원과 두준의 눈이 황당함을 담고 일그러졌다.

'아니, 지가 왜 울어?'

입을 가린 채 울음을 참아보려 애쓰는 사람은, 감격스러운 표정을 한 채 울보 가족을 바라보고 있는 강 회장 내외도, 백 교수가 가져다준 낮은 플랫슈즈로 갈아 신은 선정도, 희원이 산고를 겪는 동안 함께 마음 졸이며 절친미를 뽐낸 미란도 아니었다.

지 마누라가 지 애 낳은 것도 아닌데, 이민욱 너, 대체 뭐니?

희원과 두준의 황당한 시선을 느낀 건지 황급히 눈물을 닦아낸 민욱이 울음을 참느라 삐죽거리던 입술을 간신히 놀려 말을 꺼내놓았다.

"어, 미안. 너무 감정이입을 하는 바람에 그만. 와, 형님하고 희원이 아들이라 그런가, 인물이 아주 훤하네요."

두준의 표정이 더 험악하게 일그러졌다.

"딸이거든."

"아, 맞다. 딸이라고 했지. 그러니까 제 말은 인물이 훤한 게 예쁘게 생겼다고요."

"그럼, 누구 딸인데."

남다른 뻔뻔함을 깨알같이 시전해 주는 두준을 깡그리 무시한 채, 한 사람씩 축하 인사를 건네고 있었다.

축하 인사에 미소로 답하는 희원의 시선은 붙박이인 듯, 한곳에만 못 박혀 있었다.

처음엔 잘못 봤나 싶어서. 나중엔 뭔가 잘못됐지 싶어서.

희원이 기억하는 한 선정의 눈물을 보는 건 이번이 처음이었으니까.

네 살배기 어린 딸에게 냉정한 목소리로 운다고 해결되는 일은 아무 것도 없음을 강조하던 선정은 모범을 보이려는 의도였는지 단 한 번도 딸 앞에서 눈물을 보인 적이 없었다.

그런 그녀가 딸이 낳은 손녀를 바라보며 눈물을 흘리고 있었다.

자신이 울고 있다는 자각조차 없는 건지 선정은 뺨을 타고 흐르는 눈물을 닦지도 않고 있었다.

그러다 의아함이 담긴 희원의 뚫어질 듯한 시선을 느끼기라도 한 건지, 선정의 시선이 희원에게로 옮겨왔다.

그녀는 잘못을 들키기라도 한 것처럼 흠칫 놀라며 재빨리 눈물을 훔쳐 냈다.

희원과 선정의 시선이 잠시 뒤엉켰다.

생각지도 못한 뭉클함이 희원의 가슴을 치고 올라왔다.

희원이 알지 못하는 어느 순간, 엄마도 이렇게 아파했겠구나!

온 마음을 다해 그녀가 무사히 태어나길 기원했을까?

이렇게 힘 못 주면 아기에게 좋지 않다는 의사의 말에 아픔을 무릅쓰고 죽을힘을 다했을까?

엄마처럼 살지 않겠다고, 엄마와는 절대 닮지 않겠다고 다짐하고 다

짐했건만, 지금 그녀와 선정은 너무도 닮은 것 같아 보였다.

같은 일을 겪어낸 끈끈한 동지애를 넘어서는 그 무엇.

애정이라 하기엔 아직 좀 낯설지만, 처음으로 선정이 냉랭하고 우아한 이선정 교수님이 아닌 엄마로 보이는 순간이었다.

어느 정도 멈춰 있었던 울음이 다시 툭 터져 나왔다. 엄마의 울음소리를 감지한 두줄이도 따라서 울음을 터뜨렸다.

두준은 다시 터진 희원의 울음에 안절부절못하며 달래기 바빴다.

미소를 짓고 있던 민욱도 다시 굵직한 울음을 터뜨렸다. 미란은 주책이라며 눈을 흘기면서도 그를 안아 달랬다.

강 회장은 손수건으로 눈물을 찍어내는 한 여사의 어깨를 다정히 토닥이고 있었다.

그리고.

선정은 새어 나오려는 울음을 손으로 막은 채, 하염없이 눈물을 흘리고 있었다. 희원은 차마 소리 내 부르지 못한 이름을 울음으로 토해냈다.

엄마! 엄마!

두줄이가 웃는다.

두줄이가 입을 삐죽거린다.

아기는 자기만의 세상이 있는 듯 자면서도 가만히 있지를 않았다.

두준과 그녀를 오묘하게 닮은 두줄이는 보고 또 봐도 신기하기만 했다.

어떻게 저렇게 작은 얼굴에 눈, 코, 입이 완벽하게 자리 잡고 있을까.

당연한 것들이 당연하지 않게 느껴졌다.

기진맥진해 곧 쓰러질 것 같았는데, 이제는 잠도 오지 않았다.

두준은 발길이 떨어지지 않는 듯 한참을 미적거리다가 결국 시형에게 끌려가다시피 병원을 나섰다. 모두가 빠져나간 공간에 오로지 두줄이와 그녀만 남겨졌다.

아직 엄마가 된 걸 실감 못 하는 가슴은, 사랑하는 이와의 데이트를 앞둔 아가씨처럼 끊임없이 설레었다.

손 한 번 잡아보면 깨려나? 어쩜, 신기해라. 손가락이 아빠 닮아 길기도 하네.

스킨십 중독 증세를 보이는 두준이 십분 이해가 가는 순간이었다.

딸과 엄마 사이로 만난 첫날.

생초보 엄마는 아기가 깨어나서 울기라도 하면 겁부터 덜컥 날 것 같아 마음껏 만져 보지도 못하고 있었다.

'어머나, 손톱이 어쩜 이렇게 예쁘게 생겼을까.'

속으로 감탄해 놓고 피식 웃고 말았다.

있을 거 당연히 있는데도 손가락이 너무 작아서 거기에 손톱까지 완벽하게 존재한다는 사실이 신기하게 느껴졌다.

'끝만 살짝 대보면 괜찮지 않을까?'

희원은 움찔움찔 조심스럽게 손을 움직였다. 앙증맞게 주먹 쥔 손에 막 닿으려는 순간, 난데없는 노크 소리에 화들짝 놀라고 말았다.

희원은 잘못이라도 저지른 것처럼 황급히 손을 떼고 두줄이와 거리를 뒀다.

"네."

조심스럽게 열린 문 너머에 뜻밖의 인물이 서 있었다.

"아직도 안 가고 여기서 뭐 해?"

의아해서 물은 말이었는데, 어쩐지 좀 쌀쌀맞게 들렸다.

"하루 더 호텔에서 자고 내일 출발하기로 했어."

희원의 갑작스러운 출산으로 선정의 신혼여행은 이틀이나 늦어져 버렸다.

곁에 있어달라고 말한 적 없었지만, 괜스레 미안했다.

"백 교수님은?"

이름을 듣는 것만으로도 좋은지 선정은 온화한 미소부터 내보였다.

선정이 저런 편안한 표정을 지을 수 있게 만들어준 백 교수에게 고마운 생각이 들었다.

"만날 사람이 있다고 해서……."

신혼여행이 예정되어 있었는데 만날 사람이 있을 리가 없었다. 백 교수는 아마도 사랑하는 여자에게 딸과의 시간을 선물하기 위해 홀로 시간을 보내고 있을 것이 뻔했다.

"좀 잤니?"

"조금. 진통하는 중간중간 자다 깨서 그런지 생각만큼 잠이 오지 않네."

"먹고 싶은 건 없어?"

희원이 고개를 저었다.

전에 없이 다정한 선정의 물음은 낯설면서도 싫지 않았다.

선정과 이렇게 조용히 마주 앉아 대화를 나누었던 기억이 없었다. 둘에게 상당히 낯선 시간인 만큼 필연처럼 침묵이 찾아들었다.

약속이나 한 것처럼 선정과 희원의 시선은 두줄에게로 향했다. 두줄이가 아니었으면 선정과의 이런 시간은 아마도 생전 주어지지 않았을 터였다.

침묵은 끝나지 않을 것처럼 길게 이어졌다. 지루하진 않았지만, 조금 불편하다고 느낄 즈음 선정이 조심스럽게 말을 꺼냈다.

"난 방법을 모르겠어."

앞뒤 다 잘라먹은 선정의 첫마디는 희원을 당황케 했다. 논리정연한 이선정 교수님과는 전혀 어울리지 않는 대화법이었다.

어제오늘 선정은 그녀가 봐온 사람이 맞는지 의심스러울 정도로 여러 모습을 보여주고 있었다.

"무슨 방법?"

희원이 의아하게 묻는 말에 선정은 바로 답을 하지 못하고 조금 망설였다.

"엄마가 되는 방법."

짐작도 못 했던 답에 희원의 표정이 멍해졌다.

"처음엔 먹이고 입히고 재우는 것만도 힘들어서 그것만 잘하면 진정한 엄마가 될 것 같았어. 그런데 그 모든 게 익숙해지고 나서도 뭔가 많이 부족한 것 같더구나."

선정의 입가에 자조적인 미소가 얼핏 스쳤다가 사라졌다. 두줄이를 물끄러미 바라보는 걸 보니, 희원이 아기였을 때를 회상하는 것 같았다.

"사실 그것만 하는 것도 힘들었어. 누군가를 미워하는 일은 어찌나 사람을 지치게 만드는지……. 너희 아빠에 대한 미움이 너무 버거울 때였단다. 이렇게 말하면 핑계 같지만, 너에게 애정을 쏟을 여력이 없었어."

선정의 입으로 직접 듣지 않아도 너무나 잘 알고 있는 사실이었다. 오직 그것만이 목적인 것처럼 싸움에 열정을 다하던 선정과 경태의 모습은 희원의 기억 속에 각인되어 남아 있었다.

"헤어지고 나면 모든 게 다 잘 풀릴 줄 알았는데, 나한테만 그런 건지, 다른 사람한테도 그런 건지 인생은 매순간 녹록치 않더구나. 뭐 하나 뜻대로 되는 게 없었어. 한 발짝 다가섰다 싶으면 꿈은 세 발짝 물러나 있었어. 뜬구름 잡는 것 같았지."

경태와 헤어진 뒤 희원의 눈에 비친 선정은 항상 당찬 모습이었다.

실패에도 절대 굴하지 않는, 두려움도 고뇌도 없는 여전사인 줄만 알았지, 녹록치 않은 인생에 휘둘리며 힘들어했을 줄은 꿈에도 몰랐다.

"너희 아빠한테 무언가 보여주고 싶은 마음이 강했던 것 같아. 당신만 아니었으면 내 인생은 찬란했을 거야. 네가 다 망친 거야. 뭐, 그런 거. 참 유치하고 저급한 생각이었지."

아빠를 사랑한 적은 있냐는 희원의 물음에 그때는 사랑이라고 생각했던 선정의 말이 떠올랐다.

정이든 사랑이든 선정과 경태에겐 이혼이란 법적인 절차로 딱 끊어내지 못할 감정이 남아 있었을 것이다.

유치하고 저급하다 싶어도 쉽게 떨쳐 내지 못하고, 자꾸 의식하게 되는 질척한 감정.

다시 생각해도 별로 탐탁지 않은지 선정이 어깨를 들썩이며 입을 삐죽거렸다.

"난 네가 기다려 줄 줄 알았다. 내가 무언가 될 때까지 기다려 줄 거라 생각했어. 진정한 엄마 노릇은 그때 해도 늦지 않을 거라 애써 마음을 다스렸지. 참 멍청하지? 엄마 품이 그리워 애처로운 눈길로 바라보던 어린 딸이 금세 자랄 거라는 생각은 왜 하지 못했을까? 생각보다 너무 빨리 자라더구나. 생각보다도 더 빨리…… 엄마를 필요로하지 않는 나이가 되었더구나."

선정의 얼굴이 울 것처럼 일그러졌다.

"그래, 이건 다 핑계야. 난 진정한 엄마가 뭔지 몰랐던 거야. 미안하다, 희원아. 외롭게만 해서, 마음 아프게만 해서 정말…… 미안하다, 희원아."

선정은 기어이 어깨를 들썩이고 있었다. 고개를 숙인 채 소리 없이 흐느끼고 있었다.

선정은 딸을 인생의 걸림돌 취급하며 애정을 주지 않은 냉정한 엄마가 아니라, 그저 서툰 엄마였을 뿐이다.

하지만 이해가 간다고 해서 다 받아들일 수 있는 건 아니었다.

선정에겐 희원이 모르는 사정이 있었듯 희원에겐 선정이 미처 알지 못했던, 외롭게 했다는 한 줄 표현으론 부족한 사정들이 있었다.

그건 진실한 말 몇 마디로 쉽게 해소될 수 있는 부분이 아니었다.

그래서 희원은 선정에게 괜찮다는 말을 쉬이 꺼내지 못하고 있었다.

울음을 달래주려는 듯 움찔거리며 힘들게 뻗었던 손은, 잘게 떨고 있는 선정의 어깨 바로 앞에서 멈춰 버렸다.

선정이 여전히 서툰 엄마이듯 희원도 너무 서툰 딸이라 다정하게 행동하는 건 아무래도 좀 많이 어색했다.

"이제부터 해줘, 엄마 노릇."

툭 뱉어낸 말은 참 얄밉기도 했다. 이렇게 말하려던 게 아닌데 싶어서 희원의 미간이 짙게 일그러졌다.

손수건으로 눈물을 훔친 선정은 붉게 충혈된 눈을 들어 희원을 물끄러미 바라봤다.

"엄마 손 가는 일 만들어볼게."

이어지는 말은 더욱더 가관이었다. 희원에게 세상에서 제일 어려운 일은 선정과의 대화인 것만 같았다. 참 마음 같지 않았다.

"하여튼, 말하는 거 하곤."

"엄마 닮아 그런가 보지 뭐."

"어머, 얘 봐. 내가 언제 그렇게 때려주고 싶을 만큼 얄밉게 말을 했다고 그러니?"

"생각 안 나? 원한다면 결혼식엔 참석할 수 있지만, 다른 건 기대하지 말아요, 라고 했던 거. 그때 얼마나 정나미 떨어졌는지 알기나 해?"

정색을 하며 반발하는 선정의 말에 발끈한 희원이 최근 그녀의 마음을 가장 아프게 했던 말을 툭 꺼내놓았다.

꺼내놓고 보니 아차 싶었다. 너무 위험한 화제를 끄집어낸 것 같았다.

나름 분위기 괜찮았는데.

엄마 노릇 해보겠다고 기껏 마음을 연 사람한테 너무 돌직구를 날렸나 싶었다. 다시 냉정한 이선정 교수님이 출몰할 것만 같아 희원은 눈치를 힐끔 봤다.

"내가 언제 그렇게까지 말했다고…… 그리고 막말로 딸이 속도위반해서 결혼하겠다는데 어느 엄마가 아이고, 잘했네, 해."

선정의 의외의 반응에 희원의 눈이 동그래졌다. 잠시 무어라 말도 못 하고 입만 벙긋거리던 희원의 입가에 미소가 슬쩍 맺혔다가 사라졌다.

분명 듣기 좋은 말은 아닌데, 이상하게 싫지 않았다.

"그럴 때 보통 엄마라면 죽이네 살리네 난리 치는 게 맞거든."

"교양 없는 사람들이나 그렇게 하는 거지."

"아이고, 퍽이나 교양 있으시네요. 그래서 엄마도 속도위반했구만, 교양 있어서?"

"아니, 얘가 진짜……."

선정의 음성이 살짝 높아지자, 두줄이가 움찔하면서 '애앵' 소리를 냈다.

선정도 희원도 화들짝 놀라 숨을 죽이고 두줄이만 뚫어져라 쳐다봤다.

"엄마가 소리 질러서 깨려고 하잖아. 다독이면 다시 잘까?"

"그, 그럴까?"

"그걸 나한테 물어보면 어떡해?"

"네가 애 엄만데 그럼 누구한테 물어봐?"

"엄마는 애 키워봤으면서 그것도 몰라?"

"어제 있었던 일도 잊어버릴 나이야. 20년도 더 된 일을 어떻게 다 기억해?"

웃기지도 않은 숨죽인 설전이 오고 갔다. 울기라도 하면 어째야 하나 마음 졸이는 두 초보 엄마의 불안을 감지한 건지 조금 꼼지락대던 두줄이는 다시 고요해졌다.

희원과 선정이 동시에 안도의 한숨을 뱉어내다가 서로 눈이 마주치자 '풋' 하는 소리를 내며 웃음을 터뜨렸다.

그러다 얼른 새 나가는 웃음을 막기 위해 둘 다 동시에 입을 틀어막았다.

엄마 노릇도 서툴고 딸 노릇도 서툰 삼대가 모인 병실은 금세 고요한 침묵에 잠겨들었다.

서로를 마주 보는 희원과 선정의 눈엔 웃음이 가득했다.

선정과의 관계가 금세 여느 모녀지간처럼 그렇게 될 거라고 기대하지 않는다.

언젠가 두준이 말했던 것처럼 그 누구도 완벽할 순 없다. 완벽해지기 위해 노력을 하는 것이지.

희원과 선정의 노력은 지금부터 시작이었다. 너무 늦은 것 같긴 했지만, 시작치곤 꽤 괜찮은 것 같았다.

처음 시작은 정말 별것도 아니었다.

강벼리 육아 6개월 차.

육아는 생각했던 것보다 훨씬, 훠얼씬 힘들었다.

밤낮이 뒤바뀐 벼리는 두 시간 간격으로 깨어나 배를 채우고 세 시간 간격으로 깨어나 기저귀를 갈아달라고 아우성이었다.

정리하자면 벼리는 밤새 한 시간 간격으로 깨어나 우렁찬 울음소리로 불만 사항 시정을 요구했다.

거창하게 세웠던 육아 스케줄은 몽땅 무용지물이 되어버렸고, 하루를 버텨내는 것만으로도 다행인 나날들이 반복되고 있었다.

벼리를 낳은 이후로 가끔 전화 연락을 해오는 선정에게 잠 한 번 깨지 않고 푹 자보는 게 소원이라며 하소연하자, 너도 아기 때 밤낮이 바뀌어 잠 한 번을 편히 못 잤다는 생생한 증언이 되돌아왔다.

어떻게 닮아도 그런 걸 닮아서 사람을 고생시키는지.

벼리의 밤낮을 바꾸어보려고 안 써본 방법이 없었다.

아침에 일찍 깨워보기도 하고, 낮잠 잘 때마다 깨워보기도 하고, 햇빛을 쬐는 게 좋다고 해서 정원 산책 시간을 늘리기도 하고, 낮 동안 수유량을 늘려보기도 했다.

하지만 모두 실패하고 말았다.

누굴 닮아 이다지도 쇠심줄인지, 벼리는 자신의 생활 패턴을 끈질기게 바꾸지 않았다.

밤에도 낮에도 깊이 잠 못 드는 날이 늘어가면서 희원의 신경은 극도로 날카로워져 갔다.

두준은 잠깐씩이라도 베이비시터의 도움을 받아보자는 제안을 했지만, 희원이 한사코 반대했다.

베이비시터를 불신해서가 아니라, 어릴 적부터 남의 손에 맡겨졌던 기억 때문에 자신이 아닌 다른 사람 손에 벼리를 맡긴다는 게 영 꺼림칙했다.

딸바보 행렬에 성큼 발을 들여놓은 두준이 거의 매일이다시피 정시 퇴근을 해 손을 보태고 있긴 했지만, 희원의 피로는 한계점에 다다라 있었다.

그날도 여느 때와 다름없이 육아전쟁을 치른 뒤였다.

도우미 아주머니와 함께 벼리를 목욕시켜 재운 뒤, 그녀도 설핏 잠에 빠져들려는 참이었다.

익숙한 향과 함께 뺨에 부드러운 감촉이 느껴졌다.

이렇게 다정스러울 이는 오직 한 사람뿐이었다.

희원은 눈도 뜨지 않은 채 나른한 미소부터 머금었다.

"왔어요?"

"음, 오늘도 단단히 한바탕했나 보군."

"뭐, 그럭저럭 열렬했죠."

"강벼리 요 녀석, 엄마 괴롭히지 말라고 했는데, 말을 안 듣지?"

"어, 두준 씨, 벼리 좀 전에 잠들었단 말이에요. 깨우지……."

희원의 말이 끝나기도 전, 낮게 깔리는 아빠 목소리에 움찔하던 벼리가 잠투정하듯 칭얼대더니 결국 울음을 터뜨리고 말았다.

그 순간 희원도 같이 폭발하고 말았다. 누적된 피로 때문에 날카로워진 신경줄이 순식간에 뚝 끊어진 듯한 느낌이었다.

두준에게 안겨 있는 벼리를 빼앗다시피 안아 들었다.

"아우, 정말 속상해. 겨우 잠들었는데 깨우면 어떡해요."

말투는 어느 때보다 짜증스러웠고, 표정은 울 것처럼 일그러졌다.

"다시 재우려면 또 한참 고생해야 하는데, 왜 애를 깨우느냐고요?"

"내가 재울게."

"내가 해요."

희원은 고집스레 벼리를 안고 있었다.

"여보, 이리 주고 좀 쉬어. 당신 지금 너무 예민해."

비난은 단 1%도 들어 있지 않은, 조용히 타이르는 말투였다. 그런데 왜 희원의 귀에는 고깝게만 들리는 걸까.

"지금 내가 너무 예민하게 군다는 거예요?"

날카롭게 벼려진 말이 툭 튀어나왔다.

"그런 뜻이 아닌 거 알잖아. 당신 이러다 진짜 병나겠어. 그러지 말고 우리 잠깐씩이라도 베이비시터 도움 받자. 응?"

"싫어요. 싫다고 했잖아요. 벼리를 다른 사람 손에 키울 순 없어요."

"그게 왜 다른 사람 손에 키우는 거야?"

희원이 지나치게 흥분하자, 두준의 목소리도 좀 날카로워지고 있었다. 거의 울음을 그쳐 가던 벼리가 다시 칭얼대기 시작했다.

"좀 이성적으로 생각해 봐. 당신 이렇게 힘들어하면 벼리한테도 좋을 게 없어."

"나한테 지금, 엄마 자격이 없다고 말하는 거예요?"

"장희원!"

사납게 그녀를 부르는 두준의 목소리가 신호라도 된 것처럼 벼리가 결국 울음을 터뜨리고 말았다.

벼리의 울음소리가 그녀의 귓가를 쟁쟁 울렸다.

한순간 그녀는 선정과 경태 사이에 서 있는 것 같은 착각에 빠졌다.

서로에 대한 비난을 쏟아내느라 그녀는 안중에도 없었던 그 순간.

지금 상황과 전혀 닮지 않았지만, 희원은 그때로 돌아가 선정의 자리에 자신이 서 있는 것만 같았다.

두준이 패닉 상태에 빠져 있는 희원에게서 벼리를 받아 안았다.

"미, 미안해요."

"나가서 따뜻한 차라도 한잔하고 있어. 벼리 재우고 나갈게."

"네."

두준의 목소리는 고요하고 부드러웠다. 애초에 언성을 높인 적도 없었던 것처럼. 흥분하고 화를 낸 건 오로지 그녀 혼자인 것처럼.

아니, 사실이 그랬다. 그녀 혼자 짜증 내고 화내고 나중엔 되도 않은 억측까지.

한심하기 짝이 없었다. 그렇게 닮지 않겠다고 다짐을 했으면서 조금 전의 모습은 선정과 다를 게 하나도 없었다.

아기 방을 나온 희원은 자리에 앉지도 못하고 불안스레 서성댔다.

두준이 그녀에게 실망했을 것만 같았다. 그의 성격상 그녀를 대놓고 비난하진 않겠지만, 이 일로 그와의 사이에 보이지 않는 틈이 생길 게 뻔했다.

목 놓아 울고 싶은 심정이었다. 두준에게 화를 낸 걸로도 모자라 벼리 앞에서 그렇게 소리를 질러댄 자신이 너무 미웠다.

희원은 묵직한 자책감을 견디지 못하고 소파에 털썩 주저앉아 양손에 얼굴을 묻었다.

얼마나 시간이 더 지났을까. 조심스럽게 문 여닫는 소리가 들리고, 가벼운 발자국 소리가 이어졌다.

그리고 이내 소파 옆자리가 묵직하게 눌렸다.

두준과 대화다운 대화를 나눴던 게 언제쯤인지 가물가물했다.

그의 얼굴을 마주 보며 웃었던 일이 아주 먼 옛날의 일인 것만 같았다.

특유의 얕은 한숨을 뱉어낸 두준은 여전히 양손에 얼굴을 묻고 있는 희원의 어깨를 감싸 안았다.

"두준 씨, 난…… 잘하고 싶은데, 정말 잘하고 싶은데…… 그렇지 못한 것 같아요."

희원의 음성엔 울먹임이 잔뜩 섞여 있었다.

"당신 잘하고 있어."

"아니요. 그렇지 않아요. 아무 잘못 없는 당신한테 화만 내고. 그것도 벼리가 듣는 데서. 나한테 실망했죠?"

"희원아, 나 좀 봐봐."

희원이 고개부터 저었다.

"창피해서 당신 얼굴 볼 수가 없어요."

"당신 보고 싶어서 이 실장 눈총 받아가며 한달음에 달려왔는데 정말 이럴 거야?"

"쳇, 내가 아니라 벼리가 보고 싶어서 한달음에 달려왔겠죠."

"벼리는 그다음. 장희원이 일 순위니까. 그러니까 얼굴 좀 보자. 응?"

두준의 재촉에 희원이 마지못해 고개를 들었다. 그윽한 눈빛이 그녀를 한가득 담고 놓아주지 않았다.

"장희원, 내 생애를 통틀어 죽는 날까지 당신한테 실망하는 일은 없어. 지금도 충분히 잘하고 있으니까 너무 잘하려고 애쓸 필요 없어."

너무나 다정한 목소리에, 너무나 부드러운 손길에 희원의 눈가가 뜨끈해졌다. 눈물이 쏟아질 것만 같아 그의 가슴에 얼굴을 묻을 수밖에 없었다.

"그래서 말인데 희원아, 잠깐 시간을 좀 가지는 건 어떨까?"

맥락 없는 그의 말에 희원의 몸이 멈칫 굳어지고 말았다.

8. 마침표 찍을 그날까지

달빛이 만들어낸 그림자는 기괴할 정도로 커다랬다.

잠에서 깬 희원은 낯선 풍경에 소스라쳐 놀라며 몸을 벌떡 일으켰다.

잠시 동안 이곳이 어디인지 파악하기가 힘들었다.

겁을 집어먹은 듯 두리번거리던 희원은 어렴풋한 파도 소리를 듣고 나서야 안도의 숨을 내쉬었다.

작년 여름 두준과 때늦은 신혼여행을 즐겼던 제주도 별장이었다.

오후 늦게 홀로 이곳에 도착한 희원은 짐도 풀지 않은 채, 세수만 대충 하고 침대로 파고들었다.

어수선한 마음에도 불구하고 곧 죽음 같은 잠이 찾아들었다.

그리고 얼마나 잔 것일까? 사위는 어둠에 휩싸여 고즈넉했다.

휴대폰을 어디에 뒀는지 기억이 잘 나지 않았다.

두준에게 잘 도착했다는 연락도 안 했는데. 분명 걱정하고 있을 텐데.

벼리! 벼리는 잘 있을까?

덜컥 불안감이 엄습했다. 당장 큰일이라도 벌어질 것처럼 불도 켜지 않은 채 허둥지둥 대며 휴대폰을 찾았다.

"아야!"

익숙지 않은 방 구조에 무릎을 된통 부딪치고 말았다.

얼마나 세게 부딪쳤는지 눈물이 핑 돌았다. 욱신거리는 데다 피부가 벗겨지기라도 했는지 화끈거리기까지 하는 무릎을 움켜쥔 희원이 그 자리에 털썩 주저앉아 버렸다.

코끝이 시큰하더니 눈물이 방울져 떨어졌다.

"아파서 그러는 거야, 아파서."

운다고 누가 무어라 하는 것도 아닌데, 괜스레 핑계를 댔다. 희원은 아픈 무릎을 꼭 부여안고 한참을 흐느꼈다.

어둠만이 내려앉은 공간에 덩그러니 홀로 앉아 흐느끼고 있자니, 꼭 버림받은 기분이었다.

"어떻게 전화도 한 통 없어."

희원은 코를 훌쩍이며 불만스레 투덜거렸다.

휴대폰을 찾아볼 의지는 이제 완전히 사라지고 없었다.

갑자기 홀로 멀리 떠나와 잠 한숨 자고 나니 이젠 뭘 해야 될지도 모르겠는데, 두준은 정말 아무렇지도 않은가 보다.

그러니 전화 한 통이 없지.

나도 연락 하나 봐라. 절대로, 절대로 안 할 테다. 휴대폰은 쳐다도…….

거짓말처럼 벨소리가 울렸다. 무릎까지 부딪치며 찾아다녔던 일이 무색하게 휴대폰은 침대 옆 테이블 위에서 빛을 발하고 있었다.

빨리 받으려는 욕심에 엉금엉금 기어가다가 무릎이 아파 앓는 소리를 냈다.

다 기어가지도 못하고 한 팔을 쭉 뻗어 휴대폰을 잽싸게 낚아챘다.

"여보세요."

[목소리가 왜 그래? 울었어?]

고대하던 음성은 다짜고짜 그녀의 목소리 상태부터 체크하고 있었다. 운 걸 들킬까 봐 겁난 희원이 지나치게 큰 소리로 시침을 뗐다.

"아니요오. 울긴 내가 왜 울어요. 방금 일어나서 그런가 봐요."

[그렇군.]

생각보다 너무 건조한 대답이었다. 원래대로라면, 두준은 희원의 기분을 귀신같이 알아채고 왜 울었는지 꼬치꼬치 물어봐야 맞았다.

역시, 그건가?

미간을 일그러뜨린 희원의 고개가 갸웃거려졌다.

시간을 갖자는 이상야릇한 말로 희원을 긴장시켰던 두준은 잘못된 표현을 정정하며 희원에게 3일간의 휴가를 권했다.

두준도 벼리도 없는 곳에서 오로지 자신만을 위한 시간을 보내고 오라는 것이었다.

요는 쉼표 한 번 찍고 오라는 소린데, 이게 좀 순수하게 받아들이기 묘한 구석이 있었다.

"벼리는 어쩌고요?"

"나한테 맡겨."

"당신 회사는요?"

"바쁜 일은 대충 마무리했고, 여름휴가 조금 당겨쓰지, 뭐."

너무나 간단명료하고 명쾌한 대답에 희원은 기쁘기보다 어안이 벙벙했다. 꼭 내쫓기는 기분이라고 해야 할까.

두준에게 이런 말을 듣기 직전까지만 해도 나만의 시간을 가지고 싶다고 소망했으면서, 막상 그러라고 하니 나한테 대체 뭘 하라는 거지 하는 의문만 샘솟았다.

"정말, 괜찮겠어요?"

"그러엄, 물론이지. 걱정하지 말고 맘 편히 즐겨."

영 내키지 않는 투로 조심스럽게 묻는 희원의 말에 두준은 잠시의 틈도 없이 확신을 내보였다.

마치 희원이 곁에 없기를 바라는 사람 같다고 해야 할까.

아무튼 고마움보다 섭섭함이 느껴지는 배려였다.

그럼에도 그의 제안을 물리지 못하고 그대로 받아들인 건 반은 심술, 반은 오기였다. 반나절도 지나지 않아 그녀를 찾게 될 거라 믿어 의심치 않았다.

그러면 한껏 생색내며 돌아와야지, 야무진 꿈에 부풀었었는데.

반나절을 훌쩍 넘겨 버리고, 늘어지게 자고 일어날 때까지 감감무소식이었다가 이제야 겨우 전화 한 통 달랑.

무언가 변했다는 생각을 지울 수가 없었다. 더구나 그녀의 기분까지 알아채지 못하고 있었다.

역시 말로만 듣고 글로만 봤던 권태기가 온 건가 싶었다.

두준에게 등 떠밀리다시피 집에서 나와 제주도까지 오는 동안 줄곧 희원을 괴롭혔던 생각이었다.

그와 결혼한 지 1년.

줄곧 너무 꽃날이었다. 그래, 지치지도 않고 달달했지.

하지만 근래 낮이고 밤이고 벼리와 전쟁을 치르면서 두준에게 소홀해진 감이 없지 않았다. 두준도 회사 일과 육아에 지친 탓인지, 전처럼 그녀에게 열렬하지 않았다.

요즘은 결혼하고 6개월만 돼도 권태기가 온다질 않나.

충분한 교제 기간과 신혼 기간을 가진 뒤 아기를 낳고 엄마 아빠가 되는 모든 일련의 과정을 터무니없이 단축시킨 그들이니 권태기라고 빨리 오지 말라는 법이 없지 않나.

찜찜했던 추측은 점점 확신으로 굳어지려 하고 있었다.

"벼리는 잘 있어요?"

찜찜한 마음을 숨긴 희원은 그들의 공통 관심사를 화제에 올렸다.

[어, 잘 있어.]

너무나 성의 없는 대답이 돌아왔다. 세세하게 설명을 보태진 못할망정 그녀의 물음을 그대로 따라 하는 대답이라니.

벼리에게 신경 쓸 필요 없다는 소린가? 말도 안 돼.

"이유식 하루에 한 번씩 꼭 시간 맞춰 먹여야 되는 거 알죠? 벼리 요즘 아무거나 입에 넣고 빨아요. 위험한 물건은 바로바로 치워야 해요. 오리 모양 딸랑이 제일 좋아하니까 그거."

[희원아, 희원아?]

"네?"

[내가 잘 알아서 할게.]

차분하고 담담한 목소리. 역시 신경 쓸 필요 없다는 소리였다.

"그래요, 그렇겠죠. 당신이 잘 알아서 하겠죠."

[그래. 아무 걱정 하지 말고 푹 쉬어.]

"걱정 안 해요. 난 그저 당신이랑 벼리가."

[어, 벼리가 부른다. 나중에 또 전화할게. 즐거운 시간 보내.]

"두준 씨. 두준 씨?"

다급하게 두준을 불렀지만, 전화는 이미 끊어진 뒤였다. 6개월짜리 아기가 무슨 수로 아빠를 부른단 말인가.

어쩜, 핑계를 대도 이렇게 빤히 들여다보이는 핑계를…….

희원은 휴대폰 든 손을 축 늘어뜨리며 바닥에 털썩 주저앉아 버렸다. 아까 다쳤던 무릎이 또 욱신거렸다.

눈물이 핑 돌았다. 무릎이 아픈 건지, 마음이 아픈 건지 종잡을 수가 없었다.

분명 그녀를 배려해 주는 게 맞는데, 전혀 배려받고 있는 느낌이 아니었다.

뭐가 잘못된 걸까? 진짜 권태기라도 온 걸까?

희원은 두준과 마음이 멀어진다는 생각만 해도 숨쉬기조차 힘들 정도로 머릿속이 아찔한데, 그는 몸과 마음 모두 멀어져도 아무런 상관이 없는 것 같은 느낌이었다.

또다시 무릎을 끌어안고 한껏 웅송그려 훌쩍이던 희원이 대단한 결심이라도 한 듯 고개를 반짝 쳐들고 눈물을 거칠게 훔쳐 냈다.

"그래, 뭐, 그게 당신 소원이라면 즐거운 시간 보내보지, 뭐. 내가 못 할 줄 알고. 힐링하고 잔뜩 힘내서 권태기의 기억 자도 생각 못 하게 만들어줄 거니까 두고 보라고, 강두준 씨."

두준이 바로 앞에 있기라도 한 듯, 희원은 눈물을 훔치던 주먹을 쭉 뻗어 보였다.

"두고 보라고, 강두준."

하지만 다시 한 번 중얼거린 목소리엔 힘이 하나도 없었다.

그대로 다시 침대로 기어들어 간 희원은 꿈도 없는 잠을 잤다. 푹 자서 그런지 아침엔 제법 기분이 나아져 있었다.

희원은 약속이라도 있는 것처럼 부지런히 서둘러 아침을 챙겨 먹고 나갈 채비를 한 뒤 별장을 벗어났다.

유명 관광지보단 올레길과 전통시장을 돌아볼 계획이었다. 별장을 벗어나 적당한 곳에 차를 세우고 햇빛을 만끽하며 느긋하게 걷다가 마음에 드는 찻집이 있으면 차도 한 잔 마시고, 예쁜 음식점이 있으면 혼밥도 한 번 해볼 작정이었다.

전통시장에 들러 그 유명한 오메기떡도 사 먹고, 해산물을 종류별로 양껏 사서 저녁엔 푸짐하게 해물탕을 끓여 먹을 생각이었다.

그랬는데, 정말 하나에서부터 열까지 다 마음 같지 않았다.

창이 넓어 제주 앞바다가 한눈에 보이는 예쁜 찻집엔 아이스크림을 묻히고 먹는 아들의 입을 닦아주며 흐뭇한 미소를 짓는 아빠가 있었다.

용기를 내 혼밥 해보겠다고 들어간 음식점에선 네 명이 앉을 자리를 혼자 떡하니 차지하고 앉아 있는데, 딸과 아들을 대동하고 들어온 젊은 부부가 빈자리 없이 4인용 식탁을 채우고 앉아 웃고 떠들며 메뉴를 정했다.

전통시장에선 또 어떻고.

제주도 특유의 해학이 담긴 조각상 앞에 아기를 안고 함박웃음을 짓는 아내를 카메라에 담느라 열심인 남편이 있었다.

혼자인 사람은 희원뿐인 것만 같았다.

까르르 웃음을 터뜨리는 벼리가 눈앞에 아른거렸다.

벼리와 토론이라도 하듯, 6개월밖에 안 된 아기에게 건네기엔 너무 고차원적인 말을 대화랍시고 나누고 있는 진지한 두준의 표정이 못 견디게 그리웠다.

혼자서는 그 어떤 것도 즐겁지 않았다.

손잡을 일행 없는 올레길은 고행 길 같았다. 혼자 보는 제주 앞바다는 너무 쓸쓸해 보였다.

파워 블로거들이 줄줄이 다녀갔다는 맛집은 혼자 먹으니 그저 그런 음식점이었다.

오메기떡은 혼자 먹기엔 너무 버거운 떡이었고, 정이 넘쳐 덤까지 얹어주는 해산물은 반도 못 먹고 버리게 될 것 같았다.

해가 저물녘이나 되어 별장으로 돌아갈 예정이었는데, 밖을 돌아다니며 혼자인 걸 실감하는 건 그만하고 싶었다.

몸도 마음도 지칠 대로 지쳐 별장에 도착했을 때는 오후 3시를 막

넘긴 시간이었다.

벼리와 씨름할 때는 하루가 눈 깜짝할 새 지나가더니, 하루가 채 지나지도 않았는데 한 달은 지난 것마냥 길게 느껴졌다.

맛있는 해물탕을 끓일 재료가 아니라 짐 덩어리처럼 느껴지는 해산물 봉투를 양손에 나눠 든 채 터덜터덜 별장 현관을 향해 걸었다.

살짝 고개를 들자, 지난여름 그의 무릎에 앉아 얘기를 나눴던 발코니 난간이 눈에 들어왔다.

그리움이 사무쳤다. 단 1분도 더 두준과 떨어져 있고 싶지 않았다.

벼리를 품에 안지 못하는 가슴은 허하기만 했다.

해산물이 든 봉투를 아무렇게나 팽개친 희원은 별장을 향해 냅다 뛰기 시작했다.

힐링은 무슨.

벼리와 전쟁을 치르는 하루하루가 힐링이었다. 힘들었던 일과에 대해 종알종알 떠들어대는 희원의 말을 흐뭇한 미소를 머금고 묵묵히 들어주는 두준을 마주하는 일이 힐링이었다.

두준과 벼리가 없는 이곳엔 힐링이란 없었다.

되는대로 짐을 싸 한시라도 빨리 그의 곁으로 가야 했다. 그와 진지하게 대화를 나눠봐야겠단 생각을 했다.

권태기 따위 서로 노력해서 극복해 보자고 정말 진지하게…… 흑.

아무리 꾹꾹 눌러 참으려 해도 눈물이 자꾸 눈앞을 가렸다.

성급하게 문을 열고 들어간 별장 안은 뜻밖에도 음식 냄새로 가득했다.

희원이 제주도로 오기 전, 두준은 그녀가 혼자 편히 지낼 수 있게 관리인에게 별장을 며칠간 비워달라고 연락했었다.

따로 숙소까지 제공한 데다 그들에겐 휴가나 다름없는 시간일 텐데, 일부러 와서 요리를 해줄 리가 없었다.

희원의 시선이 힐끔 현관문으로 향했다가 되돌아왔다. 겁이 덜컥 났다.

누가 맘대로 사유지를 침범해 별장 문까지 따고 들어온 것일까?

불현듯 잊히지 않는 옛 기억 하나가 떠올라 그녀를 섬뜩하게 했다.

해인은 분명 구치소에 수감된 상태라고 들었는데, 정신병원을 탈출했듯 거기에서도 혹시 탈출한 건 아닐까.

영화에서나 가능한 터무니없는 상상이었지만 만에 하나 해인이 그녀를 없애기 위해 이곳까지 쫓아온 것이라면, 해인과 맞닥뜨리기 전에 자신을 지킬 방법을 찾아야 했다.

퍼뜩 떠오르는 건 두준의 얼굴뿐이었다. 연락부터 해야겠단 생각에 얼른 주머니를 뒤졌지만, 좀 전 해산물이 든 봉투를 팽개칠 때 가방도 함께 버리고 왔다는 걸 깨달았다.

휴대폰은 가방 안에 들어 있었다.

한껏 긴장하고 숨을 죽인 희원이 뒷걸음질을 해 현관문 손잡이를 잡았다.

이제부터 빛의 속도로 움직여야 했다. 디지털 도어록이 설치되어 있는 문은 전자음을 낼 게 뻔했다.

그 소리가 침입자의 귀에까지 전달돼 쫓아 나오기라도 한다면 가방에서 휴대폰을 꺼내는 것조차 못 할 수도 있었다.

손이 부들부들 떨리고 있었다. 심장은 튀어나올 듯 뛰어댔다.

조심스럽게 심호흡을 한 희원이 아랫입술을 질끈 깨물고 잠금장치를 해제하자마자 별장 밖으로 부리나케 달려갔다.

떨어진 가방 앞에 털썩 주저앉은 희원은 지퍼를 열고 가방을 거꾸로 들어 무지막지하게 털었다.

잡다한 물건들과 휴대폰이 모래 위로 떨어졌다. 식은땀이 배어 나온 손으로 휴대폰을 집어 든 희원이 별장을 힐끔 쳐다봤다.

아직까진 문을 열고 누가 쫓아 나온다거나 하는 일은 없었다.

희원은 달달 떨리는 손가락을 간신히 놀려 저장된 번호를 꾹 눌렀다. 경찰에 신고하는 게 먼저겠지만, 그에 앞서 두준의 목소리를 듣고 싶었다.

경찰에게 상황을 설명하는 동안 침입자가 쫓아 나와 그녀에게 해를 끼친다면 두준의 목소리를 들을 기회는 영영 주어지지 않을지도 몰랐다.

최악의 경우 마지막으로 듣게 되는 목소리는 두준의 것이었으면 했다.

[여보세.]

"두준 씨, 별장에 누가 있어요. 아침에 나갔다가 지금 들어온 길인데, 누가 별장에서 음식을 만들고 있어요. 흑흑, 나 너무 무서워요, 두준 씨. 김해인이 구치소에서 탈출했다든가 그런 건 아니겠죠?"

[희원아, 진정 좀 하고.]

"진정이 안 돼요. 진정할 수가 없어요. 당신이랑 벼리를 다시는 못 보게 되면 어떡해요. 오늘 하루 종일 당신이랑 벼리 생각만 났어요. 흑흑, 뭘 봐도 재미없고, 뭘 먹어도 맛이 없고, 당장 못 보면 죽을 것 같아서 바로 돌아가려고 했는데. 그래서 원래는 저녁때쯤 들어오려다가 당신이 너무 보고 싶어서, 흑흑."

[희원아, 전화 끊어봐.]

"아악, 안 돼요. 끊지 마요. 끊으면 안 돼요. 제발 끊지 마요."

"희원아."

희원은 너무 긴장한 나머지 두준의 목소리가 휴대폰과 다른 쪽 귀로 동시에 들려온다는 걸 알아채지 못하고 있었다.

그녀는 다급해서 미칠 지경인데 전혀 동요하지 않는 것 같은 두준의 목소리가 너무 야속하게 느껴졌다.

두준은 이미 자신이 어떻게 되든 아무런 상관이 없을 만큼 그녀에게 정이 떨어진 것은 아닐까? 아무리 그래도 그렇지, 어쩜 이렇게 평온한 목소리일 수 있단 말인가.

눈물은 하염없이 쏟아지고 울음소리는 자꾸 입 밖으로 새 나왔다.

한 손으로 움켜쥔 가슴은 긴장감 때문에 아픈 건지, 그저 아픈 건지 알 길이 없었다.

"흑, 두준 씨, 사랑해요."

"나도."

그는 여전히 차분하고 그윽한 목소리로 뜨겁게 토해낸 그녀의 진심에 동의를 하고 있었다.

휴대폰 너머 두준의 목소리에 정신이 팔린 그녀의 뒤에서 손 하나가 뻗어와 어깨를 덥석 잡았다.

"꺄아악!"

화들짝 놀라 찢어질 듯한 비명을 지른 희원은 그만 휴대폰을 놓치고 말았다.

"희원아, 정신 차려. 나야, 나."

쓰러질 듯 뒤로 무너지는 희원을 잡은 것은 두준이었다. 그녀 앞에 무릎 꿇고 한껏 걱정스러운 표정을 하고 있는 사람은 암만 눈을 씻고 봐도 두준이 확실했다.

휴대폰 저편에 있던 사람이 언제 이곳으로 온 걸까?

너무 놀란 희원은 잠시 말을 잇지 못했다.

"다, 당신이 어떻게 여기에……."

"당신 당장 못 보면 죽을 것 같아서 왔지."

"으아앙."

어린아이처럼 울음이 툭 터져 버렸다. 투정하는 아이처럼 철퍼덕 주저앉은 희원은 입까지 벌리고 울어재꼈다.

"놀라게 해서 미안해. 당신이 말할 기회를 안 주는 바람에 본의 아니게."

"으앙, 올 거였으면 미리 말을 했어야지. 흑흑, 자기가 무슨 워너원이야, '나야 나'는 뭔데? 미워. 미워죽겠어."

"그래, 이렇게 놀랄 줄 알았으면 미리 말하는 건데. 진짜 미안해, 희원아. 근데."

희원의 눈물을 열심히 훔치며 사과의 말을 건네던 두준이 미간을 잔뜩 일그러뜨린 채 그녀를 쏘아봤다.

"그 워너, 뭐라는 놈은 대체 누구야? 외국 배운가?"

울다가 웃으면 안 되는데, 희원의 입에서 실소가 터져 나왔다.

한결같은 구석이 있는 강두준은 벚나무한테도 불태우던 질투심을 십분 발휘해 주고 있었다.

"홋, 하아앙. 지금 그게 중요한 게 아니잖아요. 어떻게 된 거냐고요?"

울음 반, 웃음 반의 이상야릇한 소리를 동반한 희원이 두준에게 따져 물었다.

"난 지금 그게 중요한 것 같…… 흠흠."

희원이 살벌하게 눈을 흘기자 말을 하다 만 두준이 그녀의 눈치를 보며 헛기침을 했다. 곧, 희원의 주먹이 두준의 가슴으로 날아들었다.

"뭐야, 진짜. 사람 간 떨어지게 해놓고 쓸데없는 소리나 하면 다야. 왜 여기 있냐고? 왜 말도 없이 나타나서…… 흐윽."

무차별적으로 주먹질을 해대던 희원이 또다시 울기 시작했다.

놀란 가슴은 쉽게 진정되지 않았다. 몰래 침입해 요리를 하고 있던 해인을 맞닥뜨렸던 전례가 있었던 터라 엇비슷한 상황에 지나치게 놀라기도 했고, 이곳에서 볼 수 있으리라 짐작조차 못 했던 이를 마주하고 있기 때문이기도 했다.

놀람인지 설렘인지 구분도 안 되는 가슴은 계속해서 두방망이질 해대고 있었다.

"그래서, 싫어?"

이 양반이 지금 뭐래는 거야?

"네?"

입꼬리를 멋들어지게 끌어 올린 두준이 엄지로 희원의 눈물을 훔쳤다.

"내가 여기 있는 게 싫으냐고?"

불만스레 입을 삐죽거리던 희원이 마지못한 듯 고개를 가로저었다. 두준의 미소가 더 깊어졌나 싶은 순간 별안간에 입술이 겹쳐졌다.

울음 끝에 새어 나오던 훌쩍임이 뚝 그쳤다.

"이게 뭐 하는 짓이에요?"

"몰라서 물어? 뽀뽀한 거잖아."

"그러니까 그걸 왜 지금 하냐고요?"

아직도 그녀의 얼굴에 머물러 있는 두준의 손을 희원이 파리 쫓듯 툭 쳐냈다. 두준은 대수롭잖다는 듯 콧잔등을 찡긋하더니, 손으로 턱을 쓸었다.

"음, 당신이 지금 최고로 예뻐서."

"장난치지 말구요. 그럴 기분 아니거든요."

"나도 별로 장난칠 기분은 아닌데 말이야."

두준의 손이 다시 희원의 눈가로 옮겨왔다.

"당신 내 앞이 아니면 울 생각은 하지도 마. 우는 모습까지 이렇게 예쁘면 너무 반칙이잖아."

"네에."

"입술 삐죽거리는 것도."

눈가를 훔쳐 낸 두준의 손이 이번엔 입술로 옮겨왔다.

"아주 죽음이야. 참을 수가 없어. 이렇게."

말을 끝맺기 무섭게 두준의 입술이 그녀의 입술을 덮쳤다. 부드럽고 달짝지근한 것이 촉 닿았다가 떨어졌다.

그의 입에서 붉은 혀가 쏙 빠져나와 순식간에 입술을 핥고 다시 제자리로 돌아갔다. 더할 수 없이 섹시한 자태에 희원은 그만 시선을 빼앗기고 말았다.

"달다. 이봐. 이러니 참을 수가 있어? 누누이 말하는 거지만, 당신하고 관련된 건 내게 항상 불가항력이야."

거스르지 못할 힘에 이끌리듯 두준이 다시 고개를 숙여왔다. 따뜻함을 품고 다가와 열정을 불사르는 그의 입술에 희원은 금세 매료됐다.

그녀라고 다를까. 그녀 또한 두준이라면 항상 불가항력이었다. 보이지는 않지만, 끊임없이 서로를 끌어당기는 강한 힘의 작용을 느낄 수 있었다.

멀리서 들려오는 잔잔한 파도 소리, 어디선가 불어온 향긋한 봄바람, 열정적으로 맞닿은 입술.

아무리 사유지라지만 환한 대낮이라는 것도, 모래 위에 엉거주춤 불편한 자세로 마주하고 있다는 것도 그들에겐 아무런 영향을 미치지 못하는 것 같았다.

막 사랑을 시작한 연인처럼 지금 그들에겐 오로지 둘뿐이었다······ 그런 줄 알았다.

열정적으로 입술을 내어주던 희원이 갑자기 거부의 몸짓을 보이더니, 두준이 멈추지 않자 그를 확 밀쳐 버렸다.

키스에 몰입해 있던 두준은 희원의 힘에 미처 저항하지 못하고 그대로 밀려나 뒤로 주저앉고 말았다.

미간을 구긴 두준이 영문을 모르겠다는 듯 희원을 쳐다봤다. 천국에서 지옥으로 순식간에 끌어 내려진 것 같은 표정이었다.

"어, 미안해요. 당신이 멈추지 않으니까 그만······."

신경질적으로 앞머리를 쓸어 넘기는 두준을 보며 희원은 멋쩍게 웃어 보였다.

"내가 멈춰야만 했던 이유 좀 들어볼까?"

"아! 벼리요. 벼리는 어디 있어요? 별장 안에 혼자 둔 건 아니죠?"

희원이 분주히 별장 쪽을 살폈다. 두준이 선사하는 키스가 환상적이라고 해도 엄마로서의 현실을 망각하기엔 그녀의 책임감은 좀 유별난데가 있었다.

"자고 있어요?"

"희원아."

"낯선 곳에서 깨면 놀랄 텐데."

"희원아!"

"얼른 가봐야겠어요."

"장희원!"

일어나려는 희원의 손목을 두준이 거머쥐었다.

"벼리 여기 없어."

두준의 말에 희원의 눈빛이 잠시 멍했다. 전혀 어려울 것 없는 말이 잘 이해가 되지 않았다.

벼리가 여기 없다면 대체 어디에 있다는 것일까.

"어머님이 봐주기로 하셨어."

"아~"

"녀석 날 닮아서 인기가 장난이 아니야. 이모들에 형수님까지 아주 서로들 봐주겠다고 난리도 아니더군."

자기 자랑인지, 벼리 자랑인지 알 수 없는 두준의 말에 희원은 헛웃음을 지을 수밖에 없었다.

"벼리 걱정은 할 필요 없고, 대신 내 걱정 좀 해주면 좋겠는데."

미심쩍게 일그러진 희원의 눈이 두준을 살폈다. 희원의 관심이 벼리에게 집중되는 것에 간혹 질투를 보였던 두준이라 그 연장선상인지 아니면 그녀가 캐치하지 못한 변화가 있는 것인지 가늠해 보려는 것이었다.

"풋! 하하하하."

잠시 후 희원의 입에서 갑작스러운 웃음이 터져 나왔다.

"당신, 하하하."

뭐가 그렇게 웃긴지 희원은 말을 잇지 못하고 두준에게 손가락질까지 해댔다.

그녀의 관심을 자신에게로 집중시키는 데는 성공한 것 같았지만, 그의 의도와는 전혀 다른 반응에 두준은 적잖이 당황할 수밖에 없었다.

"하하하, 당신."

희원의 입에서 웃음과 단어가 앞뒤만 바뀐 채 다시 새 나왔다.

요 근래 보기 힘들었던 희원의 큰 웃음을 마주하는 건 즐거운 일이었지만, 두준은 이제 그만 진도를 나가고 싶었다.

"희원아, 당신 즐거운 건 좋은데, 어지간하면 같이 좀 웃자. 뭐가 그렇게 웃긴 거야?"

"하하. 당신, 그 옷, 하하."

"내 옷이 뭐⋯⋯."

무엇이 희원을 이토록 웃게 만든 건지 제 모습을 살피던 두준의 콧잔등이 찡긋 일그러졌다.

두를 때부터 좀 찜찜하긴 했다. 하지 말까 하다가 서툰 요리 실력에 옷까지 버리게 될까 걱정스러워 둘렀던 게 이런 효과를 발휘하게 될 줄은 몰랐다.

두준이 쑥스러운 듯 머리를 긁적이며 앞치마를 벗었다.

"그만 좀 웃지."

이런 어설픈 모습일 수밖에 없었던 게 다 누구 때문인데.

그녀가 생각보다 빨리 돌아온 것도 모자라, 별장에 누군가 침입했다는 엉뚱한 상상까지 하는 바람에 얼른 준비를 끝내고 완벽한 모습으로 희원을 맞이하려던 두준의 계획은 완전히 어그러지고 말았다.

"하하, 뭐 한 거예요? 요리했어요?"

"아마도."

"배 많이 고팠어요? 그러게 왜 연락도 없이 와서는……."

"일종의 서프라이즈였는데, 아무래도 실패한 것 같군."

어쩐지 좀 시무룩한 표정으로 자리를 털고 일어나는 두준을 따라 희원도 몸을 일으켰다.

"서프라이즈요?"

"응."

"오늘 무슨 날이……."

무슨 날인지 물으려던 희원이 멈칫 굳어졌다.

"설마 잊은 건 아니지?"

그녀의 표정이 웃을 듯 말 듯 애매하게 일그러졌다.

"잊었군."

단정적인 두준의 말에 희원이 미안한 듯 시선을 피했다.

"얼마 전까지도 기억하고 있었어요. 근데 벼리가 요즘 이앓이 한다고 자주 보채는 바람에 정신이 하나도 없어서……."

"잊어버렸군."

"어, 그게, 3일 전까지도, 아니, 여기 오기 전까지만 해도 기억하고 있었는데…… 미, 미안해요."

두준이 희원의 앞으로 성큼 다가섰다. 양팔을 가슴 앞에서 가로질러 팔짱을 낀 모습이 상당히 위압적이었다. 결혼기념일 잊어버렸다고 진짜 혼이라도 낼 것처럼 보였다.

"아니, 내가 뭐, 일부러 잊어버린 것도 아니고, 어쩌다 보니."

고개도 제대로 들지 못하고 사납게 꼬인 그의 팔에 시선을 맞춘 희원이 엄청난 잘못이라도 저지른 것마냥 웅얼거리다가 발끈해서 그를 올려다봤다.

괜스레 억울했다.

누군 육아에 지쳐 잠 한 번 푹 자보는 게 평생의 소원이 되어버렸는데, 결혼기념일 잊어버린 게 무슨 큰 죄라고 인상을……

인상을 쓰고 있을 줄 알았던 두준의 얼굴엔 부드러운 미소가 한 가득이었다.

"잊어버려서 미안하지?"

두준이 웃으며 묻는 말에 희원은 입부터 삐죽거렸다.

"그게 뭐 큰 죄라고……. 네, 미안해요."

미세하게 날카로워지는 두준의 눈매를 캐치한 희원이 재빨리 말을 바꿨다.

"사과하고 싶겠네?"

"네, 뭐, 그렇겠죠."

"좋았어. 성의를 봐서 방법을 알려주지."

사과를 해야 하는 사람보다 사과를 받을 사람이 더 적극적인 이상야릇한 상황이었지만, 일단 지은 죄가 있으니.

희원은 잠자코 장난기 그득한 그의 눈을 마주했다.

"지금부터 우린, 내가 준비한 저녁을 맛있게 먹을 거야."

원래도 참 매력적인 사람이었지만 웃음기 머금은 두준의 눈매는 상대방을 무장해제 시킬 수 있을 정도의 힘을 발휘했다.

그게 아무한테나 허락된 게 아니니 더 껌뻑 넘어갈 수밖에.

희원의 입가에도 덩달아 웃음이 맺혔다. 두준은 또 한 발 성큼 다가서 이젠 둘 사이에 간극이란 전혀 없었다.

"어차피 저녁은 먹어야 하니까 그건 상관없는데, 꼭 '맛있게' 먹어야 해요?"

"역시 선생님 했던 사람이라 핵심을 콕 짚어내는군. 응, 꼭 '맛있게' 먹어야 해."

"휴우, 그래요. 잘못한 것도 있고 열심히 노력해 볼게요. 그리고 또요?"

과장되게 한숨을 뱉어낸 희원이 그의 허리에 팔을 감았다. 웃음기 머금은 두준의 눈매는 더 깊어졌고 희원의 머리를 넘기는 손길은 더 없이 부드러웠다.

"그리고 향긋한 와인을 나눠 마실 거야."

"음, 맥주로 하면 안 되는 거죠?"

"안 돼."

뚝 끊어지는 답과는 어울리지 않는 촉촉한 입술이 그녀의 이마 위에 낙인을 찍고 있었다.

"휴우, 그래요. 맥주야 다음에 마시면 되죠, 뭐. 그리고 그다음엔?"

싫지 않은 표정으로 다시 한 번 과장된 한숨을 뱉어낸 희원이 두준의 목에 얼굴을 묻고 입술을 내리눌렀다.

"우린 같이 거품목욕을 할 거야."

한톤 낮아진 그윽한 음성이 희원의 귓가를 울렸다.

"음, 같이?"

"그래, 같이. 그게 가장 중요한 부분이지."

"그거 좀 마음에 드는데요."

"그다음은 더 마음에 들 텐데, 들어볼래?"

그녀의 등허리 부근을 배회하던 두준의 손이 다른 곳으로 옮겨갔나 싶은 순간 그녀는 어느새 번쩍 들려 그의 팔 안에 안겨 있었다. 희원은 미소를 머금은 채 그의 목에 묻은 머리를 살짝 끄덕였다.

"우린 끊임없이 입을 맞출 거야. 이때 중요한 게 서로 부둥켜안고 놓아주지 않는 거지. 어때?"

두준이 은근하게 물으며 희원의 볼에 입술을 내리눌렀다.

그의 입술이 간지러운 건지, 노골적인 말이 간지러운 건지 분간할 순 없었지만, 희원은 간질거리는 느낌에 키득거리는 웃음을 토해냈다.

"마음에 들긴 하는데, 정말 그렇게 하면 사과가 되겠어요? 너무 봐주는 것 같아서 미안한데요."

성큼성큼 별장으로 향하는 두준의 팔에 안겨 희원은 어리광부리듯 발을 까딱였다.

한 아이의 엄마라는 자리는 그녀를 졸지에 어정쩡한 어르신으로 변화시켜 놓았다.

그래서 두준에게 가끔씩이나마 내보이던 애교 같지 않은 애교도 요 근래엔 완전히 사라진 상태였는데, 장소 때문인지 상황 때문인지 그녀의 마음은 한층 풀어져 있었다.

"봐주긴 누가 봐준대. 당신이 해야 할 가장 중요한 일이 있어."

"뭔데요?"

앙큼하게 묻는 모습은 애 엄마답잖게 귀여웠고, 그를 바라보는 눈엔 반짝반짝 빛이 났다. 수많은 별을 빨아들인 블랙홀마냥 일렁이는 눈빛은 아름답기 그지없었다.

그의 시선을 단박에 사로잡았던 총명한 눈은 어떻게 지금도 변함이 없는지, 물끄러미 바라보던 두준은 끝내 참지 못하고 그녀의 눈꺼풀 위에 입을 맞췄다.

희원은 눈을 찡그리며 어린아이 같이 경쾌하게 웃었다.

"뭔데요? 뭘 하라고 할 건데 이래요?"

별장 현관 앞에 도착한 두준이 그녀를 다소곳이 내려놓은 뒤, 지그시 쳐다봤다.

"지금부터."

두준이 하던 말을 끊고 손목시계를 확인했다. 계획적인 강두준 씨 혹시 시계에 일정표라도 써놓았나 하는 웃기지도 않은 생각을 하며 희원도 그를 따라 시계를 쳐다봤다.

"내일 오후 6시까지 오로지 나만 생각하고 우리 둘에게만 집중하기."

손목시계에 머물러 있던 희원의 시선이 두준의 눈으로 재빨리 옮겨졌다.

장난기 가득한 웃음이 맺혀 있을 거라 생각한 두준의 눈은 의외로 심각해 보였다.

"당신만?"

"그래, 나만. 벼리 생각은 절대로 하면 안 돼. 이 문 열고 들어가면 저 안엔 장희원하고 나만 있는 거야."

갑자기 진중해진 두준의 표정 때문인지 희원은 왠지 질책을 받는 것 같은 느낌이었다.

"내가, 벼리 때문에 짜증 내서, 당신 그게 마음에 걸려서……."

"아니, 그게 아니야. 전에도 말했지만, 벼리가 행복하려면 당신하고 내가 먼저 행복해져야지. 그런데 요즘 당신 전혀 행복해 보이지 않았어."

희원만 유난히 힘든 건지, 아니면 세상 모든 엄마가 그런 건지, 벼리를 낳은 뒤로는 행복 같은 추상적인 의미는 생각할 겨를도 없었다.

태교를 하며 충분히 마음의 준비를 했다 생각했는데 실전은 너무도 달라서, 엄마 역할이라는 게 연습도 없고 시행착오는 더더욱 안 될 말이어서 희원은 내내 바짝 긴장한 상태였다.

"너무 지나친 책임감은 좀 내려놔. 벼리에게 모든 걸 완벽하게 해줄 순 없어. 우린 그저 인생 선배로서 안내지침서 역할만 하면 족하다고 생각해."

조곤조곤 건네는 두준의 말에 희원의 눈가가 어느새 촉촉해졌다.

"이왕이면 사랑과 행복이 가득한 안내지침서면 좋을 것 같은데."

두준은 다정하게 웃는데, 희원은 그만 눈물이 날 것 같았다.

정확히 뭘 건드린 건지 알 수 없었지만, 두준이 무언가를 툭 건드려 버린 건 확실했다.

엄마의 전철을 밟지 않겠다는 생각이 너무 강했던 나머지, 잘해야겠다는 욕심만 앞서서 막상 벼리에게 제대로 된 사랑은 전혀 주지 못하고 있었던 것은 아닐까.

스스로를 너무 몰아붙이느라 벼리와 함께하는 행복은 전혀 알지 못했었다. 그걸 이제야 깨닫다니…….

희원은 쓰러지듯 두준의 가슴에 얼굴을 묻었다.

"두준 씨, 어떡하죠? 잘하고 있다고 생각했는데, 전혀 아니었나 봐요."

"아니, 잘하고 있어. 앞으로는 더 잘할 거고. 하지만 혼자 다 할 필요는 없다는 말이야. 너무 잘할 필요도 없고."

"세상에 나만큼 어설픈 엄마가 또 있기는 할까요?"

울먹이는 희원이 안쓰러운 듯 머리를 쓰다듬는 두준의 손길은 다정하기 그지없었다.

"형님 오른쪽 눈썹 위에 있는 흉터 생각나?"

"손톱 모양처럼 생긴 거요?"

"응. 그거 어머님이 안고 있다가 실수로 떨어뜨리는 바람에 책 모서리에 찢어서 생긴 흉터야."

"어머, 진짜요?"

눈이 동그래진 희원이 그를 올려다봤다.

"형님 다치지 않게 하려다가 어머님은 팔꿈치를 탁자에 부딪쳐 다섯 바늘이나 꿰맸다고 하더군."

제 팔꿈치를 다치기라도 한 것처럼 미간을 찡그리는 희원의 표정은 기억을 더듬던 강 회장의 표정과 엇비슷했다.

강 회장에게는 꽤 충격적인 기억이었던 듯, 그는 여러 번 한준을 안은 채 팔꿈치에서 피를 철철 흘리며 울고 있던 한 여사 얘기를 하곤 했다.

둘이 쌍으로 울어대는 소리에 정신이 하나도 없었다고, 다시 생각해도 끔찍한 기억이었다며 고개를 젓곤 했다.

"그래도 형님은 아무 이상 없이 잘 자랐어. 그 흉터 때문에 나보다 못생겨졌다고 가끔 투덜대곤 했지만, 그건 형님 착각이고. 타고나길 내가 더 잘생긴 거지, 괜한 흉터 핑계는."

희원의 입에서 다시 피식 웃음이 새 나왔다. 오늘 두준은 작정이라도 한 것처럼 그녀를 울렸다 웃겼다 하고 있었다.

"누구나 어설픈 엄마였을 거야. 그래도 당신은 아직 벼리 다치게 하진 않았잖아. 완전 괜찮은 엄마지."

"흐흐, 그러네요."

"그러니까 지금부터 26시간 동안은 강두준의 행복한 아내로 있어줘."

이 남자는 어찌 이리 매번 감동일까.

터져 나오려는 울음을 꾹꾹 눌러 참느라 희원은 여러 번 마른침을 삼켜야 했다.

"어쩌죠. 행복한 아내는 별로 하고 싶지 않은데."

희원은 뚱한 표정을 꾸며내며 고개를 갸웃해 보였다.

수려한 눈썹이 미세하게 일그러졌다. 뭐가 잘못됐는지 가늠해 보는 듯한 얼굴이 참 사랑스러워 보였다.

"잘될지 모르겠지만."

부끄러운 듯 몸을 살랑살랑 꼬며 희원이 한껏 까치발을 했다.

"매혹적인 아내, 그거 해볼래요."

보기 좋게 늘어지는 두준의 입술에 그녀의 입술을 그대로 겹쳤다.

완전한 매혹이었다.

가슴을 묵직하게 내리누르는 팔을 벗어나 보려 꿈지럭거리던 희원이 작게 앓는 소리를 냈다.

배경음악처럼 은은하게 들려오는 파도 소리, 커튼 틈 사이로 새어드는 햇빛 한 줌.

어제 아침과 전혀 다를 게 없는 배경이었지만, 등장인물 한 사람 추가됐다고 분위기는 전혀 달라져 있었다.

엇비슷한 체온이 그녀의 온몸을 감싸고 있었다. 단단한 팔과 다리는 어찌해 볼 수 없게 이리저리 엉켜 있었다.

꼼지락거려서 조금 벌려놓은 틈은 강하게 당겨 안는 손길에 다시 좁혀졌다.

등 뒤에 찰거머리처럼 달라붙은 두준이 그녀의 머리에 얼굴을 묻으며 나른한 숨을 뱉어냈다.

그나 그녀나 간만에 맞이하는 느긋하고 고요한 아침이었다.

"사랑해."

간만에 듣는 아침 인사에 희원의 입꼬리가 보기 좋게 올라갔다.

삼시세끼 밥 챙기듯 늘 그와 그녀 사이를 오가던 단어는 벼리가 태어난 뒤로 듣기 힘든 소리가 되어버렸다.

밤낮이 뒤바뀐 꼬맹이와 함께라는 극한 상황은 느긋하게 사랑을 속삭일 만한 여유를 앗아갔다.

맞춰놓은 알람이 작동하기도 전에 아기 울음소리가 먼저 그들을 깨웠고, 눈곱 떼어낼 사이도 없이 육아전쟁에 뛰어드는 희원에게 두준은 변변한 아침 인사조차 건네지 못하고 출근하곤 했다.

마음은 있어도 상황이 도와주지 않는 날들의 연속이었다.

벼리의 탄생은 그들에게 너무나 큰 축복이었지만, 좋은 엄마가 되어야 한다는 희원의 강박관념 때문에 기쁨도 행복도 제대로 느끼지 못하는 나날들이 되어버렸다.

두준의 말대로 너무 잘할 필요도, 혼자 다 할 필요도 없었는데 말이다. 그는 딱 필요한 순간에 제대로 쉼표를 찍어줬다.

앞으로도 끊임없이 시행착오를 겪게 되겠지만, 적당한 때에 쉼표 하나 제대로 찍어줄 줄 아는 두준이 있는 한 잘 극복해 나갈 수 있으리라 믿었다.

희원은 좋은 아빠이자 훌륭한 남편인 두준에 대한 감사의 뜻으로 팔베개를 해주느라 그녀의 목 밑으로 삐죽이 뻗어 나온 그의 손에 진하게 입맞춤했다.

"흠, 나도 마음은 굴뚝같은데, 조금만 더 자자."

느릿느릿 곧 잠으로 빠져들 것 같은 그의 음성에 희원의 입에서 실소가 터져 나왔다.

졸음에 겨운 목소리면 야하지를 말든가, 야할 거면 사랑스럽지를 말든가.

이 남자를 어쩌면 좋지. 더 반할 구석이 있을까 싶은 순간, 두준은 새로운 매력으로 그녀를 매료시켰다.

만족스러운 미소를 머금은 희원이 그의 손에 깍지를 꼈다. 결혼기념일 선물이라며 두준이 끼워준 반지가 엉켜든 손가락들 사이에서 반짝 빛을 발했다.

막 동이 텄을 시간, 기껏해야 서너 시간 자고 깨어나 졸린 와중에도 어제의 기억이 되살아난 희원의 입가에는 미소가 가득했다.

어제, 계획신봉자인 두준은 정말 한 치의 어긋남 없이 읊었던 계획을 그대로 실천에 옮겼다.

유명 맛집의 힘을 전적으로 빌렸다는 실토를 받아내긴 했지만 어쨌든, 그가 준비한 저녁을 맛있게 먹고 향긋한 와인을 느긋하게 즐겼다.

자연스럽게 이어진 거품목욕에, 끊임없이 계속되던 입맞춤까지. 그의 계획은 언제나처럼 완벽했다.

거기에 희원이 매혹적인 아내라는 말까지 보탰으니, 다시 첫날밤을 맞은 연인들처럼 뜨겁게 불타오를 수밖에 없었다.

사랑은 절로 속삭여졌고 설렘은 깊어만 가는 밤이었다.

두준은 그의 생애 가장 큰 행운이 그녀를 만난 일이라고 속삭였다.

희원은 살아오는 동안 제일 잘한 일이 그를 사랑하게 된 일이라고 말했다.

두준도 희원도 둘을 이어준 벼리에게 한없이 감사하는 밤이었다.

"사랑해요."

지그시 눈을 감고 어젯밤의 황홀함을 만끽하던 희원이 두준의 품으로 좀 더 파고들며 나직이 속삭였다.

고른 숨소리를 내기에 잠든 줄 알았던 그의 손이 야릇함을 품고 움직이기 시작했다.

"잠자기 싫은가 봐?"

"지금 막 자려던 참이었는데요."

"이미 늦은 것 같은데."

"어어, 두준 씨, 잠깐, 윽, 하하, 간지러워요. 하지 마요. 나 진짜 잘 거라니까."

"이미 늦었다니까. 잠은 나중에. 엄청 급한 다른 일정이 생겼거든. 우선 그것부터."

빠르게 말을 쏟아낸 두준이 급하게 희원의 입술을 덮쳤다.

갑자기 생긴 엄청 급한 다른 일정이 뭔지 모를 수가 없었다. 노골적으로 겹쳐지는 그의 몸은 일정에 대한 기대감에 휩싸인 듯했다.

아무래도 희원 또한 그의 일정에 적극 동참해야 할 것 같았다.

부족한 잠을 보충하는 건 급한 일정이 끝난 뒤에도 가능할 것이다. 아마도?

잠이 달아난 자리엔 이미 열정이 빼곡히 자리를 잡고 있었다.

거칠게 주고받는 숨과 숨 사이 살짝 벌어진 틈새로 희원이 나긋하게 속삭였다.

"우리 내년에도 또 올까요? 단둘이."

"싫은데."

그의 목을 휘감고 있던 희원의 팔이 움찔 굳어졌다. 장난스럽게 눈을 찡긋해 보인 두준이 그런 희원의 반응이 귀여운 듯 얼굴 곳곳에 입을 맞췄다.

"한 달에 한 번, 아니, 매주, 아니, 오고 싶을 때 언제라도. 당신이 원하면 언제라도."

닭살멘트의 달인다운 말이 입맞춤 사이사이를 채웠다.

"당신하고 나, 단둘이."

모든 게 뒤죽박죽이었던 그들. 그들에게 단둘이었던 시간은 정말 눈 깜짝할 새에 지나가 버렸다. 그래서 둘만의 시간이 더욱 소중할 수밖에 없었다.

어제 두준과 대화를 나누기 전까지만 해도 희원은 벼리를 떼어놓고 갖는 둘만의 시간에 죄책감 비슷한 감정을 느꼈지만, 이젠 그게 잘못된 생각이라는 걸 알았다.

마음껏 사랑하고 사랑받고 한껏 행복해져야 벼리 또한 행복해진다는 걸 알았다.

더 큰 사랑을 나눠주기 위해 지금은 뜨겁게 사랑할 시간이었다.

쉼표 한 번 찐하게 찍는다고 누가 뭐라 하겠는가. 두 줄 긋고 시작해서 정신없이 달려왔으니, 그 줄 위에 쉼표 하나쯤 찍어도 괜찮지 않을까.

줄을 긋든 쉼표를 찍든, 마침표 찍는 그날까지 사랑은 변함없을 테니까.

❖

봄기운이 완연했다.

5월도 벌써 중순에 접어들어 정원 안은 장미향으로 가득했다. 오로

지 희원의 취향이 백분 반영되어 꾸며진 정원은 소박하고 깔끔하면서
도 아기자기함이 가득했다.

연못가 나무 그늘 아래에 원래 자리 잡고 있던 벤치 옆으로 새로이
생긴 미니 벤치까지, 정원은 가족을 위한 공간으로 세심하게 꾸며져
있었다.

지금 그 벤치에는 선남선녀가 나란히 앉아 심각한 대화 중이었다.

"난 정말 엄청 심각하거든. 내 얘기 좀 진장하게 들어달라고."

책을 보고 있던 벼리가 고개를 들며 새침한 표정을 지었다.

"진장이 아니라 진지."

"그래, 진쥐."

"아휴, 진쥐가 아니라 진지라니까, 이 바보야."

별이라도 내린 것 같은 동그란 눈동자에 찹쌀떡 같은 볼, 건드리면
톡 터질 것 같은 꽃물 든 붉은 입술과는 전혀 어울리지 않는 말투였지
만, 준서는 그런 거에 신경 쓸 겨를이 없었다.

"나 심각하다구. 심각해. 심각해. 무지무지 심각하다구."

흥분한 준서가 발을 동동거리거나 말거나 벼리의 관심은 다시 책으
로 돌아갔다.

아빠 닮아 깎아놓은 밤톨마냥 해사한 준서의 얼굴이 심술궂게 일그
러졌다.

벼리의 시선이 집중되어 있는 책이 원수라도 되는 것처럼 이글이글
노려보고 있었지만, 차마 빼앗진 못하고 주먹만 불끈 움켜쥐었다.

벼리에게서 책을 빼앗는 건 금기였다.

언젠가 한 번 벼리의 관심을 끌기 위해 읽고 있던 책을 빼앗았다가
한참 동안 벼리 근처엔 가지도 못했다.

차준서 7년 평생 가장 힘든 순간이었다.

엔젤유치원에서 제일 예쁘고, 제일 똑똑하고, 제일 노래 잘하고,

음…… 아, 제일 계획적인 벼리가 다른 아이들이랑만 노는 건 정말 끔찍한 일이었다.

아무리 미안하다고 해도 벼리는 눈도 깜짝 안 했다. 결국 아빠한테 부탁해 책을 잔뜩 선물하고 나서야 간신히 벼리의 화를 풀 수 있었다.

그 후로 벼리에게서 책을 빼앗는 멍청한 짓은 다시 하지 않았다.

벼리가 책에 집중하고 있을 때 준서가 할 수 있는 건, 7년 평생 갈고닦은 인내심을 최대로 발휘해 관심을 가져줄 때까지 꾹꾹 참고 기다리는 것.

하지만 오늘은 벼리와 며칠 말 못 할 각오를 하고서라도 저 책을 확 빼앗아 버리고 싶었다.

준서는 7년 우정이 참 아무것도 아니었구나 하는 생각에 한숨을 푹 내쉬었다.

엄마의 눈빛 광선에 꼼짝을 못 하고 절절매는 아빠는 원래 더 많이 좋아하는 사람이 지는 거라는 말을 자주 하곤 했는데, 그 말이 딱 맞았다.

다른 사람이라면 몰라도 벼리한테 지는 건 딱히 싫지 않았지만, 오늘만은 벼리를 더 좋아하는 제 자신이 그렇게 한심스러울 수가 없었다.

준서는 다시 한 번 땅이 꺼져라 한숨을 쉬며 엔젤유치원에서 최고로 예쁜 벼리의 얼굴을 흘겨봤다.

뚫어져라 노려보니까 마음이 통하기라도 한 걸까? 벼리가 작게 한숨을 내쉬며 '탁' 소리가 나게 책을 덮었다.

아빠는 늘 말씀하셨다. 간절히 바라면 이루어진다고. 준서는 기대에 찬 초롱초롱한 눈으로 벼리를 빤히 바라봤다.

"차준서, 내 경험에 의하면 네가 아무리 싫다고 해도 아줌마, 아저씨가 결정했다면 이미 게임은 끝난 거야. 무슨 수를 써도 바꿀 수 없어. 나처럼."

부정적인 벼리의 말에 심각한 듯 미간을 구겼던 준서는 마지막 말에 눈이 동그래졌다.

"너처럼? 너도 누리가 태어나는 게 싫었던 거야?"

준서의 물음에 벼리는 동그란 머리부터 살랑살랑 흔들어 보였다.

"아니. 누리가 남동생인 게 싫었을 뿐이야. 이왕이면 예쁜 여동생으로 부탁한다고 했더니, 아빠가 그건 계획대로 되는 게 아니랬어. 내 평생 첨으로 아빠한테 완전 실망했던 순간이야."

아빠에게 실망했던 순간이 다시 떠오른 듯, 도톰한 벼리의 입술이 심술궂게 삐죽거려졌다.

"어어, 무선 아찌가 정말 그랬어? 정말 여동생 남동생 못 정해?"

연서에 의해 굳어진 두준의 호칭은 준서에게도 그대로 이어졌다. 두 남매는 두준을 전혀 무서워하지 않았지만, 여전히 무선 아찌로 부르고 있었다.

"응, 못 정해."

"거짓말. 우리 아빠가 누리 같은 남동생 꼭 만들어주겠다고 했거든."

"흥, 너 완전 속은 거야."

일곱 살 꼬마와는 어울리지 않는 시니컬한 웃음이 벼리의 얼굴을 스치고 지나갔다.

"으악, 진짜?"

"누리 보면 몰라? 난 여동생이 좋다고 했다니까."

"으악!"

준서가 양손으로 머리를 감싸며 발을 동동거렸다. 일곱 살 인생 최대 위기였다.

동생이 생기는 것만도 충격적인데, 거기다 여동생이기라도 하면 그의 인생에 더 이상 희망은 없었다.

카리스마 누나만도 힘들어 죽겠는데, 연서 누나 닮은 여동생이라면…….

"으, 나 출가할까?"

"출가가 아니고 가출. 이 바보야."

"지금 그게 중요해. 벼리야, 우리 같이 출가하자."

"출가가 아니라 가출이라니."

"아이 참. 그래, 가출. 우리 그거 같이 하자."

"내가 왜?"

"너도 누리 마음에 안 들어 했잖아."

"처음에만 좀 그랬지 지금은 괜찮은데. 막 울 때는 조금 미워지려고
하는데, 안 그럴 때는 완전 천사 같아. 난 우리 누리 좋아."

남동생 싫다고 했던 일은 없었던 것처럼 갑자기 태도를 바꾸는 벼리
가 정말 얄미워 보였다.

나한텐 우리라고도 안 하고, 좋다는 말도 한 번 안 해줬으면서 말도
제대로 못 하고 손만 드럽게 빨아대는 누리는 좋다고 하는 벼리가 야
속하기 짝이 없었다.

하지만 지금 이 순간 믿을 구석이라곤 벼리뿐이었다.

"너랑 나랑 친구로 지낸 게 몇 년인데, 이렇게 의리 없이 굴기 있
냐?"

"같이 가출해야지 의리 있는 건 아니잖아."

"그거야 그렇지만, 그래도."

준서는 뒷말을 잇지 못하고 길게 숨을 들이마셨다. 벼리랑 얘기하다
보면 항상 이 모양이었다.

내 주위엔 왜 똑똑한 여자들밖에 없는 걸까?

깊게 들이마신 숨이 한숨이 되어 준서의 입새로 새 나왔다.

"그래도는 무슨 그래도야. 너 계획은 제대로 세워놓고 가출하자고
하는 거야?"

그 계획 소리 왜 안 나오나 했다. 다시 한 번 말하지만, 벼리는 엔젤유치원에서 제일 계획적인 사람이었다.

블록 하나 쌓는 데도 완벽한 계획을 짜는 게 강벼리였다. 그의 가출에 벼리를 끌어들이려면 완벽하게 계획을 짜야만 했다.

거기다 벼리가 매번 하는 것처럼 한눈에 알아볼 수 있게 스케치북에 예쁘게 그려서 보여줘야 했다.

크레파스는 아빠가 해외출장 갔을 때 사다 준 인체에 무해한 고급 크림크레파스를 사용해야겠지. 벼리랑 나는 소중하니까.

"계획 짤게. 오늘 밤새도록 짤게."

벼리는 별로 탐탁지 않아 하면서도 고개를 끄덕여 줬다. 이 정도면 충분했다. 벼리와 함께라면 세상 끝까지라도 갈 수 있었다.

물론, 세상 끝이 아니라 할아버지 집으로 갈 계획을 짜겠지만 말이다.

"연서 언니는 뭐라고 해?"

당장 벼리 손잡고 세상을 향해 달려 나갈 듯 분기탱천해 있던 준서의 어깨가 물에 녹아내린 눈처럼 푹 꺼져들었다. 이미 고개까지 끄덕였으면서 연서가 뭐라고 했는지는 왜 궁금하냔 말이다.

"우씨, 강벼리, 연서 누나야, 나야? 딱 정해."

"연서 언니."

벼리는 단 1초의 망설임도 없이 연서를 택했다.

벼리에게 세 살 위의 옆집 언니 연서는 완전 우상과도 같은 존재였다. 즉, 이미 다 결정 난 일도 연서가 아니라고 하면 벼리에게도 아닌 게 되어버리는 경우가 허다했다.

준서의 얼굴이 울 것처럼 일그러졌다.

"뭐 그러냐? 내 친구 맞기는 하냐?"

"네 친구는 맞는데, 난 연서 언니가 더 좋아."

벼리의 마음이야 이미 짐작하고 있었지만, 알고 있었다고 해서 아무렇지도 않은 건 아니었다.

나중에 커서 벼리와 결혼할 계획까지 세워놓았는데, 남편보다 남편 누나가 더 좋다고 하는 소리를 듣는 건 참 슬픈 일이었다.

"연서 언니랑은 얘기해 봤어?"

"누나랑은 말이 안 통해."

벼리는 퉁명스레 말을 뱉는 준서를 한심한 눈으로 쳐다봤다.

"말이 안 통하는 게 아니라, 네가 말을 못 알아듣는 거겠지."

"아니라니까. 완전 세대 차이 느낀다니까."

"언니가 뭐라고 했는데?"

저렇게 눈을 동그랗게 뜨고 똑바로 쳐다보면서 물으면 준서는 무슨 말이라도 다 대답해 주고 싶은 마음이 되곤 했다.

벼리를 상대로 뭘 숨기는 건 엄청 아주 어엄청 힘든 일이었다.

누나가 뭐라고 했는지 절대로 말하지 말아야지 마음먹었던 건 까맣게 잊어버린 채, 준서는 열심히 기억을 더듬느라 콧잔등까지 찡그렸다.

"동생 생긴다고 네 인생이 울울해지진 않아. 불편한 것도 있지만 좋은 점도 많아, 라고 했어."

"울울이 아니라 우울이겠지."

"어우, 진짜. 암튼 누나가 그랬다고. 내 가출 계획에서 누나는 뺄 거야. 누난 아빠랑 너무 친해서 가출하기도 전에 다 말해 버릴 거란 말이야."

"연서 언니 뺄 거면 나도 빼줘."

"야아, 배신 때리기 있냐?"

"그런 말 쓰지 마. 울 아빠가 때린다는 말은 안 좋은 단어랬어. 그리고 내가 이미 겪어봐서 아는데, 동생 생긴다고 사랑을 못 받거나 하진 않을 거야. 다 자기 하기 나름인 거야. 그러니까…… 어, 연서 언니 피아노 레슨 끝났나 보다."

우상을 발견한 벼리는 하던 말도 멈추고 몸을 벌떡 일으켰다. 아주 신난 얼굴이라 준서는 도리어 짜증이 났다.

"나 혼자라도 출가할 거니까 너 나중에 후회하지나 마."

연서를 보며 미소를 짓고 있던 벼리가 눈을 찡그리며 고개를 절레절레 저었다.

"출가가 아니라 가출."

얄미울 정도로 또박또박 틀린 단어를 고쳐 준 벼리가 준서를 남겨둔 채 걸음을 옮겼다.

"나 진짜 가출해? 어? 강벼리, 말하다 말고 어디 가는데?"

"6시부터 바비큐 먹기로 했잖아. 지금 5시 55분이야."

손목시계를 확인하며 현재 시간을 읊는 벼리는 누군가의 모습을 그대로 닮아 있었다.

아직 시계 보는 게 서툰 준서는 벼리가 눈앞까지 들이대는 시계를 보는 둥 마는 둥 했다.

"가출은 바비큐 먹고 생각하자."

"그래."

당장 짐이라도 쌀 것 같던 준서는 너무도 순순히 벼리의 말에 응했다.

'에휴, 남자들이란. 정말 단순하다니까.'

벼리가 평생 철없는 남편하고 사느라 속깨나 썩은 아줌마 같은 표정을 지으며 고개를 절레절레 저었다.

아무튼, 고기는 항상 옳았다. 심각하게 읊어대던 준서의 가출 계획을 단번에 잠재우는 힘을 가지고 있었다.

"있지, 차준서, 동생이 생기는 것보다 더 안 좋은 일은 동생이 태어나는 순간에 아빠와 함께 있는 일이야. 그건 절대 하지 마."

"왜애?"

어떻게 설명하면 좋을지 고민하듯, 조막만 한 손으로 턱을 매만지는 벼리의 모습은 누군가를 그대로 찍어서 축소해 놓은 것처럼 꼭 빼닮아 있었다.

"음, 아빠들은 말이야. 엄마가 아기를 낳을 때 이상하게 변신해."

"변시인? 로봇 같은 거?"

준서의 아이다운 발상에 벼리는 특유의 시니컬한 웃음을 지어 보였다.

벼리는 아빠의 계획적인 면을 참 좋아했다.

계획적인 아빠는 무턱대고 화를 내지도 않았고, 허둥지둥 대는 일도 없었다.

항상 자신감이 넘쳐 보였으며 완벽해 보였다. 그런 줄만 알았다.

누리가 태어나던 날 마주한 아빠는 여태껏 벼리가 알아왔던 그 아빠가 아니었다. 엄마가 무사히 누리를 낳기 직전까지 아빠는 한시도 가만히 있지를 못했다.

벼리에게 조곤조곤 상황을 설명하며 매사에 안심을 시켜주던 아빠는 그 어디에도 없었다.

정말 말 그대로 변신이나 다름없는 모습이었다.

"그런 게 아니라."

"벼리야, 강벼리."

"응, 아빠. 벼리 여기쪄요."

세상의 진리를 터득한 사람마냥 준서를 한심한 눈으로 쳐다보며 말을 꺼내려던 벼리가 두준의 부름에 일곱 살 꼬마다운 상큼한 미소를 머금고 앙증맞게 대답했다.

준서가 보기에 변신하는 건 무선 아찌가 아니라 강벼리였다.

널찍한 정원이 고기 굽는 냄새로 가득했다. 싱싱한 푸성귀와 각종 소스, 맛깔스러운 밑반찬들이 커다란 원목탁자 위에 차려졌다. 두준과 성현은 고기를 굽느라 바빴다.

한동안 박사학위 논문 준비로 바빴던 희원 때문에 간만에 갖는 바비큐 파티였다.

"언니, 뭐가 그렇게 재밌어?"

음료를 서빙하던 희원이 한껏 미소를 머금은 이수에게 물었다.

"응, 벼리랑 준서. 쟤들 저러고 앉아 있으니까 너무 잘 어울리는 것 같지 않아?"

7년을 이웃하며 살고 있는 희원과 이수는 앞서거니 뒤서거니 비슷한 시기에 벼리와 준서를 낳고 아이를 키우다 보니, 이젠 친자매나 다름없는 사이가 되어버렸다.

"왜 은근슬쩍 엮는 것 같지."

"어째 엮는 게 싫다는 소리처럼 들린다. 우리 준서가 어디가 어때서?"

"준서가 마음에 안 들어서가 아니라 엮기엔 둘 다 너무 어리다는 소리야."

"원래 자꾸자꾸 보면 정 들고 사랑도 하고 그러는, 어머, 봤니, 봤어? 일곱 살짜리 얼굴에서 어쩜 저런 표정이 나온다니."

이수가 손뼉까지 쳐가며 신기해했다.

벼리의 표정으로 봐선 아무래도 준서가 틀리게 말한 단어를 고쳐 주고 있는 것 같았다.

멀리서도 시크한 듯 도도한 듯 일곱 살 아이의 표정이라기엔 좀 과한 면이 있는, 그래서 더 귀여워 미치겠는 벼리의 얼굴이 선명하게 보였다.

"그러고 보니 저 표정 왠지 좀 낯이 익은데."

"저기 고기 굽는 양반이랑 많이 닮아서 그렇겠지."

"어머, 맞다. 맞아. 어쩜, 씨도둑은 못 한다는 말이 딱 맞네. 호호호."

이수의 기분 좋은 웃음소리가 고기 굽는 양반들한테까지 닿았는지 성현이 집게 든 손을 번쩍 들어 보였다.

이번엔 희원도 웃음을 머금을 수밖에 없었다.

"풋, 언니, 연서 아버님 오늘 드레스코드가 왜 저래?"

슬림핏 슬랙스와 마구 걸쳐 입은 것 같지만 왠지 고급스러운 느낌인 티셔츠까지는 상당히 그럴듯했다.

희원이 지적한 건 성현의 의상이 아니었다. 그의 입을 가린 큼직한 마스크 때문이었다.

봄이라곤 해도 해가 있는 동안은 좀 더웠다. 어디가 심하게 아픈 게 아니라면 저런 방한용 마스크는 어울리지 않는 날씨였다.

"혹시 감기 걸린 거야?"

아직 고기가 다 구워지기 전인데도 이수는 이것저것 부지런히 집어먹고 있었다. 희원의 물음에 이수는 주스부터 쭉 들이켰다.

"아냐. 입덧이 심한가 봐. 냄새를 못 맡겠대."

"이, 입덧? 언니가 아니고 연서 아버님이?"

"응. 준서 땐 더 심했어. 그래도 이번엔 토하진 않네."

말을 하는 와중에도 이수의 입으로 샐러드 한 조각이 쏙 들어갔다.

이수가 쉴 새 없이 무언가를 먹는 데 반해 성현은 바비큐 통에서 새어 나오는 냄새조차 싫은지 미간을 일그러뜨리며 시시때때로 고개를 돌리곤 했다.

저 정도는 아니었지만, 희원이 임신했을 때 두준도 덩달아 속이 안 좋다고 했던 게 생각나서 그만 피식 웃고 말았다.

"희원아, 자기 남편 팔 아프겠다. 얼른 알은체 좀 해줘. 아이고, 사랑도 병이다, 진짜. 어떻게 저렇게 7년을 한결같은지 몰라."

성현의 마스크에 집중된 희원의 시선이 자신에게로 향한 것이라 착각이라도 한 건지, 두준이 화사하게 웃으며 손을 흔들고 있었다. 이수가 툭 치며 부추기는데도 희원은 새치름한 표정을 지으며 외면해 버렸다.

"어? 표정이 왜 그래? 벼리 아빠 보니 싸운 건 아닌 것 같고. 또 뭘 잘못한 거야?"

"말도 마. 언니도 보면 아마 기함할걸."

"왜? 뭐?"

"저번 주에 연서 피아노 레슨 받을 때 벼리도 옆에 있다가 잠깐 피아노 쳐봤잖아. 그 얘기를 아빠한테 했나 보더라고."

이수가 알 만하다는 듯 고개를 끄덕였다.

"피아노 샀어?"

"응. 것도 그랜드피아노로 떡하니."

그랜드피아노를 앞세우고 나타나 상기된 목소리로 벼리를 부르던 두준의 모습이 다시 떠오른 희원이 미간을 팍 일그러뜨렸다.

두준의 통 큰 스케일이야 떡볶이집 통째로 빌릴 때부터 이미 알고 있었지만, 이건 좀 정도가 지나치다 싶었다.

"더 웃긴 건 벼리는 피아노를 거들떠도 안 본다는 거야. 피아노 치는 연서가 멋있었던 거지 피아노에는 관심이 없대. 지 아빠랑 똑 닮은 얼굴로 이런 건 낭비라며 한 소리 하더라고."

"하하, 역시 우리 벼리 똑 부러지는 거 봐."

"흥, 두준 씨도 그렇게 말하면서 입이 귀에 걸렸었지. 아유, 더 때려줬어야 하는 건데."

"벼리 아빠 등에 멍 자국깨나 생겼겠네. 하여튼 못 말리는 딸바보다."

"딸바보가 아니라 그냥 바보야."

"하하, 그래, 맞다, 맞아. 우리 집에도 하나 있어. 그냥 바보."

딸 앞에서라면 터무니없이 망가지는 저 양반들이 그 큰 기업은 어찌 이끌고 이윤은 어찌 낼까 신기할 때가 한두 번이 아니었다.

게다가 매스컴에 등장하는 모습들은 어쩜 그렇게 죄다 카리스마 작렬인지. 볼 때마다 조작이라는 생각을 지울 수가 없을 정도였다.

"그래도 호응은 해줘라. 벼리 아빠 잘하면 울게 생겼네."

얕게 한숨을 뱉어낸 희원은 시무룩한 표정으로 흔들던 손을 움찔거리고 있는 두준을 향해 상큼 살벌한 미소를 지어 보였다.

미소의 의미가 어떻건 두준은 그저 좋은지 함박웃음을 머금은 채 과하게 멋들어진 포즈로 고기 위에 소금을 뿌렸다.

그 모습에 희원은 그만 실소를 터뜨릴 수밖에 없었다. 두준은 여러 단점에도 불구하고 여전히 사랑스러운 남편이었다.

어쩌면 그건 두준도 마찬가지일 거라는 생각이 들었다. 희원에게도 분명 잘 고쳐지지 않는 단점들이 있었고, 두준은 대부분의 경우 너그럽게 이해해 주는 편이었으니까.

7년을 살아오는 동안 자잘한 충돌은 있었지만, 단 한 번도 그가 진정으로 미웠던 적은 없었다.

함께 산 7년보다 더 긴 세월을 각자 살았는데, 서로의 다른 점을 이해하고 맞춰가기 위한 다툼은 어쩌면 당연한 일이었다.

다툼 같은 건 아예 없으면 더 좋겠지만, 다투고 화해하고 그만큼 더 성장하며 그들의 삶을 함께 다채로운 색깔로 물들이는 것, 그게 진정한 부부가 되는 길이 아닐까 싶었다.

"그래서, 피아노는 기증하기로 했어. 다음엔 뭘 하든 꼭 먼저 묻기로 각서도 받았고."

"각서라. 그거 나도 여러 장 있는데, 어째 장수만 늘어나는 것 같지 뭐야."

희원과 이수가 동시에 공감의 웃음을 터뜨렸다. 웃음이 전염된 듯 바비큐 통 앞의 두 남자도 덩달아 웃고 있었다.

"언니, 근데 쟤들 무슨 일 꾸미느라 저렇게 심각한 걸까?"

희원과 이수의 관심은 다시 동글동글하니 그림같이 앉아 있는 어린 선남선녀에게로 향했다.

"글쎄, 엊그제 준서 장난감 안 사준 것 때문에 그러나?"

"장난감 얘기라기엔 너무 진지해 보이는데."

"그래? 그게 아니면 뭐지? 동생 생기는 것 때문은 아닐 거고. 연서한테 또…… 어머! 자기야, 벼리 웃는 거 봤어? 어떻게 저런 표정이 나오지. 아유, 예뻐. 아무래도 안 되겠다. 벼리 그냥 우리 며느리 예약하자."

어린아이답지 않은 벼리의 시크한 표정에 반한 이수는 며느리 소리를 아주 입에 달고 살았다. 그 소리도 자꾸 들으니까 세뇌가 된 건지 희원은 이제 그러려니 했다.

문제는 두준이었다. 나중엔 어떨지 몰라도 지금은 평생 벼리를 데리고 살 것처럼 날을 세웠다.

저 봐라. 두준은 그새를 못 참고 벼리를 불러댔다. 그다음 벌어진 광경엔 헛웃음이 절로 나왔다.

허! 저러니 희원이 두 부녀를 보며 천생연분이라고 노래를 부르는 거다.

조금 전까지 지었던 시니컬한 표정은 금세 어디로 감추고 애교 철철 넘치는 혀 짧은 소리로 답하는 벼리나, 어쩔 줄 모르겠는 얼굴로 그런 딸을 바라보는 두준이나 정말 세상에 다시없을 천생연분이 아닐 수 없었다.

"아유, 저럴 땐 또 영락없는 여우라니까. 며느릿감으로 정말 딱 좋아."

진짜 딱 여우라고밖에 할 수 없는 저런 모습에도 며느릿감으로 인정해 주니까 좋긴 한데, 준서가 저 부녀 사이에 끼어들 수나 있을지 희원은 그게 걱정스러웠다.

"쭈리야."

피아노 레슨이 끝났는지 연서가 정원으로 나오며 벼리를 불렀다.

연서는 여전히 벼리를 쭈리라는 애칭으로 부르고 있었다. 벼리가 연서한테만 허락한 애칭이기도 했다.

가끔 벼리와 연서가 친자매 같다는 착각이 일 정도로 둘의 사이는 각별했다.

시어머니와 시누이를 포섭해 놨으니 90%는 먹고 들어가는 건가 하는, 나가도 한참 나간 생각에 희원의 입가에 웃음이 감돌았다.

"아유, 쟤네들 둘이는 맨날 좋지. 누리가 빨리 커야 우리 준서 편먹어줄 텐데. 남동생 낳아달라고 하는 이유를 알겠다니까."

"남동생 낳아달래? 준서 외로웠나 보네."

동생 생기는 게 싫어 가출 계획까지 짜려는 건 꿈에도 모르는 엄마들의 안타까운 시선이 준서에게로 향했다.

벼리는 그저 연서바라기고 준서는 벼리 관심 한 번 끌어보려고 안달복달인 모습이 그저 흐뭇했다.

"몇 시야? 미란 씨랑 민욱 씨 꽤 늦네."

"뻔하지, 뭐. 이 웬수들, 아마 애지중지 떠안고 오느라 늦는 거겠지."

미란과 민욱은 두 번의 이별과 재회를 겪은 뒤 4년 전에 식을 올렸다.

민욱의 '퓨처 케어시스템' 프로그램이 좋은 반응을 보인 덕분에 그의 사업은 정상 궤도에 올라 점점 세를 넓혀가고 있는 중이었다.

민욱을 막내사윗감으로 영 탐탁지 않아 했던 미란의 아버지도 그의 성실성에 반해 이제는 아들처럼 여기고 있다고 했다.

모든 것이 순조로울 것만 같았던 이 커플을 위기로 몰고 간 건 아기였다.

결혼하고 1년 정도, 미란은 너처럼 덜컥 애부터 만드는 바보는 되지 않겠다며 신혼을 만끽하는 모습을 생중계해 희원의 심사를 긁어놨었다.

공부와 육아를 병행하느라 희원은 엄두도 못 냈던 다이내믹한 여행에 대해 자랑을 늘어놓을 때마다 어찌나 얄미웠던지.

그렇게 계속 잘 지낼 줄만 알았다. 작년 이맘때쯤 미란이 찾아와 덜컥 눈물부터 보이며 이혼을 말했을 땐 어찌나 황당했던지, 속도 모르고 그녀의 등짝부터 후려쳤다.

민욱이랑 함께한 세월이 몇 년인데 어떻게 그렇게 쉽게 이혼을 말하냐며, 기어코 이혼할 거면 앞으론 나도 볼 생각하지 말라고 비수를 찔러댔었다.

평소의 미란이라면 파르르해서 재수 없는 말을 쏟아내야 맞는데, 그녀는 그저 울기만 했었다.

한참 울음을 쏟아낸 끝에 미란은 불임에 대해 털어놨다.

위로의 말을 건네기도 조심스러운 순간이었다. 무슨 말을 해도 미란에게 모두 상처가 될 것만 같아 마음 편히 가지라는 뻔한 말도 꺼내지 못했다.

퍼뜩 벼리 낳을 때 민욱이 감동에 겨워 울었던 모습이 떠올라 가슴이 먹먹해진 희원은 울음을 참느라 고생했었다.

그렇게 몇 번 더, 미란은 금방이라도 죽을 것 같은 얼굴로 희원을 찾아와 그녀를 가슴 아프게 했다.

작년 가을의 끝 무렵, 내내 평상심을 유지하는 것 같았던 민욱이마저 초췌한 얼굴로 찾아왔을 때는 정말 가슴이 무너지는 듯했다.

죽을 만큼 힘들 것 같지만 미란이를 그만 놔줘야 할 것 같다며, 그의 존재가 그녀에게 고통만 안겨주는 것 같다고 한숨을 토해내는 민욱의 모습은 너무나 안쓰러웠다.

위로를 하며 다독여야 할 희원이 눈물을 참지 못하고 펑펑 울어버리는 바람에 두준은 그녀를 달래느라 애를 먹었었다.

이혼에 합의하고 절차를 밟는 그들에게 희원은 무엇도 해줄 수가 없었다.

그리고 겨울이 찾아왔다. 이미 마음에 찬바람이 일고 있던 민욱과 미란에게도 어김없이 겨울은 찾아왔다.

소담스러운 첫눈이 내리던 날, 미란은 세상에 다시없을 기쁜 소식을 전해왔다.

항상 쿨했던 그녀의 떨리는 목소리가, 띄엄띄엄 제대로 된 문장을 만들어내지 못했던 단어들이, 소복이 쌓여가는 함박눈처럼 그녀의 가슴에 쌓였다.

그렇게 민욱과 미란은 모든 걸 포기하고 끝을 준비하던 순간에 기적과도 같이 임신 소식을 들었고 새로운 시작을 꿈꾸게 되었다.

그러고 보면 기적은 참 뜻하지 않은 순간에 찾아와 사람을 놀라게 했다. 그러니까 기적이겠지.

그 후로 7개월, 민욱과 미란은 눈꼴시어서 못 봐줄 정도로 신혼 때보다 더 깨가 쏟아졌다.

"미란아, 조심, 조심. 걷기 힘들면 안아줄까?"

"지금 오나 보네. 눈꼴신 웬수들."

대문 쪽에서 민욱의 목소리가 들려왔다.

오늘도 역시나 미란을 과하게 애지중지하고 있었지만, 유난스럽다는 비난은 입 밖에도 꺼내고 싶지 않았다.

정말 힘들게 맞이한 기쁨이기에 저 정도 유난이야 좀 봐줘야 하지 않을까 싶었다.

"이민욱, 황미란, 빨리빨리 못 오지. 거하게 축하해 주겠다고 난리 치더니, 내가 손수 자리까지 펴놓고 기다리는 이 상황 말이 된다고 생각해?"

희원이 정원에 막 모습을 드러낸 민욱과 미란을 향해 환히 웃는 얼굴로 툴툴댔다.

"미안, 미안. 이해 좀 해줘라. 귀한 몸을 모시고 오다 보니 그렇게 됐다."

민욱이 미란을 감싸 안은 채 쑥스러운 표정으로 머리를 긁적였다.

제법 부른 배를 양손으로 다소곳이 감싼 미란이 입을 삐죽이며 팔꿈치로 민욱을 툭 쳤다.

"야, 말도 마. 오늘 안에 너희 집에 오지도 못할 뻔했어. 차라리 걸어오는 게 낫지, 거북이도 그보단 빠를 거다. 이수 언니, 오! 대단해. 늦둥이 가진 거 축하해요."

"고마워요. 근데 우리 남편한테는 그 말 하지 말아줘요. 지금 입덧 때문에 좀 예민하거든."

이수의 속삭임에 황당한 표정을 짓던 민욱과 미란이 마스크를 쓴 채 고기를 굽는 성현을 보고는 웃음을 터뜨렸다.

모일 사람은 다들 모였고 고기도 때깔 좋게 익었고 식탁은 풍성함으로 가득해졌다.

저물기 시작하는 햇살은 풍경에 따스함을 더하고 있었다.

각자의 나이와 기호에 맞게 잔들이 채워지고 두준이 건배사를 위해 입을 열었다.

"오늘 제 아내의 박사학위 취득을 축하하기 위해 모여주신 여러분께 남편으로서 감사하다는 말씀드립니다."

두준의 목소리는 약간 상기되어 있었다. '남편으로서'라고 말할 때는 어쩐지 어깨에 힘이 들어가는 것도 같았다.

수줍게 얼굴을 붉히는 희원을 바라보는 두준의 시선엔 뿌듯함이 가득했다.

"박사아? 벼리야, 박사가 소설가보다 높은 거야?"

두준이 잠깐 말을 끊은 사이 준서가 목소리를 높였다. 벼리는 특유의 시니컬한 표정을 지어 보이며 한숨부터 폭 내쉬었다.

"박사랑 소설가는 다른 거야. 누가 높고 누가 낮은지 비교하기 어려운 거라고."

똑 부러지는 벼리의 말에 아무도 놀라는 이는 없었다. 근래 자주 있었던 일이라 다들 흐뭇한 웃음을 지으며 고개를 끄덕였고, 두준의 어깨엔 한층 더 힘이 들어갔다.

"아유, 우리 벼리 누구 닮아 요렇게 똑똑할까 몰라."

미란이 못내 귀여운 듯 벼리의 머리를 쓰다듬었다.

"이모, 그거 물어보는 거 아니죠?"

"어? 어. 딱히 물어보는 건 아닌데, 왜 물어보면 안 돼?"

"내가 아빠 닮아 똑똑하다고 하면 엄마가 기분 나쁠 거고, 엄마 닮아 똑똑하다고 하면 아빠가 기분 나쁠 거 아니에요. 그러니까 그런 거 물어보면 실례예요."

"이모, 실례예요."

벼리가 또박또박 말을 끝내자마자 준서가 앵무새처럼 뒷말을 그대로 따라 했다. 둘의 하는 양이 귀여워 왁자한 웃음이 터져 나왔다.

"자자, 팔 떨어지겠네. 건배사부터 마무리합시다."

성현이 웃으며 잔을 치켜들었다.

"아, 네. 다른 거 없습니다. 지금처럼만 앞으로도 행복하기를."

서로 잔을 부딪치는 소리가 청명하게 울려 퍼졌다. 두준의 말처럼 지금 모두의 얼굴엔 행복이 충만했다.

잠깐 누리를 살피러 들어왔던 희원은 정원이 훤히 내다보이는 창 앞에 웃음을 머금은 채 서 있었다.

벼리만 챙기는 연서 때문에 삐친 준서의 접시 위로 벼리가 고기 한

점을 놔주고 있었다. 민욱은 미란을 챙기느라 제 입으론 고기 한 점 제대로 집어넣지 못하고 있었고, 이수가 내민 고기를 먹으려던 성현은 속이 좋지 않은 듯 입을 가리며 고개를 돌리고 있었다.

사랑이 그득한 풍경이었다.

어느 값진 명화가 저보다 아름다울 수 있을까?

"안 나오고 여기서 뭐 해?"

그윽한 음성과 함께 단단한 팔이 그녀를 감쌌다.

"누리 좀 잠깐 살펴보느라고요."

"이모님이 어련히 잘 봐주실까."

첫 번째 결혼기념일 이후 희원은 일정 부분 베이비시터의 도움을 받기로 했고, 그게 벼리나 그녀에게 한층 더 행복한 삶을 가져다준다는 것에 동의했다.

그래서 누리가 태어난 뒤에도 베이비시터의 도움을 받는 일에 별 거부감이 없었다. 그런 전문적인 도움이 없었다면, 박사학위를 따는 건 엄두도 내지 못했을 것이다.

참 감사한 일이 아닐 수 없었다.

"그냥 자는 모습이 보고 싶어서요. 잠자는 모습이 어찌나 예쁜지, 이 아이를 정말 내가 낳았을까 싶기도 하고. 이렇게 예뻐도 되는 건가 싶기도 하고. 너무 행복한 건 아닌가 싶기도 하고."

등 뒤로 맞닿은 그의 가슴이 자잘한 진동을 일으키고 있었다. 듣기 좋은 나직한 웃음소리가 그녀의 귓가를 울렸다.

이내 관자놀이 부근에 부드럽고 따뜻한 입술이 짙게 맞닿았다.

"이렇게 예쁜 사람이 어떻게 내 곁에 왔을까 싶기도 하고. 이렇게 미치도록 사랑스러워도 괜찮은 건가 싶기도 하고. 너무 행복해서 어쩌나 싶기도 하고."

그녀를 흉내 낸 두준의 닭살스러운 말에 희원은 잔잔한 웃음을 토해냈다.

"당신은 어쩜 나날이 더 닭살스러워질까요?"

"예쁜 마누라랑 사는 부작용 같은 거니까 그런 사소한 건 신경 쓸 필요 없고. 장희원 박사님, 내가 지금 좀 급해서 그러는데, 바쁘지 않으면 키스 한 번만 해주지."

희원의 청명한 웃음소리가 거실 안을 간지럽게 맴돌았다. 그녀는 웃음을 한가득 머금은 채 두준을 향해 돌아서서 그의 목에 팔을 감았다.

"손님 접대도 해야 하고 좀 바쁘긴 한데."

"가능할지 모르겠지만, 시간 많이 안 빼앗도록 노력해 볼게."

두준의 속삭임에 희원은 부러 새침한 표정을 지어 보이며 발뒤꿈치를 살짝 들어 올렸다.

"여기서 키스하다가 누가 들어오기라도 하면, 읍."

희원의 뒷말은 급하게 겹쳐진 두준의 입속으로 사라졌다. 그들의 사랑은 여전히 현재진행형이었다.

외전 1.
사랑도 때론

대학만 가면 새벽에 일어날 일 같은 건 없을 줄 알았다. 장태우 얼굴 볼 시간 만들려고 영어 새벽 강좌까지 들어야 하는 이 상황이 말이 되느냔 말이다.

대학 입학이 유일한 목표였던 고3 그때가 지금보다 훨씬 단순한 삶이었다는 생각이 들었다.

결정된 건 아무것도 없었고 삶은 더 복잡해지기만 했다.

"강세현, 다 왔어. 정신 차려."

정신을 못 차릴 정도로 잠에 빠져 있지는 않았다. 바로 귀 옆에서 들리는 태우의 목소리를 듣지 못한 것도 아니었다.

그저 울컥 솟구친 소심한 반항심에 잠시 그를 무시하고 싶었을 뿐이다.

"안 자고 있는 거 다 아니까 얼른 눈 떠. 안 그러면."

그의 목소리는 조금 전보다 좀 더 가까워져 있었다. 태우만의 체향이 그녀에게로 훅 끼쳐 왔다.

안 그랬으면 좋겠는데, 그녀의 의지완 상관없이 심장이 정상 속도 이상으로 두근대기 시작했다.

'안 그러면 뭐 어쩌겠다고? 뽀뽀라도 하게? 흐흐흐, 그럼 나야 좋지.'

실룩실룩 움직이려는 입꼬리를 간신히 잡아놓은 세현은 눈에 접착제라도 바른 양 꼭 감고 있었다.

그녀의 상상 속에서만 펼쳐지고 있는 다음 전개에 온몸이 간질거리는 것만 같았다.

이렇게 날 잡아 잡수, 하고 있는데 지가 안 넘어오고 배겨. 볼에다 입술 갖다 대기만 해봐. 고개를 확…….

"아아, 아으, 아프."

볼에 닿기는 닿았다. 입술이 아니라 얄미울 정도로 잘 빠진 태우의 손가락이.

어찌나 인정사정없이 볼을 잡아당기는지 눈물까지 찔끔 새 나왔다.

"얼른 일어나라고 했지."

"씨, 아파. 아프단 말이야."

태우의 손을 쳐낸 세현이 그렁그렁한 눈으로 그를 흘겨보다가 획 고개를 돌려 버렸다. 진짜 아픈 건 볼이 아니라 마음이었다.

빨개진 볼을 빵빵하게 부풀린 세현은 그녀를 지그시 바라보고 있는 태우에게 눈길 한 번 주지 않은 채 가방을 챙겨 그대로 차에서 내렸다.

"수업 열심히 듣고. 오후에 동아리방에서 봐."

수업을 열심히 듣건 말건 무슨 상관이란 말인가.

동아리방에서 만나면, 뭐? 자기 일 하느라 바빠서 그녀에겐 신경도 안 쓰면서.

세현은 뒤 한 번 안 돌아보고 쿵쿵거리며 계단을 올랐다. 그의 고물 차가 요란한 소리를 남긴 채 자리를 뜨고 나서야 걸음을 멈춘 세현이 처량한 표정으로 뒤를 돌아봤다.

태우만큼이나 올곧은 차 뒤꽁무니가 점점 멀어져 가고 있었다.

속 모르는 사람들은 태우가 병원장 아들이라 학생 신분으로 차까지 끌고 다닌다고 생각하겠지만, 저 차는 그가 1년간 알바를 해서 모은 돈과 수석 입학한 덕에 납부할 필요가 없어진 장 원장에게서 받은 등록금을 합쳐 구입한 그의 첫 차였다.

그녀의 입학식날 나란히 저 차에 올라 등교할 때만 해도 그와 함께 꽃길만 걸을 거라 생각했다. 너무도 힘든 고3을 보냈으니 그 정도 보상은 따라줘야 맞았다.

태우는 의대에 진학할 거라는 모두의 예상을 깨고 명운대 화공과에 입학했다.

그때부터 세현의 목표도 명운대가 됐다. 명문인 명운대에 들어가기 위해, 그것도 그녀가 원하는 언론정보학과에 입학하기 위해 고3 내내 세현은 살아도 사는 게 아니었다.

물론 그 고통스러웠던 1년간을 태우는 그녀의 과외선생을 자청하며 함께해 주었다.

제자리걸음인 점수에 괴로워할 때도, 반복되는 일상에 지쳐 갈 때도 그는 항상 세현의 곁을 지키며 힘이 되어주었다.

휴, 그때가 더, 훨얼씬 더 좋았다.

간혹 집까지 찾아오는 열성팬들이 있는 건 여전했지만, 태우는 진정한 철벽남의 정석을 선보이며 세현을 안심시켰고, 공부에 열중인 그녀를 바라보기만 해도 좋은 것처럼 행동했다.

그래서 라니가 대학교 가면 예쁘고 적극적인 여자들이 얼마나 많은데 불안하지 않느냐고 들쑤실 때마다 시원하게 콧방귀를 끼어주는 여유를 보일 수 있었다.

그때는 진짜 명운대에 합격만 하면 더 바랄 게 없을 것 같았는데.

대학만 가면 인생이 한층 업그레이드될 거라는 묘한 기대감은 대체 누가 심어준 것일까?

진짜 개뿔이다.

태우는 고3 때보다 더 만나기 힘들었다. 알바에, 봉사활동에, 학과 공부에, 그는 너무도 바쁜 나날들을 보내고 있었다.

삼촌한테 구박을 받으면서도 뻔뻔하게 뽀뽀 한 번을 외치며 그녀와의 스킨십을 갈구했던 태우는 대학생이 됨과 동시에 갑자기 어른스러워져 버렸다.

시시때때로 불러 잔심부름을 시키는 일도 없었고, 별것 아닌 거로 잔소리를 하는 일도 드물었다.

고3 때는 그런 태우의 변화가 그렇게 많이 신경 쓰이지 않았다. 아니, 신경 쓸 여력이 없었다고 해야 맞을 것이다.

하지만 대학생이 되고 제대로 된 준비도 없이 찾아온 여유와 자유는 그녀와 태우의 관계를 새삼 돌아보게 만들었다.

오랜 기간 함께했던 사이라 일반적인 연인들과 같을 수는 없다는 걸 감안하더라도 현재 그녀와 태우의 관계는 연인도 뭣도 아닌 어정쩡한 사이라는 결론에 도달할 수밖에 없었다.

뭐랄까? 태우는 좀 맨송맨송해졌다.

그녀가 하라는 대로 다 하겠다고, 제발 자신 좀 봐달라며 태우가 거친 심장 소리를 들려줬던 그때 이후로 세현의 마음은 점점 더 깊어진 데 반해, 그의 마음은 어느 순간을 기점으로 점점 식어만 가는 느낌이었다.

기점이 된 어느 순간은 분명 태우와 처음으로 학식을 먹었던 그날이었을 것이다.

같은 과 동기라고 했던가.

세현과 마주 앉은 태우의 옆에 스스럼없이 앉아 그의 팔을 툭 치며 상큼하게 웃던 그녀는 찰랑찰랑 윤기 나는 긴 머리 때문인지 여성스러움을 물씬 발산하고 있었다.

세현은 그날 아침 늦잠을 자는 바람에 머리를 대충 올려 묶고 있었다.

옷은 또 어떻고.

이제는 태우가 잔소리를 하지 않는데도 불구하고 습관이 되어버려서인지 청바지에 티셔츠 차림인 세현에 비해, 자신을 김수정이라 소개한 그녀는 적당하게 짧은 스커트에 알맞게 핏 되는 블라우스 차림이었다.

여자인 세현의 눈에도 수정이 예뻐 보였는데 하물며 남자인 태우는 어련했을까.

세현은 헤어밴드로 대충 묶은 머리가 신경 쓰여 태우와 수정의 눈치를 보며 머리끈을 슬쩍 빼버렸다.

손가락으로라도 대충 머리를 정리하고 싶은 마음은 굴뚝같았지만, 그들 앞에서 거울을 꺼내 볼 수도 없을뿐더러 그녀의 가방 속에 손거울 같은 게 있을 리도 없었다.

분명 묶었던 자국이 남아 있을 텐데, 그냥 다시 묶어야 하나 심각하게 고민하느라 아예 밥숟가락을 내려놔 버렸다.

"강세현."

"어?"

태우가 부르는 소리에 화들짝 놀라 고개를 드니 그는 뭐가 마음에 안 드는지 미간을 일그러뜨린 채 그녀를 빤히 쳐다보고 있었다.

"머리 묶어."

"어? 어."

너무 단조로운 태우의 말투에, 가소로운 듯한 수정의 시선에 세현은 어찌나 창피했던지 볼뿐 만아니라 귓불까지 붉어졌었다.

머리칼을 주섬주섬 모으는 손이 어찌나 떨리던지, 실오라기 같은 머리칼은 자꾸 그녀의 손을 빠져나갔다.

그런 그녀를 계속 쳐다보고 있었는지, 얕은 한숨을 뱉어낸 태우가 자리에서 벌떡 일어나더니 세현에게서 헤어밴드를 빼앗아가 머리를 단정하게 묶어주고 나서야 제자리로 돌아갔다.

얼마나 창피했으면 직접 일어나서 묶어줄 생각을 했을까 생각하니 세현은 고개를 들 수가 없었다.

밥맛은 이미 뚝 떨어졌지만, 세현은 울음이 터질 것만 같아 그만 먹겠다는 소리도 못 하고 일어나지도 못한 채 젓가락으로 밥만 뒤적거리고 있었다.

그런 세현의 귀로 수정의 애교 섞인 말이 비수처럼 들어와 박혔다.

"어머, 부러워라. 옆집 동생이라더니, 굉장히 각별한가 봐. 나도 너 같은 옆집 오빠 하나 있으면 얼마나 좋을까."

태우는 가타부타 말이 없었다. 그와 수정이 어떤 표정을 짓고 있는지 궁금했지만, 쳐다볼 수가 없었다.

칠칠치 못한 옆집 동생을 살뜰히 챙기는 태우를 수정이 달짝지근한 눈길로 바라보고 있을 것만 같았다.

태우도 찰랑거리는 긴 머리를 다소곳하게 귀 뒤로 넘기는 수정을 바라보고 있을까?

태우에게 그녀는 다시 옆집 동생이라는 위치로 돌아가 있었다.

마음대로 해도 되니까 자기 좀 봐달라고 할 땐 언제고, 그녀 외엔 다른 여자는 눈에도 안 들어오는 병에 걸렸다고 할 땐 언제고, 그는 수정의 말에 아무런 반박도 하지 않았다.

그때부터였던 것 같다.

세현은 미묘하게 달라진 태우의 태도가 수정 때문이라는 생각을 지울 수가 없었다.

태우와 좀 더 함께하고 싶은 욕심에 그가 속해 있는 봉사동아리까지 가입했지만, 그곳에서도 수정과 함께 있는 그를 맞닥뜨려야 했다.

결론적으로 수정은 태우와 계속 붙어 다니는 것 같았다.

같은 과에 같은 동아리, 이번엔 조별 과제도 함께 하기로 했다며 동아리방에서도 둘은 거의 붙어 있다시피 했다.

누구는 꿀 같은 아침잠 쫓아가며 새벽 강좌 듣는다고 부지런이라도 떨어야 함께 시간을 보낼 수 있는데, 수정은 너무도 쉽게 태우와 함께 했다.

태우는 얼마 전부터 자격증 취득을 위해 학원 첫 타임 강좌에 등록했다.

그 얘길 듣자마자 세현은 부족한 영어 미리미리 공부해 둬야겠다는 핑계 아닌 핑계를 대며 아득바득 따라붙었다.

이렇게 대화다운 대화 한 번 나누지 못할 거였으면, 얼굴도 제대로 못 쳐다보고 말 거였으면 이른 아침부터 이런 고생은 하지 않는 건데.

수업 잘 들으라는 그의 말에 일부러 반항이라도 하는 것처럼, 강의를 듣는 둥 마는 둥 시간만 낭비했다.

자신이 언제부터 이렇게 남자에 목을 매는 사람이 됐을까 한심하면서도 태우의 생각을 쉽게 떨쳐 버릴 수가 없었다.

이제 그저 옆집 동생으로는 돌아가기 힘들 것 같은데, 만약 태우가 그러자고 하면 어찌해야 하나 눈앞이 캄캄할 정도로 암울해졌다.

너무 허물없이 지내다 보니 매력을 못 느끼는 건가 싶어 한동안 도도하게 얌전도 떨어봤다.

오늘은 늘 입던 청바지와 티셔츠가 아닌 상당히 여성스럽고, 죽이도록 샤방한 원피스까지 장착하고 나왔지만, 태우는 그냥 한 번 쓱 쳐다보곤 눈을 돌려 버렸다.

차라리 예전처럼 허벅지 다 보이겠다고 옷 같지도 않은 걸 입고 다닌다며 잔소리라도 했으면 좋았을 텐데.

태우는 이제 그녀가 홀딱 벗고 돌아다녀도 관심이 없을 것처럼 굴었다.

종일 우왕좌왕 심란한 상태로 하루를 보낸 세현은 강의가 끝나기 무섭게 동아리방으로 향했다.

내일로 예정된 봉사활동 때문인지 동아리방엔 꽤 많은 학생이 모여 있었다.

"강세."

라니가 구석자리에 앉아 작은 소리로 그녀를 부르며 손을 팔랑댔다.

수포자였던 라니가 명운대에 입학하기까지의 노력은 정말 눈물 없이는 볼 수 없는 한 편의 드라마라고 해도 과언이 아니었다.

한마디로 노력과 기적이 5:5로 잘 버무려진 놀라운 결과물이었다.

그녀는 세현과 같은 학교를 다니고 싶은 것뿐이라는 말을 했지만, 솔직히 그 이유의 60%는 아마도 태우일 터였다.

태우를 향한 라니의 팬심은 아직도 여전했다. 그리고 지금 현재는 세현의 가장 큰 아군이기도 했다.

"왜 이렇게 늦었어?"

세현을 옆으로 바짝 끌어다 앉힌 라니가 입을 손으로 가린 채 속삭였다.

"아직 6시 안 됐는데, 뭘."

"지금 시간이 문제가 아니야. 저기 보여? 저 여우, 아까부터 딱 들러붙어서 떨어질 생각을 안 한다."

라니가 고갯짓으로 가리키는 곳에 태우와 수정이 붙어 앉아 머리를 맞대고 있었다.

태우는 그녀가 온 줄도 모르는 듯, 이쪽으론 시선조차 주지 않고 있었다.

"팀플 같이 하기로 했대."

"으유, 으유. 이 속편한 계집애 봐. 저 여우가 진짜 팀플 때문에 저러는 것 같아?"

안다. 세현도 눈이 있는 이상 훤히 보였다. 수정은 태우에게 관심이 있다는 걸 감추려고도 하지 않았다.

수정의 마음 같은 건 애초에 관심도 없었다. 세현이 관심 있는 건 오로지 태우의 마음이었다.

태우도 수정에게 마음이 있는 걸까? 이제 공기처럼 익숙해진 옆집 동생 따위한테는 관심조차 없는 걸까?

평생을 가족처럼 지내면서 어느 누구보다 그를 잘 안다고 생각했는데, 지금은 그가 어떤 생각을 가지고 있는지 전혀 알 수가 없었다.

이럴 줄 알았으면 태우가 속해 있는 동아리 따위 들어오지 않는 건데.

태우에게 마냥 끌려 다니는 것 같은 자신의 모습이 더할 수 없이 초라하게 느껴졌다.

"오우, 이게 누구야? 강세현, 오늘 무슨 날이야? 아님, 오빠한테 예쁘게 보이고 싶어서 차려입은 건가?"

처음 동아리에 들어올 때부터 세현에게 관심을 보였던 3학년 선배 정훈이 들어서자마자 과하게 떠들어대며 느끼한 멘트를 날렸다.

힘없이 웃어 보인 세현의 시선이 무의식중에 태우를 좇았다. 그는 그제야 고개를 들고 그녀를 바라보고 있었다.

기분이 좋은 건지 나쁜 건지 모르겠는 아리송한 표정을 짓고 있었다.

누구 보여주려고 이렇게 입은 건데 알은체도 않더니, 흥.

세현은 이내 팩 하니 고개를 돌려 버렸다.

"우리 세현이 예쁜 게 하루 이틀인가. 자, 조용히 하고 어서 자리에 앉아."

회장인 선우가 일정이 프린트 된 유인물을 나눠주며 정훈에게 한마디 했다.

"이미 공지를 한 대로 내일은 보육원 봉사가 있는 날이다. 이제 좀 있으면 기말고사 기간이고 아무래도 이번 봉사활동이 마지막이 될 것 같으니까 모두 성실히 임할 수 있도록. 지금부터 네 명씩 조를 짜서 일을 분담하도록 하겠다."

✤

요 근래에는 늘 그랬지만, 역시나 태우와 함께 집으로 향하는 차 안은 침묵으로 가득했다.

그럴 거라 예상은 했지만, 태우는 수정과 한 조를 이루었다.

수정이 대놓고 태우와 한 조가 되고 싶다고 하는데 누가 말리겠는가.

세현은 꼴만 우스워질 것 같아서 입도 벙긋 못 하고 결국 라니와 정훈, 선우와 한 조가 되었다.

"강세현 너 그 옷."

"응?"

세현을 슬쩍 훑어본 태우가 못마땅한 표정을 지으며 정면으로 시선을 돌렸다.

"왜? 이상해?"

허벅지 부근까지 올라간 스커트 자락을 끄집어 내리며 묻는 말에 태우는 입을 꾹 다문 채 묵묵부답이더니, 뒷좌석으로 불안스레 손을 뻗었다.

세현도 덩달아 뒷좌석을 쳐다봤다.

"거기 잠바 보이지?"

상당히 신경질적인 말투에 세현은 군소리 없이 뒷좌석에서 잠바를 집어 그에게 건넸다. 하지만 잠바는 곧 다시 그녀에게로 툭 넘어왔다.

"덮어."

"안 추워."

"잔말 말고 덮어. 허벅지 다 보이잖아. 그런 걸 옷이라고."

태우가 사납게 말을 토해냈다. 분명 듣기 싫은 잔소린데 세현은 묘하게 기분이 좋았다.

이런 걸 길들여진다고 하는 걸까.

"이게 옷이 아니면 뭔데? 다들 예쁘다고 하는데."

"강세현, 말 들어."

태우의 묵직한 한마디에 세현은 입을 삐죽거리며 잠바를 무릎 위에 덮었다.

그녀가 바라는 예쁘다는 말은 들을 수 없을 것 같았지만, 잔소리를 듣는 것도 괜찮다 싶었다.

"내일 치마 같은 거 입고 나오기만 해."

"미치지 않고서야 봉사하러 가는데 누가 치마를 입어."

꽤나 만족스러운 답변이었는지 태우는 고개를 살짝 끄덕였다.

반대편으로 고개를 돌린 세현의 입가에도 만족스러운 미소가 걸렸다.

옆집 동생으로든, 연인으로든 그는 여전히 그녀가 신경 쓰이는 것 같았다.

연인으로서의 관심이면 더할 나위 없고, 옆집 동생으로서의 관심이면 앞으로 변화시켜 나가면 된다는 생각이 들었다.

사람의 본성이란 순식간에 변하는 건 아닐 테니까. 그녀밖에 안 보인다고 했던 그 병이 영원히 낫지 않는 불치병이기를 바라본다.

"강세현 너 혹시……."

"응?"

차는 이미 그들의 집 앞에 정차한 상태였다.

태우는 말을 꺼낼 듯 입을 벙끗대다가 이내 고개를 돌려 버렸다.

"혹시, 뭐? 왜 말을 하다 말아."

세현의 재촉에 미간을 잔뜩 일그러뜨린 태우가 결심을 굳힌 듯 입을 열었다.

"너 혹시 선우 선배 좋아해?"

이 생뚱맞은 질문은 뭘까? 갑자기 왜 선우가 그들 사이에 등장하는 걸까?

영문을 모르겠는 세현은 어이없는 표정으로 눈만 깜빡거렸다.

그녀가 귀찮아지기라도 한 걸까? 그래서 선우한테 떠넘기고 싶은 걸까?

"좋아한다면, 어쩌게?"

순식간에 목이 꽉 메어서 목소리는 그녀의 것 같지 않게 끌끌했다.

태우는 미간을 일그러뜨린 채 그녀를 물끄러미 바라볼 뿐 아무런 답이 없었다.

점점 더 그를 모르겠다.

하아, 사랑 참 지친다.

"쌤, 저 왔어요."

거실로 들어선 세현이 경쾌하게 말하며 맥주가 든 봉투를 흔들어 보였다.

"어서 와. 저녁은?"

"밥은 생각 없는데."

"술이 고프다? 대학생 됐다고 술만 푸는 거 아니야?"

"설마요. 오늘까지 겨우 세 번째네요. 하여튼 쌤은 고리타분한 데가 있다니까."

습관이 무섭다고 세현은 희원을 여전히 쌤이라 부르고 있었다.

둘의 관계 역시 정리 안 된 호칭처럼 선생님과 숙모 사이 그 어디쯤 정도에서 머무르고 있었다.

고리타분하다는 타박에 희원은 밉지 않게 눈을 흘기곤, 세현을 본체

와 독립된 테라스로 안내했다.

"삼촌이랑 벼리는요?"

"놀이방에서 놀고 있어. 너희 삼촌 벼리한테 아빠 소리 듣고 싶어서 아주 안달이 났다. 나는 암만 들어도 아빠라고 한 건 아닌 것 같은데, 삼촌은 바득바득 우기는 중이야."

"하하, 난 우리 삼촌이 딸바보가 될 줄은 꿈에도 몰랐어요. 아기도 딱 각 잡아서 예뻐할 줄 알았는데."

"그러게 말이다. 없는 줄만 알았던 다른 모습을 이끌어내는 거 보면 사랑이란 게 참 놀라워. 그치?"

희원은 뭔가를 눈치채고 여러 가지 의미가 내포된 물음을 던지고 있는 것 같았다. 세현은 대답 없이 서늘한 미소만 지어 보였다.

맥주 캔을 따서 세현에게 건넨 희원은 제 것도 따서 그녀의 캔에 툭 부딪쳤다.

"잘 안 되니?"

"뭐가요?"

"뭐, 학교생활도 사랑도."

세현이 새치름하니 입을 삐죽거린 뒤 맥주를 벌컥벌컥 들이켰다.

맥주 한 캔이 다 비어가도록 세현은 아무 말이 없었다. 길게 뜸을 들이는 폼이 꽤나 심각해 보여 희원도 쉽사리 재촉하지 못하고 맥주만 기울였다.

예전처럼 '태우가 속 썩여?' 정도의 가벼운 질문은 할 수가 없었다. 세현이 대학생이 되어서가 아니라, 그녀와 태우의 관계가 상당히 깊어졌다고 느꼈기 때문이다.

"쌤, 저는요, 성인이 되면 뭔가 좀 달라질 줄 알았어요. 미숙해서 갈팡질팡하는 일 같은 건 없을 줄 알았거든요. 근데 이건…… 휴우."

"성인이 된다고 네가 아닌 건 아니니까 당연한 거야. 성인이 된 지

꽤 지난 나조차도 여전히 갈팡질팡하고 있는걸."

"쌤은 그래도 삼촌하고…… 휴우."

자꾸 한숨만 비어져 나왔다.

태우와 헤어져 집으로 들어가는 대신 이리로 발길을 옮길 때만 해도 무언가 할 말이 많을 것 같았는데, 막상 희원과 마주하고 있자니 이 답답함을 풀어줄 대상은 그녀가 아니라는 생각만 절실해져서 그 어떤 말도 쉽게 꺼낼 수가 없었다.

"쌤, 저 너무 바보 같은 거 있죠."

"음, 역시 내가 잘 가르쳤어."

심각하게 미간을 일그러뜨리고 있던 세현이 뜬금없는 희원의 말에 어리둥절했다.

"하여튼 주제 파악 하난 끝내주게 잘해."

"쌔앰, 진짜 뭐예요. 남은 심각한데 장난이나 치고."

"어어, 왜 장난이라고 생각하지. 딱 봐도 주제 파악 제대로 했구만, 뭐."

"아유, 진짜. 여기 온 내가 바보다, 내가 바보야."

"것 봐. 다시 생각해도 바보 맞는 것 같지?"

능청스러운 희원의 표정과 말에 세현은 그만 웃음이 터지고 말았다.

희원도 덩달아 웃음이 터져 들이켜던 맥주를 사방으로 뿜고 말았다.

그렇게 신나게 웃을 일도 아니건만, 한순간 번진 웃음은 왁자하게 커졌다.

서로 마주 보며 기가 막힌 듯 웃던 웃음은 배를 움켜잡아야 할 만큼 요란스러워졌다.

"하하, 흐흐. 강세현, 그만 웃어. 배 아파 죽겠다."

"하하, 쌤이 자꾸 웃으니까 나도, 하하. 아우, 배야. 하하하."

맥주 한 캔에 취하기라도 한 것처럼 둘의 웃음은 좀 더 이어지다가

서서히 잦아들었다.

"웃으니까 좀 낫지?"

"훗, 그러네요."

둘은 맥주 캔을 부딪쳐 건배를 하고 기분 좋게 들이켜고는 내려놓
았다.

"세현아, 뭐든 쉬운 건 드물지만, 사랑만큼 사람을 힘들게 하는 것
도 없더라. 암만 들여다봐도 정답이 뭔지 모르겠는데, 해답지 같은 건
아예 없는 거야. 답답해 미치겠지."

"하하, 정말 그래요."

"이게 다 주입식 교육의 폐해야."

"아우, 진짜 쌤, 그만 좀 해요. 또 웃음 난단 말이에요."

"결론은 너만 그런 거 아니니까 힘내라고. 장태우 그 녀석, 너무 많
이 속 썩이면 언제든지 얘기하고."

희원이 아랫입술을 질끈 물며 주먹 쥔 손으로 장난스레 자신의 손바
닥을 쳐보였다.

"오호, 패주기라도 할 기세네요."

"원한다면. 그런 거 잘하는 사람을 내가 알고 있거든. 어, 호랑이도
제 말 하면 온다더니, 간만의 음주도 여기서 끝인가 보다."

발음이 부정확해 알아들을 수도 없는 아이의 앙증맞은 목소리와 그
에 답하는 두준의 한 톤 높은 목소리가 점점 가까워지고 있었다.

희원은 아쉬운 듯 시무룩한 목소리로 말하고 있었지만, 얼굴엔 흐뭇
함이 가득했다.

곧 세현을 발견한 벼리의 돌고래 소리가 기분 좋게 울려 퍼졌다.

쪼르르 자리에서 일어난 세현이 벼리를 냉큼 받아 안자, 두준은 자
연스레 희원의 옆에 앉았다.

술 마셨냐는 물음에 희원이 고개를 끄덕이자, 두준의 손이 그녀의

볼을 살짝 매만졌다.

그림 같은 부부였다.

속속들이 다 알진 못하지만, 저 그림이 만들어지기까지 두 사람 다 힘든 순간이 있었다는 걸 세현도 알고 있었다. 그래서 더 아름다워 보인다는 것도.

한바탕 신나게 웃고 나서 그런지, 삼촌 내외의 행복한 모습을 봐서 그런지, 세현은 마음이 한결 가벼워졌다.

물러설 마음이 없다면 힘껏 부딪쳐 봐야지 하는 새로운 의지도 샘솟았다.

그랬는데.

그렇게 불태웠던 의지는 제대로 써먹어보지도 못하고 세현은 지금 설거지와의 전쟁을 벌이고 있는 중이었다.

굳은 표정으로 그녀를 픽업한 태우는 학교에 도착할 때까지 작정이라도 한 듯 세현을 무시했다.

몇 번인가 말을 걸어보려 애쓰던 세현도 심술이 나서 힘껏 부딪쳐 보겠다는 의지 같은 건 깡그리 사라지고 말았다.

준비된 버스를 타고 보육원으로 이동해 각자의 일에 투입될 때까지 그 상태는 계속 유지됐다.

그 와중에 수정은 세현에게 뜻하지 않은 웃음을 안겨줬다.

"미치지 않고서야 봉사하러 가는데 누가 치마를 입어."

그 누가 바로 수정이었다. 그녀는 무릎 아래까지 내려오는 플레어스커트를 입고 나타났다.

이온음료깨나 마시면서 해변을 열두 바퀴쯤 돌아야 할 것 같은 모습에 세현은 버스로 이동하는 내내 웃음을 참지 못하고 키득거렸다.

덕분에 라니한테 미쳤냐는 소리를 여러 번 들어야 했다.

"태우 선배랑 여우랑 딱 붙어 있어서 네가 아주 미쳤구나! 그러니까 왜 말을 못 해. 이 남자가 내 남자다. 그러니까 침 바르지 마라, 말을 해야 할 거 아니야."

라니의 너스레에 웃음은 걷잡을 수 없이 터져 버렸었다. 힐끔 돌아보는 태우 때문에 곧 멈춰야 했지만, 수정이 치맛자락을 살랑거리며 지나칠 때마다 계속 웃음이 났다.

"설거지가 재밌나 보네."

다가오는 것도 몰랐는데 선우가 옆에서 갑자기 말을 걸어 세현은 움찔 놀라고 말았다.

바람에 날리는 수정의 치맛자락이 생각나서 웃음이 배어 나온 걸 그는 다르게 오해한 것 같았다.

"이왕 하는 거 즐겁게 하면 좋잖아요."

"예쁜 녀석이 예쁜 소리만 골라 하네."

선우가 다정한 목소리로 속삭이며 스스럼없이 그녀의 머리를 쓰다듬었다.

그릇에 열심히 비누질을 하고 있던 세현은 움찔 놀랄 수밖에 없었다.

어제, 태우의 엉뚱한 질문을 받은 뒤로 선우의 행동들이 예사롭게 보이지 않았다.

그전의 행동들까지 일일이 다 되짚어 분석할 순 없었지만, 오늘만 놓고 본다면 선우가 의도적으로 세현의 주위를 맴돌고 있다는 생각을 지울 수가 없었다.

무거운 거라도 들라 치면 어느새 나타나 낚아채 가기 일쑤였고, 수시로 눈이 마주치기도 했다.

뭐지? 하는 의문이 생겼다. 단지 동아리방 회장으로 대했을 뿐 그와 각별했던 적은 단언컨대 한 번도 없었다.

예쁘다는 소리는 선우뿐 아니라 다른 선배들한테도 간혹 들었던 소리였기에 크게 의미를 두지 않았었다.

그런데 그 모든 행동에 다른 의미가 내포되어 있었다면. 태우가 그걸 눈치채고 그런 질문을 한 거라면.

"질투가?"

"어? 뭐라고 했어?"

그녀가 작게 중얼거리자, 선우가 냉큼 고개를 들이밀며 되물었다.

"아니요. 아무것도 아니에요. 선배, 이게 마지막이죠?"

"어. 이쪽은 대충 마무리된 것 같으니까 좀 쉬어."

세현이 가타부타 대답 없이 그릇이 담긴 바구니를 들어 올렸다.

주방 바닥을 청소하고 있던 선우가 재빨리 다가와 바구니를 빼앗아 들었다.

헹구어낸 그릇들을 정리하고 있던 라니가 야릇한 시선으로 그 광경을 쳐다봤다.

하지만 세현은 그것까지 신경 쓸 여유가 없었다. 마음이 급해졌다. 빨리 태우에게 가봐야 했다.

잠깐만 쉬겠다는 말을 빠르게 중얼거린 세현이 무어라 말을 건네는 선우를 그대로 지나쳐 주방을 벗어났다.

그 질문이 질투에서 기인한 거라면.

그가 질투를 하는 거라면, 결국 그녀는 태우에게 그저 옆집 동생이 아니란 소리였다.

태우를 붙잡고 제대로 확인해야만 했다. 그게 질투가 맞다면 왜 그렇게 맨송맨송하게 굴었는지 물어봐야 했다.

이유가 뭐건 간에, 그게 질투고 그와 그녀 사이에 존재하는 감정이 여전히 사랑이라면, 이 맹물 같은 관계는 그만 끝내고 싶었다.

꿈과 낭만만 가득할 것 같았던 대학에 대한 기대는 무너졌지만, 캠퍼스 커플, 그거 제대로 한 번 해보고 싶었다.

정말 가슴이 옥죌 정도로 찐한 사랑을 한 번 해보고 싶었다. 그것도 오로지 장태우와.

세탁봉사를 맡은 태우는 뒤뜰에 있을 게 분명했다. 마음이 급해서인지 걸을 수가 없었던 세현은 한달음에 뒤뜰로 달려갔다.

거친 숨을 몰아쉬며 태우를 찾는 세현의 시선에 가장 먼저 들어온 건 안타깝게도 수정이었다.

이온음료 마시며 해변을 달릴 분위기였던 수정은 드라마 한 편 제대로 찍을 기세였다.

집게를 사용한 건지 스커트 자락을 허벅지 부근까지 교묘하게 틀어 올린 수정은 커다란 통 안에 들어가 빨래를 꾹꾹 밟고 있었다.

그나마 다행인 건 남자주인공은 등장하지 않고 있다는 것 정도.

태우가 보이지 않았다. 거칠어진 숨을 고르며 부지런히 주변을 살피고 있는데, 통 안에서 나온 수정이 태우를 불러댔다.

"태우야, 장태우! 이것 좀 도와줘."

'흥! 아주 간드러진다.'

보이지 않던 태우가 큼직한 이불이 널린 뒤쪽에서 고개를 내밀었다. 수정이 연약한 손놀림으로 물을 한껏 먹은 빨래를 꺼내고 있었다.

저런 수작질이라면 너무도 잘 알고 있었다. 평생을 태우 곁에서 그의 관심을 끌고 싶어 별의별 짓을 다 하는 여자애들을 보며 자라왔다.

저 정도야 껌이었다.

그녀의 예상대로라면 수정은 젖은 빨래를 끄집어내는 태우의 힘에 못 이겨 딸려가는 척 안길 심사일 것이다. 그렇게 둘 수는 없었다.

"선배, 도와줄까요?"

냉큼 다가선 세현이 묵직한 빨래를 집어 들었다.

다가서던 태우는 그녀를 발견하고 멈칫하는 것 같았고, 수정은 못마땅한 듯 미간을 일그러뜨리면서도 태우를 의식해선지 미소를 지어 보였다.

"네 일은 다 끝났니?"

"네. 어우, 이불 빨래가 엄청 많네요."

묵묵히 다가선 태우의 시선이 느껴졌다. 길쭉한 그의 그림자가 그녀를 덮고 있었다.

"태우랑 둘이 해도 되는데."

수정이 자리를 피해달라는 소리를 은근히 돌려 말하고 있었지만, 안타깝게도 세현은 절대로 그럴 생각이 없었다.

그녀는 지금 여러 번 보아 터득한 걸 실천에 옮길 예정이었다. 세현은 묵직한 이불 끝자락을 집어 들었다.

"여럿이 하면 빨리 끝날 거 아니에요. 오빠, 뭐 해? 얼른 도와줘."

태우는 그녀의 생각을 가늠해 보려는 듯 미간을 짙게 구기며 지그시 바라보다가 마지못해 이불을 잡았다.

그러곤 그가 힘을 주어 끌어 올리는 순간, 세현은 그 힘을 이기지 못한 듯 비틀대다가 딸려가는 척 태우를 향해 몸을 기울였다.

이대로라면 젖은 이불과 함께 안기는 꼴이 되어 옷이 다 젖을 테지만, 태우를 제대로 흔들어보려면 그 정도는 감수해야 했다.

하지만 본디 이론과 현실은 엄연한 차이가 있는 법.

태우의 품으로 안착해야 맞을 세현의 몸이 미처 발견하지 못한 벽돌을 잘못 밟고 삐끗해 옆으로 기울고 있었다. 품에 한 번 안겨보려다 맨땅과 조우하게 생겼다.

"어어."

"강세현, 조심!"

모든 건 한순간에 일어났다. 이래서 운동신경 뛰어난 남친이 좋은 거다.

아무렇게나 이불을 내팽개친 태우가 옆으로 기우는 세현을 잽싸게 끌어안고 함께 땅으로 곤두박질쳤다.

태우와 그녀의 몸이 완전하게 밀착된 상태였다. 그의 심장박동이 세차게 울리며 그녀의 귀를 간질였다. 단단한 팔이 강하게 그녀를 압박하고 있었다.

"강세현, 괜찮아?"

태우의 목소리가 쿵쿵 울렸다.

괜찮지 않고. 그의 품 안에 있는데 안 괜찮을 리가 없었다.

하지만 태우의 생각은 좀 다른 듯했다. 세현이 반응을 보이지 않아 불안한지 강하게 얽어맸던 팔을 풀고 몸을 일으켜 그녀를 살피기 시작했다.

"어디 다쳤어?"

"오빠."

"응, 말해. 혹시 발목 또 삐끗한 거야?"

그녀의 발목을 살피려는 듯 태우의 시선이 다리 쪽으로 옮겨갔다.

지금 중요한 건 발목이 아니라고. 세현이 몸을 움직이려는 태우의 손목을 덥석 잡았다.

"나 오빠한테 물어보고 싶은 거 있어."

"발목 먼저 살펴보고."

"발목 같은 거 아무래도 괜찮아. 그보다 오빠랑."

"강세현, 말 그따위로 할래? 괜찮긴 뭐가 괜찮아. 대체 너 언제까지 이렇게 덤벙댈 거야? 그러면 내가 어떻게…… ."

태우의 화는 너무도 갑작스러운 데다 냉랭하기까지 했다.

화를 참기 힘든 듯 말을 제대로 잇지 못하며 거칠게 머리를 쓸어 올리는 모습은 너무 낯설어 세현은 무어라 말도 못 하고 눈만 깜빡거렸다.

여태껏 단 한 번도 그녀에게 이런 느낌의 화를 낸 적은 없었다. 그녀를 향한 그의 화는 잔소리를 하거나 꿀밤을 때리는 정도가 다였다.

그리고 지금의 일은 아무리 조작된 실수라곤 해도 엄연한 실수지, 화를 낼 만큼의 잘못도 아니지 않은가.

혼란스러움으로 얼룩진 세현의 눈이 태우를 집요하게 좇고 있었다.

태우는 무언가 숨기려는 것처럼 그녀의 시선을 피하고 있었다.

"저기, 너희들 그만 일어나는 게 좋지 않을까?"

조심스러운 말투와는 어울리지 않는 수정의 상큼한 얼굴이 그들 사이로 불쑥 끼어들었다.

"좀 심각한 건 알겠는데, 맨땅에 그대로 앉아서 해야 할 만큼 중요한 얘기는 아닌 것 같아서. 세현이 너, 다친 건 아니지? 옷 다 버리겠다, 애. 어서 일어나."

친절하게 내밀어진 수정의 손을 세현은 얼떨떨한 표정으로 쳐다봤다. 수정의 친절은 태우의 화만큼이나 그녀를 당황스럽게 했다.

어찌해야 할지 결정을 내리지 못한 채 태우를 물끄러미 바라봤다.

"오빠, 정말 왜 이래?"

따져 묻는 말이었지만, 목소리는 속삭이는 것처럼 작았다.

시선조차 마주치기 싫은 듯 힐끔 세현을 일별한 태우는 여전히 손목에 감겨 있는 그녀의 손을 슬쩍 밀어냈다.

"나중에, 나중에 얘기해."

다시 붙잡기 전에 태우가 멀어져 갔다. 그는 아무 일도 없었던 것처럼 팽개쳤던 이불을 맑은 물이 담긴 통으로 옮겨 빨기 시작했다.

"세현아, 안 일어나니?"

수정의 손이 세현의 코앞에서 놀리듯 팔랑대고 있었다. 서로 감정적으로 얽혔던 적도 없었는데, 수정이 미웠다.

그녀의 손을 외면한 채 몸을 일으킨 세현이 흙먼지를 툭툭 털어냈다.

태우의 곁으로 쪼르르 달려갈 줄 알았던 수정은 세현에게 무슨 용건이라도 있는 것처럼 머뭇거리고 있었다.

"저 괜찮아요. 가서 일 보세요."

세현의 말에도 수정은 물소리를 내며 이불을 빨고 있는 태우를 힐끔 살피기만 할 뿐 움직일 생각을 하지 않았다.

"저한테 뭐 할 말 있어요?"

"어? 아니."

수정의 행동은 꽤 미심쩍었지만, 본인이 아니라는 데야 세현도 어쩔 도리가 없었다.

"그럼 수고하세요."

이쪽으론 시선 한 번 주지 않고 일에 열중인 태우를 한 번 일별한 세현은 이내 발길을 돌렸다.

빈말하는 사람은 아니니까. 그는 나중에 얘기하자고 한 말을 지킬 것이다.

"세현아, 잠깐만."

거 봐. 좀 미심쩍었다니까.

"태우가 요즘 좀 예민하니까 네가 이해해."

뭐냐, 이 남편 기분 대변하는 마누라 같은 말투는.

"좀 차가운 구석이 있긴 해도 저렇게 막 화내고 그러는 성격은 아닌데."

이보세요, 저기 저 남자는 내가 더 잘 알거든요. 어릴 적부터 볼 꼴 못 볼 꼴 다 보고 자란 정말 속속들이 모르는 게 없는······.

"군 입대할 날이 코앞이니 별것 아닌 일에도······."

"네? 지금 뭐라고 했어요?"

놀란 세현이 바짝 다가서며 수정의 팔을 덥석 잡았다.

"어? 화 잘 내고 그러는 성격이 아니라고."

"아니, 그거 말고요. 군 입대할 날이 코앞이라니, 그거 누구한테 들은 거예요?"

세현의 반응에 잠시 의아한 듯했던 수정이 재빨리 표정을 갈무리하더니, 하지 말아야 할 말을 실수로 꺼낸 것처럼 놀란 숨을 삼키며 한 손으로 입을 막았다.

"어머, 어떡해. 내가 군 입대라고 했니? 태우가 나만 알고 있으라고 했는데."

누군가와 통화를 하는 태우의 말을 우연히 엿들은 것뿐이었지만, 거짓말을 한 죄책감 같은 건 생기지 않았다.

'얘도 모르고 있었다 이거지. 흥, 별것도 아닌 게.'

별것도 아닌 게, 세현은 처음 마주한 그날부터 어지간히도 그녀의 신경을 건드렸다.

태우는 아무나 태우지 않는다며 그녀에겐 승차 거부를 했던 차에 세현을 아무렇지도 않게 태우고 다녔다.

매사에 무신경해서 사람을 지치게 했지만, 그게 또 미치도록 매력적이었던 태우가 세현의 일에는 작은 것 하나까지도 신경 쓰는 것 같았다.

머리 하나 풀었다고 힐끔거리는 남자들이나, 그게 신경 쓰이는 듯 직접 머리까지 묶어주는 태우나, 세현이 아무리 예쁘장하게 생겼다고 해도 너무 과분한 관심인 것만 같았다.

수정은 OT 때 보고 첫눈에 반한 태우의 관심을 받기 위해 끊임없이 노력했다. 그녀 평생 이렇게 적극적이었던 적은 없었다.

하지만 태우는 말 그대로 철벽남이었다. 그녀한테만 관심이 없는 게 아니라 모든 여자를 돌 보듯 했다.

그래서 견딜 만했는데.

태우의 옆집 동생이라는 최고의 위치를 선점하고 나타난 세현은 견딜 만했던 일상을 단번에 비참하게 만들어 버렸다.

강세현은 어느새 수정에게 주는 거 없이 얄미운 애가 되어버렸다. 그녀의 마음고생에 비하면 이깟 거짓말 정도는 아무것도 아니었다.

근데 얘 뭐야.

"어머! 세현이 너 우니?"

세현도 모르는 사이 눈물이 볼을 타고 흘렀나 보다. 수정의 말에 얼른 눈물을 훔쳐 낸 세현이 찬바람이 일 정도로 세차게 몸을 돌려 그자리를 벗어났다.

봉사활동이 끝난 뒤에 단골 주점에서의 뒤풀이는 언제부턴가 정해진 코스처럼 굳어져 버렸다.

"어이구, 세현이 오늘 술 좀 받나 보네. 잔이 벌써 비었어. 오빠가 한 잔 맛있게 따라줄게."

옆에 앉아 있던 라니가 갑자기 정훈이로 바뀌어 있었다.

얘가 변신을 했을 리는 없고.

세현은 정훈이 채워준 잔을 기울이며 술자리를 쭉 둘러봤다.

의리 없는 계집애, 라니는 그사이를 못 참고 남자 동기들 사이에 껴앉아 있었다. 꽃물 든 얼굴로 자지러지게 웃으며 옆에 앉은 동기 팔을 토닥이느라 오두방정이었다.

저 버릇은 절대로 못 고치지. 라니가 웃을 때 옆에 있었다간 팔뚝이 시퍼렇게 멍들기 일쑤였다. 처음 몇 번은 참아도 나중엔 아프고 짜증나서 목을 비틀고 싶어진다.

가만 보니, 지금 팔을 내주고 있는 동기도 라니의 목을 비틀어야 할까 말아야 할까 고민 중인 것 같아 세현의 입가에 피식 웃음이 맺혔다.

"우리 세현이 기분도 좋은가 보네. 그래, 오늘 오빠가 책임질 테니까 어디 한번 끝까지 달려보자. 자, 쭉, 쭈욱."

정훈은 술 따르는 작부라도 되는 양 세현의 잔이 비기가 무섭게 채우며 혼자 북 치고 장구 치고 난리가 아니었다.

다른 날 같았으면 눈치 봐서 마시는 척하다가 슬쩍 자리를 옮기거나 아예 도망을 치거나 했을 텐데, 세현은 오늘 작정이라도 한 것처럼 따라주는 대로 술잔을 기울였다.

그녀는 이미 취해 있었다. 정자세로 앉은 채 대화에 끼지도 않고, 안주마저 사양하며 홀짝홀짝 받아 마신 술이 꽤 됐다.

"마셔라, 마셔라, 술이 들어간다. 쭉쭉쭉쭉. 언제까지 어깨춤을 추게 할 거야."

테이블 저쪽 끝에서 모두가 하나 되는 술 권하기 로고송이 경쾌한 박자를 타고 울려 퍼지고 있었다.

그 권주가가 제 것이라도 되는 것처럼 정훈이 따른 잔을 다시 들어 올린 세현이 그쪽으로 시선을 돌렸다.

순간 찌릿, 태우와 눈이 마주치고 말았다. 세현은 마비가 된 듯 그 자세로 굳어졌다. 그와 맞닿아 깜빡여지지도 않는 눈은 금세 붉은 기운을 띠었다.

권주가의 주인공은 수정이었다. 역시나 태우 옆에 붙어 앉은 수정은 콧소리와 혀 짧은 소리를 반반씩 섞어 심금을 울리는 하모니를 만들어내며 여우 짓에 여념이 없었다.

'흑기사 그런 거 없쩌여?'라고 묻는 말에 여기저기서 빠른 흥정들이 들어가고 있었다.

은근 태우를 겨냥해 한 말 같았지만, 지금 현재 장태우는 세현을 향해 레이저빔을 날리느라 다른 건 안중에도 없는 것 같아 보였다.

'뭐? 쳐다보면 어쩌게? 군 입대하는 것도 알려줄 필요 없는 옆집 동생, 아니, 옆집 똘마니가 술을 퍼붓든, 술독에 빠지든 무슨 상관인데?'

가라앉을 줄 모르는 심술에 눈을 매섭게 떠 보인 세현이 보란 듯이 술잔을 기울였다. 하지만 술잔은 제 역할을 다 마치지도 못하고 세현의 손에서 쑥 빠져나갔다.

취기 때문인지 처음엔 태우의 팔이 고무처럼 늘어나 그녀의 잔을 빼앗았다고 착각했다. 태우는 딱 술잔을 빼앗고 싶은 표정을 하고 있었으니까.

자신이 생각해도 엉뚱한 발상에 세현은 또다시 피식 웃어버렸다.

술의 힘인지 울고 싶어 미치겠는 마음과는 반대로 자꾸 웃음이 났다.

"세현이한테 준 술을 네가 왜 마셔?"

혼자만의 세계에라도 빠진 듯 멍한 세현의 귀로 정훈의 목소리가 도드라졌다.

"얘 취했어. 술 그만 줘."

뒤이어 선우의 목소리가 들려왔다.

"세현이 취한 걸 왜 네가 관리해? 아까 못 들었어? 세현이랑 오늘 제대로 달려보기로 했다니까. 그치? 세현아. 오늘 오빠랑 같이 달리는 거야."

정훈이 과하게 친한 척 어깨를 부딪쳐 왔다. 선우가 인상을 쓰며 정훈을 밀쳐 냈다.

"그만 치근덕대. 너도 취했어."

"뭐야? 치근덕? 야, 인마. 말이면 다야?"

금방이라도 멱살잡이를 할 것 같은 일촉즉발의 위기 상황에 원인 제공자인 세현은 고요 속에 잠긴 듯 꼼짝을 않고 한곳만 뚫어져라 쳐다보고 있었다.

그리고 쳐다보던 대상인 태우가 불쑥 솟구쳐 오르는 순간 그게 신호라도 된 것처럼 세현이 벌떡 몸을 일으켰다.

"아우, 정말 시끄러워서 술을 못 마시겠네."

분명 취기가 오른 얼굴인데, 술 한 잔 하지 않은 사람처럼 발음이 정확했다. 워낙 청명한 목소리라 한 테이블에 앉은 모두의 시선이 세현에게로 집중됐다.

"거 봐, 인마. 너 때문에 시끄러워서 술을 못 마시겠다잖아. 우리 세현이 화났구나? 오빠가 술 따라줄."

퍽!

세현의 손바닥이 정훈의 뒤통수를 야무지게 치고 제자리로 돌아갔다.

어찌나 세게 쳤는지 정훈의 얼굴은 테이블에 처박힐 듯 기울어졌다가 원래 자리로 돌아왔다.

"야, 강세현."

"시끄러요. 선배가 언제부터 내 오빠야? 선배가 우리 집안 가족관계를 알아요? 내 오빠는, 배신에 탁월한 재주가 있는 옆집 오빠뿐이거든요. 오빠 소리 한 번만 더 해봐라. 그냥 입을 확!"

정훈은 정말 입이라도 잡아 늘릴 것처럼 양손을 쫙 벌려 보이는 세현을 넋이 나간 표정으로 쳐다봤다.

"세현아, 알았으니까 그만 앉아."

선우가 달래듯 부드럽게 말하며 그녀의 손목을 잡자, 세현이 매섭게 떨쳐 냈다.

"선우 선배, 나 좋아해요?"

세현이 또박또박 묻는 말에 그녀를 올려다보고 있던 선우도, 성큼성큼 다가오던 태우도 우뚝 멈춰 버렸다.

세현은 오늘 여러 남자 넋을 빼놓고 있었지만, 정작 본인은 취기 때문에 제대로 인지하지도 못하고 있었다.

고백이라도 주고받을 것 같은 분위기에 동아리 회원들은 막장드라마의 하이라이트를 시청하는 듯 숨을 죽인 채 쳐다보고 있었다.

정물화 같은 분위기 속에서 멈춰 있던 남자 둘이 다시 움직이기 시작했다.

태우는 그녀가 평생 본 적 없는 처참한 표정으로 다가서는 중이었고, 얼굴이 벌겋게 달아오른 선우는 한껏 기대감에 부푼 표정으로 입꼬리를 끄집어 올리고 있었다.

"세현아, 너 취했어. 나중에 따로."

"나중에 따로 선배 만날 생각 없고요, 취했어도 귀는 잘 들리거든요. 좋아해요, 안 좋아해요? 아님, 내가 먼저 말해요?"

고백하는 당돌한 후배와 고백받는 괜찮은 선배, 딱 그 분위기였다.

다들 입 밖으로 소리 내 말하진 않았지만, '요즘 애들 대단해. 아주 거침이 없구만' 하는 표정들이었다.

"강세현, 그만 집에 가자."

팽팽한 긴장감을 깬 건 세현의 고백이 아니라 낮게 깔린 태우의 위협적인 목소리였다.

세현의 앞까지 성큼 다가온 그는 사나운 표정을 지은 채 그녀의 손목을 움켜쥐었다.

"이거 놔. 나 지금 선우 선배랑 얘기하고 있잖아."

뿌리치려 했지만 그의 손은 더 옥죄어 왔다.

"강세현, 너 진짜."

"나는, 난 묻고 싶단 말이야."

선후배 간의 아름다운 고백 타임이라고 생각했던 장면이 엉뚱한 방향으로 흘러가자 모두들 어리둥절한 표정이었다.

그중 가장 황당한 사람은 아마도 가슴 떨리는 고백을 기대하고 있던 선우일 것이다.

"장태우, 세현이가 놓으라잖아. 이 손……."

"나밖에 안 보이는 병에 걸렸다고 했잖아. 잘 낫지도 않는 불치병이라며? 근데 왜? 근데……."

눈시울이 순식간에 붉어진 세현이 말을 잇지 못하고 울음을 참으려는 듯 입술을 깨물었다.

그 모습이 너무도 안쓰럽게 보여 모두의 날카로운 시선은 그녀를 울린 원흉이라고 생각되는 선우에게로 향했다.

분명 좋아하는 건 맞지만 저 정도까진 아니었는데. 게다가 저런 말은 꺼낸 적도 없는데.

어리둥절한 선우는 갈피를 잡지 못하고 머리를 긁적이며 주춤주춤 말을 꺼내놓았다.

"아니. 저 세현아, 난 그런 말한 적이 없⋯⋯."

"군대 간다는 말도 안 해주고, 흑."

기어코 울음소리가 새 나왔다.

"어, 그게, 군대는 이미 갔다 왔는⋯⋯. 미, 미안해, 세현아, 그때는 아직 너를 만나기 전이라 군대 간다는 말도 못 하고⋯⋯."

선우가 고개를 갸웃하면서도 사과의 말을 읊어댔다. 영 이상했지만 애절한 모습으로 울고 있으니, 절로 미안하단 소리가 튀어나왔다.

"내 마음대로 다 해도 되니까 자기 좀 봐달라고 할 땐 언제고, 나는 계속 보는데, 나는 계속 오빠만 보는데⋯⋯ 흐아앙."

아이 같은 울음소리와 함께 눈물이 방울져 떨어졌다. 세현의 울음 사이사이로 선우를 향한 비난이 쏟아졌다.

"야, 웬만하면 받아줘라."

"네가 잘못했네. 애를 왜 울리고 그러냐."

"그냥 찔러보기만 한 거냐? 선우 너 그렇게 안 봤는데, 그런 말까지 했으면서 너무한다, 야."

선우는 쏟아지는 비난이 당황스러워 열심히 손사래를 치며 어쩔 줄을 몰라 했다.

"지금도 그래."

좌중을 압도하는 태우의 진중한 목소리가 들려온 건, 인상을 구긴 선우가 자리에서 엉거주춤 몸을 일으키려던 때였다.

여전히 세현의 손목을 잡고 있는 태우의 입가엔 미소가 맺혀 있었다.

"지금도 계속 불치병을 앓는 중이야."

엉덩이를 엉거주춤 공중부양 시키고 있던 선우는 의아한 얼굴로 태우와 세현을 번갈아 바라봤다. 조금 전까진 보이지 않았던 것이 이제야 명확히 보였다.

세현의 시선은 태우에게 못 박혀 있었다. 저렇게 올곧게 향해 있는데 어째서 다들 눈치채지 못한 걸까?

선우와 다른 회원들이 무얼 하건 태우와 세현은 서로에게만 빠져 아무런 관심이 없는 것 같았다.

"흑, 거짓말."

"나날이 더 예쁘기만 해서 미칠 지경이야. 이런 너와 2년을 떨어져 있어야 한다는 생각을 하면 난……."

"흑, 거짓말하지 마. 매일 다른 여자랑 붙어 다녔으면서, 이젠 뽀뽀도 안 해주면서, 읍."

뽀뽀 얘기가 나오기 무섭게 태우의 입술이 그녀를 덮쳤다.

뽀뽀라고 하기엔 너무 지나친 입맞춤은 세현의 눈을 동그랗게 확장시켰다.

하지만 그것도 잠시, 깊고 농밀하게 이어지는 입맞춤에 자연스러운 절차처럼 눈은 스르르 감기고, 저릿한 감각이 전신을 휩쓸더니, 머리가 아찔하게 흐려졌다.

단단하게 옥죄는 팔, 빈틈없이 밀착된 몸, 집어삼킬 듯 맞물린 입술. 거의 폭발에 가까운 키스였다.

태우만의 체향이 그녀의 코를 마비시켰다. 감은 눈앞은 빙글빙글 다채로운 색으로 물들고 있었다. 이대로 죽어도 좋을 것 같은 아찔함이 찾아들었다.

숨이 찬 건지, 취기가 오르는 건지, 황홀한 건지, 분간이 안 되는 아
득함이 세현을 휩쓸고 있었다.

그리고는 뚝. 암전.

멀어지는 의식 속에서도 그녀를 부르는 태우의 목소리는 참 좋았다.

❖

들릴 듯 말 듯 켜놓은 라디오에서 12시가 되었음을 알려줬다. 가로
등 불빛이 곤히 잠든 세현의 얼굴을 은은하게 물들이고 있었다.

차는 이미 세현의 집 앞에 정차한 상태였지만, 태우는 그녀를 바라
만 볼 뿐 깨울 생각을 않고 있었다.

"휴, 잠이 오냐? 요걸 그냥 확."

말은 그렇게 하면서도 그녀의 몸을 감싼 겉옷을 정리하는 손길은 다
정하기만 했다.

키스하던 도중 세현이 갑자기 축 늘어지는 통에 어찌나 놀랐던지.
내 욕심이 얘를 힘들게 했나 보다 가슴이 덜컥 내려앉았었다.

어째서 기절한 건지 살펴볼 여력도 없었다. 제대로 된 생각 같은 건
할 수가 없었다.

무작정 들쳐 업고 뛰다가 택시에 태워 가까운 병원으로 향하는 동
안, 지옥에라도 떨어진 것 같은 끔찍한 기분을 맛봐야 했다.

모두가 다 제 잘못인 것만 같아 세현을 끌어안은 채 절절한 회개의
시간을 가졌다.

하지만 어이없는 표정으로 그를 바라보는 의사의 말을 듣는 순간,
태우는 실소를 터뜨리고 말았다.

심장이 쪼그라드는 것 같은 고통을 안겨준 세현은 기절을 한 게 아
니라 꿀 같은 단잠에 빠진 거였다.

아니, 어떻게 키스를 하다가 잠들 수 있지?

동그란 이마를 한 대 쥐어박아 줘야 하나 고민하다가 이내 입술도장을 찍고 말았다.

때릴 데가 없었다. 어디 한 군데 미운 구석이 있어야 말이지.

정말 애가 탈 정도로 갈망했던 그녀의 입술이었다.

너무 앞서 가는 건 아닐까, 너무 몰아붙이는 건 아닐까, 너무 욕심내다가 그를 밀어내기라도 하면 어쩌나.

항상 조심스러웠고, 항상 조바심이 났다.

한창 꽃필 나이 스무 살. 아름답게 지켜주고 싶기도 하고 온전히 소유하고 싶기도 한 이중적 마음이 그를 괴롭게 했다.

세현이 고3이었을 때가 그나마 쉬웠다. 인내야 워낙에 이력이 난 거였고, 공부에 열중하느라 힘든 세현은 그를 유혹하거나 하지 않았으니까.

하지만 대학생이 된 세현은 어른 흉내에 열광하는 어린애처럼 끊임없이 그를 유혹했다. 아니, 그녀의 존재 자체가 그에겐 유혹이었다.

좀 더 인내심을 발휘할 필요가 있다고 느껴서 거리를 둔 것뿐이었는데, 엉뚱한 방해꾼이 끼어들 줄 누가 알았겠는가.

선우가 세현에게 관심이 있다는 건 진작 눈치채고 있었다.

그런데다 세현도 별로 싫어하지 않는 눈치였고, 그는 입영통지서까지 받아놓은 터라 어지간히 신경이 쓰이던 참이었다.

세현과 떨어져 지낼 시간을 생각하면 벌써부터 숨이 막혀오는데, 탐탁지 않은 방해꾼까지 생겨서 태우의 속은 시커멓게 타들어가는 상황이었다.

인내는 이미 거의 바닥을 드러낸 상태였는데, 세현이 거기에 도발까지 한 거였다.

"강세현, 깼으면 그만 일어나지."

설마 미세하게 떨리는 속눈썹의 움직임을 눈치채지 못했을 거라 생각한 걸까.

애는 아직도 모른다. 그녀를 향해서만 발동하는 그의 예민한 감각을.

"안 자고 있는 거 다 아니까 얼른 눈 떠라. 안 그러면."

세현의 콧잔등이 찡끗 일그러졌다.

"또 볼 꼬집기만 해봐. 확 물어버릴 거니까."

반짝 눈을 뜬 세현이 손으로 냉큼 뺨을 가렸다.

"말 참 예쁘게 하지."

"맨날 꼬집기나 하고. 정말 아프단, 헉."

입을 삐죽대며 툴툴거리는 세현의 앞으로 태우가 불쑥 다가왔다.

생생한 첫 키스의 기억 때문에 세현은 움찔 놀라며 급하게 숨을 삼켰다.

"내가 뭘 할 줄 알고?"

"뭐, 뭘 할 건데?"

"한 번 맞혀볼래?"

"음, 뽀, 뽀뽀?"

"아니, 그건 이제 맹탕 같아서, 더 찐한 거로 하고 싶은데."

그러면서 세현의 볼에 태우의 입술이 살짝 닿았다가 떨어졌다. 맹탕 같다던 그의 뽀뽀는 세현을 여전히 가슴 떨리게 했다.

"나, 나도 하고 싶어."

세현이 부끄러운 듯 얼굴을 붉히며 작게 속삭였다.

"뭘?"

태우가 천연덕스레 물으며 다른 쪽 볼에 또다시 입술을 가져다 댔다.

"알잖아."

"글쎄."

"키스하고 싶, 읍."

순식간에 겹쳐진 입술은 강하게 밀착했다가 살짝 떨어졌다.

"또 잠들면 혼난다."

웃음기 가득한 태우의 나른한 음성이 그녀의 입술 위로 번져 나갔다.

장태우, 아주 제대로 한 맺힌 게 분명했다.

그건 세현도 마찬가지라 그들의 키스는 길게 아주 오래도록 이어지며 차 안을 열기로 가득 채우고 있었다.

"하아, 오빠, 이거 너무 좋아."

입술은 언제라도 다시 맞물릴 듯 서로 닿아 있었다. 숨을 쌕쌕거리며 작게 속삭이는 세현의 말은 자잘한 입맞춤을 하는 태우에 의해 자꾸 삼켜지고 있었다.

"밤새도록 이것만 하래도⋯⋯."

"강세현, 말 그만해."

화라도 난 것처럼 짧게 끊어 말한 태우는 말을 주고받는 시간도 아까운 듯, 또다시 열정적인 키스로 그녀를 몰아갔다.

비좁은 차 안 한없이 불편한 자세였지만, 두 사람 다 그런 건 안중에도 없었다.

허투루 새어 나가는 세현의 숨 한 줌도 아까운 것처럼 태우는 쉴 새 없이 몰아붙여 그녀를 정신 못 차리게 했다.

이렇게나 절실하면서 그동안은 왜 그렇게 맨송맨송했던 걸까.

벅찬 그의 열정에 세현은 그저 새까만 재로 남을 것만 같았다.

인지하지 못했던 순간까지 포함해 20년을 함께했지만, 세현은 단 한 번도 느껴본 적 없었던 낯선 태우를 만나고 있는 것 같았다.

그는 지금 너무 익숙했던 옆집 오빠가 아닌 사랑을 열렬히 갈구하는 거친 남자였지만, 겁이 난다거나 거부감이 일지는 않았다.

처음부터 연인으로 만난 사이가 아니었기에, 뽀뽀에서 키스로의 단계 조정은 생각조차 못 한 채, 무얼 바라는지도 모르면서 태우만 보면 바짝바짝 애가 타곤 했었다.

너무도 친한 사이였던지라 더 이상 친해지기가 힘들었다고 해야 할까.

아무튼 단계의 턱을 넘어서고 나니 자제 같은 건 생각조차 할 수가 없었다.

거친 숨소리와 나릿한 마찰음이 차 안을 맴돌았다.

끊임없이 계속될 것 같던 키스는 태우에 의해 접점을 잃었다. 그의 목에 팔을 두른 세현이 눈도 뜨지 못하고 숨을 쌕쌕 몰아쉬었다.

그런 그녀를 바라보는 태우의 눈길은 데일 정도로 뜨거웠다. 이마를 덮은 머리를 매만지는 손길에는 미세한 떨림이 느껴졌다.

"세현아."

이름을 부르는 음성엔 달짝지근함이 가득했다.

"응?"

반짝 뜬 눈 속엔 별빛이 찬란했다. 앙큼하게 묻는 단음절은 기대감으로 충만했다.

저런 음성, 저런 부름이라면 분명 '사' 자로 시작해서 '해' 자로 끝나는 고백이 이어지리라 믿어 의심치 않았다.

연인 사이로 발전한 뒤에도 듣지 못했던 그 말. 들을 수는 있을까 마음만 졸였던 그 말.

심장이 거세게 두근댔다.

"나한테 할 말 없어?"

세현의 미간이 짙게 일그러졌다. 실망은 순식간에 찾아와 그녀의 얼굴을 덮었다.

"하, 할 말? 어, 맞다. 오빠, 군대 간다는 얘기는 왜 안 했는데? 그 여우, 아니, 수정 선배한테는 하고 나한텐 왜 안 했냐고?"

수정에게 그 말을 전해 들었을 때 느꼈던 배신감과 비참함에다, 기대했던 고백을 듣지 못한 심술까지 뒤섞여 세현의 목소리는 꽤 사나워져 있었다.

"수정이? 김수정?"

"그래, 김수정. 오빠랑 찰떡같이 붙어 다니는 그 여우."

"무슨 소리야. 김수정이랑은 동아리방에서 만나는 게 다야. 그리고 군대 얘기는 걔한테 한 적이 없는데."

"거짓말 마. 오빠가 얘기 안 한 걸 그 여우가 어떻게 알고 있는데?"

"그거야 나도 모르지. 그거 아는 사람은 어머니하고 아버지 그리고 같이 신점 받은 친구 녀석만…… 아! 생각났다. 그 녀석이랑 통화할 때 김수정이 옆에 있었네. 그래, 그랬어. 귀찮게 자꾸 뭘 물어본다고 따라붙어서 엄청 짜증 났던 그날. 그래, 그때 들었나 보네."

"진짜야?"

"진짜지, 그럼. 말 같은 소리를 해. 너한테도 말하지 않은 걸 왜 김수정한테 말해."

고개를 갸웃하며 그를 쳐다보던 세현이 입을 삐죽거렸다.

"오빠가 수정 선배 좋아하는 줄 알았지."

"내가 미치지 않고서야 김수정을 왜 좋아해. 계속 바보라고 하니까 진짜 바보라도 된 거야? 어떻게 그렇게 엉뚱한 생각을 할 수가 있지?"

불퉁하니 입술을 내민 세현이 태우를 매섭게 흘겨봤다.

"씨, 볼 때마다 수정 선배랑 딱 붙어 있었잖아. 나를 자꾸 피하는 것도 같았고. 의심 안 하게 생겼어?"

"수정이 걔가 귀찮게 붙어 있었지 내가 붙어 있었나. 넌 도대체 날 뭐라고 생각한 거야? 불치병 걸린 놈이 다른 여자가 눈에 들어올 리가 없잖아."

"그럼 왜 피해 다녔는데?"

"그야…… 일부러 피해 다닌 건, 아니, 일부러 피한 게 맞긴 한데, 네가 생각하는 그런 이유는 아니야."

냉큼 항의하려던 태우가 그녀의 시선을 피하며 곤란한 듯 머리를 긁적였다.

"거 봐. 피해 다닌 거 맞네. 누구는 조금이라도 더 같이 있고 싶어서 영어 듣는다고 새벽 댓바람부터 난리를 쳤구만. 일부러 피해 다녔다 이거지. 씨, 다 물어내. 내 첫 뽀뽀도, 첫 키스도, 모조리 다 물어내란 말이야."

발까지 동동거리며 씩씩대는 세현을 태우가 흐뭇한 눈길로 쳐다봤다.

"아우, 예뻐. 우리 세현이 어쩜 이렇게 예쁘지."

"어어, 이거 안 놔."

세현을 덥석 끌어다가 품에 안은 태우가 그녀의 정수리에 얼굴을 비벼댔다.

"오빠랑 같이 있고 싶어서 영어 강좌 신청한 거였어?"

"아우, 오빠, 숨 막혀."

태우의 품에서 벗어나려 열심히 바동거려 봤지만, 팔은 풀릴 줄을 몰랐다.

"나도 숨 막혀 미치겠다. 안고만 있어도 이렇게 숨이 막히니……."

"이렇게 슬쩍 넘어가려는 거지? 쳇, 절대로 안 먹히니까."

"이럴까 봐 그랬어."

세현의 말을 가로챈 태우가 그녀의 볼에 냉큼 입맞춤했다.

"어어."

"볼 때마다 너무 예뻐서."

세현의 턱을 받쳐 올린 태우가 재빨리 입술을 훔치고 물러났다.

"자꾸 이러고 싶어서."

그대로 옮겨간 태우의 입술이 세현의 목에 짙은 도장을 찍었다.

"한 번 시작하면 멈추기가 힘들 것 같아서."

입술은 다시 옮겨가 그녀의 귓불을 담뿍 머금었다.

"보고 있으면 너무 참기 힘들어서."

당연한 듯 입술이 겹쳐졌다. '쪽' 하는 소리가 너무 원색적으로 들렸다.

"하긴, 아무리 피해 다녀도 항상 눈앞을 아른거려서 별 소용은 없었지만, 바보 같은 우리 세현이 오빠한테 겁먹고 달아날까 봐 죽어라 피하는 수밖에 도리가 있나."

이 남자 보래. 말도 잘해. 어쩜 이렇게 간질간질 심쿵한 소리만 골라 하는 걸까.

이러면 도저히 안 믿을 수가 없잖아.

부끄러운 듯 그의 품에 고개를 묻은 세현의 입꼬리가 예쁘게 호선을 그렸다.

"안 그래도 됐었는데."

"뭐?"

품에 묻혀 중얼거리는 세현의 말을 제대로 듣지 못한 태우가 고개를 기울이며 물었다.

"안 피해도 됐었다고. 나 겁도 안 먹고 이런 거 너무 좋아하는 것 같거든."

"그러게, 이럴 줄 알았으면 그렇게 힘들게 참지 않는 건데 말이야."

태우는 세현이 기특한 듯 부드럽게 머리를 쓸었다.

"자, 그러니까 이제 할 말 있으면 해봐."

"할 말? 무슨 할 말? 아아, 선우 선배."

"그 녀석 얘기는 왜 또 꺼내."

"선우 선배 얘기 아니야?"

"그 녀석 진짜 좋아하기라도 해? 왜 자꾸 들먹이는 거야."

품 안에 있던 세현을 거칠게 떼어낸 태우가 불같이 화를 냈다.

"오빠야말로 미쳤어? 약발 안 받는다고 다른 남자랑은 손도 잡지 말라며. 난 불치병 걸린 사람만 좋아죽겠는데 다른 사람 좋아할 시간이 어디 있어. 아아, 으, 아프.”

그녀의 말에 귀 기울이던 태우가 찹쌀떡 같은 볼을 쭉 잡아 늘렸다.

“우리 세현이 어쩜 이렇게 예쁜 말만 할까. 그러니까, 이제 더 예쁜 말 해봐.”

“아우, 진짜 아파. 예쁜 말, 뭐? 왜 아까부터 자꾸 빚쟁이처럼 뭘 말하래. 뭐? 내가 대체 무슨 말을 해야 하는 건데?”

태우의 손을 툭 쳐낸 세현이 볼을 쓱쓱 문지르며 인상을 썼다.

“오빠 눈 봐봐.”

세현의 볼을 양손으로 잡아 고정시킨 태우가 그녀와 눈을 맞췄다.

“예뻐.”

세현의 엉뚱한 한마디에 태우는 미간을 찡그리며 미소 지었다.

“하, 참 나. 그거 말고. 막 마음 깊은 곳에서 불쑥불쑥 솟아나서 말하고 싶어 미치겠는 그런 말 생각나지 않아?”

“아아, 그거.”

“그래, 그거.”

“오빠, 키스할…….”

“강세현 정말. 하여튼 눈치라곤 요만큼도 없지. 내가 이런 바보한테 미쳐서 정신을 못 차리고 있으니. 사랑해. 이런 말 몰라?”

태우의 양손에 갇힌 세현의 눈이 동그래졌다.

“오빠아.”

“네가 하도 눈치가 없어서 결국 내가 먼저 말해 버렸잖아.”

“그러게. 무슨 고백을 그따위로 하지? 이러다 청혼도 대충 후려치겠다.”

흠칫 놀란 태우가 세현의 볼에서 움찔거리며 손을 떼어냈다.

“흠, 대충 후려친다고 하니까 좀 그렇긴 한데, 내가 사정이 좀 급해서.”

그가 쭈뼛거리며 콘솔박스를 열어 작은 상자 하나를 꺼냈다.

그의 손을 따라 움직이던 세현의 눈동자엔 '설마' 하는 의혹이 들어찼다가 '에이' 하는 부정을 거쳐, '정말' 하는 놀람으로 바뀌고 있었다.

"내 마음은 10년 전에도 그랬듯, 지금도 그렇듯, 10년 후에도 변함이 없을 것 같으니까. 아니, 나날이 더 깊어지기만 할 것 같으니까. 그러니까 내 말은 앞으로도 영원히 너를 사랑할 것 같으니까."

태우의 음성엔 떨림이 짙게 깔려 있었다. 태우가 세현을 상대로 저렇게 긴장했던 적은 진짜 단 한 번도 없었다.

세현은 어안이 벙벙했다. 좋은 건지 싫은 건지, 설레는 건지 얼떨떨한 건지 종잡을 수가 없었다.

이건 진짜 후려쳐도 보통 후려친 게 아니었다.

첫 키스를 나눈 지 하루도 안 지났고, 어설픈 고백을 받은 지 10분도 채 지나지 않았다. 그런데 갑자기 청혼이라니.

아무리 급해도 이건 아니다 싶다가도 또 그 말이 다 수긍이 가서, 오늘도 내일도, 1년이 지나고 10년이 지나도 절대로 변하지 않을 마음인데.

"그러니까 내 말은 네 마음도 나와 같다면 우리, 결혼하자."

상자 속 가느다란 링이 빛을 발하고 있었다.

세현이 막상 반지를 받지 않고 멀거니 바라보고만 있자, 태우는 긴장이 되는지 마른 입술을 짓씹었다.

"이거 준비하느라고 그렇게 바빴던 거야?"

"그러게. 내 능력이 아직 이것밖에 안 돼서. 좀 약소하지?"

세현이 고개를 세차게 저었다. 저 성격에 부모님한테 손 벌렸을 리는 없고, 알바 한다고 바빴던 게 반지 마련하느라 그런 거였구나 생각하니 가슴이 뭉클했다.

"너무 갑작스럽다는 거 알아. 이렇게까지 서두를 필요가 있나 겁도

날 거야. 하지만 난 수도 없이 생각했고, 내릴 수 있는 결론은 이것뿐이었어. 나름 계획도 세워놨고, 세현이 넌 나만 믿고 따라오면 돼. 결혼, 해줄 거지?"

뽀뽀에서 키스의 단계로 넘어가는 데 너무도 긴 시간이 걸렸다는 사실이 무색할 만큼, 청혼은 그의 말마따나 너무 갑작스러웠다.

캠퍼스 커플과 찐한 사랑을 꿈꿨던 세현에겐 결혼은 분명 먼 나라 이야기였다.

하지만 20년을 함께했고 앞으로도 쭉 그와 함께하리라는 생각에는 변함이 없으니, 결혼의 시기가 언제가 되었든 상관없지 않을까 하는 생각도 들었다.

"세현아, 난 사랑만 하고 싶어. 썸 타고 밀당하고 다퉈서 헤어졌다 만나기를 반복하고, 이런 것들 할 시간에 너와 사랑만 하고 싶어. 네가 좀 더 많은 걸 경험하고 여러 사람을 만나고, 결혼은 그런 뒤에 하는 게 좋지 않을까 생각 안 해본 건 아닌데."

답이 없는 세현 때문에 불안한 듯, 설득력 있는 그의 목소리는 계속 이어졌다. 말하는 중간 내뱉는 한숨에서, 머리를 거칠게 쓸어 올리는 손짓에서 초조함이 그대로 묻어났다.

"내 인내심이 딱 여기까지야. 괜히 여유부리다가 널 잃기라도 하면 난……."

순식간에 습기를 머금은 눈빛으로 그녀를 바라보던 태우가 결국 말을 맺지 못하고 고개를 숙여 버렸다.

맺지 못한 뒷말은 마음으로 고스란히 그녀에게 전달되고 있었다.

어느 미래에 이보다 더 간절한 마음으로 그녀를 원하는 사람이 있을까.

반지를 보고도 아무렇지 않았던 가슴이 고개 숙인 그의 앞머리를 보고는 울컥 파문이 일었다.

눈가엔 금세 눈물이 한 움큼 고였다.

세현이 한 손으로 가슴을 누른 채 그의 앞에 왼손을 쭉 내밀었다.

곧게 뻗어진 세현의 뽀얗고 작은 손을 발견한 태우의 고개가 번쩍 들렸다.

"청혼도 후려치더니, 반지도 내가 껴? 안 끼워줄 거야?"

태우의 입꼬리가 예쁜 모양으로 휘었다. 눈가엔 웃음이 한가득 묻어났다.

반지를 끼우는 손이나 쭉 내밀어진 손이나 어찌나 떨리는지.

"세현아."

"응?"

"이제 말해줄 거지?"

"아우, 진짜 못됐어."

못됐다고 말하면서도 미소를 한가득 머금은 세현이 그의 목에 팔을 감았다. 냉큼 끌어안는 태우의 얼굴에도 미소가 넘쳐흘렀다.

"그거 말고 더 달콤한 말."

뻔뻔한 요구를 하는 사람의 손길이 이렇게 부드러우면 안 됐다. 거기다 입술까지 여기저기 눌러대는 건 완전 반칙이었다.

세현에게서 나른한 한숨이 새 나왔다.

"오빠."

"응?"

대답을 하는 태우의 입술은 세현의 귓불 아래를 헤매고 있었다.

"사랑해."

"그래, 그거야."

그윽하게 속삭이던 태우의 입술이 맞닿기가 무섭게 세현은 뜨겁게 삼켜졌다.

태우는 사랑을 말하지 않을 모양이었지만, 세현은 그의 사랑을 절절하게 느낄 수 있었다.

　태우가 청혼만 하고 끝낼 성격이 아니라는 건 알았지만, 이토록 저돌적일 줄은 몰랐다.

　일요일 아침부터 말쑥한 슈트 차림으로 나타난 태우는 세상 편한 트레이닝복에 머리엔 새집을 짓고 배를 북북 긁으며 하품 섞인 인사를 건네던 한준의 입을 떡 벌어지게 만들었다.

　매일 아저씨라고 부르며 편하게 말을 툭툭 던져 대던 녀석이 '아버님' 소리도 모자라 깍듯한 경어까지 써가며 '따님을 제게 주십시오' 하는데, 정신줄 놓지 않을 옆집 아저씨가 어디 있겠는가.

　제 방에서 늦게까지 자다가 간밤 열정적인 키스의 여파로 살짝 부푼 입술을 해서 나타난 세현은 물론이고, 모닝커피를 준비하던 은정도, 난장판 만들기에 여념이 없던 세찬이마저도 모두 멍한 표정으로 말쑥한 태우와 말쑥하지 않은 한준을 번갈아 바라봤다.

　폭풍 전야처럼 을씨년스럽던 고요는 부랴부랴 태우를 쫓아온 장 원장 내외로 인해 깨졌다.

　워낙 허물없이 지내는 사이라 장 원장 내외의 행색도 한준네와 별반 다르지 않았다.

　장 원장은 작년 한준과 브라더룩으로 맞춘 때깔 고운 트레이닝복 차림이었고, 태우 엄마는 머리에 커다란 헤어롤을 말고 있었다.

　"형님, 태우가 지금 뭐라고 한 줄 알아요?"

　먼저 침묵을 깬 건 벌어진 입에서 침이 흐르기 직전이었던 한준이었다.

　"나한텐 결혼 허락 받으러 간다고 하던데."

　"그죠. 맞죠. 난 가는 귀먹어서 잘못 들은 건가 했네. 하하하."

　한준의 허망한 웃음과 함께 또다시 침묵이 찾아들었다.

"우선 좀 앉는 게 어떨까요?"

그나마 정신을 차린 은정의 제안으로 멋모르는 세찬이까지 모두 자리를 잡고 앉았다.

그리고 이어진 태우의 브리핑. 흡사 계획에 죽고 계획에 사는 두준을 보는 것 같았다.

7월 군 입대 전 가족들과 가까운 지인만을 초대해 치를 약혼식부터 제대 후의 결혼과 결혼 후의 경제적 계획까지 일목요연한 정리는 기본이었고, 반박 못 할 타당성까지 갖추고 있었다.

"뭐, 세현이가 며느리라면 난 반대할 생각 없다."

장 원장은 더 들어볼 것도 없다는 듯 찬성 의사를 밝혔고.

"세현아, 다음 주 아무 때나 아줌마한테 좀 들러라. 침도 좀 맞고 진맥도 하고. 요즘 힘든가? 입술도 부르튼 것 같고, 우리 며느리 얼굴이 말이 아니네. 안 그래도 엊그제 좋은 약재 들어왔는데, 잘됐다. 꼭 들러."

태우 엄마는 키스 때문에 부푼 입술까지 콕 짚어서 지적하며 예비 며느리 건강 챙기기에 여념이 없었으며.

"좀 더 함께 살 수 있을 줄 알았는데, 섭섭하네. 태우야, 우리 세현이 많이 아껴줘야 한다. 언니, 세현이 시집살이 시키면 안 돼요."

은정은 딸을 시집보내는 엄마로서의 당부를 잊지 않았다.

분위기는 화기애애했으며, 태우의 뜻은 아무 무리 없이 그대로 관철될 것 같았다.

"오빠, 제대하고 결혼하는 거야? 군대 가기 전에 하는 거 아니었어?"

번갯불에 콩 구워 먹고도 남을 세현의 반응이었고.

"장태우, 강세현, 너희들 이제 겨우 스물하나, 스물이야. 지금 이 상황 말이 된다고 생각해? 결혼이 무슨 애들 장난이야?"

스무 살에 결혼해서 스물한 살에 세현을 낳은 한준의 유일한 반대 의견이었다.

"아빠도 스무 살에 결혼했잖아."

"야, 그때는 옛날이었잖아."

"조선시대에 결혼했어? 기껏해야 20년 전이거든."

"아, 몰라. 안 돼. 무슨 결혼이야. 강세현 너, 이렇게 배신 때리기 있어? 이 결혼 반댈세. 아니, 반대는 아니고. 어쨌든 지금은 반댈세."

"아우, 나도 안 돼. 군대 가기 전에 결혼해. 응? 오빠."

"군대 가기 저언? 스물다섯 될 때까진 어림도 없으니까 꿈도 꾸지 마."

"아빠, 진짜 이럴 거야? 새엄마랑 아빠랑 결혼한다고 할 때 난 반대 안 했거든."

"그거랑 이거랑 같아?"

"뭐가 달라. 결혼하는 건 똑같잖아."

한 번 붙으면 주변은 안중에도 없는 부녀의 옥신각신이 이어지는 가운데, 이런 일이야 너무도 익숙한 주변인들은 일상적인 대화를 나누며 일요일 늦은 아침을 먹기 위해 자리를 이동하고 있었다.

"태우야, 이 결혼 후회하지 않겠어?"

은정이 싸울 때는 똑 닮은 부녀를 보며 장난기 어린 음성으로 물은 말에 태우는 얼굴 가득 미소부터 지어 보였다.

"제 인생 최고의 행운이 뭔지 아세요?"

"뭔데?"

"세현이 이웃으로 살게 된 거요."

사랑을 찾아다니느라 수고롭지 않게 이토록 가까이에 머물러 준 것이야말로 태우 인생 최고의 행운이었다.

✥

열린 창으로 화기애애한 웃음소리가 날아들었다. 세현은 가만히 앉아 있지 못하고 기어코 엉덩이를 들썩거렸다.

"잠깐만 움직이지 말라니까."

"새엄마, 난 화장 안 해도 예쁘다니까요."

뻔뻔스러운 세현의 말에 은정은 소리 내어 웃었다. 세현의 말이 틀려서가 아니라, 좀 전 한준의 넥타이를 고쳐 매줄 때, 안 꾸며도 멋있다며 그녀의 손길을 밀어냈던 게 생각나서였다.

세현은 아빠보다 삼촌을 더 많이 닮았다고 늘 입버릇처럼 말하곤 했지만, 은정이 보기에 두 부녀는 판박이처럼 닮아 있었다.

한마디로 두 사람 다 사랑스럽기 그지없었다.

"이 정도면 되겠다. 우리 딸, 너무 예쁘네."

창밖의 소란스러움에 온통 관심이 쏠려 있던 세현이 멈칫하더니 은정을 바라봤다. 그녀에게서 딸이라는 호칭을 듣는 건 처음이었다.

"그렇게 보지 마. 나도 어색해 미치겠으니까. 마음은 늘 그랬어. 근데 표현하는 건 좀 어렵더라."

기껏해야 여덟 살 차이. 사랑하는 사람의 딸이라 마음으로 받아들였다고 해도 표현하는 건 쉽지 않은 게 당연했다.

은정은 예쁜 머리장식으로 가지런히 정리되어 있는 세현의 머리를 부드럽게 매만졌다.

"항상 감사하며 산단다. 사랑하는 사람과 예쁜 딸을 내게 주고 가신 그분께."

세현의 입가에 부드러운 미소가 맺혔다.

"저도요. 아빠 곁에 새엄마가 계셔서 얼마나 안심이 되는지 몰라요."

거짓은 한 점도 얼룩지지 않은 진심이었다.

열정적이지만 즉흥적이고, 애정은 넘치지만 책임감이 부족한 한준에게 정도를 지킬 줄 아는 은정이야말로 짝으로 제격이었다.

"앞으로도 계속 잘 부탁드릴게요, 새엄마."

세현이 감사한 마음을 듬뿍 담아 은정의 손을 잡았다. 왠지 뭉클해지는 순간이었다.

"우리 어쩐지 주책인 것 같지 않니?"

"그러게요. 어디 멀리 떠나는 것 같네."

두 사람이 손을 맞잡은 채 웃음을 머금었다. 뜻깊은 날이라 그런지 자꾸 감상적이 되는 것 같았다.

"아! 멀리 떠난다니까 생각났다. 아빠랑은 얘기 끝낸 거야?"

은정의 물음에 세현은 땅이 꺼져라 한숨부터 뱉어냈다.

"휴, 아니요. 새엄마가 말 좀 해줘요. 아빠 대체 왜 저러는지 모르겠어요. 안 그래도 오빠랑 헤어질 거 생각하면 심란해 죽겠는데……."

태우는 오늘 약혼식을 치르고 이틀 뒤에 군에 입대한다.

태우가 완벽하게 짜서 브리핑한 계획 속에는 입대 전 둘만의 여행이 포함되어 있었다.

세현은 두말할 것도 없이 좋다는 의사를 밝혔고, 장 원장 내외는 서운한 눈치이긴 했지만 순순히 찬성을 해주었다.

은정도 태우에게 믿는다는 당부를 한 뒤 찬성 의사를 밝혔는데, 유일하게 한준만 반대를 하고 나섰다.

결혼 얘기로 발발했던 한준과 세현의 제2차 대전이 막 시작되는 순간이었다. 그리고 그 다툼은 여전히 현재진행 중이었다.

"오빠랑 헤어져 있을 생각만 하면 지금도 눈물이 날 것 같은데, 아빠는 진짜."

똑똑!

"호랑이도 제 말 하면 온다더니, 아빠가 보다. 차분하게 잘 얘기해봐, 세현아. 아빠는 너무 일찍 딸을 빼앗기는 것 같아서 좀 섭섭한가 보더라고. 네가 이해 좀 해줘."

은정의 말이 끝나기 무섭게 문이 벌컥 열렸다.

"뭐 해. 빨리 안 나오고. 다들 기다려."

은정이 세현에게 눈짓을 해 보이고 한준의 어깨를 부드럽게 쓴 뒤 문으로 향했다.

"먼저 나가 있을게, 세현이 에스코트 좀 해줘요."

문밖으로 사라지는 은정의 뒤꽁무니를 쳐다보며 멋쩍은 듯 헛기침을 해 보인 한준이 세현의 곁으로 다가섰다.

"너 좀 예쁘다."

"말은 바로 하지. 좀이 아니라 많이라고 해야지."

"하여튼 누굴 닮아 겸손을 몰라요."

"아빠 닮았나 보지."

"야, 아빤 여기서 겸손 떨었다간 재수 없다는 소리 들으니까 그냥 솔직하게 말하는 거거든."

"그러니까. 나도 여기서 겸손까지 하면 완전 재수 없지."

둘은 찜찜한 표정으로 서로를 바라보다가 이내 '풋' 하고 웃음을 터뜨렸다.

포인트도 맥락도 없는 부녀의 웃음소리는 잠시간 이어졌다. 그리고 웃음이 잦아들 무렵, 한준이 양팔을 벌렸다.

"안아줄까?"

세현이 입을 삐죽거리면서도 자리에서 일어났다.

"내가 안아줄게."

양팔을 벌리며 다가간 세현이 한준을 한껏 끌어안았다.

"아빠, 내가 많이 사랑하는 거 알지?"

"이거 왜 밑밥 까는 것 같은 느낌이지."

세현의 등을 감싼 손길은 한없이 다정했지만, 한준은 여전히 툴툴거리고 있었다.

"거참, 순수하게 좀 받아들이지."

겉으로 표현하지만 않았을 뿐 마음은 항상 넘쳐흘렀지만, 다정한 말을 주고받는 건 한없이 서툰 부녀지간이었다.

"하여튼 애교라곤 손톱에 낀 때만큼도 없지. 태우 녀석은 대체 너를 왜 좋아하는 거야?"

"쳇, 오빠는 나더러 애교덩어리라던데."

"그 녀석 아무래도 제정신이 아니야. 잘하면 네가 예뻐 죽겠다고 하겠다."

"그 말은 이미 수도 없이 들었거든."

"강세현, 아무래도 태우 녀석 맛이 간 게 분명해. 안 되겠다. 약혼이고 결혼이고 여기서 그만 접는 게."

"아빠!"

세현이 한준을 밀어내며 버럭 소리를 질렀다.

"농담이야, 농담."

한준이 손사래까지 치며 웃는데도 세현의 표정은 풀릴 줄 몰랐다.

"아빠, 결혼 승낙은 이미 했다는 거 잊지 않았지?"

"걱정 마. 안 잊었어. 스물다섯 살이 될 때까지 미뤘으면 하는 마음은 변함없지만."

"또 갑자기 말 바꾸기만 해. 머리 **빡빡** 밀어버리고 절에 들어가는 수가 있어."

세현의 엄포가 마음에 들지 않는 듯 한준의 미간이 짙게 일그러졌다.

"강세현, 너 진짜…… 아빠가 좋아? 태우가 좋아?"

웃기지도 않는 질문을 하는 한준의 태도는 팔짱까지 척 낀 채 진지하기 짝이 없었다.

"뭐야? 유치하게."

"그래, 유치한 거 나도 아니까 얼른 대답이나 해. 나야, 태우야?"

한준은 태우라고 말했다간 당장 집이라도 뛰쳐나갈 것 같은 표정을 하고 있었다.

"그렇게 따지기엔 종류가 다른 감정이잖아."

"자꾸 다른 데로 말 돌리지 말고 대답이나 하라니까."

"물론…… 아빠가 좋지."

대답 한 번 잘못했다간 한준이 엉뚱한 심술을 부릴지도 모른다는 생각에 세현은 신중하게 답을 골랐다.

아니나 다를까, 한준의 얼굴이 순식간에 환히 밝아졌다. 감정이 얼굴에 그대로 나타나는 건 세 살배기 세찬이와 거의 맞먹는 수준이었다.

"하지만, 아무래도 태우 오빠랑 더 오래 살지 않겠어."

한준의 표정이 애매하게 일그러졌다.

"누가 그래? 나 백 살까지 살 거거든. 태우보다 내가 더 오래."

장수를 부르짖는 한준의 목소리를 뚫고 힘 있는 노크 소리가 들려왔다. 기다리는 법 없이 벌컥 열린 문 너머를 본 세현의 얼굴이 꽃처럼 피어났다.

"아버님, 저보다 오래 사시려면 술부터 줄이셔야 할 것 같은데요."

'아버님' 소리가 느끼하게 한준의 귀로 감겨왔다. 저 녀석이 태어난 이래 요즘처럼 미웠던 적은 없었다.

아버님 소리만도 소름 돋는데, 성큼성큼 다가온 태우는 당연한 듯 세현의 어깨에 팔을 둘렀다.

한준이 태우의 팔을 확 꺾어버려야 할까를 심각하게 고민하는 줄도 모르고 세현은 그저 함박웃음이었다.

"다들 기다리셔. 어서 나가자."

"어, 잠깐만 오빠. 아빠랑 아직 할 얘기가 남아서……."

"할 얘기? 아버님, 혹시 아직까지 허락 안 해주신 건 아니죠?"

한준의 눈꼬리가 사납게 치켜 올라가는 것과 반대로 세현의 입꼬리는 시무룩하니 아래로 처졌다. 표정만으로도 답은 들을 필요가 없을 것 같았다.

"아버님, 지금 절 못 믿는 겁니까?"

미간에 주름을 잡은 태우가 양손을 허리에 척 올렸다.

딸 데려가겠다는 녀석이, 그것도 결혼 전 둘만의 여행을 허락받겠다는 녀석이 너무도 당당한 데에 한준은 당황할 수밖에 없었다.

"아니, 못 믿는 게 아니라, 아무래도 입대 전엔 가족과 함께 시간을."

주저리주저리 말을 늘어놓던 한준이 멈칫했다. 태우가 요즘 또래들답지 않게 가족과의 일상에 더 많은 시간을 할애했다는 걸 한준도 이미 알고 있었다.

그래서 장 원장 내외도 크게 서운해하는 일 없이 세현과의 여행을 흔쾌히 허락했던 것이다.

참으로 용의주도한 녀석 앞에서 너무도 궁색한 변명이었다.

"뭘 걱정하시는 건지 압니다. 털끝 하나도 다치는 일 없이 얌전히 돌려놓을 거니까 안심하셔도 돼요."

세현이 허리에 감은 손이나 어떻게 좀 하고 안심하라는 소리를 하던가. 당최 믿음이 안 가는 저 말을 진짜 믿어야 하는 걸까.

"결혼할 사람 떼놓고 나라 지키러 가는 사람 심정 좀 헤아려 주십시오. 잠시만이라도 둘만의 추억을 만들고 싶은 것뿐입니다."

하여튼 말은 잘해요. 그 심정이야 이해 못 하는 건 아니지만, 그래도.

"혹시 제가 사윗감으로 별로라서 그러시는 거예요?"

에이, 그럴 리가 있나. 떡잎부터 남달랐던 녀석은 삐뚤어지는 법 없이 참 잘도 자라주었다. 어딜 가도 저만한 사윗감 구하기 힘들다는 건 알고 있다.

그런 줄 알면서도 뭔가 손해 보는 것 같은 이 기분을 지울 수가 없으니 어쩌란 말인가.

세현일 평생 데리고 살 것도 아니고, 때가 되면 제 갈길 찾아가는
게 인지상정인 건 알지만, 그 때가 너무도 빠른 것에 자꾸 서운한 마
음이 드는 건 어쩔 수 없었다.

한준은 요즘, 듬직하고 잘나 보이기만 했던 태우가 시커먼 도둑놈으
로 보이는 이상 현상에 시달리고 있었다.

"무슨 소리야. 너만 한 사윗감이 어디 있다고. 도둑놈처럼 듬직하
고, 아니, 도둑놈은 빼고. 최고의 사윗감이지."

"감사합니다. 그럼 여행 허락해 주시는 겁니다, 아버님."

벌써 짐까지 바리바리 싸둔 세현 앞에서 여행 절대 불가를 외쳤다가
는 딸이랑 의절하는 불상사를 겪게 될지도 몰랐다.

자식 이기는 부모 없다고, 결혼을 허락한 것처럼 여행도 허락의 수
순을 밟게 되리란 건 이미 알고 있었다.

그래도 순순히 허락하고 싶지 않은 심술은 어쩔 수 없었다.

"장태우, 그 아버님이라는 호칭 안 쓰겠다고 하면 허락해 주지."

"아니, 아버님을 아버님이라고 부르지, 그럼 뭐라고."

"야, 그 소리 얼마나 닭살 돋는지 알아. 그냥 하던 대로 하란 말이
야. 안 그럼 허락이고 뭐고."

"에이, 아저씨, 하여튼 성격 급하신 건 알아줘야 한다니까. 지금 막
부르려고 했죠. 아무래도 익숙한 게 낫죠, 아저씨. 하하."

"그, 그래. 훨씬 낫네."

낫기는 개뿔!

전에는 정감 있게만 들렸던 아저씨란 호칭도 가히 좋게 들리지 않았
다. 너무 빨리 딸을 낚아채 가는 도둑놈은 뭘 해도 예쁘지 않았다.

그놈이 태우였으니 망정이지, 다른 놈 같았으면 멱살잡이는 일도 아
닐 뻔했다.

"아빠, 그럼 우리 여행 허락하는 거야?"

초롱초롱한 세현의 눈은 여린 봄날 그가 그린 나비 그림을 달라고
조르며 조그만 몸을 안겨오던 그때와 너무도 닮아 있었다.

그때도 그랬지만, 지금도 역시 고개를 끄덕일 수밖에 없었다.

엄마 없이도 무럭무럭 해맑게 자라주는 세현이 그렇게 예쁠 수가 없
었다. 나비 그림이 아니라 하늘의 별이라도 따달라면 들어주고 싶던
딸아이는 어느새 자라 그때 그 초롱초롱한 눈 그대로 제 남자를 보고
있었다.

열정만 지나쳤지 뭐 하나 할 줄 아는 게 없었던 아빠 때문에 일찍
철이 들어버린 딸은 이제 막 찬란한 날갯짓을 시작한 듯 빛을 발하고
있었다.

"강세현, 너 너무 좋아한다. 대충 좀 하지. 입이 아주 귀에 걸리겠다."

복합적인 감정이 밀려들어 뭉클해지려는 마음을 애써 억누른 한준
이 늘 하던 대로 세현에게 핀잔을 늘어놓았다.

"쳇, 괜히 또 심술이야."

화장기를 더한 탐스러운 입술이 어여쁘게 삐죽거렸다. 볼이 오동통
하던 세현의 어릴 적을 떠올린 한준이 미소를 머금는 사이, 태우는 기
어코 그녀의 볼에 입술을 가져다 댔다.

"장태우, 때와 장소 좀 가리자."

도둑놈 주제에 뻔뻔하기까지 한 태우가 못마땅한 한준이 기어이 한
소리를 보탰다.

"그런 건 좀 못 본 척하면 좋잖아."

벌써부터 닮아가기라도 하는 건지, 태우 못지않게 뻔뻔스러운 세현
이 얼굴을 붉히며 툴툴거렸다.

"강세현, 보이는 걸 어떻게 못 본 척해."

"그럼, 모른 척이라도 하던가."

"난 못 본 척, 모른 척, 그런 거 딱 질색이거든."

"난 아빠가 척 못 하는 거 그게 딱 질색이더라."

"야, 강세현!"

"자자, 그만 나가자고요. 다들 기다리느라 목 빠진다니까요."

한없이 이어질 것 같은 부녀의 토닥거림을 말리고 나선 태우가 그들을 밖으로 이끌었다.

두 집 정원에 꾸며진 연회장엔 웃음이 넘쳐 났다.

꺄아아!

세현의 손을 잡은 태우가 모습을 나타내자, 정원 귀퉁이 한쪽 테이블에서 돌고래 소리가 터져 나왔다.

세현이 매서운 눈길로 라니와 왕년의 태사회원들을 흘겨봤다.

라니에게 약혼 소식을 알리지 말았어야 했다. 나중에 알면 배신이니 어쩌니 괴롭힘당할 게 무서워 혼자만 조용히 참석하라며 알려줬더니, 본성은 어떻게 못 한다고 여전히 입이 가벼운 라니는 기어코 태사회원들을 대동하고 나타났다.

그 성격에 입이 근질거려 참기 힘들었겠지, 거기까진 이해하고 넘어간다 치자. 무슨 팬미팅도 아니고, 알록달록 형광색 피켓은 정말 아니다 싶었다.

친구 하나 잘못 둔 걸 평생의 업으로 짊어지고 가는 느낌이랄까. 세현의 입에서 한숨이 절로 새 나왔다.

어른들은 잔치 분위기도 나고 괜찮다 하셨지만, 태우한테는 괜스레 미안한 생각이 들어 그의 눈치를 살필 수밖에 없었다.

힐끔 쳐다보는 세현의 눈길을 곧게 바라보는 태우의 시선이 딱 잡아챘다.

태우가 기분 상했을까 걱정한 건 세현만의 기우였던지, 그는 여전히 웃는 낯이었다.

웃기만 하는 게 아니라 힐끔거리는 세현의 눈길이 못내 여쁜 듯 손가락으로 그녀의 볼을 덧그리기까지 했다.

약간 매서운 듯하다는 평을 듣던 날렵한 눈가엔 꿀이 그저 뚝뚝 흘렀다. 입모양만으로 '왜?'라고 묻는 입술엔 다정함이 묻어났다.

태우의 손가락에 쓸린 볼에 금세 꽃물이 들었다.

원래도 잘난 건 익히 알고 있었지만, 얄미운 옆집 오빠의 모습마저 쏙 빠져나간 태우는 그녀의 가슴을 세차게 요동치게 했다.

두 주인공을 위해 마련된 지정석으로 향하는 그들의 발걸음은 구름 위를 걷는 듯 가벼웠다.

짙은 녹음이 곳곳에 드리워져 상쾌한 바람을 만들어내고 있었다.

두준의 품에 안겨 있던 벼리가 즐거운 듯 엉덩이를 들썩이며 깍깍 소리를 냈다.

희원은 제자이자 조카인 세현의 사랑스러운 모습에 마음을 빼앗긴 듯했고, 두준은 그런 희원의 모습에 마음을 빼앗긴 듯 시선을 떼지 못하고 있었다.

태우의 미소에 맞춰 태사회원들이 다시 돌고래 소리를 냈다.

강 회장 내외와 한 테이블을 차지하고 앉은 이모할머니들은 태우와 세현의 모습을 부지런히 휴대폰에 담고 있었다.

한준과 은정 사이에 앉은 세찬은 어울리지도 않게 근엄한 표정을 지으며 점잖을 떨고 있었다.

장 원장 내외는 예전 기억이라도 떠오른 것인지 다정하게 기대앉아 흐뭇한 미소를 짓고 있었다.

구름 한 점 없는 하늘은 마치 가을의 그것과도 같았다.

무언가를 약속하기 딱 좋은 날이었다. 더구나 미래를 약속하기에는 더할 수 없이 적절한 날이었다.

20년을 줄곧 함께했고, 그보다 더 긴 세월을 함께하게 될 연인은 찬란한 태양 아래 마주하고 섰다.

아이러니하게도 간절하게 손을 맞잡고 올곧게 시선을 마주한 이 순간, 그들에게 약혼식 같은 건 필요치 않았다는 걸 깨달을 수 있었다.

이미 변하지 않을 마음에 대한 강한 확신을 가지고 있는데 더 이상 뭐가 필요할까.

간혹 다투기도 하고, 화를 내기도 하고, 짜증 나도록 얄미워지기도 하겠지만, 그 모든 것엔 사랑이 짙게 깔려 있을 것이다.

자청해 사회를 맡은 태우의 친구가 익살스러운 만담을 늘어놓는 사이, 손을 맞잡은 연인은 좀 더 거리를 좁혀 다가섰다.

"강세현."

나직한 태우의 음성이 귓가를 울렸다. 왁자한 웃음소리와 경쾌한 목소리는 아득하게 멀어지고 있었다.

"준비됐어?"

황홀한 고백을 기대하고 있었건만, 태우는 생각지도 못한 말을 꺼내 놨다.

"어? 뭐가?"

"나를 마음껏 사랑할 준비."

얄미운 옆집 오빠의 모습이 쏙 빠져나갔다고 한 건 아무래도 취소해야 할 것 같았다. 입꼬리를 멋들어지게 끌어 올리며 내놓은 말은 어찌나 얄미운지.

하지만 샐쭉하니 쳐다보는 세현의 눈엔 미움이란 한 조각도 없었다.

그녀에 대한 태우의 견고한 사랑을 이미 알았다.

그가 말한 '나를 마음껏 사랑할 준비'란 자신의 충만한 사랑에 열심히 응답해 달라는 의미라는 걸 알았다.

콧잔등을 한 번 찡긋거린 세현이 태우의 귓가에 나릿하게 속삭였다.

"준비된 거 감당할 자신은 있는 거지?"

세현의 대담한 발언에 멈칫했던 태우의 입술에 은은한 미소가 드리우더니 눈가까지 번져 갔다.

"아우, 정말 미치겠다. 우리 세현이 왜 이렇게 예쁘지."

맞잡은 손을 끌어당긴 태우가 그녀를 덥석 안았다.

식순과는 상관없이 제멋대로인 두 주인공 때문에 여기저기서 야유와 환호성이 터져 나왔다.

"에헤이, 여기서 이러면 안 됩니다. 어른들도 계신데, 우리 이성을 좀 찾자고요."

일부러 무게감 있게 깐 사회자의 목소리가 공허하게 울려 퍼지고 있었다.

✦

"마음껏 사랑하라라며어. 이게 뭐야."

침대에 누운 세현이 시트가 들썩거릴 정도로 발을 동동거렸다.

"먼지난다. 투정 그만 부리고 자라."

저쪽 침대에 등까지 돌리고 누운 태우가 묵직한 음성으로 중얼거렸다.

"오빠, 솔직하게 말해봐. 여기 트윈베든지 아닌지 검색해 보고 예약한 거지?"

세현의 물음에 태우는 못 들은 척 답이 없었다.

약혼식을 끝낸 다음 날 아침 일찍, 태우와 함께 길을 나섰을 때만 해도 이런 상황에 놓이리라곤 상상조차 하지 못했다.

만족스러웠던 기차여행의 마지막은 이것보다는 더 근사할 줄 알았다.

정말 모든 게 완벽한 하루였다.

여름 날씨답게 아침부터 해가 쨍쨍하긴 했지만, 하늘만큼은 청명해서 좋았다.

싫다고 할 땐 언제고 세현이 멋대로 사서 안긴 커플티를 입은 태우는 큰 키와 듬직한 덩치에도 불구하고 귀여워 보이기까지 했다.

상큼한 미소와 함께 잡으라고 건넨 손은 어찌나 멋있어 보이던지.

기차의 이동 경로에 따라 다채롭게 변화하는 바깥 풍경은 너무도 매력적이라, 그들의 최종 목적지가 이별이 예정되어 있는 훈련소라는 것도 잠깐 잊을 판이었다.

최종 목적지 외에 중간 경유지는 정하지 않았던 터라, 태우와 세현은 마음 내키는 역에서 내렸다가 다시 기차 타기를 반복했다.

마침 열린 오일장에선 뻥튀기를 먹으며 물건 값 흥정하는 사람들을 구경했다.

청년은 눈을 씻고 찾아봐도 없는 청년다방에서 달짝지근한 커피를 마시고, 기차역 앞에 마련된 쉼터에서 아이스크림도 나누어 먹었다.

특별할 것 없는 일상이었지만, 둘이 함께이기에 특별하지 않은 게 없었다.

그랬기에 밤은 낮보다 더 특별할 줄 알았다. 이렇게 오랜 세월 함께한 중년 부부처럼 각자의 침대에 뚝뚝 떨어져 누워 빛이 다 이울기도 전에 잘 궁리부터 하게 될 줄 꿈엔들 알았겠는가.

"오빠아, 침대만이라도 붙이면 안 돼?"

태우는 그사이에 잠이라도 든 것처럼 꼼짝을 안 했다.

"그럼 내가 붙인다?"

"강세현, 혼난다. 그냥 좀 자라."

"쳇, 누가 무서워할 줄 알고."

굳건한 태우의 등을 흘겨보며 중얼거린 세현이 침대에서 내려와 있는 힘껏 밀기 시작했다.

"요즘은 초딩들도 이 시간엔 안 잔다고. 9시부터 자라는 게 말이 돼? 이건 아니지."

침대를 미느라 끙끙거리면서도 세현은 중얼거림을 멈추지 않았다.

"아니, 내가 뭘 꼭 바라서가 아니라, 하다못해 시간 때우기 고스톱이라도 칠 수 있잖아. 그렇게 잠자고 싶었으면 왜 여행은 같이 오재. 집에서 혼자 잠이나 실컷 잘 것이지."

투덜거림은 점점 강도를 더해갔다.

"윽. 아이고, 이놈의 침대는 왜 이렇게 안 밀리는 거야."

침대에 화풀이라도 하는 것 같은 세현의 투덜거림에 태우가 결국 자리에서 일어나 앉았다.

"강세현."

"자. 잔다고. 이것만 붙이고 코가 삐뚤어지도록 잘 거라고."

앞머리를 거칠게 쓸어 올리며 한숨을 푹 내쉰 태우가 침대에서 풀쩍 내려서더니 세현에게로 다가왔다.

들으라는 듯이 투덜댈 땐 언제고 막상 태우가 다가오자, 세현은 침대를 잡은 채 몸을 움찔했다.

"치, 침대가 잘 안 밀려서 그래. 이것만 붙이고 나면 조용히 잘게."

구시렁대던 대담함은 다 어디로 갔는지 세현의 목소리는 점점 기어들어 갔다. 아랑곳없이 다가서는 태우를 곁눈질하다가 흠칫 놀라며 얕은 비명까지 질렀다.

"내가 잡아먹냐? 왜 소린 질러."

"때리려는 줄 알았지."

피식 웃어 보인 태우가 그녀를 번쩍 안아 들었다.

"때릴 데가 어디 있다고."

"피, 수시로 꿀밤 주던 사람이 누구더라?"

"그건 예뻐서 그런 거고."

"쳇, 두 번만 예뻤다간 사람 잡겠네. 아야."

두 손은 세현을 안느라 묶인 상태인 태우가 자신의 이마를 그녀의 이마에 부딪쳤다.

"말 참 예쁘게 하지."

세현을 침대 위에 얌전히 내려놓은 태우가 시트를 목까지 끌어 덮었다.

"나 안 졸려. 그리고 침대도 다 못 붙였는데."

"알아."

짧게 끊어 말한 태우가 세현이 누운 침대를 가뿐하게 밀어 자신의 것과 붙였다. 세현의 입꼬리가 보기 좋게 올라갔다.

"우리 이제 뭐 할까?"

잔뜩 기대감에 부푼 얼굴로 묻는 세현을 바라보며 침대를 삥 돌아간 태우가 자신의 자리에 누웠다.

"하긴 뭘 해. 자야지."

세현의 얼굴이 금세 바람 넣은 풍선마냥 부풀었다.

"하하, 볼 터지겠다."

세현의 볼을 쭉 잡아당겼다가 놓은 태우가 그녀의 곁으로 바짝 다가가 감싸 안았다.

"재워줄게. 자자, 세현아."

나른한 한숨을 뱉어낸 태우가 그녀의 어깨를 토닥였다.

"안 졸려."

"알아."

"오빠도 안 졸려."

"그래."

"근데 왜 자꾸 잠 타령이야."

벌떡 일어나려는 세현을 태우가 가볍게 밀어 다시 눕혔다.

"아저씨한테 너 털끝 하나도 다치는 일 없이 돌려놓겠다고 약속한 거 잊었어? 오빠 힘들다. 그만 자자."

다시 그녀를 재울 듯 어깨를 다독이는 태우에게 바짝 엉겨 붙은 세현이 대담하게 그의 볼에 '쪽' 소리를 내며 입술을 부딪쳤다.

동 트기 직전부터 하루 종일 붙어 있었지만, 접촉이라곤 손 잡은 게 다였다. 태우는 다시 맨송맨송했던 그때로 돌아간 것만 같았다.

오늘 밤이 지나면 당분간 떨어져 지내야 한다는 생각에 세현은 조금이라도 더 닿고 싶어 애가 탔다.

"강세현, 하지 마라."

"있지, 내가 오빠 덮치는 건 괜찮지 않을까?"

쿨럭!

세현의 당돌한 물음에 사레가 들린 태우가 상체를 들썩이며 기침을 하는데도 불구하고 앙큼한 그녀는 더 찰싹 달라붙었다.

"오빠 그냥 가만히 있어. 내가, 아야."

여지없이 꿀밤이 날아들었다.

"요, 요게 아주, 매, 매를 벌지. 가만히 있긴 뭘 가만히 있어."

말만 사납게 하면 뭐 하나. 더듬는 거 어쩔 거야.

미묘한 떨림이 섞인 태우의 음성에 세현의 입꼬리가 씰룩거렸다.

"오빠, 사실대로 말해봐. 지금 심쿵했지? 아야."

또다시 꿀밤이 날아들었다. 전엔 미처 깨닫지 못했는데, 태우는 불리하다 싶으면 그녀에게 꿀밤을 주는 듯했다.

"그래, 심쿵했다. 어디서 그런 못된 걸 배워서는. 내가 결혼하려는 여자가 이 여자가 맞나 아주 덜컥했다."

태우가 한준보다 더 고루한 사고방식을 가지고 있다는 걸 깜빡했다. 이런 태우를 두고 한준은 도대체 뭘 걱정한 걸까.

태우는 아마 세현이 눈앞에서 다 벗고 설쳐도 거들떠보기는커녕 한준과의 약속을 지켜야 한다며 잔소리를 해댈 게 뻔했다.

"쳇, 추억 만들자더니, 추억은 꿈에서 만드나?"

삐친 듯 돌아누우려는 세현을 태우가 다독이듯 끌어안았다.

"나한텐 너와 함께하는 모든 순간이 다 잊지 못할 추억이 되는데……."

너는 그렇지 않느냐고 묻는 눈빛이라 세현은 고개를 가로저을 수밖에 없었다. 그녀에게도 그와 함께하는 특별할 것 없는 매순간이 모두 값진 추억이었다.

하지만 그런 것과는 별개로 이별의 시간이 다가오는 데 대한 아쉬움이 그녀를 자꾸 잠식하고 있었다.

"그래도 난 자꾸 아쉬워서……."

말하는 목소리엔 시무룩하니 금세 기운이 쏙 빠져나갔다. 얕은 한숨 소리와 함께 뜨거운 입술이 그녀의 이마에 닿았다.

"세현아, 내 생애 첫 기억이 뭔지 알아?"

답할 수 없는 물음에 세현은 고개만 가로저었다.

"네가 처음 내 손을 잡았을 때."

처음 그의 손을 잡았을 때? 그게 언제였을까?

손 정도는 아무렇지 않게 잡았던 사이라, 기억을 되짚을수록 명확치가 않았다.

그녀가 처음 유치원에 갔던 그때였을까?

철부지 아빠가 유치원 앞에 내려주고 해맑은 미소를 지으며 손을 팔랑팔랑 흔들었을 때, 믿을 데라곤 옆에 떡 버티고 서 있는 다섯 살배기 태우뿐이었다.

불안한 마음에 조막만 한 손으로 그의 손을 꼭 움켜잡았던 기억이 있었다.

별로 다정하지 않았던 태우가 그날만은 종일 꼭 붙어 떨어지지 않는 그녀를 살뜰히 챙겨줬었다.

'넌 이런 것도 몰라?'라는 말을 자주 하곤 했던 잘난 체하는 개구쟁이 태우는 그날 그녀의 눈에 최고로 멋진 영웅이었다.

"내가 유치원 처음 갔던 날?"

태우가 피식 웃음 지었다.

"아니야?"

"넌 기억 못 해."

아마도 그가 잡고 있는 기억은 훨씬 더 이전 그녀가 인지하지 못하는 순간인가 보다.

"나도 앞뒤 상황 다 잘라먹고 그 순간만 기억하는 거니까."

"언젠데? 응? 내가 처음 오빠 손 잡았을 때가 언제야?"

정말로 예쁜 인형인 줄만 알았다.

솜털이 가시지 않은 뽀얀 볼, 길게 드리운 속눈썹, 붉고 조그만 입술.

너무 조그맣고 예뻐서 어린 마음에도 잘못 만졌다가 망가지지나 않을까 겁나 차마 손을 대지 못하고 움찔거리고 있는데, 반짝 눈을 뜬 인형이 태우의 손가락 두 개를 덥석 움켜쥐었다.

제대로 움직이기나 할까 싶었던 손이 어찌나 잡는 힘이 세던지.

태우는 어쩔 줄 몰라 하다가 그만 울음을 터뜨려 버렸다.

왜 그랬을까? 너무 어릴 때라, 빛바랜 사진처럼 그 장면만 머릿속에 반짝 남아 있는 터라 그때의 마음은 알 길이 없었지만, 태우의 울음에 세현도 이내 따라 울었던 기억이 선명했다.

"이는 하나도 없고 머리카락도 듬성듬성, 강세현 완전 못난이였을 때."

"이도 없고 머리카락도…… 설마 나 애기 때?"

태우는 그때의 기억을 곱씹는지 눈을 동그랗게 뜨고 되묻는 세현에게 별말 없이 미소만 머금고 있었다.

"에이, 거짓말. 오빠랑 나랑 얼마나 차이 난다고 그때 기억이 날 리가 없잖아."

"자그마치 20개월이나 차이 나거든. 네가 뒤집기도 못 하고 있을 때

난 이미 뛰어다녔다는 걸 알아야지. 어디 조그만 게 맞먹으려고 들어."

"겨우 20개월이지. 아무리 비상한 기억력이라 해도 그건 불가능하지 않아?"

태우가 어깨를 으쓱해 보였다.

"불가능을 가능하게 만드는 힘이 있나 보지."

"누구? 나한테?"

태우는 그녀의 볼에 입을 맞추는 거로 긍정의 답을 대신했다.

"상상도 아니고 착각도 아니야. 그게 내가 기억하는 너와의 처음이었어. 운명이었던 거지."

장난기는 전혀 섞이지 않은 진지한 음성에 세현의 가슴이 뭉클 요동을 쳤다.

"그래서 무얼 하든 너와의 처음은 신중하고 싶어."

당황한 마음에 또 울어버리면 안 되지 않겠는가.

그에게 뿐만 아니라 그녀에게조차도 그들의 모든 처음이 특별한 기억으로 남기를 희망했다.

"오빠 마음 이해할 수 있겠어?"

그를 올려다보는 세현의 눈이 말갛게 부풀었다. 입을 꼭 다문 채 고개를 끄덕이는 모습이 한없이 어여뻤다.

"오빠."

"음?"

허리를 감싸는 가는 팔은 사랑스럽기 그지없었다. 맞닿은 말랑한 몸은 그의 자제심을 시험에 들게 하고 있었지만, 떼어놓고 싶은 마음은 조금도 들지 않았다.

"그래도 키스는 해도 되지?"

예상치도 못했던 질문에 자제심을 발휘하는 데만 집중하고 있던 태우는 급한 숨을 몰아쉴 수밖에 없었다.

"강세현 너 진짜, 읍."

태우의 말이 다 끝나기도 전에 세현의 입술이 다가들었다. 부드럽게 겹쳐진 입술은 달콤한 숨을 내뿜더니, 발칙하게도 그의 안으로 쏙 침범해 들어왔다.

처음엔 당황한 듯 눈에 힘을 줬던 태우도 이내 그녀가 선사하는 달콤함에 휩쓸리고 말았다.

어떻게 거부할 수 있을까.

그가 기억하는 순간부터 평생을 바라봐 온 운명인 것을.

"사랑해, 오빠."

뜨겁게 맞닿았다가 떨어진 입술 새로 세현이 달짝지근하게 속삭였다. 여전히 맑게 부풀어 있던 그녀의 눈가에서 눈물 한 방울이 또르르 굴렀다.

"왜 울어? 아주 헤어지는 것도 아닌데."

"알아. 아는데, 오빠랑 떨어져 지내는 건 이번이 처음이잖아. 나 잘 참을 수 있을지 자꾸 겁이 나."

"물론이지. 나도 참을 건데, 네가 못 참을 리 없잖아. 잘할 거야, 넌."

태우가 세현의 머리를 다정하게 쓸었다.

"세현아, 내일 약속한 거 잊지 않았지?"

"안 잊었어. 안 잊을게."

"이별은 담백하게, 재회는 뜨겁게. 절대 울지 않는 거다."

"응. 이별은 담백하게, 재회는 뜨겁게."

진정한 이별이 아니기에, 잠시 떨어져 있는 것뿐이기에, 오늘 헤어졌다가 내일 만나는 것처럼 그렇게 담백하게 뒤돌아서자 약속했다. 그리고 다시 만날 때는 절대로 변치 않는 마음을 확인하며 뜨겁게 그렇게 만나자 약속했다.

잘될는지 자신은 없었지만, 힘껏 노력해 볼 참이었다.

"오빠."

"음?"

"내일 이별 잘하려면 힘내야 하는데. 그치?"

그사이 눈물을 걷어내고 올려다보는 세현의 눈은 어쩐지 좀 앙큼해 보였다. 또 무슨 꿍꿍이일까 싶어 태우의 미간에 주름이 졌다.

"이쯤에서 뭐 딱 생각나는 거 없어?"

"생각나는 거?"

"어. 가슴 깊은 곳에서 뭉클뭉클 막 하고 싶은 무언가."

빤히 쳐다보던 세현이 미간을 더 짙게 구긴 태우의 볼을 두 손으로 감쌌다.

"그러니까 내 말은, 키스 해달라고."

애초에 그녀의 말마따나 뭉클뭉클 막 하고 싶기도 했거니와, 거부 같은 건 생각지도 못할 정도로 호선을 그리는 세현의 입술이 매혹적이었다.

그런 게 가능할까 싶지만 사랑을 저장하듯 그리움을 쌓아놓듯, 나릿한 입맞춤은 끊임없이 이어졌다. 그렇게 그들은 또 하나의 추억을 쌓았다.

그리고 다음 날, 미리 약속했던 대로 장 원장 내외와 한준이 세현을 데려가기 위해 훈련소 앞에서 대기하고 있었다.

어른들에게 인사를 건넨 태우는 세현과 한 발짝쯤 간격을 두고 마주하고 섰다.

"오빠 다녀올게."

입꼬리를 살짝 끄집어 올려 미소 짓는 표정은 그야말로 담백했다.

"응, 잘 다녀와."

마주 미소 짓는 세현의 표정 또한 담백하기 그지없었다.

만남을 전제로 한 이별은 슬픔이 아닌 그저 그리움이기에 그렇게 가볍게 포옹하고 돌아섰다.

두 사람을 보는 장 원장과 한준이 어리둥절해할 정도로 둘은 아무렇지도 않게 돌아섰다.

세현은 곱게 미소 지으며 눈물을 훔치는 태우의 엄마를 다독이기까지 했다.

홀로 떨어져 있을 태우가 기억 속에 잘 저장할 수 있도록, 예쁘게 웃는 모습만 기억할 수 있도록 환히 웃어 보였다.

그리고 돌아오는 차 안에서.

"강세현, 울어도 돼."

"별로 울고 싶지 않아."

"나중에 혼자 방에 틀어박혀서 울지 말고 지금 울어. 아빠가 잘 달래볼게."

장 원장이 운전하는 차 뒷좌석에 세현과 나란히 앉은 한준이 그녀에게 울기를 종용하고 있었다.

"사돈, 울기 싫다는데 왜 자꾸 울라고……."

"에이, 형님, 모르는 소리 마세요. 우리 세현이가 날 닮아서 멋진 척은 다 하다가 남들 안 보는 데서 혼자 훌쩍거리고 운다니까요."

"안 그래. 그리고 난 멋진 척하는 게 아니라 그냥 멋진 거야. 삼촌 닮아서."

차창 밖으로 시선을 둔 세현이 담담한 말투로 한준의 말에 얄밉게 반박했다.

금세 파르르해진 한준이 거친 숨을 내뱉자, 간헐적으로 훌쩍거리고 있던 태우의 엄마에게서 '풋' 하는 웃음소리가 새 나왔다.

"강세현, 넌 날 쏙 빼닮았거든. 지가 두준이 딸이야. 왜 자꾸 두준이를 닮았대. 그리고 너, 솔직히 말해봐. 태우가 울지 말라고 한 거지? 그래서 이러는 거지?"

"그런 거 아니야."

한준의 물음에 답하는 세현의 목소리엔 귀찮은 기색이 역력했다.

"그럼 혹시 너희들 싸웠어?"

"아니."

그냥 좀 내버려 뒀으면 싶었지만, 한준에겐 순순히 대답해 주는 게 상책이었다. 안 그랬다간 괜히 혼자 되도 않은 시나리오를 짜기 일쑤니까.

"그러네. 싸웠네. 그러니까 그렇게 데면데면하지. 태우 녀석이 서운한 소리 했어도, 네가 좀 이해해. 가보면 아무것도 아닌데, 남자들 군대 갈 때 꼭 죽으러 들어가는 것 같고."

"아냐. 아니라고 했잖아. 태우 오빠가 그럴 사람이야? 우리 아무렇지도 않아. 잠깐 떨어져 있는 것뿐인데 그게 뭐. 아니라는데 왜 자꾸…… 왜 자꾸. 흐아아앙."

한준의 말을 끊고 매정하게 쏘아붙이던 세현이 끝내 말을 맺지 못하고 울음을 터뜨렸다.

"울면 진짜 이별하는 것 같을까 봐, 흑, 그래서 안 울려고 했는데, 진짜 아무렇지도 않았는데, 흑 그랬는데, 흐아아앙."

"아유, 우리 세현이 어떡해. 하여튼 세현 아빠는 왜 꼭 긁어 부스럼을 만들어요."

태우 엄마가 손수건을 건네며 한준을 나무랐다.

"사돈, 진짜 언제 철들래? 왜 가만있는 애를 울리고 그래. 세현아, 진정해. 너 운 거 알면 태우 녀석 마음 아파한다."

장 원장이 룸미러로 세현을 살피며 한준에게 타박을 보탰다.

잘 달래보겠다고 할 땐 언제고 한준은 안절부절못하며 미안하단 소리만 반복해서 하고 있었다.

"미안. 이제 입 꼭 다물고 있을게. 진짜 미안해, 세현아."

울상이 된 한준이 눈물 닦아준다고 허둥대는 데도 불구하고 한 번 시작된 세현의 울음은 쉽게 그칠 줄을 몰랐다.

"아우, 이럴 때 태우가 있어야 되는데. 형님, 생각나요? 세현이 애기 때도 태우가 애 우는 거 곧잘 달랬잖아요."

"흑, 흐아앙."

어쩔 줄을 몰라 하던 한준이 눈치도 없이 꺼낸 말에 살짝 잦아들었던 세현의 울음소리가 다시 커져 버렸다.

"하여튼 사돈 정말, 거기서 왜 또 태우 얘기를……."

"세현아, 그만 울어. 아이고, 이러다 병나겠네. 세현 아빠 하여튼 참, 쯧."

싫은 소리 잘 않는 태우 엄마마저 언짢은 듯 혀를 찼다. 다시 울상이 된 한준이 머리를 긁적이며 세현의 어깨를 토닥일 듯 말 듯 손을 꿈지럭거렸다.

담백하게 시작된 이별은 울음으로 마무리되고 있었다.

뜨거운 재회가 예정되어 있음에 안타까움은 더 짙어 담백한 이별이 쉽지 않았다.

그리움이 목 끝까지 차올랐다.

더할 수 없이 확고한 마음이기에 불안함은 없었지만, 그래도 기다림은 견디기 힘들 것만 같았다.

곰신 1일 차 강세현, 눈치 제로인 철부지 아빠 덕에 눈가가 몽땅 짓무르게 생겼다.

"장태우 빨리 돌아와라."

"흐아아아!"

외전 2.
크리스마스의 우연

   초코시럽까지 듬뿍 얹은 달짝지근한 커피인데도 왜 이렇게 쓰게 느껴지는 걸까.

   밖은 너무 추우니까 다들 찰떡같이 붙어 다니는 거겠지. 거기까진 이해하고 넘어가려 했다.

   도대체 카페 안에선 왜 넓은 자리 다 놔두고 죽어라 붙어 있는 건데.

   죄다 커플이었다. 세상천지 솔로라고는 자신뿐인 것 같았다.

   하긴, 황금 같은 주말에 그것도 크리스마스이브에 홀로 놀이공원을 찾은 제 잘못이지 누굴 탓하겠는가.

   이건 다 선영이 계집애 때문이었다. 고등학교 친구들 중에 그녀를 제외하고 유일한 솔로인 선영과 크리스마스이브에 놀이공원에서 하는 불꽃놀이나 보러 가자고 약속한 건 3주 전이었다.

   그런 날 집에 처박혀 있으면 구박이나 받고 우울하기밖에 더하겠냐며 먼저 살살 꼬드겨 댈 때는 언제고, 겨우 일주일을 남겨두고 남자친구가 생겨 못 가게 됐다고 연락을 해왔다.

돌고래 소리나 내지 말지.

호들갑스럽게 꺅꺅거리며 연애담을 털어놓는 선영의 경쾌한 목소리에 그녀는 화가 울컥 치밀어 올랐었다.

애인하고 1박 2일로 여행 가기로 했다며, 너도 얼른 좋은 사람 만났으면 좋겠다는 덕담까지 건넬 때는 엊그제 바꾼 최신 폰이라는 것도 잊고 휴대폰을 내던질 뻔했다.

그 순간 만약 선영이 옆에 있었더라면 그녀의 목을 확 비틀어 버렸을지도 모를 일이었다.

하지만 그때까지도 뭐 나름 괜찮았다.

절대로 부럽거나 하진 않았다.

단지 친구와의 선약을 저버리고, 만난 지 일주일밖에 안 된 애인을 택한 선영에게 배신감이 느껴져 좀 우울했을 뿐, 크게 문제될 건 없다고 생각했다.

꿀 같은 휴일 아침 댓바람부터 딸의 금쪽같은 단잠을 앗아간 엄마가 이모들 놀러 오기로 했는데 종일 집에만 있을 거냐고 구박하기 전까지는 말이다.

엄마 왈, 서른다섯을 훌쩍 넘겨 마흔을 바라보는 딸이 크리스마스이브에 방바닥이랑 씨름하고 있는 걸 보여주는 것만큼 창피한 일은 없단다.

잔소리를 듣는 동안 계속 두들겨 맞아 벌게진 등으론 방바닥과의 씨름도 곤란해졌다는 건 인지하지 못하고 말이다.

나름 번듯한 사회인에 남들이 부러워 마지않는 싱글라이프를 즐기고 있는데도 불구하고 엄마한텐 그저 혼기 놓친 애물단지에 불과했다.

이모저모 서럽고 화나고 우울하고. 에라, 모르겠다. 무작정 집에서 뛰쳐나와 버렸다.

처음엔 영화나 볼까 했지만, 이런 날 어두컴컴한 데 처박혀 있는 건 영 내키지 않았다.

선영이 하도 불꽃놀이, 불꽃놀이 노래를 불러서 그런지 불꽃놀이가 너무 보고 싶기도 했고, 이렇게 추운 날 야외 놀이공원에 연인들이 얼마나 있으려고 하는 안일한 생각에 이리로 올 때만 해도 꽤 기분이 괜찮았는데.

개뿔, 추워서 없기는.

봄이 그렇게 좋으냐고 외치며 솔로들의 심정을 시원하게 대변해 준 노래가사가 절실하게 생각나는 순간이었다.

수많은 커플을 못 본 척 외면하고, 아름답게 꾸며진 장식물 사이를 거닐며 사진을 찍다가 추위에 못 이겨 카페로 들어온 참이었다. 카페 안은 그야말로 만원이었다.

혼자 4인용 자리를 차지하고 앉아 있으려니 괜히 눈치가 보였지만, 차게 곱은 손이나마 녹이려면 얼굴에 철판 깔고 앉아 있는 수밖에 별 도리가 없었다.

"합석해도 되겠습니까?"

어쩐지 귀에 익은 목소리가 들려온 건, 혼자 4인용 자리를 차지하고 앉은 창피함을 숨기기 위해 하릴없이 휴대폰 화면을 들여다보고 있을 때였다.

"네, 그러…… 이 실장님?"

여전히 훤칠한 기럭지를 뽐내는 시형이 여전히 똑 부러지는 눈초리로 그녀를 내려다보고 있었다. 화등잔만 하게 커진 채경의 눈이 줄어들 줄을 몰랐다.

"오늘 여기가 외나무다린가 봅니다. 그렇게 만나려고 해도 안 만나지더니, 이런 데서 보게 되네요."

이 사람이랑 저랑 원수질 일이 뭐가 있다고 여기가 외나무다릴까.

그보다.

"아니, 내가 여기 있는지 어떻게 알고, 이 실장님 혹시 나 스토킹해요?"

정말 그럴 리야 없겠지만, 이런 곳에서 만날 수 있으리라고 생각도 못 했던 사람이라 어설픈 억측이 난무할 수밖에 없었다.

"미쳤습니까. 내가 그렇게 할 일 없는 사람처럼 보입니까?"

"아님 말지 뭘 그렇게까지 얘기해요."

다정함이란 없는 말투로 툭툭 치고받은 두 사람은 각자 다른 곳으로 시선을 둔 채, 커피를 홀짝였다.

"김 선생님 혼자 왔습니까?"

그녀가 그를 이름 대신 이 실장님으로 불렀듯, 그가 그녀를 부르는 호칭도 다시 김 선생님으로 돌아가 있었다.

"미쳤어요. 크리스마스이브에 이런 델 혼자 오는 여자가 어디 있어요. 친구랑 같이 왔거든요. 얘는 화장실에서 뭐 하기에 이렇게 늦어."

채경은 지나치게 즉각적으로 답한 뒤, 할 필요도 없는 말까지 덤으로 보태곤 목이 타 커피를 쭉 들이켰다.

아우, 더럽게 달고 썼다.

"그러는 이 실장님은 혹시 혼자 왔어요?"

시형의 주변을 살피는 채경의 눈에 괜한 기대감이 들어찼다.

"조카들하고 왔습니다."

"아아, 근데 왜 같이 안 놀고……."

"이 나이에 뺑글뺑글 돌면서 소리 지를 일 있습니까. 그냥 운전기사로 대동한 겁니다. 조카들이야 다들 제 앞가림은 하는 나이들이니 어딘가에서 잘 놀고 있겠죠."

시형의 몸짓과 말투에는 나른함이 잔뜩 묻어 있었다. 그냥 딱 봐도 끌려 나온 티가 역력한 데다, 편안한 휴일을 빼앗긴 짜증까지 살짝 묻어 있는 듯했다.

간만에 그녀를 만난 반가움이나 설렘 같은 건 전혀 찾아볼 수가 없었다.

'장 선생네 하고 밥 같이 먹었을 때가 마지막이었으니까…….'

대충 꼽아봐도 1년이 훨씬 넘었다.

두 사람 동선이 전혀 겹치지 않아서라기보다, 일부러 피해 다녔기에 만날 수 없었던 것이다.

딱히 부딪쳐 봐야 서로 멋쩍기밖에 더할까 싶어 시형이 학교 근처에 나타날 때마다 일부러 피하긴 했지만, 어쩌다 우연히 스치듯 만날 수도 있지 않을까 상상은 했더랬다.

하지만 그 상상이 하필이면 크리스마스이브에 놀이공원에서 이루어지리라고는 예상을 못 했다.

이보단 좀 더 세련되고 무미건조한 만남이길 바랐는데, 왜 하필이면 지금 이 순간일까.

채경은 창밖으로 시선을 둔 채 무의미하게 오가는 사람들을 바라보고 있는 시형의 얼굴을 자꾸 힐끔힐끔 쳐다봤다.

꽃미남까진 아니어도 상당히 호남형인 얼굴을 뜯어보던 채경의 눈이 무언가에 이끌리듯 입술로 옮겨졌다.

주인마냥 정감 없을 것 같은 저 입술이 만들어내던 감촉이 선명하게 떠올랐다. 놀랍도록 부드러우면서도 짜릿함을 자아내던 그의 입술.

1년이 훨씬 지난 지금까지도 가끔 그때 왜 그랬을까? 대체 왜 키스를 한 걸까? 되짚어보지만, 단 한 번도 정확한 이유나 결론을 도출해내지 못했다.

시형과 함께여서 더 즐거웠던 발칸반도 여행.

되씹다, 되씹다 뇌리에 앙금처럼 진득하게 달라붙어 버린 그때의 기억.

채경의 시선이 깔끔한 선을 자랑하는 시형의 얼굴에 머물러 있는 사이, 그녀의 기억은 작년 여름 여행지로 훌쩍 날아가고 있었다.

그리스의 호텔에서 처음 그를 마주쳤을 때만 해도 그저 우연이겠거니 서로 인사만 나누고 헤어졌다가 알바니아의 티라나에서 또다시 마주쳤을 때에야 두준의 계략임을 알아챘다.

그나 그녀나 기분이 썩 좋지는 않았지만, 여행의 설렘을 방해할 정도는 아니었다.

낯선 이국땅에서 안면 있는 사람을 만나니 반갑기도 했고, 말 안 통하는 답답함이 목 끝까지 차올랐던 때라 점심을 함께하는 자리에서 그에게 동행을 제안했다.

내보이는 이미지와는 달리 그렇게 까다로운 사람은 아니었는지 시형은 그녀의 제안에 흔쾌히 응해줬다.

그렇게 시작된 그와의 여행, 시형은 그야말로 완벽한 여행 파트너였다.

적절한 매너는 그녀를 심쿵하게 했고, 타고난 유머감각으로 지루할 틈이 없게 했으며, 해박한 지식으로 가는 곳마다 생명을 불어넣어 주었다.

스무 살 멋모를 때 친구들끼리 떠났던 좌충우돌 여행보다 더 유쾌한 여행이었다. 그와의 마지막 날 그 사건이 있기 전까지는.

크로아티아 두브로브니크의 아름다운 해안선을 한눈에 보기 위해 그들은 산 정상에 올랐었다.

신기하게도 멀리 바다에는 따사로운 저녁 햇살이 비치고 있는데, 산 정상에는 세찬 비바람이 몰아쳤다.

채경은 발길을 되돌리는 관광객들을 지나쳐 꾸역꾸역 산을 올랐다. 언제 다시 또 올 기회가 있을까 싶은 아쉬움에 차마 발길을 돌릴 수가 없었다.

시형은 그런 채경의 뒤를 묵묵히 따라와 주었다.

옷까지 적셔가며 힘겹게 오른 노고에 대한 보답인 듯, 정상에서 내려다보는 전경은 말로는 다 형언할 수 없을 정도로 아름다웠다.

구름에 꽃물을 들이며 바다로 서서히 자맥질하는 붉은 구체의 아름다움을 놓치고 싶지 않아 비를 그대로 맞고 서 있는 채경의 머리 위로 시형의 겉옷이 슬그머니 덧씌워졌다.

적절한 매너보다 조금 지나친 것 같은 호의 때문이었을까. 채경의 시선은 숨 막히도록 황홀한 노을을 떠나 시형에게로 옮겨졌다.

그녀에게 겉옷을 벗어준 채 비를 고스란히 맞으며 바다를 향해 선 시형은 담대한 것 같으면서도 쓸쓸해 보여 눈을 뗄 수가 없었다.

잔잔한 금빛 바다와 어우러져 그는 한 폭의 그림 같았다.

아마도 그래서였을 것이다. 그의 겉옷을 함께 덮을 생각을 한 것은.

비를 맞고 선 그를 향해 다가간 채경은 겉옷의 한쪽 자락을 건네며 그의 겨드랑이 아래로 파고들었다.

조금 놀란 얼굴로 그녀가 하는 양을 물끄러미 바라보고 있던 시형은 이내 겉옷을 뒤집어쓰며 채경을 바짝 끌어당겼다.

비를 머금은 그의 상큼한 체향이 그녀의 코끝을 자극했다. 빗소리와 어우러진 세찬 심장 소리는 그녀의 심장까지 달뜨게 만들었다.

시형의 입에서 탄식 같은 한숨이 새어 나왔을 때, 애써 해안선에 못 박고 있던 채경의 시선이 그에게로 옮겨갔다.

약간 날카롭게 보이는 눈매가 무르게 휘어 있었다. 그녀와 마주친 눈동자는 앞쪽에 펼쳐진 금빛바다보다 더 아름답게 반짝이고 있었다.

눈빛에 이끌리듯 점점 거리를 좁혀갔나 보다. 어느 순간 그의 입술과 맞닿았을 때는 누가 먼저 그렇게 한 건지 알 수도 없었다.

살짝 맞닿은 입술이 어찌나 부드럽던지. 격정적으로 삼켜진 뒤에는 어찌나 짜릿했던지.

비가 오는 것도, 그들이 있는 장소도, 모든 걸 잊을 만큼 아찔한 키스였다. 오로지 그와 그녀만 존재하는 것처럼 아득한 순간이었다.

하지만 여행이 만들어낸 마법 같은 순간은 그걸로 끝이었다.

산을 내려와 숙소로 향하는 내내 고심에 빠진 것 같았던 시형은 피곤해서 쉬어야겠다는 말을 남긴 채 자신의 방으로 향했다. 그게 시형과의 마지막이었다.

전전반측 잠을 자기는 한 건지, 급한 일이라도 있는 것처럼 허둥지둥 일어난 다음 날 아침, 능숙한 가이드마냥 말쑥하게 차려입고 로비에서 그녀를 기다리곤 했던 시형 대신 급한 일이 생겨서 먼저 가게 되었다는 메모만이 프런트에서 그녀를 기다리고 있었다.

둘은 싸우기라도 한 것처럼 변변한 인사 한마디 없이 헤어졌고, 채경은 일주일 더 나머지 여행 일정을 소화한 뒤 입국 비행기에 올랐다.

나쁘지 않았던 여행의 뒤끝은 착잡하고 우울했다.

차마 버리지 못한 메모지 한 귀퉁이에는 시형의 연락처가 선명하게 찍혀 있었지만, 연락해 볼 생각 같은 건 나지 않았다.

아니, 자꾸 눈에 밟혀 여러 번 번호를 눌렀다 지우기를 반복했지만, 그걸로 끝이었다.

그 뒤로 채경은 몇 번 더 홀로 짧은 여행길에 올랐지만, 그렇게 좋던 여행이 자꾸 시들하게만 느껴져 이젠 거의 하지 않게 되었다.

이시형 후유증이었다. 채경은 여행이 싫어진 이유를 그 한 단어로 압축시키곤 했다.

"친구가 많이 늦나 봅니다."

그의 입술로 인해 연상된 기억 속에서 허우적대던 채경이 흠칫 놀라며 시형을 쳐다봤다.

"어, 아, 그러게요. 아무래도 가봐야 될까 봐요. 즐겁게 놀다 가세요. 그럼 전 이만."

머플러와 장갑 휴대폰과 커피잔을 주섬주섬 챙겨 일어나는 채경을 물끄러미 바라보고 있던 시형이 평이한 목소리로 한마디 툭 던졌다.

"그러지 말고 오늘 나랑 친구합시다."

"네?"

시형이 긴 다리를 쭉 펴고 일어나 그녀가 들고 있던 머플러를 빼앗아 정성스레 감아줬다.

"김채경 씨 오늘 나랑 친구하자고요."

"아, 나는, 그러니까 화장실에 친구가……."

"일 다 보고 나오면 연락하겠죠. 그전까지만 같이 놀자고요."

그녀가 홀로 이곳에 왔다는 걸 시형은 이미 눈치챈 것 같았다.

"조카 녀석들은 한창 팔팔할 때라 따라다니기 버거울 것 같고, 그렇다고 종일 여기서 시간 때우고 앉아 있을 수도 없고. 어때요? 편안한 휴일을 조카들에게 빼앗긴 불쌍한 남자 구제한다 생각하고 같이 놀아줄 생각 없습니까? 다른 날도 아니고 크리스마스잖아요."

미소를 머금고 눈을 찡끗하는 시형은 개구쟁이처럼 보였지만, 불편한 부분을 건드리지 않으려는 그의 매너와 배려는 신사에 가까웠다.

채경은 하릴없이 고개를 끄덕여 버렸다.

그렇게 그들은 또 한 번의 여행 동반자가 되었다.

그녀는 사자와 애교부리는 곰을 보고 웃었고, 그는 그런 그녀를 보며 웃었다.

미묘한 부분을 건드리지 않은 채, 지금의 상황에만 집중해서 그런지 어색하지 않을까 하는 우려와는 달리 편안하고 유쾌했다.

느긋하게 거닐다가 따뜻한 온열기에 함께 손을 녹이고, 어쩌다 눈에 들어오는 놀이기구도 함께 탔다.

"정말 이걸 타야겠습니까?"

"재밌을 것 같지 않아요? 아우, 이거 언제 타고 안 타봤더라."

다이내믹한 놀이기구를 타기 위해 순서를 기다리는 동안 시형의 얼굴이 심각하게 일그러졌다.

그녀가 꼭 타보고 싶다고 우기는 바람에 마지못해 끌려오긴 했는데, 영 타기 싫은 눈치였다.

"혹시 이런 거 무서워해요?"

"무서운 게 아니라, 쓸데없이 에너지 소모하기 싫어서 그러는 겁니다."

"무서운 거 맞네, 뭐. 타기 싫으면 나 혼자 타고 올게요."

"무서운 거 아니라고 몇 번을 말합니까. 내가 특전사 출신입니다. 이까짓 게 무서울 리가 있겠습니까. 에이, 진짜, 뭔 줄이 이렇게 길어."

툴툴대는 시형이 때문에 채경의 입에 웃음이 걸렸다.

"왜 웃습니까?"

"네? 너어무 기대돼서요. 그럴 리야 없겠지만, 혹시라도 무서우면 손 잡아줄게요."

"참 나, 채경 씨나 무섭다고 소리 지르지 마십시오."

굳은 표정으로 팩 쏘아붙이는 시형을 보며 간신히 웃음을 삼키는데 바로 뒤에서 콧소리가 적당히 뒤섞인 여자의 음성이 들려왔다.

"오빠아, 나 너무 무서워. 우리 타지 말까?"

"어우, 우리 애기 무서워요. 오빠가 옆에 있는데 뭐가 무서워. 걱정하지 말고 오빠만 딱 믿어."

"정마알? 그럼 나 오빠 팔 꼬옥 붙잡고 있어야지."

남자에게 찰싹 달라붙으며 애교스럽게 머리를 비벼대는 여자를 힐끔 한 번 쳐다본 채경이 곁눈질로 시형을 살폈다.

"뭡니까?"

채경의 시선이 신경 쓰였는지 시형이 허리를 굽히며 나직이 물었다.

"아니요. 아무것도 아니에요."

"아무것도 아닌 게 아닌 것 같은데."

"그냥 봤어요. 금칠해 놨나. 보는 것도 안 돼요?"

"그냥 보는 게 아니라, 불순한 마음이 섞인 것 같으니까 하는 소리 아닙니까."

"생사람 잡는 데 특기가 있는 줄은 몰랐네요. 난 지금 무지 순수한 마음이고요, 무서우면 내 팔 꼭 붙잡아도 되고요, 그래도 안 되겠다 싶으면 같이 안 타도 됩니다."

채경이 자신의 팔을 툭툭 치며 한 말에 시형의 매서운 눈길이 뒤에 선 커플에게로 향했다.

웬만한 사람은 아무 잘못 없이도 슬쩍 주눅 들게 만드는 눈빛이라 여자가 흠칫하며 남자의 뒤로 숨어들었다.

"난 분명히 말했습니다. 무서운 게 아니라 쓸데없는 데 에너지 소모하는 게 싫을 뿐이라고. 팔은 내가 빌려주죠. 괜히 센 척하지 말고 무서우면 잡아요."

"눼, 눼, 감사합니다."

그녀에게 하는 건지 뒤의 커플 들으라고 하는 건지 모를 소리에 채경은 성의 없이 대답했다.

"정말 무서운 게 아니라 싫은 거라고요."

"누가 뭐래요?"

목소리를 한껏 낮췄는데도 뒤까지 들렸는지 여자의 키득거리는 웃음소리가 들려왔다.

"오빠 정말 멋진 것 같앙."

한층 업그레이드된 콧소리가 날아와 시형의 뒤통수에 콕 꽂히는 듯했다. 시형의 인상이 확 굳어짐과 동시에 채경의 얼굴도 찜찜하게 일그러졌다.

힐끔 쳐다보니 여자는 남자의 팔짱을 낀 채 의기양양한 표정으로 채경을 바라봤다.

'이거 뭐지? 이상하게 기분 더럽네.'

전혀 그럴 이유가 없었는데, 채경은 비웃음을 날리고 있는 여자의 얼굴을 확 긁어주고 싶은 충동에 휩싸였다.

아빠가 대머리인 걸 가지고 놀린 옆집 아줌마와 대판 싸우고 들어와 분을 참지 못하고 씩씩거리던 엄마의 마음이 딱 이해가 되는 순간이라고 해야 할까.

이 남자랑 내가 무슨 관계라고 남의 비웃음을 사는 게 싫단 말인가 싶으면서도 이상하게 기분이 나빴다.

괜스레 여자를 살벌하게 흘겨본 채경이 대단한 결심이라도 한 듯 시형의 팔짱을 끼었다.

다행히 시형은 움찔 놀라는 것 같긴 했지만, 팔을 빼지는 않았다.

"도망 안 갑니다."

"알아요. 무서워서요."

씰룩하며 입꼬리를 끌어 올리는 모양새를 보니 믿는 눈치는 아니었지만, 시형은 더 이상 아무 말이 없었다.

곧 그들의 순서가 다가왔고, 얼굴이 조금 질린 것 같아 보이는 시형은 아무렇지 않은 척 기구에 올라탔다.

뒤쪽의 닭살커플도 기구에 오르고 곧 안내 멘트가 이어졌다.

코피를 흘릴 수 있으니 고개를 숙이지 말라는 말과 함께 진행요원들이 앞쪽 좌석을 부지런히 닦고 있었다. 아무래도 누군가 고개를 숙이는 바람에 흘린 코피를 닦고 있는 듯했다.

"청결을 위해 잠시 운행이 지연되고 있으니 양해 부탁드립니다. 무서워요, 못 타겠어요, 지금이라도 내려주세요, 하시는 분들은 저희 진행요원들이 볼 수 있게 머리 위로 크게 엑스자를 그려주시기 바랍니다."

코피를 닦고 있는 상황과는 전혀 어울리지 않는 맑고 경쾌한 안내 멘트가 이어졌고.

"저요, 저 내리고 가실게요."

오빠만 믿으라던 뒤쪽 남자가 우렁찬 목소리로 외쳤다.

힐끔 돌아보니 혹시라도 알아채지 못할까 걱정됐는지 양팔을 한껏 들어 올린 남자가 필사적으로 엑스자를 만들어 보이고 있었다.

"저 좀 내리실게요."

웃기지도 않는 높임말까지 써가며 하차한 남자가 홀로 놀이기구에 앉아 있는 여자친구를 향해 두 손을 모아 싹싹 빌고 있었다.

그 광경을 힐끔 한 번 쳐다본 채경은 굳은 얼굴로 꼼짝 않고 앉아 있는 시형에게로 시선을 돌렸다.

"내가 대신 엑스자 그려줘요?"

"됐습니다."

시형의 목소리가 어찌나 경직되어 있는지, 채경은 괜스레 미안한 마음이 들었다.

"손 잡아줄까요?"

힐끔 쳐다보고 말 줄 알았던 그가 그녀의 손을 잡았다. 차디찰 거라 생각했던 그의 손은 의외로 따뜻했다. 그리고 잠시 후 채경은 그에게 손을 내어준 걸 후회했다.

손이 으스러지는 건 아닐까 싶을 정도로 그는 힘주어 잡고 놓아주지 않았다.

스릴 때문인지, 손의 통증 때문인지 육성으로 돌고래 소리가 터져 나왔다.

아찔한 순간은 순식간에 지나갔고, 그녀는 욱신거리는 손에도 불구하고 계속 웃음이 났다.

우울했던 기분은 싹 날아가고 없었다. 얼굴이 하얗게 질린 시형이 그녀를 노려봤지만, 웃음은 쉽게 멈추지 않았다.

그리고 그에게 잡힌 손도 놓여나지 않았다.

그렇게 그들은 손을 잡은 채로 돌아다니다가 불꽃놀이를 보기 위해 적당한 곳에 자리를 잡았다.

"그동안 잘 지냈어요?"

시형의 뜬금없는 안부인사는 곧 불꽃놀이가 시작되려는 듯 휘황찬란한 조명이 모두 꺼진 뒤에 바로 옆에서 들려왔다.

채경은 대답도 못 하고 가까이 다가온 시형의 얼굴을 멀뚱멀뚱 바라보고만 있었다.

"잠깐 폰 좀 줘볼래요?"

얼떨떨한 표정으로 그에게 휴대폰을 건넸다.

"패턴이 뭡니까?"

"어, 아."

그가 내미는 휴대폰을 받아 잠금 해제를 한 뒤 다시 건네자, 시형은 어딘가로 전화를 걸었다. 잠시 후 그의 주머니 속에서 벨소리가 들려오고 휴대폰은 다시 그녀에게로 넘어왔다.

"그때 연락처 적어줬었는데, 혹시 못 봤습니까?"

"어, 아니요. 봤어요."

"역시 연락하기 싫었던 겁니까?"

"아니요. 그런 건 아닌데, 딱히 할 말도 없고 굳이 연락할 필요도 없을 것 같아서……."

그랬다. 뭔가 할 말이 많을 것 같으면서도 딱히 할 말이 없는, 그녀에게 시형은 그런 사람이었다.

"내가 연락하면 받아주긴 할 겁니까?"

"뭐, 네. 빚쟁이도 아니고 못 받을 이유 없겠죠."

"괜찮다면 채경 씨도 연락해 주면 좋겠습니다."

"네?"

펑! 퍼버벙.

막 불꽃놀이가 시작됐다. 그녀의 반문은 듣지도 못한 것처럼 시형의 시선은 산화하는 불꽃에 머물러 있었다.

"내내 연락하고 싶었습니다."

그의 시선은 여전히 불꽃에 고정되어 있는 데다 너무 뜬금없는 말이라, 채경은 다른 사람이 말한 건 아닌가 하는 착각이 들 정도였다.

"위로 누나만 셋이 있습니다. 아버지는 스무 살 때 돌아가시고, 어머니 홀로 계십니다."

그의 입에서 술술 흘러나오는 신상명세에 채경은 어리둥절할 수밖에 없었다.

그녀가 물은 적도 없거니와, 불꽃이 팡팡 터지고 있는 이 순간에 하기엔 전혀 어울리지 않는 이야기였다.

"홀어머니에 손위 시누가 줄줄이, 악조건은 다 갖췄죠."

그런가. 그래도 이 사람 정도면 그렇게 악조건은 아니지 않나.

잘생겼지, 키 크지, 능력 있지, 매너 좋지, 게다가 지식도 풍부하고 여행 동반자로서도 손색없는, 이 정도면 거의 에이플러스급이지.

채경은 의식의 흐름이 어디로 향해 가는지 인지하지 못한 채, 여전히 불꽃에 시선이 고정되어 있는 시형을 물끄러미 바라보며 나름의 값을 매기고 있었다.

"나한테는 인자한 어머니고 착한 누님들이지만, 사람은 상황에 따라 얼마든지 달라질 수도 있고 모질어지기도 하는 거니까."

그래, 그렇지. 우리 올케언니만 해도 사람 좋기로 동네에 소문이 자자한 울 엄마가 다혈질이라 가끔씩 무서울 때가 있다고 했으니까.

"내 의도와는 상관없이 아껴주고 싶은 소중한 사람이 상처를 받게 되지는 않을까 걱정돼 선뜻 다가서기가 조심스러워집니다."

그를 제대로 알지도 못하면서 참 시형답다는 생각이 들었다. 배려심이 짙게 밴 신중함은 그와 잘 어울리는 것 같았다.

근데, 설마 이 남자 지금 나한테 연애 상담하는 거야?

지금 이거 사랑하는 여자가 시집살이 할까 봐 겁나서 제대로 만나지도 못하고 있다는 소리잖아.

아니, 도대체, 저랑 나랑 얼마나 봤다고? 내가 만만해? 그런 소릴 왜 나한테 하는데?

분위기에 휩쓸려 상당히 호의적이었던 채경의 마음은 순식간에 냉랭해졌다.

하필이면 이런 때에, 어둠에 잠겨 있던 하늘은 오색 빛으로 물들고 '펑펑' 하는 소리는 가슴을 두근거리게 하는 이 마당에 꼭 저 얘기를 꺼내야만 했을까.

"미리부터 걱정할 필요는 없지 않을까요. 사람의 일이라는 게 마음먹은 대로 되지 않을 때도 많지만, 생각보다 쉽게 풀리는 경우도 있으니까요. 사람과 사람 사이의 일이란 무엇도 장담할 수 없는 거니까 용기를 내보세요."

말 참 청산유수다. 마음이야 어떻든 나오는 말은 참 교과서적이고 지성인다운 것이었다.

지나가던 성인군자가 무릎을 탁 치며 '아하, 이래서 이 여자가 윤리를 가르치는구나!' 할 정도였다.

그런 말을 왜 나한테 하느냐, 네가 알아서 하세요, 하며 딱 자르지 못한 건 어쩐지 초조해 보이는 그의 눈매 때문이었다.

그는 매서운 듯하면서도 시원스러운 눈매를 가지고 있었다. 꿰뚫을 듯 쳐다보면 괜스레 상대방을 주눅 들게 만드는, 어떤 상황에서도 초조한 빛이 보이거나 기죽는 법이 없는 눈매였다.

여행 내내 접했던 그는 대화를 나눌 때면 항상 시선을 올곧게 마주하는 사람이었지, 지금처럼 엉뚱한 데를 바라보며 독백하듯 말하지 않았다.

물론 그녀가 몰랐던 그의 모습일 수도 있었지만, 매정하게 쏘아붙이면 왠지 상처받을 것 같아서 마음이 쓰였다.

'정말 많이 사랑하나 보네. 참 나, 소도 때려잡을 것 같은 널찍한 등이 안쓰러워 보인다니 말이 돼?'

제 속이야 어떻건 그가 상처받는 건 가히 좋지 않았다.

"그래도 되겠습니까?"

"네?"

불꽃도 아닌 그를 너무 물끄러미 쳐다보고 있었나 보다. 갑자기 고개를 돌려 그녀를 똑바로 주시하며 건넨 물음에 채경은 흠칫 놀라며 반문할 수밖에 없었다.

"용기내서 다가가도 되겠느냐고요."

"아, 네, 그러셔야죠. 하하, 너무 어렵게 생각하지 마세요. 요즘 세상에 장남 아니고 외아들 아닌 사람이 몇이나 되겠어요. 그리고 혼자 하늘에서 뚝 떨어지지 않은 담에야 부모 형제 있는 건 당연한 거 아니에요. 손위 시누이 있고 홀어머니 계셔서 결혼 못 하면, 결혼 못 할 사람 수두룩하겠네요. 하하, 하하."

"아직 결혼한다고는 안 했는데요."

시형은 이제 완전히 돌아서서 그녀를 향하고 있었다. 그의 뒤로 펼쳐진 어두운 하늘 위로 대형 불꽃이 빛을 발했다.

"그, 그런가요? 하지만 뭐, 이 실장님 나이도 있고 사귀다 보면 결혼까지 가지 않겠어요? 이 실장님 정도면 남편감으로 최고죠. 시집 식구들이야 차차 정붙이고 살면 되는 거고. 안 그래요?"

"그렇습니까?"

빛이라곤 간헐적으로 터지는 불꽃이 다라 음영이 짙게 깔린 시형의 표정을 제대로 볼 수가 없었다. 분명 진지한 목소린데, 왜 입꼬리가 슬쩍 올라간 것 같을까.

그건 둘째 치고, 이 남자 정말 너무하는 거 아니야?

나랑 나눴던 키스는 그냥 입술 박치기 정도였어? 심란한 마음 애써 갈무리하고 이 정도 카운슬링 해줬으면 됐지, 그걸 꼭 확인사살까지 해야 돼?

애써 짓는 미소가 어색하게 일그러지고 있었다.

"그럼요. 아니, 이사장님 앞에서도 할 소리 못 할 소리 다 하는 양반이 왜 이렇게 겁을 내고 그래요. 용기를 가지세요. 파이팅!"

그의 팔을 과장되게 한 번 툭 친 채경이 양손을 앙팡지게 모아 쥐며 파이팅을 외쳤다.

"그럼 지금부터 그러겠습니다."

그의 얼굴이 한층 가까워졌다고 느낀 건 그녀의 착각만은 아닌 것 같았다.

옷에서 나는 건지 몸에서 나는 건지 모를 시형의 은은한 향취가 그녀의 코끝을 자극할 만큼 둘의 거리는 좁혀져 있었다.

그리고 다음 순간 그녀의 허리에 시형의 팔이 감겼다.

자잘하게 터지던 불꽃들이 일시에 멈추고, 사방은 잠시 어둠과 고요에 휩싸였다.

아무래도 막바지에 다다른 불꽃놀이가 화려한 피날레를 준비하고 있는 듯했다. 하지만 그런 건 이미 채경의 안중에 없었다.

작년 여름 그의 겉옷에 감싸여 들었던 나른한 한숨이 그녀의 얼굴 위로 흩뿌려졌다.

찬바람이 이는 놀이공원에 있는데도 불구하고, 그녀는 흙내가 짙게 배인 빗물 냄새를 맡은 것 같았다.

펑!

엄청나게 큰 소리가 귀청을 때린 뒤 가슴까지 울려 퍼졌다.

마지막까지 아껴두었던 최고로 크고 아름다운 불꽃이 하늘 높이 치솟아 사방을 물들이고 있었다.

하지만 시형도 채경도 불꽃을 보고 있지 않았다.

스탠바이한 채 신호를 기다리고 있었던 것처럼 '펑' 소리와 함께 시형의 입술이 채경의 것과 겹쳐졌다.

너무 오래 찬바람을 맞고 있었던 탓에 그녀의 입술이 차가워졌기 때문일까, 맞닿은 시형의 입술에선 따뜻한 온기가 느껴졌다.

아니, 차갑게 메마른 그녀의 입술을 열고 서슴없이 침범한 시형의 그것은 데일 정도로 뜨거웠다.

그래서였을 것이다. 추위에 떨었더니 온기가 그리워서, 그래서 그를 밀어내지 못한 것일 테다.

채경은 첫 키스에 어리둥절했던 스무 살 그때마냥 속절없이 다 내어 주고 있었다.

작년 여름 두브로브니크의 산 정상에서처럼, 불꽃을 보기 위해 운집해 있는 수많은 사람의 시선을 잊을 정도로 그와의 키스에 젖어들었다.

'와아' 하는 환호성이 잦아들고, 명멸하던 불꽃들도 잦아들 무렵, 환상에서 깨어나듯 그와의 키스가 끝이 났다.

잠시 멍했다. 지금 이곳이 크로아티아의 두브로브니크인지, 한국의 놀이공원인지도 헷갈릴 판이었다.

불꽃이 사라진 자리를 조명이 대신했다. 불나방처럼 한곳만 향하고 있던 사람들이 뿔뿔이 흩어지고 있었다.

음영에 가리워져 있던 시형의 얼굴이 빛 속에 고스란히 드러났다.

채경은 자신과 키스를 나눈 사람이 누구인지 이제야 깨달은 것처럼 흠칫 어깨를 떨었다.

추위가 뼛속까지 느껴지는데도 그녀는 작년 여름 그곳으로 다시 돌아간 것만 같았다.

왜 또다시 같은 일을 반복한 건지 가늠해 보고 싶지 않았다.

시집살이 시키고 싶지 않은 사랑하는 여자를 두고 왜 또다시 그녀에게 입을 맞췄을까 하는 의문에 대한 답을 얻는 건 이 자리를 벗어난 다음 천천히 해도 늦지 않을 것이다.

키스 정도야 아무것도 아니라는 사고방식을 가진 것도 아니고, 아무런 기약도 없는 이 남자와, 그것도 두 번씩이나 왜 키스를 하게 된 건지 짚어보는 건 혼자 남겨진 뒤에 해도 충분할 것이다.

겁먹은 것처럼 한 발, 두 발 뒤로 물러나던 채경이 몸을 획 돌려 달리기 시작했다. 몸을 돌리기 직전 시형의 미간이 일그러지는 걸 보았다.

그는 시집살이 시키고 싶지 않은 사랑하는 여자를 생각하다가 환상에 젖어든 것일지도 몰랐다.

용기를 북돋우는 그녀의 의지에 고취되어 주체 못 할 감정에 휩싸였는지도 모를 일이었다.

환상에서 깨어난 뒤 마주한 현실에 아마도 아찔함이 몰려왔을 것이다.

한동안 여행도 끊고 운동도 하지 않았던지라 얼마 달리지도 않았는데 숨이 턱까지 차오르고 종아리가 뻐근해 왔다.

그럴 리야 없었지만, 혹시라도 시형이 쫓아오지나 않을까 걱정스러워 뜀박질을 멈출 수도 없었다.

그가 카페에서 정성스레 감아준 머플러가 풀려서 너풀대다가 뒤로 툭 떨어졌지만, 주울 생각은 꿈에도 하지 못했다.

얼마나 더 달렸을까, 한계에 다다른 다리가 접힐 듯 꼬여 앞으로 곤두박질치려는 순간 강한 팔이 허리를 잡아챘다.

"꺄아악!"

"나예요, 채경 씨. 이시형이라고요."

비명의 원인이 자신인 줄도 모르는 시형이 그녀를 꼭 감싸 안은 채 안심시키려는 듯 나직이 속삭였다.

시형에게서 벗어나야 한다는 생각은 간절했지만, 이놈의 저질 체력, 이젠 저승사자가 잡으러 와서 뒤에 달라붙어 있다 해도 한 발짝도 더 움직일 수 없는 상황이었다.

하얀 입김을 타고 거친 숨소리가 흘러나왔다.

그녀의 등에 빈틈없이 맞닿은 시형의 가슴이 무섭도록 뜀박질을 해대고 있었다.

"대체 왜 도망가는 겁니까?"

"도, 후, 도망간 거 아니에요."

"도망간 거 아니면, 나 잡아봐라 한 겁니까?"

이 상황에 이런 썰렁한 농담이 통할 거라 생각하고 한 것일까.

채경이 고개를 옆으로 돌려 샐쭉하니 흘겨보려다 생각보다 가까이 있는 시형의 얼굴에 놀라 멈칫했다.

닿을 듯 가까운 얼굴에 그녀는 어찌할 바를 모르며 뒤로 물렀다.

"민망해할까 봐 피해 준 거잖아요."

"민망할까 봐? 우리 지금 민망해야 할 상황입니까?"

짙게 일그러지며 수려하게 휘는 눈썹이 참 매력적이라는 생각을 하던 채경의 눈이 갑자기 초점을 잃고 흐려졌다.

다른 건 다 모르겠고, 한 가지 의문은 지금 막 해결된 것 같았다.

"그만 놔줘요."

왜 그와의 키스를 거부할 수 없었던 건지.

"또 도망갈까 봐 못 놓겠습니다."

그렇게 좋아하던 여행이 왜 시들하게 느껴졌는지.

"이젠 그럴 힘도 없어요."

한사코 피해 다니면서도 왜 계속 신경 쓰였던 건지.

"그럼 손 먼저 잡아요."

시형의 따뜻한 손이 그녀의 손을 찾아 결박을 하듯 깍지를 낀 뒤에야 허리가 놓여났다.

"이렇게 안 해도 나 도망 못 간다고요."

얽힌 손을 바라보는 채경은 참담하기 이를 데 없었다. 너무 늦게야 사랑을 깨달아 버렸다.

"오해 안 해요. 걱정하지 마세요."

"뭘 말입니까?"

"키스요."

습관인가? 그의 눈썹이 또 한 번 일렁 춤을 췄다.

"그냥 분위기에 휩쓸렸다는 거 알아요. 크리스마스이브고, 불꽃도 막 터졌고, 뭐, 충분히 그럴 수 있다 생각해요."

"김채경 씨는 그랬습니까?"

"네?"

"분위기에 휩쓸려 어쩔 수 없이 그렇게 막 키스하고 그럽니까?"

"미쳤어요. 사람을 어떻게 보고."

"나도 아닙니다. 크리스마스이브여서도, 불꽃이 터져서도 아닙니다. 도저히 더 이상은 참기가 힘들어서 한 것뿐입니다."

"허, 짐승."

"뭐요?"

속으로만 생각한다는 것이 저도 모르게 입 밖으로 튀어나와 버리자, 시형의 얼굴이 험상궂게 일그러졌다.

"채경 씨 의사도 묻지 않고 무작정 밀어붙인 건 미안한데, 기껏 키스 가지고 짐승이라고 하는 건 너무한 거 아닙니까?"

"누가 키스 갖고 그래요? 번지수가 틀렸잖아요. 아무리 급했기로서니 시집살이 시키고 싶지 않은 여자를 두고 그 입술을 왜…… 나한테 들이미느냐고요."

말하는 중간에 갑자기 설움이 울컥 치밀어 올라 목이 멨다. 눈물까진 절대로 보이고 싶지 않은데, 부지불식간에 깨달은 사랑은 그녀의 머릿속을 아득하게 헤집어놔 그저 멍하기만 했다.

"사람 마음 마구 흔들어놓고 또 가버릴 거 아니에요. 댁이 가기 전에 내가 먼저 가겠다는데 왜 붙잡느냐고."

"마음이…… 흔들렸습니까?"

뭐야? 왜 웃어? 설마 비웃는 거야?

"그게 뭐요. 내 마음이 흔들리건 뒤집히건 상관없잖아요. 기껏 키스 한 번 한 것 가지고 발목 안 잡아요. 걱정 마세요."

채경이 차갑게 쏘아붙이는데도 시형의 얼굴에 드리운 미소는 더 깊고 풍부해졌다.

"난 번지수 제대로 찾았습니다."

"아, 네에…… 네?"

"다시 한 번 우연히 만나게 된다면 그땐 운명이라 여겨도 되지 않을까 생각했습니다."

잡히지 않은 그녀의 나머지 손도 마저 가져가 다정하게 감싸 쥔 시형의 눈빛은 이글거리는 것처럼 보였다.

"조심스러웠던 나를 부추긴 건 김채경 씹니다."

그의 입가를 물들인 은은한 미소, 올곧게 그녀를 향해 반짝이는 눈동자, 설렘과 긴장감으로 물든 얼굴, 누가 봐도 이건 고백각이었다.

혼란스러운 눈으로 그녀가 오해했던 순간들을 되짚어보던 채경이 벅찬 숨을 안으로 삼켰다.

"그럼 시집살이 시키고 싶지 않다던 그 여자가……."

"당신입니다. 그러니까 김채경 씨, 우리 이제 사랑 좀 합시다."

진지하기 짝이 없는 시형의 얼굴을 멍하니 바라보고 있던 채경이 갑자기 '풋' 하며 웃음을 흘렸다.

"왜 웃습니까?"

"좋아서요."

"그거, 날 사랑한단 소리죠?"

"운명이라면서요. 어쩔 수 없죠, 뭐."

"그래요. 이젠 어쩔 수 없습니다. 난 출발한 뒤엔 브레이크를 밟는 법이 없거든요. 대신 안전벨트는 꼭 매줄 거니까 끝까지 같이 갑시다."

"네, 끝까지 같이 가요."

훌륭한 여행 동반자 시형과 함께라면 어디든 끝까지.

"근데요, 조카들이랑 같이 온 거 맞아요? 어떻게 한 번을 안 마주쳐요?"

"여기가 너무 넓어서 그런 거겠죠. 슬슬 연락해 봐야겠네요."

시형에게 손이 잡힌 채로 채경이 넓디넓은 놀이공원을 휘둘러봤다.

"우리 진짜 운명인가 봐요. 그렇지 않고서야 이 넓은 곳에서 어떻게 그렇게 우연히 마주칠 수 있었겠어요."

"그걸 이제 알았습니까. 우린 운명입니다."

막 사랑 좀 하기로 한 연인이 마주 보며 환히 웃었다.

대형 트리가 은은한 빛을 발하고 있었다. 그 아래 깔린 푹신한 러그 위에 비스듬히 누운 남녀가 와인잔을 챙, 하고 부딪쳤다.

"무슨 생각을 그렇게 골똘히 해?"

"음, 김 선생님이랑 이 실장님 만났을까요?"

"두 사람 거기 보내느라고 우리 둘이 비밀리에 얼마나 바빴는데, 당연히 만났겠지."

바쁠 수밖에 없었다. 김 선생의 어머니, 고등학교 친구, 이 실장의 누나들과 조카들까지 엄청난 인원이 동원된 거대한 프로젝트였으니

오죽했으려고.

"하여튼 노처녀, 노총각 이어주는 거 어지간히 힘드네요."

"그러게. 시형이 이 녀석 다른 건 일사천리면서, 사랑에는 왜 그렇게 소극적인가 몰라. 사랑은 우리처럼 신속하고 뜨겁게. 얼마나 좋아. 그렇지?"

능글맞게 웃어 보인 두준이 희원의 볼에 진하게 입을 맞췄다.

"아무래도 우린 운명인 것 같죠?"

"말이라고."

"자, 그럼, 신속하고 뜨겁게 다음 단계로 넘어가 볼까요?"

희원이 매혹적인 미소를 지으며 두준의 옷깃을 끌어당겼다.

운명과 운명 조작이 난무하는 크리스마스이브의 밤이 깊어가고 있었다.

에필로그
현재진행형 그들의 이야기

그가 수상하다.

뭔가 놓치고 있다는 느낌을 지울 수가 없었다.

머리부터 발끝까지 어느 한 군데 예쁘지 않은 곳이 없는, 완벽한 멋짐을 장착하고 대기 중인 두준은 여느 아침과 별다를 것이 없었다.

그녀의 허리를 다정하게 감싸며 아침부터 사람 녹아들게 만드는 미소를 날리는 것도, 입술부터 먼저 들이밀고 보는 것도, 하나도 변한 게 없는데 희원은 미묘하게 다르다는 느낌에서 벗어날 수 없었다.

제 아빠 닮아 시간관념 정확한 벼리가 가방을 메고 나오기 전, 그 잠깐의 짬을 놓치지 않고 강렬한 키스를 시도하는 두준에게 그녀는 전혀 집중할 수가 없었다.

"읍, 두준 씨……."

"벼리 나오려면 아직 2분은 더 있어야 돼."

손목시계를 힐끔 쳐다본 두준이 달콤한 희원의 입술에 심취한 듯 다시 급하게 다가들었다.

아마도 벼리는 지금 자고 있는 누리에게 학교 다녀오겠다는 속삭임을 건네고 있을 것이다.

벼리가 두준의 딸이라 가능한 짐작이었다. 닮은 것도 이 정도면 그냥 통째로 찍어냈다고 해도 무방할 것이다. 희원이 걱정하는 건 분 단위로 짐작이 가능한 벼리가 아니었다.

"벼리야! 강벼리! 엇."

뒷문이 위치한 통로에서 뛰어나온 준서가 아침부터 지나치게 맞붙어 있는 두준과 희원을 발견하고 우뚝 멈춰 섰다.

"뒷문 안 잠갔어?"

황급히 입술을 뗀 두준이 미간을 일그러뜨리며 사탕 빼앗긴 어린애마냥 준서를 흘겨봤다.

"타이밍 참. 어이, 꼬맹이, 이럴 땐 눈 가리는 척이라도 해야지 예의인 거야."

타이밍 참 잘 맞추는 옆집 남매를 대하는 두준의 태도는 한결같았다.

'준서야' 하고 다정히 불리던 벼리 친구 차준서는 순식간에 '꼬맹이'로 강등됐다.

"그런 거 많이 봐서 전 괜찮아요. 상관 쓰지 마세요."

"상관이 아니라, 신경이겠지. 그리고 넌 괜찮을지 몰라도 이런 경우 아저씨가 별로 안 괜찮거든."

벼리와 엇비슷한 투로 준서의 말을 고쳐 준 두준은 영 마음에 안 든다는 듯 미간을 구겼다.

"이제라도 저놈의 다리 없애 버리면 안 될까?"

"또 그런다, 어린애처럼."

희원이 불퉁대는 두준에게 핀잔을 안기면서도 다정하게 팔을 쓰다듬는 걸 잊지 않았다.

"아빠아."

"어이구, 우리 벼리, 준비 다 끝났어요?"

두준은 준서를 향해 날을 세웠던 게 언제인가 싶게, 콩콩거리며 다가온 벼리를 담뿍 안아 들며 환히 웃어 보였다.

"아빠, 화났어요?"

"아아니. 아빠가 화난 것 같아 보여?"

"응, 아빠 눈썹이 요렇게 됐었잖아요."

"아유, 예뻐. 우리 벼리는 누구 닮아 요렇게 예쁘지?"

작고 가는 손가락으로 눈썹을 끌어 올려 보이는 벼리를 보며 두준은 어쩔 줄을 몰라 했다.

딸바보 중에서도 상바보인 강두준이 출몰하는 순간이었다.

"여보, 봤어? 벼리 하는 거 봤어?"

"네, 네, 봤어요. 봤습니다. 그쯤 하고 그만들 나가는 게 좋을 것 같은데요. 벼리야, 아직 준서랑 인사 안 했잖니."

"안녕. 아빠, 내려주세요."

상큼한 미소를 지어 보이며 기대감에 부푼 눈을 하고 있는 준서에겐 너무 성의 없는 벼리의 인사가 순식간에 훅 하고 지나갔다.

희원은 금세 시무룩해지는 준서가 보기 안쓰러워 밤톨 같은 머리를 다정하게 쓸어주었다.

그런 준서의 마음 따위 알 바 아니라는 듯, 벼리는 또랑또랑한 목소리로 제일 궁금한 걸 물었다.

"연서 언니는?"

"밖에서 기다릴걸."

벼리의 얼굴이 환히 밝아졌다.

"아빠, 빨리요. 연서 언니 기다린대."

저렇게 좋을까. 황급히 현관을 향해 가는 벼리의 뒤를 준서가 부지런히 따랐다.

벼리와 준서는 올해 연서가 다니는 초등학교에 입학했다. 연서는 여전히 벼리의 우상이었고, 준서는 여전히 벼리바라기였다.

"벼리야, 아빠랑 같이 가야지. 여보, 다녀올게."

두준이 재빨리 희원의 볼에 입을 맞췄다.

"두준 씨, 오늘도 늦어요?"

"어? 어. 요즘 계속 바쁘네. 정신이 하나도 없어. 왜?"

"아니요. 그냥, 그냥 당신 걱정돼서. 요즘 도통 쉬지를 못하잖아."

"별걱정을 다한다. 다음 주부턴 조금 한가해질 거야. 미안한데 오늘 저녁도."

"괜찮아요. 신경 쓰지 마."

"어, 그래. 다녀올게."

서둘러 나가는 두준의 뒷모습을 바라보고 있던 희원의 미간이 미세하게 일그러졌다.

찰나의 순간이었지만 두준은 말하는 도중 희원의 시선을 피했다. 그는 뭔가 숨기고 있었다.

결혼한 지 햇수로 8년, 이런 적은 단 한 번도 없었다.

두준은 심지어 오늘 그녀와 한 약속까지 잊은 것 같았다.

며칠 전, 강 회장 내외가 벼리, 누리 남매와 주말을 함께 보내고 싶다는 연락을 해왔다.

전에도 종종 본가에서 주말을 보내곤 했기에 데리고 간다 했더니, 아예 아이들만 놓고 가라 하셨다.

누리도 이제 제법 컸으니 가끔은 엄마랑 떨어져 지내는 것도 해봐야 한다 하셨지만, 쾌활하고 정 많은 한 여사의 속내야 뻔했다.

아이들 키우며 박사 학위까지 따느라 바빴던 며느리에게 간만의 자유를 선사하시려는 것일 테다.

괜찮다고 사양해야 했지만, 그러지 않았다. 그녀에게 부담을 주지
않기 위해 어설픈 핑계까지 끌어다 대는 한 여사의 마음이 고마워 사
양할 수가 없었다.

희원의 엄마인 선정이 못 하는 부분을 한 여사는 살뜰하게 챙겨주곤
했다.

선정과는 제법 잘 지내고 있었지만, 여전히 여느 친정엄마 같지는
않았다.

간혹, 아니, 자주 한 여사가 친정엄마 같고, 선정이 시어머니 같다
는 생각을 했다.

아무튼, 한 여사의 다정한 배려로 생긴 황금 같은 불금이었다.

휴식이 절실했던 희원은 외출보다는 집에서 영화나 봤으면 좋겠다
는 말을 했고, 두준은 흔쾌히 동의해 주었다.

대신 영화는 야한 거로 보자는 시답잖은 농담까지 건넸던 사람이 까
맣게 잊은 듯, 그것에 대해선 일언반구 말도 없었다.

일이 너무 바쁘다 보니 잊어버릴 수도 있겠지, 하는 생각은 다른 사
람이라면 몰라도 두준에게는 전혀 어울리지 않는 얘기였다.

철저한 계획에 의해 움직이는 두준은 뭔가를 잊는 일이 드물었다.
아니, 아예 없었다.

하물며, 그녀와 관련된 일은 절대로 잊는 법이 없었다.

도대체 뭘까? 거실에 그대로 선 채 깊은 상념에 빠져 있던 희원이
벨소리에 화들짝 놀라고 말았다.

마침 연락해 볼까 고민했던 사람에게서 걸려온 전화였다.

"김 선생님, 아침부터 웬일이에요?"

[웬일은 무슨. 미래 이사장님한테 아부차 전화한 거지.]

"확정되지도 않았는데 무슨 소리예요. 괜히 엉뚱한 소문 퍼지면 어
쩌려고. 그리고 저 아부, 뇌물, 이런 거 완전 싫어하는 거 몰라요?"

[뉘, 뉘. 아주 대쪽이지 그냥.]

마음에 안 들면 입꼬리를 삐죽삐죽 끌어 올리는 채경 특유의 표정이 눈앞에 그려져 희원은 그저 피식 웃고 말았다.

"진짜 무슨 일이에요?"

[고맙다고 전화했지. 장 선생 덕분에 간만에 시형 씨랑 둘이 여행 가게 생겼네. 고마워.]

"여행이요? 민혁이는 어쩌구요? 아니, 그보다 제 덕분이라니요?"

시형의 걱정이 무색할 정도로 채경은 시어머니와 합이 잘 맞았다.

거기다 떡두꺼비 같은 손자까지 안겨준 뒤로는 시어머니가 '우리 며느리 최고'라는 말을 입에 달아놓고 사신다며, 채경이 자랑을 해댔다.

[민혁인 어머님이 봐주시기로 했지. 난 오늘 연차 내고 지금 짐 싸는 중이야. 좀 이따 시형 씨 들어오면 바로 출발하려고. 하여튼 우리 시형 씨 책임감 하나는 알아줘야 한다니까. 부회장님이 별일 없으니까 아예 쉬라고 했다는데, 굳이 또 나갔다 와야 한다지 뭐야.]

채경은 오랜만의 여행에 신이 난 듯, 목소리에 힘이 넘쳤다.

'아! 그 속옷 넣어야지. 이참에 제대로 한 번 써먹어봐야겠네' 하는 중얼거림과 함께 작게 키득거리는 웃음소리엔 흥이 잔뜩 묻어 있었다.

하지만 희원의 귀엔 채경의 뒷말은 제대로 들리지 않았다.

'부회장님이 별일 없으니까 아예 쉬라고 했다는데.' 소리만 무한반복으로 머릿속을 휘저어대고 있었다.

그녀의 느낌이 현실이 되는 순간이었다.

두준은 분명 아침에 바빠서 정신이 없다고 했는데, 시형은 별일 없다고 했단다.

"저 김 선생님, 이 실장님 혹시 부서를 옮겼다거나 하는 소린 못 들었죠?"

[이게 얼마만의 여행이야. 아, 맞다, 모자도……. 음, 뭐라고 했어,

장 선생? 부서가 어쨌다고?]

"아니요. 아니에요. 여행 잘 다녀오라고요."

[그래. 나 주책인 거 있지. 왜 이렇게 설레니? 하여튼 다 장 선생 덕분이야. 너무 고마워.]

"전 아무것도 한 게 없는데 왜 자꾸 제 덕분이라고……."

[어머! 이거 비밀이었던 거야?]

"네? 뭐가요?"

[아니, 아니야. 짐 싸느라 바빠서 이만 끊을게. 주말 즐겁게 보내.]

"잠깐만요, 김 선생님. 뭐가 비밀인데요? 김 선생님, 김 선생님?"

이미 끊긴 전화에 대고 다급하게 김 선생을 불러대던 희원이 다시 통화를 시도했지만, 전화는 연결되지 않았다.

두준과 채경이 숨기는 게 대체 뭘까?

두준이 절대 허튼 짓을 할 사람이 아니라는 건 알았지만, 한 번도 이런 일이 없었기에 가볍게 넘겨 버릴 수가 없었다.

머릿속은 안개가 낀 것처럼 멍한데, 가슴은 불이라도 난 것처럼 무섭게 뛰어댔다.

아닐 거야, 아니겠지, 하면서도 요 근래 두준의 행동을 되짚어보는 희원은 미심쩍었던 부분만 자꾸 집어내고 있었다.

무언가에 홀리기라도 한 것처럼 멍하니 서 있던 희원을 일깨운 건 누리의 칭얼거림이었다.

흠칫 놀란 희원은 나쁜 생각을 애써 털어버리려는 듯 고개를 내저으며 누리에게로 달려갔다.

여느 평일과 다름없는 하루가 지나가고 있었다.

시간 맞춰 온 베이비시터가 누리를 돌봐주는 동안 두준이 미리 봐두는 게 좋을 거라고 건넨 대한장학재단 서류를 검토했다.

학교에서 돌아오는 벼리를 기다려 점심을 먹인 뒤엔 짐을 챙겨 두준의 본가로 향했다.

계획한 일정을 무리 없이 소화하고 있었지만, 그녀의 마음은 태풍 한가운데 있는 것처럼 혼란스럽기 그지없었다.

유치원 선생님마냥 과한 반가움으로 남매를 맞이하는 한 여사와 잠깐의 담소를 나눈 뒤 다시 차에 올랐을 때는 종일 힘든 일을 한 것처럼 기운이 하나도 없었다.

희원은 시동을 건 채 멍하니 앉아 있다가 한숨을 푹 내쉬며 핸들에 머리를 기댔다.

잘못 눌려진 클랙슨이 '빵' 소리를 내며 요란스레 울었다. 소스라치게 놀라 고개를 든 희원이 벌렁거리는 가슴을 손으로 꾹 눌렀다.

놀란 덕분인지 뿌옇게 흐려졌던 머리가 얼마간 개는 느낌이었다.

'대체 무슨 생각을 하고 있는 거야? 두준 씨가 도리에 어긋난 짓을 할 리 없잖아.'

그녀를 속이는 데는 다 나름의 이유가 있을 터였다. 그게 무엇이건 두준이 그녀에게 상처가 될 일을 할 리가 없었다.

쓸데없는 의심은 그만 끝내야 했다. 희원은 결심을 굳힌 듯 휴대폰을 꺼내 1번을 꾹 눌렀다.

신호만 갈 뿐 받지 않는 전화에도 큰 의미를 두지 않으려 애쓰며 희원은 차를 출발시켰다.

어차피 저녁 시간도 다가오니 핑곗거리는 충분했다.

30분 뒤 포장한 음식을 손에 든 희원이 웅장한 대한 본사 로비를 지나 임원전용 엘리베이터에 올라 35층 버튼을 꾹 눌렀다.

안내데스크에서 이미 그녀의 등장을 두준에게 알렸을 것이다.

평상시 두준이라면 엘리베이터 앞까지 쫓아 나와 그녀를 맞을 터였다. 혹시 너무 바쁜 상태라고 해도 최소한 비서실까지는 나와 있을 터였다.

하지만 그녀의 예상은 모두 깨져 버렸다. 35층은 조용한 침묵에 감싸여 있었다.

그럴 거라 예상은 했지만, 시형이 없는 비서실은 텅 비어 있었다.

부회장실 문 앞에 선 희원은 이제라도 그냥 돌아가는 게 낫지 않을까 하는 생각에 잠시 망설였다. 이유를 알 수 없는 불안감을 애써 억누른 희원이 노크를 한 뒤 문을 열었다.

눈으로 보고도 믿기 힘든 광경이 그 안에 펼쳐져 있었다.

한껏 흐트러진 와이셔츠 차림인 두준이 한 여자의 팔목을 잡고 서 있었다.

"희, 희원아, 어서 와."

두준은 당황한 듯 말까지 더듬으며 여자의 팔목에서 재빨리 손을 떼어냈다.

헝클어진 머리, 상기된 뺨, 단추가 두 개쯤 풀린 와이셔츠, 두준만큼이나 당황한 것처럼 보이는 여자.

숨이 턱 막히고, 눈앞이 아찔했다.

"내가 방해가 됐나 봐요."

설마 아니겠지 하는 실낱같은 희망을 안고 간신히 한마디를 뱉어냈다.

"누구신지……."

"새로 온 비서……."

"그냥 손님……."

일치하지 않는 말을 동시에 뱉어낸 두준과 여자가 황망한 눈길을 주고받다가 다시 희원에게로 시선을 돌렸다.

"그냥 손님이야."

"새로 온 비서예요."

또다시 엇갈리는 말이 동시에 튀어나왔다.

물끄러미 바라보고 있던 희원의 손에서 포장해 온 음식 꾸러미가 툭 떨어져 둔탁한 소리를 냈다.

이 순간 뭘 하면 되는 건지 희원은 아득하기만 했다. 아직 속단하긴 일렀지만, 당황한 것 같아 보이는 두준의 표정이 모든 걸 말해주는 것만 같았다.

이게 그 말로만 들었던 불륜의 현장이라는 건가 하는 생각과 함께, 머리채라도 잡아야 하는 걸까, 잠시 망설이던 희원이 미간을 일그러뜨린 채 고개를 저었다.

"저, 새로 온 비서 같은 그냥 손님, 자리 좀 비켜주실래요?"

눈에 힘을 준 희원이 두준을 똑바로 쳐다보며 정중한 말투로 여자에게 자리를 비켜달라 요청했다.

잠시 어찌할 바를 모르던 여자가 두준이 고개를 까딱해 보이자, 안도의 한숨을 내쉬며 허둥지둥 방을 빠져나갔다.

"희원아, 사실 저분은……."

"내 사랑으론…… 부족했나요?"

희원은 목이 메어서 잠시 말을 멈췄다가 이어야 했다.

8년을 함께하는 동안 자잘한 다툼은 있었어도 크게 다툰 적도, 싸움이 오래간 적도 없었다.

늘 한결같은 마음일 수는 없었지만, 쨍하게 선명했던 사랑은 다채로운 색깔로 여러 번 덧칠한 유화처럼 부드럽고 풍요로워졌다고 느꼈다.

서로 어느 정도 수용하고 닮아가며, 경계가 일정 부분 모호해진 지금이야말로 진정한 사랑에 더 가까워졌다고, 희원은 그렇게 여겼다.

줄기차게 싸웠던 엄마, 아빠를 생각하면 거의 완벽에 가까운 부부라고 느꼈는데, 두준에게는 아니었던 걸까?

"뭐? 그게 무슨……."

"우리 예전처럼 뜨겁진 않아도 제법 괜찮다고 생각했는데, 아니었나요?"

"여보, 대체 무슨 말을 하는 거야? 난 아직도 당신만 보면."

"그만 멈춰요."

심각하게 미간을 구긴 두준이 성큼성큼 다가오자, 희원이 몸을 굳히며 소리를 질렀다.

"뭘 어떻게 오해한 건지 모르겠지만, 지금 나간 저분은."

단호하게 선을 긋는 희원을 무시한 두준이 다시 한 걸음 성큼 다가서자, 그녀는 그만큼 뒤로 물러났다.

"이게 오해라고요? 당신 요즘 계속 늦은 데다, 줄곧 서재에서 잤어요."

"그거야 할 일이."

"이 실장님은 오늘 별일 없으니까 쉬라고 했다더군요."

"이 실장은 별일 없어도, 난 별일이 좀 있었거든. 희원아."

"다정한 척 부르지 마! 별일 뭐요? 흐트러진 모습으로 여자와 단둘이 있어야 하는 일이요?"

"희원아, 진짜 아니야. 정말 오해라고."

야금야금 간격을 좁힌 두준이 희원의 손을 잡고 애원하듯 말했다. 그의 손을 뿌리치려 애쓰던 희원의 얼굴은 금방이라도 울 것처럼 일그러졌다.

"당신 나하고 약속한 것도 잊은 거 알아요? 단 한 번도 그런 적 없었잖아. 단 한 번도…… 흑."

결국 꾹꾹 눌러 참았던 울음이 터지고 말았다.

그녀의 사랑은 여전히 계속 진행 중인데, 그는 이제 아니라고 하면 그때는 어찌해야 할까 암담한 마음에 감정을 제대로 통제할 수가 없었다.

"왜 울고 그래. 그런 거 아니야. 약속 잊지 않았어. 되도록 시간 맞쳐 들어가려고 정말 열심히 했는데."

두준은 희원의 눈물에 어쩔 줄을 몰라 하며 덥석 안기부터 했다.

"이거 놔요. 누가 안아도 된다고 했는데? 흑."

이런 순간에도 여전히 따뜻하고 안락한 두준의 품을 벗어나기 위해 희원이 힘껏 바르작댔다.

"미안해. 내가 다 잘못했어. 울지 마, 희원아. 응?"

"울든 말든 무슨 상관인데. 이거 놔. 놓으란 말이에요."

그를 밀어내려는 희원과 단단히 감싸 안으려는 두준의 실랑이가 이어지는 가운데, 묵직한 마호가니 책상 뒤에서 무언가 요란한 소리를 내며 바닥으로 떨어졌다.

희원과 두준의 시선이 일제히 그리로 향했다.

당황한 두준이 급하게 눈물을 훔쳐 낸 뒤 동그래진 눈으로 고개를 쭉 빼는 희원의 시야를 가리느라 허둥댔다.

"저게 뭐예요?"

"별거 아니야."

"별거 아닌데 왜 가려요? 아이 참, 좀 비켜봐요."

두준을 슬쩍 밀치며 그의 품에서 교묘하게 빠져나온 희원이 재빨리 책상 옆으로 가서 소리를 낸 물건을 집어 들었다.

"당신, 기타 쳐요?"

"아마도 그렇겠지."

쑥스러운 듯 머리를 긁적이던 두준이 성큼성큼 다가와 그녀에게서 기타를 빼앗아 들었다.

"아직 잘 못 쳐. 뛰어난 선생님이 가르쳐 주면 좀 나아질까 했는데, 이게 생각만큼 쉽지 않더라고."

"뛰어난 선생님? 그럼 아까 그……."

두준이 긍정의 뜻으로 어깨를 으쓱해 보였다.

"허. 아니, 갑자기 왜 기타는……. 설마 나 들려주려고 배운 건 아니죠?"

"그거 아니면 내가 이 까다롭고 복잡한 걸 왜 배우겠어."

지금의 상황이 마음에 들지 않는 듯 눈썹을 치켜세우는 두준을 보고 있던 희원이 뭔가 깨달음을 얻은 듯 '아하' 하는 감탄사를 뱉어냈다.

"내가 연서 아빠 기타 치는 모습이 멋있다고 한 것 때문에, 그래서 배운 거예요?"

"다른 남자 멋있다는 소리 좀 그만하지. 도대체 왜 말도 안 되는 오해를 해서. 오늘까지 죽어라 연습해서 내일 멋진 모습만 보여주려고 했는데, 다 틀려 버렸잖아."

"내일?"

하필이면 왜 내일일까, 희원의 눈이 영문을 몰라 급하게 깜빡였다.

"잊었어? 내일 당신 생일이잖아."

"아아!"

정말 까맣게 잊고 있었다. 바쁘기도 했거니와 미묘하게 다른 두준에게 신경이 쏠린 탓에 자신의 생일 날짜 같은 건 따져 볼 겨를이 없었다.

"아아?"

깊은 깨달음이 담긴 희원의 감탄사를 비꼬듯 따라 한 두준이 기타를 아무렇게나 세워두고 기운이 다 빠진 듯 소파에 털썩 주저앉았다.

희원의 입가에 절로 미소가 그려졌다. 그녀를 위해 며칠째 기타 연습을 한 남자를 두고 엉뚱한 의심을 했으니, 자신이 한심하게 느껴질 지경이었다.

"나 보여주려고 계속 연습했던 거예요?"

그의 곁에 앉으며 건네는 목소리에는 전에 없이 애교가 가득했다.

"대답할 기운 없으니까 말 시키지 마."

"기타 연주가 생일 선물이었어요? 벼리랑 누리도 당신이 어머님한테 부탁한 거고요?"

"대답할 기운 없다니까. 아니, 어떻게 그런 되도 않은 의심을 할 수가 있어."

"미안해요. 그래도 요 며칠 당신이 이상하게 군 건 맞잖아요."

"이게 뭐야. 이벤트고 뭐고 완전 다 망했잖아. 분위기 제대로 잡아보려고 했더니."

"미안하다니까. 그러지 말고 지금이라도 들려줄래요?"

투정부리듯 일그러진 두준의 입술에 자신의 입술을 겹쳤다가 뗀 희원이 기타를 가져와 그에게 안겼다.

"아직 연습 제대로 못 했어."

"괜찮아요."

"웃으면 안 돼."

다시 한 번 다짐을 받는 두준을 보며 희원이 고개를 힘차게 끄덕였다.

곧 자세를 잡은 두준이 기타 줄을 한 번 튕겨보고는 연주를 시작했다.

두 손을 모아 쥐고 황홀한 눈길로 그를 바라보던 희원의 얼굴이 우스꽝스럽게 일그러졌다.

분명 익숙한 멜로디인 것 같긴 한데, 서툰 두준의 실력 때문에 전혀 색다른 곡처럼 들리는 '로망스'가 사무실 안을 가득 채웠다.

"웃지 말라고 했잖아."

"안 웃어요."

그녀의 눈치를 보며 연주를 멈춘 두준이 뚱한 표정을 지어 보였다.

"참는 거 다 보이거든."

"하하, 당신 왜 이렇게 멋있지. 사랑해요, 두준 씨."

갑자기 달려드는 희원을 안느라 기타가 요란한 소리를 내며 바닥으로 굴렀다.

이내 뜨겁게 입술이 겹쳐지고 기타 줄 울림이 잦아든 공간엔 살갗이 부딪치는 나릿한 마찰음이 들어찼다.

"사랑해, 희원아."

입술을 완전히 떼지 않은 두준이 그윽하게 사랑을 속삭였다. 다채로운 빛깔의 사랑은 여전히 진행 중이었다.

〈The End〉

작가 후기 ∾

   '아기가 생겼어요'는 성숙했지만, 결코 완벽하지 않은 어른의 이야기를 담고 있습니다.
   현재의 내가 그렇듯, 그때의 나도 성숙함을 뽐내며 인생 앞에 자만합니다.
   감당하기 힘든 태풍이 불어닥치기 전까지는 말이죠.
   태풍은 언젠가 물러가고 상처받은 인생은 복구를 시작해야 합니다. 그 과정이 너무나 힘들고 버거워서 때론 다 포기하고 싶어지기도 하죠.
   원나잇에 임신이라는 결코 가볍지 않은 얘기를 경쾌하고 즐겁게 풀어 나간 이유가 여기에 있습니다.
   실수와 실패는 우리 삶 곳곳에 자리 잡고 있지만, 그게 결코 인생의 끝이 아님을.
   그러니 겁낼 필요도 절망할 필요도 없음을.
   같은 실수와 실패를 반복하지 않기 위한 노력이 삶을 더 풍요롭게 만들 수 있음을, 건강하지만 아직은 미숙한 남녀를 통해 그려내고 싶었습니다.
   현실은 글 속에 그려낸 세상과는 전혀 다를 수 있겠죠. 하지만 이 글을 쓰는 내내 깊이 있게 다룬 책임감과 애정은 현실에서도 다르지 않으리라 생각합니다.
   그래서 제 글이 누군가의 무겁기만 한 현실에 자그마한 위안이 되기를 바라봅니다.

암담한 현실에서 웃음 한 자락을 끄집어내 다시 나아갈 힘을 얻을
수 있기를 바라봅니다.

작년 봄부터 시작해 사계절을 고스란히 보내고 다시 봄과 좀 이른
여름을 맞이하는 동안, 저는 책임감으로 똘똘 뭉쳐 사랑을 엮어내는
남녀 주인공 덕분에 너무너무 행복하고 즐거웠답니다.

부디, 독자 여러분도 제 글로 인해 즐겁고 행복하시길.

여전히 글을 쓰고 싶다는 욕망 하나로만 똘똘 뭉친 미숙한 제게 또
한 권의 종이책을 가질 수 있는 기회를 주신 알에스미디어와 아낌없
는 관심과 격려로 제 글을 사랑해 주신 독자님들께 감사의 인사를 전
합니다.

끝으로, 제가 글을 쓸 수 있는 원동력을 제공해 주고 있는 남편과
바다, 다희에게도 언제나 그렇듯 사랑을 전합니다.

—사랑을 그리며. 이정.